Elizabeth Bowen
Die kleinen Mädchen

Roman

Aus dem Englischen übertragen
von Helmut Winter

Insel

Originaltitel: *The Little Girls*

Die erstmals im Verlag Kiepenheuer & Witsch
(Köln 1965) erschienene Übersetzung wurde für die
vorliegende Ausgabe vom Übersetzer überarbeitet.

Für Ursula Vernon

Erste Auflage 1992

Druck: Friedrich Pustet, Regensburg
Printed in Germany

Die kleinen Mädchen

Erster Teil

1

Ein Mann kam die in den Fels gehauenen Stufen herunter. Von Natur aus behende, ging er bei dem Abstieg ungewöhnlich vorsichtig zu Werke; er fühlte bei jedem Schritt vorsichtig mit dem Fuß vor, erst dann trat er fest auf. Solche Vorsicht war angebracht, denn die vor langer Zeit stümperhaft in den Fels geschlagenen Stufen waren unterschiedlich hoch und nach dem Regen noch tückisch glatt; außerdem balancierte er einen offenen weißen Pappkarton vor der Brust, aus dem die verschiedensten Gegenstände herausragten.

Er kam unten auf dem Boden einer Art Bärenzwinger an, das heißt einer kreisrunden Grube ähnlich denen in altmodischen Zoos, wo Bären hausten und zur Schau gestellt wurden. Sie war auf jeden Fall groß und tief, hatte jedoch keine Stange in der Mitte und auch kein Geländer. Winden und wilde Rosen hingen von oben herab; an den Stufen blühten Dahlien. Gegenüber, auf der anderen Seite des unebenen, felsigen Bodens, lag entweder eine niedrige Höhle oder eine tiefe Schlucht – oder vielleicht eine unscheinbare Grotte –, vor deren Eingang zurückgebundene Segeltuchvorhänge hingen. Innen sah man über Böcke gelegte Bretter und im Hintergrund eine Frau, die, tief bis zur Geistesabwesenheit in ihre Tätigkeit versunken, in den Gegenständen wühlte, die auf den groben Tisch gehäuft waren. Der Notizblock, den sie von Zeit zu Zeit mit einem Bleistiftstummel bearbeitete, reflektierte das spärliche Tageslicht, das in die Höhle drang. Offenbar hörte sie den Mann nicht (er trug leichte Sandalen); jedenfalls sah sie sich nicht um.

»Da bin ich«, sagte er.

»Da bist du«, bestätigte sie und nahm seine Stimme als Beweis dafür.

»Kommst du vorwärts?«

Anstelle einer Antwort trat sie jetzt aus der Höhle heraus und strich sich das Haar mit dem Handgelenk aus der Stirn. Die Ärmel ihres Pullovers waren bis über die Ellbogen aufgekrempelt; aus einer Hosentasche hing ihr ein Männertaschentuch heraus, das offensichtlich als Staubtuch benutzt worden war. Sie trug die gleichen Sandalen wie er und bewegte sich ebenso geräuschlos, als sie ins Freie kam und sich eine Zigarette ansteckte. Um ihre Aufmerksamkeit auf seinen Karton zu lenken, rasselte Frank Wilkins ein bißchen damit.

Das half: ihr Gesicht leuchtete auf.

»Oh, du *hast* ...!« rief sie.

»Was dachtest du?«

»Zeig' mal!« Sie griff nach dem Karton.

»Langsam!« sagte er und wich ihr aus. »Hab' fast den ganzen Tag dazu gebraucht, das hier zusammenzukriegen. Bin noch ganz in mich gekehrt.«

»Hast nicht mehr ans Telefon gedacht?«

»Hm – wahrscheinlich nicht.«

»Gut.«

Wie zwei alte Freunde gingen sie zusammen in die Höhle, machten Platz auf dem Tisch und setzten seinen Karton dort ab. Er betrachtete die bereits vorhandenen Gegenstände wenn nicht kritisch, so doch auch nicht eben enthusiastisch.

»Ich finde, alles sieht sich immer noch sehr ähnlich.«

»So wie letztes Mal, oder untereinander ähnlich?«

»Untereinander, genau wie letztes Mal. Ist seitdem nichts Neues dazugekommen?«

»Doch, aber mich wundert es gar nicht, daß du das nicht merkst. Wirklich merkwürdig, nicht, Frank? Ich glaube, es stimmt, daß die Menschen einander sehr ähnlich werden, wenn man tiefer dringt. Die Unterschiede scheinen alle an der Oberfläche zu liegen. Es ist erstaunlich, wenn man nachdenkt –.« Aber sie brach ab, wie sie das oft tat. Sie zog noch einmal an ihrer Zigarette, ließ sie fallen und trat sie aus.

»Aber sieh mal«, rief sie mit wieder aufflammendem Eifer.

»Ich habe ein Verzeichnis gemacht, bevor ich vergesse, was

wem gehört. Dann kann man mir nichts vormachen oder irgend jemandem.«
»Wie soll sich die Nachwelt da jemals zurechtfinden –?«
Sie lächelte nur. Es gibt Bemerkungen, die aus Prinzip in bestimmten Abständen wiederholt werden, sobald sie einmal ausgesprochen sind: Franks Bemerkung gehörte dazu.
»So oder so«, fuhr sie fort, »ich habe noch nie einen Katalog gemacht, trotzdem sieht das hier aus wie ein richtiger Katalog, findest du nicht auch?«
Sie hielt ihm den vollgekritzelten Notizblock mit ausgestrecktem Arm hin, damit er ihn bewundern konnte. Er schien damit nicht viel anfangen zu können. »Gib dir mal ein bißchen Mühe«, brummte sie, »und setz' deine Brille auf!« (Jeder wußte, daß er das ungern tat; er haßte die Brille). »Wir stehen uns gegenseitig im Licht!« protestierte er.
Er hatte recht. Die beiden hohen Gestalten standen nicht nur mit dem Rücken zum Eingang und warfen Schatten auf den Tisch, sondern machten die Höhle noch dunkler, als sie ohnehin war, indem sie das bestenfalls matte Tageslicht gar nicht erst eindringen ließen. Nur in der Mittagszeit schien die Sonne in die runde Grube. In etwa einer Stunde würde sie untergehen – leuchtende, regenglitzernde Strahlen fielen in den Garten oberhalb der Stufen, unter schillernden Regentropfen standen Septemberrosen und Dahlien wie in Flammen. Hier unten jedoch schien eine andere Zeitrechnung zu gelten, vielleicht auch gar keine.
»Warum bringst du hier nicht irgendeine Lampe an?« wollte er wissen. »Merkst du nicht, Dinah, die Tage werden kürzer!«
»Das ist mir nicht entgangen, Lieber.« Sie nahm eine Lederjacke auf und legte sie sich mit seiner Hilfe um die Schultern. Frank konnte jetzt trotz des schlechten Lichts der Versuchung nicht länger widerstehen, nachzusehen, was in seinem Karton war; er versuchte, so träge und uninteressiert wie möglich dabei auszusehen. Ein geschnitzter, beinerner Fä-

cher lag obenauf und glitt zu Boden. Dinah bückte sich rasch, klappte ihn auf und hielt ihn ins Licht. »So etwas geht nicht«, erklärte sie traurig, »das ist ein antikes Stück.«

»Er hat meiner Großmutter gehört.«

»Aber Frank, Lieber, keine Vorfahren, haben wir ausgemacht!«

»Ich dachte, weil ich ihn immer aufgehoben habe –«

»Hattest du eine besondere Zuneigung zu ihr?«, sagte sie etwas hoffnungsvoller.

»Mehr als das, ich muß irgend etwas von ihr haben, denke ich manchmal – das heißt nach dem, was ich von ihr gehört habe. Irgendeine Ähnlichkeit. Dabei habe ich sie nie gesehen; sie ist jung gestorben.«

»Das bist du wenigstens nicht.«

»Vielleicht hab' ich ihr Gesicht geerbt, vielleicht mehr.«

»Sie war also eine Schönheit?«

Frank öffnete den Mund und sah Dinah von der Seite an; sie machte ein spöttisches Gesicht, sie mußte das boshaft gemeint haben. Er wurde plötzlich wütend. »Du hältst also diesen ganzen Karton bloß für einen Witz, für Plunder?« rief er und griff nach ihrer Hand, als sie wieder in den Karton fassen wollte; er hielt sie eine Weile am Handgelenk fest. Sie wartete, bis er sich etwas beruhigt hatte, dann befreite sie ihre Hand mit einem vorsichtigen Ruck und sagte: »Nein, bloß für das, was wir abgemacht haben: ein Stichwort für die Nachwelt, oder: eine Demonstration.«

»Das *sagst* du, aber –«

»Keiner von den anderen hat bisher solche Schwierigkeiten gemacht«, sagte sie kläglich.

»Ich bin nicht die anderen.«

»O nein, natürlich nicht.«

»Also bitte«, drängte er.

»Ich sag' es doch. Die anderen haben die Idee begriffen.«

»So?«

»Wollen wir nicht lieber deinen Karton auspacken, bevor es ganz dunkel ist?«

Sie machten sich an die Arbeit, im Wettlauf mit dem immer schwächer werdenden Tageslicht, bis ihr Schweigen durch ein Husten von oben unterbrochen wurde. Es war ein hartes, längere Zeit zurückgehaltenes Husten, das sich nicht wiederholte. »Das ist bestimmt Mrs. Coral«, sagte Dinah. Sie gingen aus der Höhle hinaus, einer nach dem anderen, und sahen nach oben. Mrs. Coral stand in einen Regenmantel gehüllt zwischen den tropfenden Dahlien und blickte auf sie herunter. Wie immer hielt sie sich kerzengerade, ein Bild der Lauterkeit. Ihr breites Gesicht mit den großen Augen wirkte kräftig und stumpf wie eine romanische Skulptur an einer Kirche. Der Kinderhut, den sie trug, war ringsherum nach oben gebogen. Stämmig wie eine Vierzehnjährige, schien Mrs. Coral eine typische Vierzigerin zu sein, obwohl sie darüber hinaus war. Sie wohnte am anderen Ende des Dorfes in der einen Hälfte einer Villa; gewöhnlich nahm sie Studenten (meist ausländische) eines in der Nähe liegenden Landwirtschaftsinstituts auf. Sie trug ein Kunststoffnetz mit Zeitschriften in der Hand. Jetzt trat sie einen Schritt näher an den Rand der Grube und rief: »Guten Abend, Mrs. Delacroix. Fleißig bei der Arbeit?«

»Kommen Sie herein, Mrs. Coral! Ich meine, kommen Sie doch herunter!«

»Ich komme wegen des Mütterbundes.«

»Sie kennen doch Major Wilkins?«

Mrs. Coral warf einen Blick auf Frank und sagte dann: »Guten Abend.«

So offen, neugierig und nachsichtig zugleich der Blick auch war (sie bedachte damit unterschiedslos Männer, Frauen und Kinder), nahm sie doch bewundernswert wenig wahr von dem, was sie sah. In ihrem Kopf fand jeweils nur eine Empfindung Platz, und die war, wenigstens für sie, immer besonders wichtig. Sie konnte nie mit ihren Ansichten hinterm Berg halten, und so war sie denn alles andere als unerforschlich.

»Ich hab' hier Ihre Zeitschrift«, sagte sie und hob verführe-

risch das Netz hoch, »aber Sie haben Ihr Abonnement noch nicht bezahlt, leider muß ich Sie daran erinnern.«
»Ja, natürlich. Wieviel bekommen Sie?«
Mrs. Coral sagte es ihr und erklärte: »Sie sind etwas im Rückstand.«
»Entschuldigen Sie bitte«, murmelte Dinah.
»Ich dachte, wir sollten es nicht zu lange anstehen lassen, und Ihnen ist es wohl auch nicht recht, so weit im Rückstand zu sein. Da ich Sie bei der letzten Versammlung nicht gesehen habe, bin ich gestern bei Ihnen vorbeigekommen, aber Sie waren in London.«
»Daß ich Ihnen soviel Umstände mache! Und jetzt habe ich ausgerechnet mein Geld oben im Haus gelassen. Oder hast du ...?« rief Dinah und wandte sich in einem plötzlichen Einfall an Frank. Er runzelte die Brauen, fuhr aber trotzdem mit der Hand in die Hosentasche. »Dann brauche ich Mrs. Coral nicht länger warten zu lassen«, sagte sie, während sie die Münzen, die sie brauchte, von seiner ausgestreckten Hand nahm. Mrs. Coral sah von oben zu, neutral im günstigsten Falle. Es schien für sie ganz natürlich zu sein, daß ein Gentleman jederzeit Münzen ausspeit.
Von ihrer erhöhten Stellung aus sah Mrs. Coral in verkleinernder Perspektive sozusagen auf ein Paar zeitloser Sünder herab; rein zufällige Schönheit gehörte zu ihren versöhnlicher stimmenden Betrügereien: es war ein Betrügen der Zeit. Niemand in dem Alter, könnte man sagen, wandte noch soviel Sorgfalt auf das Aussehen wie diese beiden. Vielleicht hatte dieses besondere Aussehen sie überhaupt erst zusammengebracht. Man berichtet von denen, die Gott über die Schulter sahen, als er den Menschen ihre Gesichter gab; wie aber steht es mit denen, die dabei sind, wenn die Gesichter wieder eingesammelt werden? Diese zwei hier hatten den ausdrücklich als befristet gültig ausgestellten Gutschein der Natur irgendwie nicht zurückgegeben. Hatte vielleicht der Schaffner das Einsammeln vergessen? Sie schienen deutlich von einem Versehen profitiert zu haben. Wie sehr sie sich

auch gegenseitig neckten und stichelten, sie harmonierten doch ganz ohne Rivalität, aus langem gegenseitigem Kennen. Groß, wie schon gesagt, schlank und hochbeinig, schienen sie an diesem Abend sogar ähnlich gekleidet zu sein. Sein gelbes, kräftiges Haar und der schneidige Schnurrbart, der in vielen Sommern eher heller als grauer geworden war, gaben seinem Gesicht, das ungewöhnlich, lebhaft und manchmal geradezu wild aussehen konnte, einen besonderen Glanz. Ihr kurzgeschnittenes, lockeres Mädchenhaar war dunkler geworden und hatte jetzt die Farbe von Orangenmarmelade, während ihr Gesicht eher hell als blaß aussah. Noch längere Zeit verhandelten sie über das Geld; währenddessen betrachtete Mrs. Coral die beiden als eine unabänderliche Gegebenheit.

Mit dem abgezählten Betrag in der Hand trat Dinah wie eine Geschäftsfrau auf die Stufen zu.

»Hier ist Ihre Zeitschrift«, sagte Mrs. Coral. »Und ich muß Ihnen eine Quittung ausstellen. Dazu brauche ich eigentlich einen Tisch. Ist das da unten einer?« Sie raffte ihren Regenmantel hoch und betrachtete kritisch die Stufen. »Als ich ein kleines Mädchen war, hielten die Leute da unten Kücken. Diese Stufen würde nämlich kein Fuchs herunterkommen, sie sind so sonderbar, diese Füchse. Die Zeiten ändern sich«, meinte sie, während sie hinunterstieg. »Ziehen Sie da jetzt Kakteen?« Als sie unten fast angekommen war, zog sie die Zeitschrift aus dem Netz.

»Nein, keine Kakteen, wir fangen etwas anderes an.«

»Man hat mir gesagt, wenn ich Sie überhaupt fände, dann am wahrscheinlichsten hier unten.«

Als guter Gastgeber fragte Frank: »Kennen Sie die Geschichte dieser Höhle?«

»Das einzige, was ich gehört habe, Major Wilkins, ist, daß es eine prähistorische Höhle sein soll.« Mrs. Coral warf einen flüchtigen Blick ins Innere. »Wollen Sie hier einen Ramschmarkt veranstalten?«

Frank warf den Kopf in den Nacken und lachte schallend.

»Er lacht nicht über Sie, er lacht über mich«, sagte Dinah und blickte dabei streng zu Frank hin. Mrs. Coral besah sich den Tisch zum zweitenmal.
»Aha, ein kleines Museum. Verzeihen Sie bitte. Aber Sie sollten vorsichtig sein, wenn Sie hier unten noch so spät arbeiten, besonders wenn Sie zu Rheuma neigen. Diese Felsart war schon immer sehr feucht.«
»Genau das sage ich ihr jeden Tag.«
»Ich hoffe nur, Ihre Ausstellungsstücke leiden nicht unter dem Mehltau.«
Bei dem Gedanken spürte Dinah einen Niesreiz, fingerte nach dem Taschentuch, das aus ihrer Hosentasche baumelte, und betupfte sich die Nase. »Hier wird bald alles luftdicht abgeschlossen sein, wir machen die Höhle dicht.«
»Es soll also kein öffentliches Museum werden?«
»Dies hier ist überhaupt kein Museum oder auch nur etwas Ähnliches. Wenn Sie wollen, werde ich versuchen, es Ihnen zu erklären. Es soll dazu dienen, in ferner Zukunft irgend jemanden über uns – über Sie oder mich – zu informieren, wenn alle anderen Spuren längst verwischt sind. Wir bringen diese Sachen hierher, damit man später Schlüsse daraus ziehen kann. Und nach Hunderten oder Tausenden von Jahren muß das eine erschütternde Entdeckung sein. Stellen Sie sich vor, wie viele Theorien allein dadurch vielleicht umgestoßen werden können!«
»Ja, höchstwahrscheinlich«, pflichtete Mrs. Coral bei. »An welche Theorien denken Sie da etwa, Mrs. Delacroix?«
»Irgendwelche Theorien über uns. Denken Sie bloß mal daran, wieviel Aufhebens man heute in den Zeitungen von jedem lächerlichen vorgeschichtlichen Fund macht, von ein paar kümmerlichen Perlen oder Tonscherben! Unerhört gescheite Theorien werden darauf aufgebaut. Und dann gibt es natürlich noch Pfeilspitzen, Dolche und lädierte Schädel, aber die verleiten uns dazu, das Leben versunkener Rassen als grausam und freudlos einzuschätzen, und das ist unge-

recht. Deshalb blicke ich voraus in die Zukunft, zu den Zeiten, wenn wir eine untergegangene Rasse sind.«

»So etwas!« sagte Mrs. Coral ehrfürchtig.

»Aber jetzt kommt eigentlich erst das Wichtigste. Ich weiß nicht, wie Sie darüber denken, Mrs. Coral, aber ich glaube, ähnlich wie ich. Würde es Ihnen angenehm sein, bloß weil Sie untergegangen sind, einfach als Rasse betrachtet, mit tausenden anderen auf einen Haufen geworfen zu werden? Ich glaube, wir verdienen es, daß man uns als einzelne Persönlichkeiten betrachtet, Sie als Mrs. Coral, Major Wilkins als Major Wilkins und mich als mich. Deshalb muß man beizeiten bestimmte Vorkehrungen treffen. Diese vorzeitlichen Rassen haben vermutlich nie darüber nachgedacht, oder, was noch wahrscheinlicher ist, sie haben es nie für möglich gehalten, daß sie eines Tages untergehen könnten. Aber meinen Sie nicht auch, es wäre seltsam, wenn wir nicht auf solche Gedanken kämen?«

»Obgleich wohl nicht viel dabei herauskommt, wenn man darüber nachgrübelt«, sagte Mrs. Coral.

»Natürlich haben Sie recht! Aber die Sache ist doch die: Man sollte der Nachwelt ein paar Hilfen geben, ihr wenigstens ein paar Anhaltspunkte hinterlassen.«

Mrs. Coral hustete; dann meinte sie: »Falls es überhaupt eine Nachwelt gibt.«

»Damit werden Sie bei ihr kaum ankommen«, warf Frank aus einiger Entfernung ein. Er war unterdessen ins Freie getreten, um seine Pfeife anzuzünden, und blieb danach im Hintergrund, mit Unterbrechungen auf und ab gehend und hin und wieder den Krähen nachsehend, die über sie hinwegflogen. Er unterstrich seine Bemerkungen durch energische Gesten mit der Pfeife zu Mrs. Coral hin und sagte: »Sie will davon einfach nichts wissen.« Mrs. Coral sah abwechselnd von Dinah zu Frank; zum erstenmal schien sie ein wenig zu zittern. Als Dinah das bemerkte, legte sie die Hand auf den Ellbogen ihrer Besucherin und gewann so rasch das Vertrauen und die Aufmerksamkeit ihrer Zuhörerin wieder. Sie fuhr fort:

»Anhaltspunkte, mit deren Hilfe wir rekonstruiert werden können. Gegenstände, die etwas über uns aussagen. Was aber sagt wirklich etwas über uns aus? Ganz bestimmt solche Dinge, für die wir eine besondere Leidenschaft haben, die wir besonders lange tragen oder benutzen, über deren Verlust wir jammern, Sachen, die wir sogar mit ins Bett nehmen. Ein Mensch ist doch nur dann eine Persönlichkeit, wenn er eine richtig verrückte Besonderheit hat; beobachten Sie das nicht auch bei Ihren Freunden, Mrs. Coral?«
»Ich vermute, wir haben alle unsere kleinen Eigenheiten.«
»Das Merkwürdige ist nur, sie sind alle so völlig verschieden. Wenigstens habe ich das immer geglaubt«, sagte Dinah und sah mit einem Anflug von Entmutigung, fast schon Besorgnis auf den Berg von Gegenständen von ihr. »Sehen Sie jetzt, was ich will? Ich habe die Leute gebeten, mir jeweils zwölf Dinge zu geben, von denen sie sich sonst unter keinen Umständen trennen würden. Natürlich habe ich zunächst bei meinen Freunden angefangen, aber ich hoffe, daß ich bald einen größeren Personenkreis ansprechen kann.«
»Haben Ihre Freunde diese Sachen denn leichten Herzens gegeben?«
»O ja«, erwiderte Dinah, wieder ein wenig bedrückt, »ich glaube, einige waren sogar froh, sie auf diese Art loszuwerden. Ein paar waren zuerst etwas verschämt, andere hatten Schwierigkeiten, das Dutzend vollzukriegen. In diesen unruhigen Zeiten gehen solche Dinge leicht verloren, wie z. B. mein angenagter silberner Bleistift. Ich hab' auf einem Dutzend bestanden, denn sonst kann man keinen umfassenden Eindruck vermitteln: eine Persönlichkeit ist immer äußerst komplex.«
»Das hier scheinen Perlenketten zu sein«, bemerkte Mrs. Coral zögernd, »aber wahrscheinlich ist keine davon echt.«
»Nein, es sind alles unechte; aber das da ist ein Rosenkranz. Sie könnten auch sagen, lauter Nagelscheren, aber die gleichen Dinge bedeuten für den einzelnen etwas völlig Verschie-

denes. Sehen Sie, bei dieser hier ist die Spitze abgebrochen, das bedeutet doch etwas!« Dinahs Stimme klang erschöpft, sie machte eine Pause. Dann raffte sie sich wieder auf und erklärte fester als zuvor: »Diese Höhle wird unseren Nachfahren jedenfalls ganz schön die Augen öffnen.«

»Ich habe meine Sachen gerade hergebracht«, erklärte Frank Mrs. Coral. »Ich dachte, ich überleg' es mir besser gründlich, bevor ich mich von etwas trenne. Das da drüben sind sie, falls es Sie interessiert. Im großen und ganzen habe ich die schlichte, einfache Linie bevorzugt. Ich finde, man sollte der Nachwelt gegenüber nicht allzu hochnäsig sein«, warnte er Dinah.

»Ich glaube nicht, daß ich's mit Vollidioten zu tun habe.«

»Du wirst jedenfalls auf einer Harfe sitzen und eine Wolke spielen – Verzeihung, ich meine, andersherum ... Nun«, fragte Frank Mrs. Coral und legte seinen ganzen Charme in die Frage, »hat es Ihnen Spaß gemacht, unseren kleinen Zirkus zu besichtigen?«

Mrs. Coral fragte Dinah: »Und wer wird das hier luftdicht abschließen?«

Die Wirkung dieser Frage stand in keinem Verhältnis zur Frage selbst – je mehr Minuten verrannen, desto deutlicher wurde es. Dinah starrte zuerst durch Mrs. Coral hindurch, schloß dann die Augen, öffnete sie wieder, sah in andere Richtungen, ohne jedoch einen Gegenstand zu fixieren. Mit allen Anzeichen äußerster Entrückung von ihrer Umgebung berührte sie unregelmäßig und langsam mit der Faust die Innenfläche der anderen Hand. Sie schien abwechselnd zu suchen, zu hören oder geistesabwesend einfach auf irgendeine Art von Antwort zu warten, eine Antwort, die nur wenig mit der zu tun hätte, nach der sie gefragt worden war.

In den immer länger werdenden Schatten der Höhle sah ihr Gesicht weiß aus; nicht vor Enttäuschung, eher vor einer verzehrenden Erregung. Es braucht kaum gesagt zu werden, daß sie schwieg.

»Nun, das geht mich nichts an«, sagte Mrs. Coral.

»Bitte?«
»Ich dachte nur, wer das hier dicht machen soll.«
Mit wiedergewonnener Fassung (der Übergang war ebenso rasch) erwiderte die Organisatorin des Unternehmens fröhlich und schlagfertig: »Der Letzte wahrscheinlich.«
Das war für Frank das Stichwort für eine weitere seiner Standardbemerkungen: »Wir können aber alle mit einem Knall draufgehen.«
»Dann würde eben dieser Knall für den luftdichten Abschluß sorgen. Du bist ein richtiger Quertreiber«, sagte sie zu ihm und machte sich daran, die Segeltuchvorhänge zuzuziehen.
»Es ist wichtig, die Höhle für die Nacht gut abzuschließen«, sagte sie zu Mrs. Coral. »Abgesehen von anderen Dingen ist es sehr kalt. Wir gehen jetzt alle nach oben und wärmen uns mit einem guten Schluck auf; hoffentlich brennt das Kaminfeuer schon. Sagten Sie, es war jemand im Hause, als Sie klingelten?«
»Der junge Mann, der manchmal bei Ihnen die Tür aufmacht, war da.«
»Gut. Dann können wir gehen.«
»Es tut mir leid, aber Sie müssen mich bitte entschuldigen.«
»Aber nein, das geht nicht, Sie müssen mitkommen, Mrs. Coral, es gibt Sherry!«
Mrs. Coral hielt standhaft ihr Netz in die Höhe und sagte: »Ich muß diese Zeitschriften hier noch austragen.«
Das Vorziehen und Festbinden der Höhlenvorhänge kam der Zeremonie des endgültigen Abschließens gleich. Als alles fertig war, brach man auf und begleitete Mrs. Coral durch den Garten. Es wurde zusehens wärmer, während sie die Stufen hinaufstiegen. Eine feuchte Wolke aus Blumendüften hing über dem Boden; eine Stimmung mehr wie an einem August- als einem Septembertag. Die drei folgten einem feuchten, gewundenen Graspfad zum Hause hin, der zu beiden Seiten üppig bewachsen war. Dunkelbraune und crèmerosa Malvenstauden dufteten durchdringend und bedrükkend schwer. Stechender fast noch war der Geruch der

bronze-blauen Flut von wilder Minze. Überall ragten majestätisch Gladiolen in die Luft – Dinah war eine begeisterte, liebevolle, gedankenlose und nicht allzu ordentliche Gärtnerin. Das Aufrichten und Festbinden der Pflanzen war nicht ihre starke Seite. Viele Rosen blühten zum zweitenmal und verstreuten ihre Blütenblätter über Stiefmütterchenkissen. Blumen, die wie mit Kreide gezeichnet oder wie aus Wolle gestickt aussahen, Zinnien, wetteiferten in allen Schattierungen miteinander. Und überall längs des Schlängelpfades, wo sonst nichts wuchs, blühten Dahlien: Zwergdahlien, Riesendahlien, Dahlien mit Blütenkronen wie Wappenschilder, flötenschmale, samtene, seidige, porzellanfeine Dahlien, dunkel leuchtende und feuerrote Dahlien, Dahlien, die wie eine Säure die Dämmerung zersetzten, die leise von der abendlichen Erde aufstieg.

Dies war früher ein Obstgarten gewesen. Nicht weit vom Pfad entfernt sah man krumme, alte, aber noch reichlich tragende Bäume, die man hatte stehen lassen, mit früchteschweren, zur Erde hängenden Zweigen. Die Äpfel begannen schon zu fallen; man sah aber, daß sie bis zur Pflückreife noch ein paar sonnige Wochen brauchten. In obstreichen Jahren wurde die Frage, was mit all den Äpfeln geschehen sollte, jedesmal zu einem Problem. Für starke Esser interessanter waren die Gemüsebeete, die sich dort, wo früher Bäume gestanden hatten, quadratisch ausbreiteten. Sie schienen fachmännisch betreut zu werden; wo es nötig war, waren Gräben gezogen, hier und da hatte man Glasglocken über junge Saaten gestülpt, Glasfenster wärmten Keimlinge, und wo die Fenster nicht ausreichten, waren Glasscheiben auf Mauersteine gelegt worden. Frank kam fast täglich von seinem Landhaus herüber und arbeitete hier; zur Entschädigung bediente er sich großzügig von allem. Mit seinem eigenen Garten schien er weniger Erfolg zu haben. Dank ihrem gemeinsamen Fleiß, zu dem sich das überwiegend milde Klima und die ungewöhnliche Qualität des Bodens gesellten, war ihr Tisch fast das ganze Jahr hindurch reich gedeckt. Sie brachten es sogar bis zur Züchtung von provenzalischem und anderem exotischen Gemüse, unentbehrlichen Zutaten in jedem besserem Kochbuch. Es war daher nicht verwunderlich, daß Frank, der hinter Dinah und Mrs. Coral zurückgeblieben war, hin und wieder einen kummervollen, düsteren Blick auf den Küchengarten warf, den *potager* zu nennen er gerade lernte. (Wenn Dinahs Höhlenrausch noch lange anhielt, würde über kurz oder lang alles verkommen.) Das Gespräch der beiden Frauen plätscherte weiter.

»Und wie geht es Ihnen?« fragte Dinah etwas spät.

»Ich weiß nicht, ob Sie es schon gehört haben, mein Inder hat mich verlassen.«

»Ach, wie ärgerlich. Wie ist das gekommen?«

»Eines Morgens fuhr er mit seinem Fahrrad los, ohne ein Wort zu sagen. Später schickte er jemanden, der seine Sachen abholen sollte. Seitdem habe ich nichts mehr von ihm gehört, nur noch eine Postanweisung ist gekommen. Er muß über irgend etwas beleidigt gewesen sein, das ist für mich die einzige Erklärung. Aber worüber?«

»Er muß verrückt sein.«

»Vielleicht hat er sich nicht mit meinem Finnen vertragen.«

»Was denkt denn Ihr Finne darüber?«

»Ich habe ihn nicht gefragt – natürlich kann er auch etwas gefunden haben, das ihm besser paßt.«

»Ob er vielleicht eine Freundin hat?«

»Ich höre grundsätzlich nicht hin, wenn über so etwas geredet wird. Jedenfalls bleibt die Tatsache: ich brauche einen Neuen.«

»Um diese Schwierigkeit zu beheben, brauchen Sie doch nur den kleinen Finger zu rühren.«

»Das sagt jeder, und ich weiß es auch. Darüber mache ich mir auch keine Gedanken, aber es hat mich bekümmert, daß er einfach weggelaufen ist; ich finde das unmenschlich.«

Dinah blieb einen Augenblick stehen, pflückte eine Caroline-Testout-Rose und gab sie schweigend Mrs. Coral, die die

Blume einige Zeit bestürzt betrachtete und sie dann in eins der oberen Knopflöcher ihres Regenmantels steckte. Sie gingen weiter.

»Ich könnte gleich mehrere Neue gebrauchen«, sagte Dinah und sah durch die Bäume auf ihr Haus. »Das Unmenschliche bei mir ist, daß ich diesen Zustand gern habe; wenn ich meine Enkel nicht um mich haben kann, bin ich schon glücklich, wenn nur Francis in der Nähe ist.«

Mrs. Coral warf einen überraschten, deutlich ein Fragezeichen enthaltenden Blick über die Schulter. Dinah rückte ihren Satz zurecht und sagte: »Nein, Francis ist mein ›Diener‹, er schielt und macht, wie Sie sagen, manchmal die Tür auf. Er ist Waise und kommt aus Malta. Major Wilkins heißt einfach Frank. Ich glaube, er hat sich auch daran gewöhnt, in einer Art luftleerem Raum herumzuwirtschaften. Er ist so glücklich in seinem kleinen Haus da drüben.«

»Lebt wohl wie ein Einsiedler?«

»O ja. Er ist gerade ein bißchen aufgeregt, er kann nämlich jeden Augenblick Großvater werden.«

»Ob ihn das etwas geselliger macht?«

»O ja.« Dinah blieb plötzlich stehen, zog ein Bein an und untersuchte melancholisch ihre durchweichte Sandale. »Ich habe überhaupt nicht daran gedacht, daß es regnen könnte. Sie haben wahrscheinlich recht mit der Höhle; man verliert da unten die Verbindung mit der Welt, ohne es zu merken. Ich komme um vor Kälte, wenn Francis kein Feuer im Kamin gemacht hat. Sehen Sie Rauch aus dem Schornstein steigen?«

»Nein, von hier aus kann ich nichts sehen ... Ein Diener denkt nur selten voraus.«

»Er ist ein kleines Scheusal; manchmal könnte ich ihn umbringen, und trotzdem muß man ihn in seiner Art gern haben. Er denkt nämlich tatsächlich mit dem Gehirn, man kann es beobachten.«

Sie gingen weiter.

»Ich könnte Ihnen in einer halben Minute ein Feuer anmachen.«
»Nur, wenn Sie auch etwas mit uns trinken.«
»Nein, Sie müssen mich bitte entschuldigen, ich habe Ihnen schon gesagt, weshalb.«
Der Pfad, auf dem sie gingen, führte auf eine Rasenfläche, von der aus man einen freien Blick auf Dinahs Haus hatte, man konnte kaum irgendwo anders hinblicken. Applegate, so hieß das Haus, war 1912 von einem pensionierten Kurzwarenhändler aus Bristol gebaut worden. Es war ein stattliches Gebäude und wie fast alle Häuser in der Umgebung, ob alt oder neu, aus einem Stein gebaut, der nur sehr langsam verwitterte. Deutlich verriet es die solide Handwerkerarbeit, die darauf verwendet worden war, und die scharfen Ecken, Giebel oder Rahmen der Fenster (von denen einige Türen waren) schienen neu wie am ersten Tag; noch immer leuchtete das Haus, als ob es eben aus Stein gehauen wäre, und um so stärker wirkte dadurch der Kontrast zu den sattgrünen Wäldern und Weiden der welligen Somerset-Landschaft, die es umgab. Applegate sah aus, als ob es innen wie außen gleichermaßen gediegen sei; und in der Tat, Fenster und Türen schlossen dicht, kein Klappern störte die Nachtruhe, selbst nicht bei Sturm und Unwetter, und weder Treppen noch Fußböden knarrten. Diese Vorzüge hatten gewiß dazu beigetragen, daß Dinah sich entschloß, das Haus zu kaufen; ein anderer Grund war die Höhle. Besonders zu dieser Tageszeit konnte man sich in einer Spuklandschaft wähnen. Seit vielen Menschenaltern hatte hier ein Bauernhaus gestanden, zu dem der Obstgarten gehörte; ein Jahr, nachdem es bis auf die Grundmauern niedergebrannt war, wurde Applegate gebaut. Der lebensmüde, kinderlose Besitzer war mit verbrannt; man nahm an, daß er eine Lampe umgeworfen hatte, als er betrunken nach Hause kam.
Die Sonne hatte sich in eine neblige Masse aufgelöst, und diese Art von Sonnenuntergang gab dem Haus etwas eigenartig Gelbliches oder ließ vielmehr ein Gelb aufleuchten, das

schon im Stein vorhanden war. Applegate zeigte sich der besonderen Stunde wie immer würdig. Durch ein Fenster konnte man sehen, wie Francis sich in seinem weißen Kittel hin- und herbewegte und ein Tablett mit Getränken trug. Der Rasen, über den die beiden Frauen gingen, war voller Narben; bogen-, diamantförmige und runde Blumenbeete, die früher zu dieser Jahreszeit immer voller prächtiger Begonien gewesen waren, waren jetzt mit Torf bedeckt. Um das Tor zu erreichen, mußte man an einer Seite um das Haus herumgehen. Man sah von hier eine Blutbuche aufragen; unter ihrer rotschwarzen Krone baumelte eine Kinderschaukel, schief, ein Seil länger als das andere. Dinahs Blick fiel darauf, als sähe sie die Schaukel zum erstenmal. Im Vorbeigehen starrte sie unverwandt auf die Schaukel, mit einem sonderbaren, leeren und zugleich angespannten Blick (so wie vorhin in der Höhle), der auffallen mußte.

»Ist diese Schaukel nicht gefährlich?« fragte Mrs. Coral.

»Nein, bloß wenn man sehr stark schaukelt.« Dinah antwortete, als spräche sie von einem anderen Planeten aus.

»Solange sie nicht gefährlich ist, geht es ja! – Ach!« Mrs. Coral wirbelte plötzlich ihr Netz mit den Zeitschriften durch die Luft. Vor Schreck löste sich die Rose aus dem Knopfloch und fiel zu Boden. »So etwas Dummes!« Verwirrung und Ärger schossen ihr heiß ins Gesicht. »Das ganze Stück gehe ich mit Ihnen und habe völlig vergessen, die Quittung auszuschreiben!«

»Wenn es weiter nichts ist ...«

»Ich bin sonst in diesen Dingen sehr eigen, Mrs. Delacroix, aber Sie haben mir eben soviel zum Nachdenken gegeben.«

»Das freut mich – ich meine, es tut mir leid.«

»Morgen früh werde ich Ihnen als allererstes die Quittung bringen.«

Sie waren jetzt an der weißen Gartenpforte angelangt, die nur angelehnt war. Dinah hielt Mrs. Coral voll Bedauern die Hand zum Abschied hin, aber ihre Freundin war noch keineswegs am Ende ihrer Überlegungen. »Vielleicht kann mein

Finne heute abend noch vorbeikommen, wenn er mit seinem Fahrrad unterwegs ist. Er hätte dann wenigstens ein Ziel. Ich glaube sogar, er würde es gern tun. Ich selbst habe noch allerhand vor; ich muß noch Zellophan auf Marmeladengläser spannen und dann die Gläser beschriften. Ich will Ihnen gar nicht erst sagen, wieviel Pfund ich eingekocht habe! Alles Pflaumen. Es drängt ziemlich ... Jedenfalls sehr herzlichen Dank, Mrs. Delacroix, und guten Abend!«
Sie ging. Dinah blieb auf dem Gartenweg stehen, winkte, wie es sich gehörte, und trat dann ins Haus. Sie schloß das Tor ab, wie um sich gegen den Finnen zu schützen. Dieses Tor wurde nur sehr selten geschlossen, eigentlich nur, wenn Kühe in der Nähe weideten. Wenn Frank nachher in seinem Auto losfuhr, würde er wohl leicht benebelt sein; man kann nicht gleichzeitig jedem und sich selbst gefallen. Jetzt war es an der Zeit für sie, sich zu entspannen. Wenn Francis das Tablett mit den Getränken hereingebracht hatte, legte er sich gewöhnlich für einige Minuten hin oder machte einen kleinen Spaziergang, um für die noch vor ihm liegenden abendlichen Pflichten gerüstet zu sein. Es konnte aber auch sein, daß er sich gerade rasierte. Wenn er da war, müßte sie ihm eigentlich eine Szene wegen des Kaminfeuers machen; wenn sie es nicht tat, würde Frank es tun. Hinderte sie Frank daran, hätte Francis seinerseits die beste Gelegenheit, von sich aus eine Szene zu beginnen. Sie wußte, daß sie mit Menschen von stürmischem Temperament nicht umgehen konnte. Auch sie hatte nun Stoff zum Nachdenken.
Frank hatte sich drinnen gleich etwas zu trinken eingegossen, wanderte mit dem Glas in der Hand im Zimmer auf und ab und beobachtete Francis, der, vor dem Kaminrost hockend, das eben entzündete Feuer mit paraffindurchtränkten Zeitungsknäueln anzufachen versuchte. Er hatte sie in einer versilberten Suppenterrine hereingebracht, die noch halb voll auf dem Kaminvorleger stand.
»An deiner Stelle würde ich mich dabei nicht von Mrs. Delacroix erwischen lassen«, rief Frank Francis zu, als Dinah

gerade ins Zimmer kam; es hatte zwischen ihnen durchaus keinen Krach gegeben, sie hatten lediglich die gegenseitigen Positionen respektvoll abgesteckt. Das Verhältnis der drei zueinander änderte sich täglich, man könnte fast sagen, stündlich; wenn jemand im Augenblick ungünstig dastand, dann war es Dinah. Sie sah sofort, bei wem sie besonders schlecht angeschrieben war. »Diese Methode scheint ja tatsächlich zu helfen«, versuchte sie sehr sanft zu bemerken, aber Francis griff nach der Suppenterrine, richtete sich theatralisch zu seiner ganzen Größe auf und verließ das Zimmer, ohne auch nur einen Blick auf Dinah zu werfen. Frank, der sie beobachtet hatte, sagte: »Das hast du davon.«

»Ja.«

»Ist Mrs. Coral weg?«

»Ja.«

»Es sieht aus, als ob du nasse Füße hättest.« (Er hatte schon leichte Hausschuhe angezogen, die er immer hier im Hause ließ.)

»Du hast recht«, sagte sie und streifte sich die Sandalen von den Füßen. »Und außerdem könnte ich –«

»Ich hatte dies hier bitter nötig, kann ich dir sagen.« Er starrte düster in sein leeres Glas und trottete dann zum Tablett, um ihr eins zu holen. Aus einiger Entfernung ließ er ein leichtes Stöhnen vernehmen.

Dinah sagte: »Versuch' doch mal, nicht ewig an dieses Baby zu denken. Man muß der Natur ihren Lauf lassen, das ist nicht zu ändern. Und eine Geburt gehört zu den Dingen, die durchaus normal verlaufen können. Ich bin überzeugt, Joan –«

»Joan ist zäh wie ein Rhinozeros, alles, was recht ist. Unnormal sind bloß die Auswirkungen auf mich.«

»Du Armer!« Sie machte es sich auf ihrem Stuhl bequem und sah ihm unerschüttert in die Augen.

»Ich bin von einer fixen Idee besessen, ich weiß.«

»Werd' doch nicht gleich wütend wie Francis. – Oh, gut, vielen Dank!« sagte sie und nahm ihr Glas. Anstatt zu

trinken, hielt sie es geistesabwesend schief in der Hand und starrte durch das Fenster in den immer dunkler werdenden Obstgarten. »Denn tausend Jahre sind vor dir wie der Tag, der gestern vergangen ist ...«, meditierte sie laut.
»Ich weiß bis heute nicht, wie man das verstehen soll.« Frank füllte sein Glas zum zweitenmal und steuerte auf seinen gewohnten Stuhl zu.
»Weißt du, Frank«, rief sie plötzlich laut, zog ihre bloßen Füße hoch und richtete sich zu ihm auf, »ich habe eben ein ganz seltsames Gefühl gehabt. Ich habe es immer noch. Wenn man sich an etwas blitzartig und deutlich erinnert, so vollständig, daß es nicht ›damals‹, sondern ›jetzt‹ ist – das ist doch ein seltsames Gefühl, nicht? Ich weiß genau, es kommt von weit her, es ist mehr als eine bloße Erinnerung. Man ist plötzlich mittendrin, genau im Mittelpunkt; alles geschieht um einen herum. Es ist – es ist verzehrend.«
»Vermutlich«, sagte Frank vorsichtig.
»Es heißt doch, daß man nie etwas zum erstenmal tut. Ich bin ganz sicher, es hat ein erstes Mal gegeben. – Wußtest du eigentlich, daß ich schon immer eine Neigung dazu hatte, Sachen zu vergraben?«
»Hoffentlich nicht mich.«
»Nein, nein, ich meine, zu einem bestimmten Zweck. Was mir heute abend unter anderem klargeworden ist, ist die Geschichte mit der Höhle.«
»Ah!«
»Diese Höhlenidee war gut, und ich würde sie nie für einen Fehler halten, aber eigentlich war es nur eine Wiederholung. Nein, vielleicht das weniger als ein Zurückgehen auf etwas schon Begonnenes. Jedenfalls ist es mir jetzt klar.«
»Und dafür brauchtest du die Lieblingszahnbürsten deiner Mitmenschen!«
»Sei nicht albern«, sagte sie, aber ohne Feindseligkeit.
»Ich muß leider feststellen, Dinah, daß ich dir nicht ganz folgen kann.«
»Versuch' es wenigstens! ... Ich hab' es ›blitzartig‹ genannt,

eigentlich waren es zwei Blitze, der erste eine Frage, der zweite die Antwort. Der erste kam – erinnerst du dich? – unten in der Höhle, als Mrs. Coral fragte, wer das luftdicht abschließen solle. Es war das Gefühl, daß ich diese Frage schon einmal gehört hatte, deshalb war ich so abwesend und in Gedanken verloren. Aber wann? Warum? Wie? Der zweite Blitz schlug ein, als Mrs. Coral und ich die Schaukel sahen.«

»Mein liebes Kind, du siehst diese Schaukel jeden Tag.«

»Ja, ich weiß.« Dinah hielt einen Augenblick inne, runzelte die Brauen und sah wieder aus dem Fenster. Sie trank fast ihr ganzes Glas leer, ohne abzusetzen, als ob sie es eilig aus dem Weg schaffen wolle. »Frank?«

»Sprich weiter.«

»In der Schule, in die ich ging, gab es so eine schiefe Schaukel.«

Er wußte nichts darauf zu sagen.

»Zwei andere Mädchen und ich. Wir waren zu dritt.«

»Muß eine kleine Schule gewesen sein.«

»Sei nicht so töricht, natürlich gab es noch Dutzende andere Mädchen. Die, von denen ich rede, das sind wir. Drei. Ich muß jetzt wissen, wo die beiden anderen sind. Was, meinst du, kann ich tun? Wie kann ich sie finden?«

»Mußt du sie denn finden?«

»Ich brauche sie.«

»Da kann ich dir wohl kaum helfen.« Trotzdem legte er die Stirn in Falten, entschlossen, ihr zu helfen. »Wann hast du sie zuletzt gesehen?«

»Damals. – Vielleicht haben sich die beiden seit damals auch nicht mehr gesehen.«

»Hast du seitdem etwas von ihnen gehört? Haben sie mal geschrieben?«

»Um Himmels willen, nein!« rief sie. (Der bloße Gedanke!)

»Wann war damals?« fragte er.

»In jenem Sommer«, sagte sie ungeduldig.

»Nun wollen wir erst einmal das klären; in jenem Sommer: *wann?*«

»Als wir elf waren.«
»Aha!« sagte Frank verständnisvoll und äußerst gelangweilt zugleich.
»Kleine Mädchen also? Kleine Mädchen, Kinder.«
»Du weißt wenig.«
»Meine liebe Dinah, du wirst sie niemals wiederfinden.«
»Warum nicht? Warum sollte ich nicht?«
»Du denkst an zwei kleine Mädchen.«
»An drei.«
Das ging über seinen Verstand. »Kannst du nicht begreifen, daß es sie nicht mehr gibt? Ich meine, du findest sie nirgendwo, heute, siehst du das nicht ein? Diese zwei, an die du denkst ...«
»Drei.«
»Wenn du wirklich Ernst damit machtest, würdest du höchstens zwei sehr charmante, aber – hm – entschieden erwachsene Damen aufstöbern. Es tut mir leid, daß ich es so brutal sage, aber so steht es doch.«
»Sei dir nicht zu sicher.«
»Dann sieh doch selbst zu.«
»Wir sind weit entfernt davon, nirgendwo zu sein«, erklärte sie mit beunruhigender Fassung, »die Frage ist einfach ...«
»Dinah, mach' dich nicht lächerlich!«
Sie drehte den Kopf stolz zur Seite.
Frank hatte in jeder Hinsicht genug für diesen Abend. Er bewegte sich unruhig hin und her in den Tiefen seines großen Sessels, aus dem plötzlich alle Bequemlichkeit geschwunden war, und spielte gedankenlos mit seinem leeren Glas. Von Zeit zu Zeit warf er einen prüfenden Blick zur Zimmerdecke. Nach einer Weile fühlte er sich veranlaßt, seine Armbanduhr mit Dinahs französischer Uhr zu vergleichen, die zierlich auf dem hohen eichenen Kaminsims stand: eine der beiden Uhren ging nach; er wußte, welche.
»Erwartet Francis, daß ich zum Essen hierbleibe?« fragte er.

»Ich habe keine Ahnung, was er erwartet. Du fragst ihn besser selbst.«

2

Francis' Augenfehler war kein richtiges Schielen, sondern ein Auge blickte starr geradeaus, während das andere hin- und herglitt. Diese Anordnung schien Francis sehr entgegenzukommen – er sah auf diese Weise mehr. Zudem litt sein Selbstbewußtsein durchaus nicht unter der Besonderheit, schon gar nicht in Applegate, wo soviel Eitelkeit in der Luft lag. Er betrachtete sich ständig in den Spiegeln des Hauses, nicht nur ohne eine Miene zu verziehen, sondern mit allen Zeichen gestärkter Selbstachtung. Doch obgleich weder sein Sehvermögen (soweit man das beurteilen konnte) noch sein Aussehen (wenigstens seiner Ansicht nach) durch diese Eigentümlichkeit beeinträchtigt wurden, spürte er, daß sie sein Fortkommen behinderte. In dieser Zeit, da dem echten Talent jede Karriere offenstand, war ihm die Laufbahn, für die er sich in jeder Beziehung prädestiniert fühlte, trotz allen Talents durch seinen Augenfehler verschlossen. Noch immer nagte an ihm der Gedanke, wie weit er es im Geheimdienst hätte bringen können. Er hatte seine Absicht, in den Geheimdienst einzutreten, deshalb aufgegeben, weil es ihm unmöglich gewesen wäre, sich zu tarnen, d. h. sich wirksam zu maskieren. Der Agent X darf kein leicht zu identifizierender Mann sein.

Seine Herkunft hätte ihm nicht im Wege zu stehen brauchen; dennoch sah er (wie Besucher des Hauses, die Malta kannten, jedesmal sofort sagten) so maltesisch aus (er war Malteser durch und durch, in allen Verzweigungen seiner Familie), daß es sich einfach nicht gehörte, weiter darüber zu reden. Die meisten seiner Verwandten waren bei der Bombardierung der heldenhaften Insel umgekommen; seine Eltern waren bei einem Schiffsunglück während eines Feiertagsausflugs an die See ertrunken. Es war Francis' Glück gewesen, daß er bei

Freunden, die sich nicht gerade erfreut darüber zeigten, an Land zurückgelassen worden war. Er hatte seinen Eltern den Ausflug so gründlich verdorben, daß sie seinen Anblick nicht länger ertragen konnten und deshalb die Seefahrt unternahmen. Die Tragödie häufte ein solches Maß von Anteilnahme auf das Kind, daß Francis seither davon zehren konnte. Das Interesse an ihm hörte einfach nicht mehr auf. Plötzlich hatte er einen Riesenvorrat an Adoptivonkeln und -tanten, Mitfühlenden, Menschen, die sein tragisches Geschick überall verbreiteten, Pseudo-Organisatoren und Paten; auf diese Art hatte Dinah von ihm gehört. Er war damals siebzehn. Man hatte gefunden, es könne ihm nicht schaden, wenn er ein oder zwei Monate bei ihr bliebe und währenddessen über seine Zukunft nachdächte; ländliche Luft und Kost konnten ihm nur gut tun. Natürlich müßte er sich bald verbessern. Francis war Dinah mit dem ausdrücklichen Hinweis anvertraut worden, daß es sich nur um eine vorübergehende Bindung handeln könne. Es werde ihm nichts ausmachen, häusliche Arbeiten zu verrichten, solange sie Interesse an ihm zeige. Zu Beginn hatte sie resignierend getan, was ihr aufgetragen war. Jetzt war es zu spät für Änderungen. Francis prägte bereits den Haushalt. Er war jetzt neunzehn und immer noch in Applegate. Jeder sagte ihm, und er sagte ihr, daß er sich wegwerfe. Sie stimmte ihm darin leidenschaftlich zu. Keine der ihm vorgeschlagenen Möglichkeiten war ihm jedoch bislang als hinreichend verlockend erschienen. Kein Versuch, ihn wegzulocken oder ihn gar hinauszuwerfen, war bisher erfolgreich gewesen. Francis zog es vor, so schien es, weiterhin seinen verhinderten Ehrgeiz zu hätscheln. Und je länger er das tat, desto mehr schwoll sein Ehrgeiz. Er nährte seine Pläne mit ausgedehnter Lektüre, wobei er meist auf seinem Bett lag, führte sie auf Spaziergänge in die Umgebung und fütterte, päppelte und förderte sie auf jede erdenkliche Weise. Wenn seine Pläne ihn auch nicht beherrschten, so hatte er sie doch zu seinen Schützlingen gemacht. Als Bediensteter zog Francis es vor, seine Gewohnheiten zu variieren. Es gab

Stunden, in denen er seine Rolle in Dinahs Haushalt offensichtlich parodierte, sozusagen eine Travestie des makellosen Dieners inszenierte. Manchmal schmeichelte und umwarb er Dinah dadurch, daß er eine bizarre Ergebenheit an den Tag legte. Wiederum gab es ganze Tage, an denen er kaum von irgend jemandem in seiner Umgebung Notiz nahm, geschweige denn von seinen Pflichten. Und zu anderen Zeiten konnte sie nicht anders als ihm atemlose Aufmerksamkeit bei all seinen Verrichtungen zollen, unterbrochen höchstens durch Ausrufe der Hingerissenheit oder Ehrfurcht. Tagelang konnte er sich Spezialaufgaben hingeben, etwa mit großer Sorgfalt die Intarsien ihrer Möbel mit einer in Leinöl getauchten Zahnbürste bearbeiten. Wenn er in einer seiner gesprächigen Phasen war, schien er kein Ende finden zu können; wie ein Hund folgte er seiner Brotgeberin auf dem Fuße und setzte schonungslos den Drillbohrer seiner Gesprächssucht an, wo immer sie war und was immer sie tat. Er schien beängstigend gebildet zu sein. In den zwei Jahren hatte sein Wortschatz den ihren beträchtlich erweitert; von Natur aus abenteuerlustig, benutzte sie jetzt Wörter, die ihr bislang fremd gewesen waren. Zeitungen entfernte er aus dem Haus, sobald sie ankamen (sie mußte sich oft Franks »Daily Express« borgen); er ignorierte sie betont, seine Unterhaltung entzündete sich jedoch häufig an Zeitungsmeldungen. Frank war überzeugt, daß Francis politisch ein großer Wirrkopf war.

»Ich glaube, er braucht gleichaltrige Kameraden, findest du nicht auch?« fragte Dinah oft.

»Ein rechter Einzelgänger«, erwiderte Frank, wenn er in guter Stimmung war – »ich könnte dir genau sagen, was der braucht«, wenn das Gegenteil der Fall war.

Darauf pflegte sie sehr entschieden zu entgegnen: »Er braucht ein intellektuelleres Klima als das hier auf dem Lande.«

Francis hörte nie ganz auf zu arbeiten. Er wußte, daß er gehen müßte, wenn er überhaupt nichts mehr tat, und das wäre ihm keineswegs recht gewesen. Einstweilen entschädigte er sich dafür, daß er nicht für den Geheimdienst arbeiten konnte. In einer nicht dechiffrierbaren Geheimschrift trug er seine Gedanken in ein dickes Notizbuch ein, das er nie bei sich trug, da es seine Anzüge ausbeuteln würde, sondern das er zwischen den Wasserrohren unter dem Spülbecken in der Küche versteckte. Jeder kannte allmählich dieses Versteck, denn er brachte sein *cahier* jedesmal allzu offen sichtbar dorthin zurück. Keinen Brief, der Applegate erreichte, ließ er ungelesen – falls Dinah nicht rechtzeitig daran dachte, ihn wegzuschließen, eine Vorsichtsmaßnahme, die sie selten ergriff; sie hatte den Eindruck, daß selbst Verschlossenes vor Francis nicht sicher war. Die Kontrollabschnitte in ihrem Scheckbuch, Rechnungen, Einkommensteuererklärungen und Korrespondenz mit Pfandleihern interessierten ihn ebenfalls. Überhaupt, keine Form schriftlicher Mitteilungen war seiner Aufmerksamkeit unwürdig. Mit Papierkörben hielt er sich nicht lange auf, er kannte ihren Inhalt meistens längst. Es war daher nicht überraschend, daß er mittlerweile wußte, wie die Dinge im Hause standen.

Dinah verwahrte ihre Papiere in dem kleinen Schreibtisch im Wohnzimmer. An diesem Morgen klappte Francis den Deckel des Schreibtischs ohne besondere Neugier oder Erwartung auf; die Morgenpost, die er für sie auf dem Frühstückstablett ausgebreitet hatte, war ungewöhnlich mager und fade gewesen. Seine Nachforschungen erforderten heute nicht einmal prickelnde Heimlichkeit und Eile. Dinah war mit dem Auto ins Dorf gefahren, was bei ihrer Art, in den Geschäften zu schwatzen und bei Major Wilkins hereinzusehen, bedeutete (jedenfalls gewöhnlich), daß sie nicht vor Mittag zurück sein würde. Francis machte sich daher ziemlich lustlos, aber dennoch geschickt an seine tägliche Überprüfung der Lage. Plötzlich jedoch wurden seine Mühen belohnt. Hier lag ein Bündel dünner, zerknitterter Blätter in Dinahs Handschrift, das gestern noch nicht dagewesen war, bedeckt mit Verbesserungen, Ausradierungen, Einschüben, Schleifen, Klammern, Pfeilen und Randnotizen. Und das ganze schien (jedenfalls

auf den ersten Blick) immer dasselbe zu sein – hier und da mit Auslassungen oder geringen Veränderungen. Er war überrascht – was sollte das alles bedeuten? Er nahm den Stapel aus dem Schreibtisch und ging damit an ein Fenster; schließlich setzte er sich auf ein Sofa, um zu sortieren. Er strich die einzelnen Bogen glatt und verglich sie miteinander. Ein Entwurf offenbar! Ein Dokument?
Damit, was immer es war, hatte sie sich also gestern bis spät in die Nacht beschäftigt, noch lange nachdem der Major weggegangen war. Als Francis um ½2 Uhr morgens schlaftrunken hinuntergewankt war, um sich eine Banane zu holen, hatte er noch Licht unter der Wohnzimmertür gesehen. Vielleicht ein neuer Testamentsentwurf? Plötzliche, neue Entschlüsse? Nein, diese sonderbaren Kritzeleien konnten sich nicht auf Geld beziehen. Eine Annonce? Sollte sie etwa annoncieren, um ihn los zu werden? Bei dem Gedanken schnitt Francis eine Grimasse, die Dinah (sie hatte ihn einoder zweimal dabei überrascht) jedesmal an den abgeschlagenen, wutverzerrten Kopf eines chinesischen Kriegers erinnerte, der auf einer blutrünstigen Zeichnung von triumphierenden Siegern herumgeschwenkt wurde. Nein, ruhigeres Nachprüfen ergab, daß sie noch nicht die Stirn hatte, an so etwas zu denken. Er kehrte zur eigentlichen Arbeit, d. h. zur Analyse der Papiere, zurück und sortierte zunächst die verworrensten Blätter aus (die ersten Stufen des qualvollen Prozesses), so daß schließlich die endgültige Fassung übrig blieb. Dies hier waren offensichtlich die Reinschriften. Sie reduzierten sich auf fünf und lauteten wie folgt:

Clare geb. Burkin-Jones und Sheila Beaker bitte umgehend Verbindung mit Diana geb. Piggott aufnehmen; haben gemeinsam Kiste vergraben. Dicey unbedingt mit Mumbo und Sheikie beraten. Zuschriften unter Nr. ...

Dringend. Sheila (Sheikie) Beaker und Clare (Mumbo) Burkin-Jones, ehemalige Internatsschülerinnen in St. Agatha,

Southstone, sofort Verbindung mit Diana (Dicey) geb. Piggott aufnehmen, gleichgültig, ob verheiratet oder unter wirklichem oder angenommenem Namen lebend. Wissen, warum. Krise entstanden. Zuschriften unter Nr. ...

Sheikie und Mumbo, wo seid ihr? Euer einstiger Bundesgenosse Dicey sucht euch dringend in einer Angelegenheit, von der wir allein wissen. Die ganze Affäre scheint jetzt geklärt werden zu können. Treffen wichtig, bevor zu spät. Zuschriften über den Verbleib von Sheila geb. Beaker und Clare geb. Burkin-Jones (1914 in der St. Agatha-Schule, Southstone) umgehend an Nr. ...

Wo sind Sheila Beaker und Clare Burkin-Jones, zuletzt Southstone? Jeder, der etwas über sie mitteilen kann, möge es umgehend die besorgte Freundin, die ehemalige Diana Piggott, wissen lassen. Falls am Leben, aber inkognito, keine Furcht vor Dicey nötig, die Geheimnis weiterhin bewahrt. Wenn Sie schreiben, wird Absender nicht verraten. Trotz der Vergangenheit freut Dicey sich aufs Wiedersehen. Zuschriften unter Nr. ...

An diese fünf Entwürfe waren verschiedene Notizen geheftet:
TIMES, TELEGRAPH.
Ob sie die TIMES lesen? Ehemann bestimmt, falls vorhanden und am Leben.
Wie kann man die Namen der Zeitungen in Southstone und Umgebung ermitteln? Bürgermeister anrufen?
Netz weiter spannen. Übriges England?
Schottland, Wales, Irland – um Himmels willen!
Hat jeder Ort seine Zeitung? Alle Bürgermeister anrufen?
Europa, Commonwealth, Amerika? Ungeheure Ausgaben.
Zuerst abwarten, was hier herauskommt.
Welche Annonce in welche Zeitung?
Warum nicht alle fünf abwechselnd in alle Zeitungen? Ja.
In welcher Rubrik? Dauerauftrag? Vorauszahlung? Oder Bezahlung nach Erscheinen?

Wöchentlich? Monatlich? Rechtzeitig ans Bezahlen denken.
Bankkonto überprüfen; Verkäufe, falls nötig. Warum nicht?
Schreibmaschine und jemanden, der tippen kann, besorgen.
Schreibmaschinenpapier, Umschläge, Heftklammern, Briefmarken tonnenweise. Karte von England besorgen.
Herkulesarbeit.
Aber die Idee ist gut. Mit Packie sprechen, kannte und kennt jeden – oder ist er immer noch beleidigt? Versuch schadet nichts. Auf keinen Fall –
An dieser Stelle wurde Francis im Lesen unterbrochen. Sein immer hellwaches Gehör meldete ihm Mrs. Delacroix' Auto auf der Straße, noch ziemlich weit weg, aber näherkommend. Verwirrt erhob er sich vom Sofa. Was für ein Spielverderber sie war, wieviel Ärger sie machte! Einfach gedankenlos so etwas. Dies war der denkbar ungünstigste Zeitpunkt, nach Hause zu kommen. Er machte sich hastig daran, die vielen Blätter wieder in die Unordnung zu bringen, in der er sie vorgefunden hatte, verstaute sie im Schreibtisch und sah sich noch einmal im Wohnzimmer um. Warum sollte er sich eigentlich nicht ein wenig Musik machen? Wenn niemand da war, durfte er das immer tun. Verständnis für seine Musikliebhaberei war eine der Bedingungen, unter denen sich Francis zu Dienstleistungen herbeiließ. Ob es hier ein Stereo-Grammophon gab? Einen Plattenspieler hatte sie. Er ging darauf zu, schaltete ihn ein und senkte die Nadel auf die Platte, die immer aufgelegt war: Rhapsody in Blue. Es gab nur sehr wenige Tage und noch wenigere Abende, an denen nicht geballte Ausbrüche oder abgerissene Fetzen dieses Stücks durch Applegate hallten. Dinah war seit Jahren von der Rhapsodie so angetan, wie Francis es jetzt war, und auch Frank gewöhnte sich immer mehr an die Platte.
Heute betrat Dinah ihr Gershwin-erfülltes Wohnzimmer in einer Stimmung der Auflehnung. Sie war in Stimmung, aber

nicht für die Rhapsody in Blue. Mit energischer Geste gebot sie Ruhe.
»Entschuldigen Sie, Madam. Ich nahm an, Sie seien weggefahren.«
»Das ändert nichts an der Tatsache, daß ich jetzt wieder zu Hause bin. Hast du nichts zu tun?«
»Es ist kein Silvo mehr da.«
»Ich möchte jetzt hier allein sein und telefonieren.«
Mit dem einen beweglichen Auge schoß er ihr einen wissenden Blick zu, den sie nicht deuten konnte.

3

Das Dachcafé eines Warenhauses in Knightsbridge war der verabredete Treffpunkt; 15 Uhr 45 an einem Septembernachmittag. Die Einrichtung des Cafés war ein getreues Spiegelbild des Geschmacks seines Besitzers: niedrige Tische, bequeme Sessel und ein teurer Teppich. Hin und wieder stelzte ein Mannequin durch den Raum. Für einen Kriegsrat hat es schon ungeeignetere Orte gegeben.
Eine große, kräftige Frau mit einem festen schwarzen Turban und einer auffallenden Brosche auf ihrem dunklen Kleid setzte sich, ohne zu zögern, an einen Tisch, einer Frau gegenüber, die dort bereits saß. Diese schien einen Augenblick unschlüssig, ob sie aufstehen sollte oder nicht. Sie streckte zögernd eine Hand aus, zog sie wieder zurück, öffnete den Mund ein wenig, sagte aber nichts. Überaus mondän vermittelte sie den Eindruck, wohl etwas zu smart für London zu sein, die Unangemessenheit ihrer Erscheinung war dramatisch. Ihr Hut bestand aus rosa Rosen.
Beide holten zunächst Luft und sammelten Kräfte. Dann sahen sie sich plötzlich, wie verabredet, in die Augen und blickten dann wieder zur Seite. Als sie damit fertig waren, kicherten sie beide fast gleichzeitig. Der schwarze Turban, der es sich in seinem Sessel bequem machte, stieß mit dem

Knie ans Tischbein, woraufhin die rosa Rosen losplatzten: »Da bist du also wieder! Daß man dich hier wiedersieht!«
»Ich wollte gerade sagen, daß man *dich* hier wiedersieht!«
So unbefangen wie möglich fragten die rosa Rosen ein wenig zögernd: »Du hättest mich wohl nicht wiedererkannt?«
Die andere lächelte, äußerte sich aber nicht zu der Frage.
»Ich sage nicht, daß es eine schlechte Idee war, deinen Hut zu beschreiben.«
»Das war die Idee meines Mannes«, sagte der Rosenhut, in einem Ton, der deutlich machte, daß es ihre Gewohnheit war, jedem, wenn möglich, Gerechtigkeit widerfahren zu lassen. »Er hat gesagt, da das Treffen peinlich genug für uns beide sein würde, wäre es verkehrt, die falschen Frauen anzustarren und sich anschnauzen zu lassen. ›Schreib ihr deshalb, was du anziehst, und vergiß nicht, auch das zu tragen, was du beschrieben hast.‹ Er hoffte auch, daß keiner von uns überrascht ist, wenn das Wiedersehen zuerst einen Schock auslöst. – Nein, ich glaube, ich hätte dich nie wiedererkannt, wenn du nicht auch deine Brosche beschrieben hättest. Darf ich fragen, ist es eine italienische?«
»Ich mag sie eigentlich nicht besonders«, erwiderte der schwarze Turban und blickte auf die Brosche hinunter. »Viel zu auffällig. Aber schließlich hat sie ihren Zweck erfüllt.«
Der Rosenhut kniff die Augen zusammen und starrte noch immer die Brosche begierig an.
»Gleich nachdem ich dir geschrieben hatte«, fuhr sie fort, »habe ich mir überlegt, warum ich gerade diesen Hut gewählt habe. Wenn es nun geregnet hätte! Wenn man nur für einen Tag hierherkommt, kann man nie wissen. Und für diese Jahreszeit ist der Hut reichlich sommerlich ...« Plötzlich merkte sie, daß ihr Gegenüber sie objektiv und lässig betrachtete, und ein plötzlicher Verdacht regte sich; sie wurde trotzig:
»Oder glaubst du vielleicht ...«
»Nein«, entschloß sich die andere, ihr Gegenüber immer

noch genau fixierend, »du kannst ihn durchaus noch tragen.«
»Danke. – Chinesischen oder indischen Tee, was möchtest du?«
Eine Kellnerin wartete schon neben ihnen. Als die Bestellung aufgegeben und die Kellnerin außer Hörweite war, drehte sich der Rosenhut um und sagte: »Nun, Clare …«
»Guten Tag, Sheila.«
Beide lehnten sich so weit zurück, wie es ihre Sessel zuließen.
»Weißt du, Clare, es ist komisch; wie gesagt, ich hätte dich nicht erkannt, so wie du jetzt aussiehst, hättest du nicht die Brosche getragen. Trotzdem sehe ich dich jetzt, in diesem Augenblick, da du mir gegenübersitzt, genau so, wie du früher warst. Du hast dich zurückverwandelt, wie durch ein Zauberkunststück. Ich hatte dich fast vergessen.«
»Warum auch nicht?«
»Ja. Warum auch nicht? Sogar wenn wir uns als Mädchen verstanden hätten … Aber inzwischen liegt der größere Teil des Lebens hinter uns. Damals waren wir noch nicht einmal Mädchen. Wie alt waren wir, elf? Kleine Mädchen sind uninteressant.«
Clare beugte sich mit ihrem massigen Körper vor. »Ganz im Gegenteil, *du* machst dir etwas vor. Du bist in mancher Hinsicht noch genau so wie damals; ich erkenne dich jetzt weniger deutlich als z. B. noch vor einer Stunde auf dem Weg hierher. Verstehst du, was ich meine?«
»Nein«, sagte die andere schlicht und ohne Bedauern im Ton.
»Dieses ›nein‹ von dir könnte ich überall heraushören; du hast immer entweder ›nein‹ oder ›oh!‹ gesagt.«
»Du scheinst immer noch sehr klug zu sein«, sagte Sheila kühl.
Da sie keine Antwort erwartete, öffnete sie ihr krokodilledernes Handtäschchen, entnahm ihm eine Doublé-Puderdose, klappte sie auf und betrachtete sich im Spiegel des Deckels,

ohne einen Kommentar oder sichtbare Neugier. Von ihrem Gesicht war nicht viel zu sehen, denn obwohl die Rosen die Stirn und ein Bündel blaublonder Haare freiließen, hingen sie wie ein lockerer Kranz dicht über ihre Wangen. Das Rouge war passend gewählt. Ihre eher länglichen als großen, meergrauen Augen hatten noch wie früher etwas Stechendes. Die lange, an der Spitze leicht nach oben gebogene Nase hatte mit zunehmender Reife nichts an Charakter eingebüßt. Ein aufsässiger, scharf umrissener Mund zeigte Spuren von Resignation; er schien nicht mehr soviel wie früher zu reden und auch nicht mehr zu küssen. Ihre Wangenmuskeln waren straffer geworden, vielleicht durch die Anstrengung, dem Alter zu widerstehen. Den größeren Teil ihres Lebens über war sie sehr hübsch gewesen; sie war noch immer anziehend.

Clare trug eine maßvolle Fröhlichkeit zur Schau. Ihre Stirn, die der Turban freiließ, war für immer durch die waagerechten Linien gezeichnet, die entstanden, wenn sie ihre Komödiantenaugenbrauen hochzog, was sie öfters tat. Unter ihren Augen hingen schwere Tränensäcke; tiefe Falten, von beiden Nasenflügeln abwärts, umrahmten ihren Mund. An der Stumpfnase und der starken Oberlippe (die sie immer noch herabhängen ließ) wäre sie eigentlich zu erkennen gewesen, wenn nicht ihre ganze äußere Erscheinung Sheila so gelähmt hätte. Sie war eher massig als fett; ihr Kostüm, als eine Art Behälter eigens für sie angefertigt, verringerte keineswegs – so wie sie jetzt am Tisch saß – die beträchtlichen Ausmaße ihrer Schultern, Hüften, Brüste, ja ihres ganzen Oberkörpers.

Durch Weglassen aller unpassenden Elemente hatte Clare, so konnte man meinen, den einzigen für sie möglichen Stil gefunden und daran seitdem festgehalten. Dieser Stil stand ihr weniger als sie vielmehr ihm; die notwendige Eintönigkeit nahm sie in Kauf. Im Gegensatz zu etwaigen früheren Erwartungen sah sie nun so aus, wie sie wirklich war, und war entschlossen, dabei zu bleiben.

»Ja«, sagte sie.

»Was?« fragte Sheila, aus ihrer Beschäftigung mit der Puderdose gerissen.
»Du fragtest, ob ich immer noch so klug sei.«
»Nein, ich habe gesagt, du scheinst noch immer so klug zu sein; du hast uns wieder einmal ausgestochen.« Selbstsicher fuhr sie fort: »Ich habe weitergelebt.«
»Du mußtest, nicht wahr?«
Matt wandte die Beaker-Tochter und Frau des Mr. Artworth (von Beaker & Artworth) den Kopf zur Seite und spähte nach der Kellnerin aus; sie brauchte es nicht lange zu tun. Ein Tablett wurde auf den freien Platz zwischen ihnen geschoben, so daß die Teekanne auf die Gastgeberin zeigte. Sie hatte nur einen kleinen Teller mit winzigen Kresse-Schnittchen bestellt, die obendrein noch mit Kresse bestreut waren. Clare besah sich verdrossen die Portion.
»Zitrone? – Oder nimmst du Milch?« fragte Sheila und goß Tee ein.
»Du nennst dich also immer noch Burkin-Jones?« fuhr sie fort, ihre Fassung während des Einschenkens wiedergewinnend.
»Allerdings.«
»Du warst also nicht –?«
»Doch, an den Falschen geraten. Eine einzige Pleite. Als das vorüber war, hab' ich meinen alten Namen wieder angenommen.«
»Ach.«
»Das heißt, den Namen meines Vaters.«
»Ja, richtig, er war Soldat. Ihr Offizierskinder wart immer unterwegs. Und dann kam 1914. St. Agatha war damals ganz entvölkert, wenn man zurückdenkt. Es muß komisch gewesen sein, obwohl ich mich nicht mehr daran erinnere, wie es war, als die Schule nach den Sommerferien wieder anfing. Du warst plötzlich verschwunden ... und sie auch. Danach keine Nachricht, keine einzige Silbe, bis heute. Als der Krieg ausbrach, kam dein Vater da gleich an die Front?«
»Er ist in Mons gefallen, am 23. August 1914.«

»Oh. – Aber jetzt vermißt du ihn nicht mehr, oder? Es ist wohl auch zu spät zum Kondolieren.«
»Schon gut.«
»Du brauchst nicht gleich wütend zu werden.« Sheila biß in ein Sandwich und legte es auf den Teller zurück. Sie würde nun nichts mehr fragen; jetzt war Clare an der Reihe, die denn auch prompt das Gespräch wieder ankurbelte mit der Frage:
»Du hast also wie ein ordentliches Mädchen in die Firma geheiratet?«
»Ja, Mr. Artworths zweiten Sohn. Der erste ist gefallen.«
»Du hättest länger suchen und dir Schlechteres einhandeln können.«
»So ist es gewesen. Ich habe schließlich Trevor geheiratet.«
»Trevor?!«
»Warum fragt du?« Sie zog neugierig ihre gewölbten Augenbrauen hoch.
»Ich hab' ihm damals Sand in den Mund gestopft und seine Brille zertrampelt.«
»Richtig. Vielleicht erinnert er sich nicht mehr daran.«
»Ich wette, er hat es nicht vergessen.«
»Er hat nie davon gesprochen.«
»Du hast ihn in das Abwässerrohr getrieben.«
»Nein, das was Dicey. – Jedenfalls liegt das alles weit zurück.«
»Man hört, daß die kleinen Jungen und Mädchen heutzutage die reinsten Engel sind. – Wo bist du die ganze Zeit gewesen, Sheikie, in Southstone?«
»Ja, in Southstone. Da passiert mehr, als manche Leute glauben.«
»Offensichtlich.«
»Was meinst du damit, Clare?«
»Was *du* meinst!«
»Ich wollte's bloß wissen. Bitte nenn' mich nicht Sheikie!«
»Ich hab' es nicht böse gemeint.«
»Verzeihung. – Findest du nicht auch, es ist etwas Schreckli-

ches, was uns da bevorsteht. Ich habe Angst, davon zu sprechen.«

»Sind wir nicht deshalb hierhergekommen?«

»Es könnte auch sehr nett sein, sich mal so wiederzutreffen«, sagte Sheila grob.

»Nun, kommen wir zum Thema«, drängte Clare versöhnlich, »rück endlich raus mit der Sprache!«

»Dann hör' du erst auf.«

»Zier' dich nicht! Die Karten auf den Tisch!«

Mrs. Artworth erlaubte sich, wie eine Verurteilte zu erschauern. Dann riß sie sich wieder zusammen und zerrte aus ihrer Handtasche einen bräunlichen Briefumschlag hervor. Bevor sie ihn über den Tisch reichte, untersuchte sie ihn vorsichtig auf beiden Seiten (auf denen nichts geschrieben stand). »Das sind meine. Wo hast du deine?«

Miß Burkin-Jones entnahm ihrer wesentlich größeren, schwarzen Rindledertasche einen beträchtlich umfangreicheren Umschlag.

Sheila rief sofort: »Wo hast du die alle her?«

»Von einer Agentur.«

»Also aus allen englischen Zeitungen?« Mrs. Artworth stützte das Gesicht in die Hände, strich sich die Wangen entlang und schob die Rosen ein Stück höher. Diese Geste mußte so auffallend, beinahe hysterisch gewirkt haben, daß einige Damen an den Nebentischen herübersahen. Sie hörte jedoch rechtzeitig wieder auf, und nachdem sie ihre Fingerspitzen eine nach der anderen von ihrem Make-up zurückgezogen hatte, betrachtete sie sie langsam der Reihe nach, ob nicht vielleicht Spuren davon an ihnen hängengeblieben waren. Noch während sie damit beschäftigt war, fragte sie mit erstorbener Stimme: »Warum tut sie uns das an?«

»Wir wollen nicht übertreiben, Sheikie, das Ganze ist ein Scherz!«

»Für dich vielleicht«, sagte die andere, mit einer Bitterkeit, die weniger neidisch als verächtlich wirkte. »Du lebst nicht so exponiert wie ich.«

Clare kommentierte diese Bemerkung lediglich mit einem Zucken ihrer Augenbrauen – mehr war bei so beredten Exemplaren wie den ihren nicht nötig. Sie schossen so heftig in die Höhe, daß der Turban weit nach hinten rutschte. Sie öffnete den Umschlag, schüttelte ihn und streute dann wie aus einem Füllhorn Zeitungsausschnitte auf und rings um ihren Teller.

»Bitte«, erklärte sie feierlich. »Vergleichen wir sie mit deinen. Ich wette zehn zu eins, daß sie identisch sind, aber wir wollen sicher gehen.«

»Das nenn' ich methodisch«, sagte die andere übellaunig.

»So bin ich geworden, was ich jetzt bin.«

»Was oder wie bist du also? Ich habe keine Ahnung.«

»Wirklich nicht?« fragte Clare fast mit Ehrfurcht in der Stimme.

»Sei nicht so großspurig! Du hast es mir nie gesagt.«

»Ich glaubte nicht, daß es je nötig war.«

»Nun, Clare, aus der Art, wie du redest, kann ich wenigstens eins schließen: Du weißt nicht, was es heißt, zu einer prominenten Familie in einem kleinen Ort zu gehören. Offenbar kannst du dir nicht vorstellen, was die beiden letzten Wochen in Southstone für mich bedeutet haben. Und nicht nur für mich; Trevor konnte nicht schlafen, und was sich mein Vater gedacht hat, wage ich mir nicht auszumalen. So etwas wie dies *kann* sich auf eine Firma auswirken. Du wirst dir kaum denken können, daß Beaker & Artworth nicht nur einigermaßen floriert hat, seit der Ort überhaupt besteht, sondern daß die Firma genau wie alle andren Betriebe Southstone zu dem gemacht hat, was es heute ist. Jeder in der Stadt könnte dir das bestätigen.«

»Sicher, ich bin überzeugt davon.«

»Und bisher ist noch keiner von uns in irgendeiner Art behelligt worden.«

»Wer behelligt euch denn jetzt?«

Mrs. Artworth riß die Augen weit auf. »Du bist wirklich *sehr* komisch!« sagte sie. Mit einem rosalackierten Fingernagel zeigte sie auf Clares erbärmlichen Teller und fragte: »Du hast die doch gelesen? Höchstwahrscheinlich sind deine die gleichen wie meine. Ja, bitte, mach', was du gesagt hast, vergleich' sie, es sind meine, genau vor deiner Nase, los, schieb' sie hin und her, soviel du willst, ich hab' genug davon; erstens kenn' ich sie auswendig, und zweitens würde ich sie nicht mal mehr mit Handschuhen anfassen!« Ihre Stimme schrumpfte zu einer Art kreischendem Geflüster oder geflüstertem Kreischen.

»Wenn du das hier nicht für verheerend hältst, dann weiß ich nicht ...«

Clare schnitt eine neue Grimasse, diesmal zur Seite. Sie gab zu: »Macht uns ein bißchen lächerlich; schon möglich, und da du es meinst, stimmt es sicher. Aber das ist auch alles.«

»Glaubst du?« fragte Sheila verwundert.

»Das ist meine Meinung«, sagte Clare trotzig und bestimmt. Ihre Stupsnase schien zu jucken, sie rieb sie plötzlich.

»Trevor und jeder, der einigermaßen bei Verstand ist, denkt jedenfalls anders darüber.«

»Trevor ist nicht bei Verstand, nach allem, was du erzählt hast«, sagte Clare unkonzentriert. Sie wühlte geschäftig in den beiden Haufen von Zeitungsausschnitten. Mit erstaunlich behenden Augen und flinken Fingern zog sie einzelne heraus, warf einen Blick auf sie und sortierte. Schließlich verkündete sie: »Hier – diese Böllerschüsse von Dicey reduzieren sich nach meiner Zählung auf fünf. Du scheinst keine Varianten zu haben, ich auch nicht. Fünf sind genug. Wir haben hier deshalb so viele, weil sie die Annoncen in jeder kleinen Zeitung aufgegeben und sich überall stur und pausenlos wiederholt hat. Sie hat sich ja noch nie mit ›nein‹ als Antwort zufriedengegeben, niemals. Eins will ich dir sagen ...«

»*Ich* will dir eins sagen: Wenn Trevor schier von Sinnen ist, dann hat das einen sehr einfachen Grund – unser Telefon geht Tag und Nacht. Jeder, der irgend etwas in Southstone gilt, will wissen, was wir unternehmen werden, drückt uns sein

Mitgefühl aus, fragt, ob wir uns klar darüber seien, daß es sich um mehr als einen bloßen Witz handelt, daß man eine neue Annonce gefunden habe, ob wir die schon kennten, ob er damit vorbeikommen oder sie schicken solle? Ich bin fix und fertig.«

»Das müssen echte Freunde sein.«

»Ich weiß nicht.«

»Wer hat es zuerst gesehen?«

»Trevors Laufjunge im Büro. Im ›Southstone Herald‹, unter ›Vermischtes‹, zwischen Kaninchenanzeigen. Der Bürovorsteher kam dazu, wie er über etwas kicherte, nahm ihm die Zeitung weg und las selbst. Er hielt es für richtig, Trevor zu verständigen. Ich brauche kaum zu erwähnen, daß wir sofort den Chefredakteur anriefen, den wir seit langem gut kennen. Er wußte von nichts, versprach aber, sein Bestes zu tun. Am nächsten Morgen kam von drei verschiedenen Seiten die Anzeige aus der TIMES.«

»Da habe ich es zum erstenmal gelesen. Ich suchte gerade und suche immer noch einen gutaussehenden und guterhaltenen Pelzmantel; deshalb hab' ich fast jeden Tag die Spalte mit den persönlichen Anzeigen gelesen.«

»Einen Pelz aus zweiter Hand? Ich glaube, das könnte ich nicht.«

»Dann eben nicht.«

»Stell' dir diese Kühnheit vor, Clare, in einer Zeitung wie der TIMES!«

»Was das allein kostet! Ich wollte vorhin schon sagen, du ließest mich nur nicht dazu kommen, wo sie auch ist und was sie auch macht, Geld muß sie wie Heu haben.«

»Warum?« fragte Sheila hämisch.

»Warum? Das kann ich nicht erklären. Ich bin aber überzeugt davon. So etwas hier«, erklärte sie mit der Erfahrung einer alleinstehenden Geschäftsfrau, »kostet Geld. Wenn sie so weitermacht, wird das eine dreistellige Summe, vielleicht noch mehr; sie muß ihre Reserven gehörig angezapft haben. Das Geld so hinauszuwerfen, bloß für eine Laune ...«

»Sadisten sollen Tausende ausgeben, nur um andere Leute zu quälen.«

»Die Piggotts, das weiß jeder, hatten nie einen blanken Heller.«

Bestärkt durch einen Blick auf ihren eigenen Schmuck, sagte Sheila: »Vielleicht hat sie einen reichen Mann geheiratet?«

»Wer weiß, vielleicht schon zwei oder drei. Zeit genug hat sie gehabt. Und eins kommt zum anderen, das habe ich oft gemerkt. Ich würde sagen, der letzte Mann ist gestorben, und sie lebt jetzt allein.«

»Du willst mir doch nicht weismachen, daß sie einsam ist!«

»Sie fühlt sich sicher pudelwohl, hat aber völlig die Übersicht verloren.«

Nachdenklich sagte Sheila: »Trotzdem überrascht es mich.«

»Mich überrascht nichts mehr.«

»Auch nicht, wenn du sie dir vorstellst? Wenn man zurückdenkt, sie war ein merkwürdiges Kind. Hellrote Wimpern und ziemlich untersetzt; du warst damals die Knochige.« (Sheilas ungläubiger Blick auf Clares Figur war so ungekünstelt, daß er nicht beleidigend wirkte.) »Und geschrieen und gejammert und Theater gemacht hat sie, ich höre sie noch genau. Und herrschsüchtig! War sie nicht sogar mit einem Baronet verwandt?«

»Keine Ahnung.«

»Ach nein, das war Olive Pocock. Nein, sie hatte einen Bischof in der Familie, das wirkte sich sehr auf ihren Charakter aus. Weißt du, Clare, wenn man wie ich jetzt lange über sie nachdenkt – ist sie eigentlich wegen des Kriegsausbruchs oder unter einem Vorwand so plötzlich verschwunden? Mir ist eingefallen, daß der Krieg doch eigentlich nichts dafür konnte, daß sie keinen Vater hatte. Angenommen«, fuhr Sheila vorsichtig fort, »sie hat nie einen Vater gehabt. Ihre Mutter und sie saßen in dem Landhaus, ohne jede Erklärung. Dinge, die man als Kind erlebt und nicht für bemerkenswert hält, kommen einem erst viel später sonderbar vor. In ihrem

Wohnzimmer roch es immer wie in einem Gewächshaus – wer ihnen wohl diese teuren Blumen geschickt hat? Sie haben sie jedenfalls nicht selbst gezogen in dem kleinen Garten. Und dann hatten sie diese Bilder an den Wänden, über die ich immer kichern mußte – ich weiß jetzt, warum. Ihre Mutter trug immer Teagowns. Einen Gong gab es bei ihnen nicht. Wenn wir beide sonnabends zum Tee kamen ...«

»Mrs. Piggott setzte uns immer die erlesensten Kuchensorten vor. Auf deine stille Art kriegtest du immer besonders reichlich davon.«

»Das stimmt. Wirkte sie eigentlich wie eine Witwe?«

»Meine Mutter kannte die Piggotts sehr gut; da war alles in Ordnung.«

»Aha. Hatten sie vielleicht Geisteskranke in der Familie?«

»Nicht daß ich wüßte. Der Bischof vielleicht.«

»Du bist doch nicht etwa Atheistin? Jedenfalls – so etwas vererbt sich.«

»Da komme ich nicht ganz mit.«

»Du sagst, ihre Mutter war moralisch einwandfrei und ihre Familie normal. Aber sieh dir an, was aus ihr geworden ist!«

»Ich kann es kaum noch abwarten!« platzte Clare unvorsichtig heraus.

Mrs. Artworth runzelte leicht die Brauen, als ob sie ihr Gehör zu verlieren fürchtete. »Wie bitte? Ich hab dich nicht verstanden.«

»Du hast ganz genau verstanden. Sei ehrlich – bist du nicht auch wahnsinnig neugierig?«

»Du meinst, sie zu sehen?«

Clare blies Luft aus und sog sie wieder ein.

Unter Sheilas abwägendem Meerjungfrauenblick wurde sie erst waghalsig, dann verschlagen. Sie murmelte etwas vor sich hin.

»Bitte?« fragte Sheila.

»Ich sagte, warum nicht?«

»Warum nicht? Weil das genau ist, was sie will.«

Clare sah zugleich niedergeschlagen und unverzagt aus.
»Über dich wundere ich mich wirklich, das muß ich schon sagen. Du willst ihr also tatsächlich in die Hände spielen? Es ist genau wie früher: du bist völlig von ihr fasziniert.«
»Wenn hier irgend jemand Faszination ausgestrahlt hat, dann war ich es.«
Sie zog ihren Kopf ganz in den rosa Hut zurück und gestattete sich ein Lächeln. »Das glaubst du«, sagte sie und tauchte mit ihrem Löffel ein paarmal die Zitronenscheibe unter, die auf ihrem Tee schwamm; dann lächelte sie wieder. »Dabei war sie die geborene Anführerin. Es war ihr Unglück, daß sie an uns scheiterte, weil wir eben du und ich waren. Wir beide als Individuen waren zuviel für sie. Du weißt, wie es jedesmal endete: sie heulte – ich höre sie noch! Sie hat es nie gelernt, im Gegenteil, immer wieder hat sie es versucht. Und jetzt ist sie wieder dabei, versucht es noch einmal. Mach, was du willst, aber ich warne dich: an deiner Stelle würde ich sie nur aufsuchen, wenn ich dabei bin.«
»Dann komm' mit!«
»Besten Dank. Eher würde ich mich umbringen.«
»Wenn du so darüber denkst –«
»Genau so denke ich. Irgendwelche Einwände?«
Teedurchtränkt versank die Zitronenscheibe; die Löffelspitze ließ nicht locker, folgte ihr bis auf den Boden der Tasse und bohrte gnadenlos weiter. Ein paar Fetzen von der Zitrone stiegen an die Oberfläche. »Nun?« fragte Mrs. Artworth, als sie fertig war.
»Ich glaube trotzdem, daß dies eine Möglichkeit ist, sie von ihrem Plan abzubringen ...«, beschwichtigte Miss Burkin-Jones, »aber ...«
»Wenn du es nicht erwarten kannst, sie zu sehen, Clare – man sieht es dir auf zehn Kilometer an –, warum hast du überhaupt gewartet? Das möchte ich gerne wissen. Ihre Anweisungen waren doch klar und deutlich! Warum bist du nicht spornstreichs zu ihr gerannt? Warum hast du Zeit damit verschwendet, dich mit mir in Verbindung zu setzten?«

»Ich dachte, es könnte nichts schaden, wenn wir uns zuerst treffen.«
»Aha. Du hast also Verdacht geschöpft.«
»Nein, aber ...«
»Ja oder nein?«
»Findest du nicht, daß es sehr schlau war, wie ich dich gefunden habe? Plötzliche Eingebung, typischer Geistesblitz. Bei Beaker & Artworth, Southstone, *mußte* ich dich erreichen, wenn du noch am Leben warst.«
»Ich wüßte nicht, warum ich schon tot sein sollte«, sagte Sheila beleidigt. Dann begann sie nachzudenken. »Wenn ich's mir jetzt überlege, sie könnte es eigentlich genauso gemacht haben. Man sollte annehmen, daß das der erste und nächstliegende Gedanke ist – entschuldige, Clare, aber das liegt doch auf der Hand! Die Anschlagtafeln von Beaker & Artworth stehen in jeder Ecke von Southstone und in der ganzen Umgebung. Sie haben dort immer gestanden und werden auch in Zukunft dort stehen. Hätte sie nur den guten Willen gehabt – der Weg lag offen vor ihr. Aber nein, *sie* nicht. Sie mußte die ganze Welt in Aufruhr versetzen. Abgesehen von anderem zeigt das doch schon ...«
»Sie hat von Anschlagtafeln nie Notiz genommen, egozentrisch wie sie war. Außerdem hatte sie ein miserables Gedächtnis.«
»Wofür hältst du das hier also?« wollte Sheila wissen.
»Irgendein Tick in Verbindung mit uns, eine fixe Idee meinetwegen.«
Sheilas Züge hellten sich etwas auf. »Stell' dir vor, vielleicht hat sie einen Nervenzusammenbruch gehabt ... Ich hab' wirklich aufgeatmet, als von dir Nachricht kam, Clare. Natürlich hatte ich keine Ahnung, wo du steckst.«
»Lebendig, aber im Verborgenen, was?«
»Nein, sag' das nicht. Trevor meinte, die einzige Hoffnung sei, daß du mit uns Verbindung aufnimmst. Er hielt es für wahrscheinlich, denn du mußtest ja auch schockiert sein, und natürlich hat er recht behalten. Trevor war sehr dafür, erst

dann etwas zu unternehmen, wenn du dich gemeldet hättest. ›Du mußt ihr Zeit lassen‹, hat er gesagt. Er hält unser Treffen für sehr wichtig. Wie gesagt, sobald ich dich gesehen habe ...«

»Was ist dann?«

»Können wir alles besprechen.«

»Was wir gerade tun«, prahlte Clare.

»Ja und nein«, sagte Mrs. Artworth nicht besonders zufrieden, »wir sind noch nicht sehr weit gekommen.«

»Wieweit sollen wir denn kommen?«

»Sicher doch irgendwohin«, klagte die Betroffene mit einem Seitenblick auf die Uhr. »Es ist schon zwanzig vor fünf. Wir können hier nicht den ganzen Abend sitzen, die machen bald zu.«

Clare schien das nicht sonderlich leid zu tun. »In meinem Club ist eine Bar.«

»Schon möglich, aber ich muß meinen Zug kriegen. Trevor hofft – und ich kann ihm das nicht verübeln –, daß wir entscheiden, wie wir vorgehen wollen. Sobald er unsere Pläne kennt, kann er darüber nachdenken. Ach ja, und ich sollte dir auch sagen, daß er sich natürlich schon juristisch beraten lassen hat. Allerdings scheint die Auskunft nicht so klar gewesen zu sein, wie Trevor es hoffte. Unser Rechtsanwalt hat offenbar nur verlegen gestottert. Trevor nimmt an, daß du dich auch schon mit deinem Anwalt in Verbindung gesetzt hast. Am besten wäre es natürlich, wenn wir unsere Schritte gemeinsam unternähmen.«

»So?«

»Bitte?« fragte Sheila sehr vorsichtig.

»Gegen wen, in welcher Sache und – offen gesagt – warum?«

Während sie das fragte, nahm Clare aus einem Zigarettenetui mit Monogramm (Sheila taxierte es mit den Augen) eine Zigarette, zündete sie nach einigen vergeblichen Versuchen mit ihrem Feuerzeug an und tat unbeholfen zwei oder drei kräftige Züge. Es war offensichtlich, und auch Sheila entging es nicht, daß sie sich zu dieser Mühe nur dann aufraffte, wenn eine Krise bevorstand, eine Rolle gespielt oder eine Wirkung erzielt werden mußte – wie in diesem Augenblick. Sie hob ihre mächtige Brust und gab sich ganz dem Akt des Einatmens hin; die Brosche auf ihrem Busen wippte und zwinkerte verständnisvoll.

»Verzeihung!« rief sie reuevoll und hielt Sheila das Etui hin. »Rauchst du?«

»Danke, nur selten. Hab' ich richtig gehört, *warum* etwas unternehmen?«

»Ganz richtig. Worüber beklagt ihr euch eigentlich?«

»Unterstellungen«, antwortete Sheila prompt und verfärbte sich. »Böswillige, hinterlistige, mutwillige, schädigende Verletzung der persönlichen Freiheit.«

»Alle Achtung, das hast du gut hingekriegt!«

»Sie hat diese Annonce so formuliert, daß jeder alles denken kann. Und wenn das nicht ausreicht, kann man noch mehr herausholen. Trevor glaubt, das Ganze habe den Ton einer Drohung. Noch keine Erpressung bis jetzt, aber das kann leicht noch kommen. Übrigens, wer sagt uns, daß nicht eine Verbrecherbande dahintersteckt?«

»Ja, wer sagt uns das?«

»Hast du denn gar keinen Charakter, den du nicht beleidigen lassen möchtest? Keine Berufsehre oder etwas Ähnliches? Ich sage noch einmal, es tut mir sehr leid, daß ich so lange nichts von dir gehört habe. Du tust doch sicher irgend etwas. Was machst du? Oder – wenn dir das lieber ist, was bist du?«

Clares Gesichtsausdruck wurde plötzlich energischer. Sie sah auf die leerer werdenden Tische ringsum wie ein großer Redner, der ein zu kleines Publikum tadelt. Der Blick, der schließlich zu der Freundin zurückkehrte, war entschlossen und abstrakt zugleich, ein Blick, der nicht nur auf ein Gesicht konzentriert war, so schien es. »Ich bin MOPSIE PYE«, gab sie feierlich bekannt.

»Mopsie was?«

»Du hast es gehört«, sagte die Berühmtheit gravitätisch.

Sheila konnte ein Kichern nicht unterdrücken; die Rosen auf dem Hut wackelten. Mensch, Tier oder Mineral?«

»MOPSIE PYE'S Spezial-Geschenkartikel, in allen besseren Londoner Vororten vertreten, bis in die umliegenden Grafschaften hinein. Bald haben wir die Küste erreicht, dann wirst du Bescheid wissen. Ich hab' das Ganze aufgezogen, sitze im Aufsichtsrat, leite den Einkauf und überhaupt die Firma.«

»Oh!«

»Ja ...«

»Ist diese Brosche«, fragte Sheila schnell, »ich meine, führt ihr diese Brosche auch?«

Clare nickte. »Sie geht morgen wieder zurück.«

»Ich würde sie dir auf der Stelle abkaufen, gegen bar. Was kostet sie?«

»Nichts zu machen, meine Liebe. Nicht außerhalb der Geschäftszeit. Was für eine Elster du bist, Sheila, genau wie früher!«

»Ihr habt offenbar ein paar ganz brauchbare Sachen bei MOPSIE PYE«, mußte Mrs. Artworth zugeben, wenn auch nicht in bester Stimmung; mißmutig und abgewiesen klappte sie die Geldbörse wieder zu, die sie schon herausgeholt hatte.

»Spezialitäten aus Schweden, Spanien, Finnland, Italien, der Provence, Japan, Java und anderen Ländern. Treibholzschnitzereien, primitive Kunst, Windharfen, Halsketten, Fußmatten, individuelle Freßnäpfe für Hunde, Saris, Türklopfer, Ziegendecken –«

»Ja, schön und gut. Aber jetzt hör' mal zu: Wie viele Leute wissen, daß du Mopsie Pye bist?«

»Ich zeige mich immer wieder in all meinen Filialen, habe das sozusagen zu meinem Prinzip gemacht. Wirkung der Persönlichkeit. Ich bin die ganze Woche in meinem Kleinwagen unterwegs, wie soll ich da meine Riesenkundschaft zählen?«

»Die meisten Leute wissen also«, fuhr Sheila fort, »daß Clare Burkin-Jones Mopsie Pye ist?«

»Wahrscheinlich. Wieso?«

»Das habe ich mir gedacht«, sagte Mrs. Artworth nicht nur langsam, sondern geradezu geheimnisvoll. »Warum glaubst du denn, daß diese Art von Nachrede und Anspielungen auf geheime Riten (ganz abgesehen von den Drohungen) Mopsie Pye nichts anhaben kann? Wenn du das glaubst, bist du ein Optimist, das kann ich dir nur sagen. Du kannst mir nicht vormachen, daß ein Skandal deinem Geschäft nützt. Schon gar nicht in deiner Branche, sollte man annehmen. Über Geschenkartikelgeschäfte kann mir keiner etwas erzählen, wir haben allein sieben von der Sorte in Southstone, das weiß ich genau. Für meinen Geschmack sind sie kitschig, aber anständig, jedenfalls ist die Kundschaft anständig. Wenn man mit Räucherstäbchen und schwedischen Pfefferbüchsen handelt, heißt das noch lange nicht, daß die Kunden schlecht sind, im Gegenteil. Anständige Leute benutzen oft merkwürdige Kanäle ... Nein, Clare, sieh mal, heutzutage wird dauernd etwas aufgedeckt, ich wundere mich gar nicht, daß man dabei nervös wird. Spionage- und Rauschgiftringe, Kunstdiebstähle, weißer Sklavenhandel, Ku-Klux-Klan (oder wie man das nennt), und natürlich immer die Kommunisten. Ein Geschenkartikelgeschäft, das so viele Geschäftsbeziehungen zum Ausland hat, kann sehr leicht ein Deckmantel für dunkle Elemente werden, wenn du einmal nachdenkst, und eine ganze Kette von solchen Läden um so mehr. Macht es dir wirklich nichts aus, wenn alle deine Kunden abgeschreckt werden? Natürlich ist das deine Angelegenheit, ich wollte es dir nur gesagt haben.«

»Danke.«

»Hast du dir das wirklich nicht überlegt?« fragte Sheila und warf einen kurzen Blick auf Clare, deren Oberlippe sich verdrossen nach unten in die Länge zog; ihr Unterkiefer versank in einem stattlichen Doppelkinn. Sie antwortete nicht.

»Dann, glaube ich, solltest du das wirklich tun«, sagte die andere ernsthaft.

»Du glaubst also, ich bin gefährdeter als du?«
»Das würde ich nicht sagen ...«
»Eins würde ich jedenfalls nie tun«, brüstete sich Clare, »und wenn die Welt untergehen sollte, ich täte es nicht. Nie würde ich vor Gericht gehen. Würde da eine absolut lächerliche Figur abgeben, und du auch, mein Röschen! Ganz abgesehen davon bezweifle ich stark, daß wir juristisch eine besonders feste Grundlage haben.«
»Woher soll *sie* das wissen? Ich meine ja nicht, daß wir prozessieren sollen – das wäre albern (auch Trevor denkt nicht daran, wir wollen ihm nicht unrecht tun), ich meine nur, mit dem Gericht drohen. Wir könnten ihr ordentlich Angst einjagen!«
»Mit einem Brief vom Rechtsanwalt? Wenn sie noch die alte Dicey ist, kann man ihr höchstens mit einer Kanone imponieren. Überhaupt, verdammt noch mal, ich glaube immer noch, daß sie es nicht böse meint.«
»So?« Sheilas Zungenspitze fuhr langsam um ihre Lippen herum.
»Laß mich einen Augenblick nachdenken«, befahl Clare.
»Ich hindere dich nicht daran.«
Bevor sie jedoch mit dem Nachdenken begann, erschien es ihr wiederum dringend angezeigt, diese Tätigkeit durch das Rauchen einer Zigarette anzuregen. Diesmal jedoch gelang es ihr nicht richtig; sie würgte und keuchte, und Tränen aus ihren treuherzigen Augen verwandelten die Augensäcke in triefende Rinnsale. Ein Männertaschentuch (auch mit Monogramm), das sie nach einigem Bemühen hervorholte, sollte den Schaden wieder gutmachen. Mrs. Artworth betrachtete indessen ihre makellosen Fingernägel. In gewisser Hinsicht profitierte die Sonntagsraucherin sogar von ihrem Mißgeschick: sie gewann Zeit, und hinter dem Taschentuch konnte sie gut die krampfhaften Zuckungen verbergen, durch die ihr Gesicht gewöhnlich verriet, daß hinter ihm gedacht wurde. Nachdem sie sich wieder gefaßt hatte und nach einem kräftigen, gelungenen Zug an ihrer Zigarette (der bewies, daß sie

doch rauchen konnte), verkündete sie: »Überlaß das mir. Ich habe eine Idee.«

»Was für eine?«

»Überlaß es mir. Warte nur ab.«

»Oh«, sagte Sheila abwesend und unentschlossen. Sie lehnte sich in ihrem Sessel zurück, auf diese Weise Erschöpfung zeigend, studierte aber dennoch aufmerksam das Gesicht ihres Gegenübers. Obgleich die Aussicht, die Angelegenheit einem anderen zu übergeben und sie damit loszuwerden, Mrs. Artworth hätte erfreuen müssen, enttäuschte sie Sheila und empörte Sheikie.

»Ich sehe nicht ein, warum ich auf den Spaß verzichten soll, wenn es überhaupt einen gibt.«

»Es wird mehr als genug geben.«

Das war immer noch mehrdeutig. »Ich hoffe, du hast eine gute Idee! Etwas Freches? Wenn ich an das fette kleine herrschsüchtige Biest denke ...«

»Das war einmal.«

»Faß sie, Mumbo!«

Die starke Frau betrachtete die gutaussehende wohlwollend und mit echter Zuneigung, dann fragte sie: »Hast du welche?«

»Kinder? Nein – das ist ganz komisch.« Sheila sagte das mit einer aggressiven Leichtigkeit, die eher erstaunt als betrübt wirkte, und fügte hinzu: »Trevor hat schon zwei – wie er das gemacht hat, kann er selbst am besten beurteilen.«

»Wa-as?«

»Was heißt ›was‹?« fragte die unerschütterliche Ehefrau. »Er war schon einmal verheiratet. Hast du was dagegen? Mit Phyllis Sissen, sie war nicht auf St. Agatha, sondern auf St. Monika. Fiel jedesmal vom Fahrrad, wenn man sie ansprach. Ich glaube nicht, daß du sie kennst.«

»Als du entdecktest, daß du Trevor brauchtest, hast du sie da ausgeschaltet?«

»Sie war schon tot. Eine Erkältung, nach den Masern. So ist das nun mal. Und du?«

»Ich bin immer an die Falschen geraten.« Clare zog ihre Augenbrauen belustigt hoch und ließ sie kläglich wieder sinken. Dann wurde sie nachdenklich.

»Ob Dicey Nachkommen hat?«

Sheila überlief ein Schauer.

Dann fragte sie: »Was soll ich Trevor sagen?«

»Er soll sich zurückhalten.«

Mit der Rechnung auf dem Tablett stand die Kellnerin wie das verkörperte Gewissen neben ihnen. Sie waren die allerletzten, alle anderen Gäste hatten sich schon verflüchtigt. Wenn sich nicht Fußspuren in den weichen Teppich eingedrückt hätten, so hätte man annehmen können, nie sei eine Menschenseele in diesem Raum gewesen. Die vielen Tische, die bis weit in den Hintergrund standen, waren weder durch Krümel noch Fettflecke verunziert. Man hätte in diesem Augenblick menschenscheu werden können.

Noch herrschte kein endgültiges Schweigen. In der Stille klang das Klirren des Tassen- und Telleraufstapelns immer lauter und lauter. Ungestört las die Dame aus Southstone zum zweitenmal die Rechnung. »Zahle ich an der Kasse?«

»Nein, Madame, bei mir bitte, die Kasse ist schon geschlossen.«

»So? Wie seltsam. – Was ist los, Clare?«

»Hab' einen Handschuh fallen lassen«, murmelte Mumbo und ließ den anderen auch noch fallen.

4

Zehn Tage nachdem Frank Großvater geworden war, hielt Dinah mit ihrem Auto auf einer einsamen Kreuzung. Sie steckte sich eine Zigarette an und faltete eine Landkarte auseinander. Hier müßte die Stelle sein, die sie genannt hat – aber stimmte es auch? Auf der Karte sieht alles ganz anders aus als in Wirklichkeit. Man fürchtet sich vor dem offenen Raum genauso wie vor der Zeit, wenn man allein ist. Hier, genau über ihr, war ein prächtiger Wegweiser, und noch besser, was er anzeigte, war sehr ermutigend. Anscheinend waren die sich hier kreuzenden Straßen tatsächlich diejenigen, die sie zu finden gehofft hatte. Wenn dies nicht die vereinbarte Stelle war, hätte sie es sein müssen; mehr konnte sie nicht tun.

Ihr Wagen stand oben auf einem Hügel, in wunderbarer, reiner Luft, wie manchmal an frühen Oktobertagen, in der die Leere und Eintönigkeit der Landschaft beunruhigend wirkt. Es war zwölf Uhr mittags. Nur wenige Bäume waren zu sehen, jeder einzelne ragte wie eine rauchige Flamme in einsamer Schönheit empor. Ganz hinten am Horizont glänzten feuchte Autostraßen, die von der Sonne beschienen wurden; ihre Ränder waren durch niedrige Steinmauern markiert. Die Morgenluft flutete durch die offenen Fenster in den Hillman. Dinah, die glaubte, nie warten zu können, saß entrückt und verzaubert inmitten der Ruhe – wie sonst nur im Rausch höchster Geschwindigkeit. Sie hatte ihr Transistorradio, eine Flasche, ›In Memoriam‹ (in Leder gebunden, das einmal violett gewesen war) und die ›Midwich Cuckoos‹ mitgenommen, brauchte jetzt aber nichts von alledem. Solange dies anhielt, war alles gut ... Aber dann kam der Verkehr, der für einige Zeit völlig aus den Augen und Ohren verschwunden und hinter den Horizont versunken war, wieder zurück, und gleich in einer großen Welle. Lastwagen, Lieferwagen, zwei oder drei stutzerhafte Dreiradwagen, ein Traktor, Motorräder. Sie begann sich zu wundern, unruhig zu werden und die linke Straßenseite abzusuchen. Hier mußte das Taxi vorbeikommen. Warum kam es nicht?

Nach links gewandt, mit einem Arm auf der Lehne des Vordersitzes, konzentrierte sich Dinah ganz auf die Straße. Da kam genau von vorn ein Mini-Minor auf den Hillman zugebraust. Vor der Kreuzung verringerte der Kleinwagen die Geschwindigkeit und kroch nur noch ein Stück weiter, als er darüber hinweg war. Im Vorbeifahren (dicht am Hillman) erhaschte die Fahrerin für Sekundenbruchteile Dinahs zur Seite gedrehten Kopf. Der Mini-Minor kam korrekt auf der gegenüberliegenden Fahrbahn zum Stehen, in der vorgeschriebenen Entfernung. Clare stieg aus, in einen Tweedmantel mit Hahnentritt-Muster gehüllt und eine dunkelrote Variante eines Turbans auf dem Kopf. Mit entschlossenen Schritten ging sie auf den Hillman zu. Durch diese Manöver von ihrer Wachsamkeit abgelenkt und mit dem ärgerlichen Gefühl, plötzlich einen Nachbarn zu haben, drehte sich Dinah um, was diese Störung zu bedeuten habe. Sie erkannte Clare sofort und rief erregt aus dem Wagenfenster: »Um Himmels willen, du solltest doch ein Taxi nehmen!«

»Ich weiß, ich weiß«, sagte Clare heiter und kam näher.

»Ich hab' dir gesagt, mit welchem Zug du kommen solltest.«

»Ich fahre nie mit der Bahn. Was ist denn los? Ich bin doch ganz pünktlich gekommen.«

»Du hast alles verdorben.«

»Bla bla«, sagte Clare mit weiser Unerschütterlichkeit. Hier waren sie also wieder, wo sie auseinandergegangen waren – vor wievielen Jahren? Es war, als ob kein einziger Tag dazwischen lag. »Steigst du aus, oder soll ich einsteigen?« fragte sie und legte ihre schweinsledern behandschuhte Hand auf den Rahmen des Autofensters.

»Und was sollen wir mit deinem Wagen da machen?«

»Ich fahre hinter dir her nach Hause.«

»Aber so kommen wir nicht zum Reden«, jammerte Dinah.

»Begreifst du nicht, das war der springende Punkt des ganzen Plans.«

»Was ich nicht begreife, ist, warum wir überhaupt hierher fahren mußten! Warum hast du mich nicht einfach am Bahnhof abgeholt?«

»Wenn du nicht gekommen wärst, hätte ich wie Pik Sieben dagestanden. Und außerdem – sich in einem Bahnhof treffen, nein, Mumbo!«

»Du meinst also, ich hätte mir ein teures Taxi leisten müssen.«

»Du alter Geizknochen, bei deinem Riesenumsatz!« Dinahs Vorwürfe klangen jetzt etwas leichter im Ton. »Ich weiß, wir haben den ganzen Tag für uns und mein Haus auch, aber ich kriege immer so viel Besuch, du wirst ja sehen. Wenn du wüßtest, wie sorgfältig ich diesen Plan ausgearbeitet habe – wir beide in meinem Wagen allein, den ganzen Rückweg. Ich hatte mich schon so darauf gefreut. Und jetzt kommen wir wie eine Prozession vorgefahren.«
»Hm, ja, hätte ganz nett sein können. – Wollen wir nicht erst ein bißchen Luft schnappen?«
»Laß mich erst aussteigen. Wir setzen uns in die Sonne.«
Clare sah zu, wie Dinah ihre beachtliche Länge aus dem Hillman herausmanövrierte und sagte: »Daß du dich mal zu einem Daddy-Long-Legs entwickeln würdest, hätte ich auch nicht gedacht!«
Dinah sah an sich herab und klopfte sich die Asche von der Hose. »Ja, ich bin ganz schön lang, das stimmt.« Sie gingen im Gleichschritt ein paar Schritte in Richtung auf den Wegweiser, übersprangen den Grasstreifen am Rand und setzten sich auf eine Mauer. Von oben und von allen Seiten drang Wärme auf sie ein, die Mittagssonne meinte es gut. Die ganze Aufregung, die mit diesem Treffen zusammenhing, blieb hinter ihnen zurück. Dinah schlug die Beine übereinander, umklammerte ein Knie, rutschte weiter nach hinten und blinzelte in den Himmel. Dann betrachtete sie Clare versonnen und träge.
Clare, kerzengerade dasitzend, knöpfte ihren engen Mantel auf. Wenn Dinahs Blick mehr auf Clare ruhte, als sie kritisch prüfte, so war Clares Blick durchaus inquisitorisch.
»Ja, du hast dich rausgemacht«, gab sie zu, wenn auch in einem etwas grollenden Ton.
»Nicht wahr? Ich muß als Kind wohl besonders häßlich gewesen sein. Es freut mich, daß ich jetzt besser aussehe.«
»Ja.«
»Du siehst glänzend aus, Mumbo!« rief Dinah, überrascht, daß man in diesem Augenblick etwas anderes denken konnte.

Sie rutschte auf der Mauer noch weiter nach hinten und richtete sich mit einem glücklichen Seufzer auf. »Jetzt bist du doch froh, daß wir hierher gefahren sind«, fing sie eine längere Rede an, aber dann rief sie: »Sieh bloß mal, die vielen Vögel! Ab nach Afrika, aber sie können sich noch nicht entschließen. Diese ganze Organisation – für nichts! Wie ratlos sie sind! Nein, da drüben!«

Im Flug sahen die Vögel aus wie flatternde Seide. Clare gab sich damit zufrieden, die Vögel anzustarren; das Universum, das sie mit ihren Schatten verdeckten, entging ihr. Ihre tief eingewurzelte Abneigung gegen schöne Landschaften hatte sich in den vielen Jahren verstärkt, in denen sie gelernt hatte, wie vernünftig diese Abneigung war. Sie war jetzt so weit, daß sie auch vielen anderen Dingen widerstehen konnte; wenn es ihr nicht gelang, täuschte sie wenigstens durch ein Übermaß an Nonchalance und Heiterkeit Widerstand vor. Hämische Bemerkungen halfen ihr auch oft. Man konnte sich auf Dicey verlassen, dachte sie, wenn es galt, eine Szene so aufzubauen, daß sich die Bühneneffekte ständig steigerten. Sich in einem Bahnhof treffen? Nein, niemals. Vielleicht irgendwo auf einer Treppe, in einem Zimmer, oder sogar in einer Bar. Schließlich traf man sich nicht bloß, man mußte ein Übereinkommen finden. Aber in welcher Umgebung? In dieser gequälten Landschaft. Und wo hatte sie diese Idee her? Thomas Hardy? Nein, einen Augenblick, es muß noch weiter zurückliegen. Aha, da liegt der Hase im Pfeffer! »Ein Treffpunkt fast wie in Macbeth, findest du nicht?« bemerkte Clare in einem Ton, den Mrs. Artworth ausgesprochen sonderbar genannt hätte. »Quatsch«, sagte Dinah sofort. »Dies ist keine Heide, und das Wetter ist auch anders. Aber immerhin. Der Hauptfehler ist, daß wir eine zu wenig sind. Erste Hexe anwesend, zweite Hexe anwesend, dritte Hexe ...? Ich kann nicht verstehen, wie sie uns so im Stich lassen kann. Wenn man bedenkt, wieviel Mühe ich mir gegeben habe.«

»Und Ärger bereitet.«

Dinah fuhr lässig fort: »Sheikie umgibt sich mit einem Geheimnis. Sie hat nie geantwortet. Du hast sie ja gesehen. Was für einen Eindruck machte sie?«
»Sie war verärgert.«
»Hat sie was gesagt?«
»Du hast ihr das Leben zur Hölle gemacht.«
»Was für ein Unsinn!«
»Reg' dich nicht auf, Dicey, sie führt nun einmal ein besonderes Leben.«
»Weshalb hat sie dann diesen Häusermakler geheiratet?«
»Sie war ja selbst fast einer.«
»Sheikie? – Alles, was recht ist, dafür kann sie nichts. Ihr Brief klang nicht die Spur verärgert, er war weich wie Butter.«
»Der Brief?«
»Was ist los? Fall' nicht von der Mauer! Sie hat natürlich geschrieben, warum auch nicht. Du hast es ja auch getan. Ihr Brief kam drei oder vier Tage nach deinem. Bißchen langsam, dachte ich, aber das war sie ja immer.«
»Gerade eben hast du mir gesagt, du hättest nichts von ihr gehört.«
»Stell' dich nicht dümmer, als du bist: Ich habe gesagt, sie hat nie geantwortet, nie den Brief beantwortet, den ich auf ihren hin geschrieben habe. Wie gesagt, ihr Brief klang durchaus lustig. Wie komisch es sei, sich vorzustellen, daß es mich auch noch gebe, wie ich jetzt heiße und wo ich jetzt rumkrebse, d. h. wohne. Sie schrieb, wie sie jetzt heißt und wo sie wohnt, für immer, so klang es wenigstens. Nur zwei Häuser weiter von der alten Beaker-Residenz in den Dingsda-Gärten. Geographisch hat sie sich nicht erheblich verändert, wie? Ich finde das traurig. Ob sie immer noch tanzt? Sie wollte hauptsächlich wissen, ob ich etwas von dir gehört hätte, ob wir irgendwelche Pläne geschmiedet hätten und wenn ja, was für welche und für welchen Tag. Ich hab' es ihr natürlich geschrieben.«
»Verdammt, diese Sheikie ist gerissen.«

»Wieso?« sagte Dinah. »Warum nicht? Wir waren immer zu dritt, dachte ich jedenfalls. Wie gesagt, ich hab' es ihr auch so geschrieben; ich habe ihr den Tag, den Zug und wo sie aussteigen soll geschrieben. Sie sollte im Zug nach dir Ausschau halten, weil du die übrigen Geheiminstruktionen hättest, ich hatte keine Lust, all die Einzelheiten zu wiederholen. Ich dachte, du könntest sie in eine Taxe laden. Ich hab' sie aber ausdrücklich gebeten, mir zu schreiben, ob sie kommt oder nicht. Nicht, weil ich wissen wollte, ob ich zwei oder drei Koteletts kaufen muß, sondern weil ich mir so etwas genau vorstellen muß, schon lange vorher; ich bin überzeugt, daß man von solchen Vorstellungen lebt.« Dinah wandte sich Clare zu und blickte sie einen Augenblick mehr forschend als vorwurfsvoll an (– konnte sie überhaupt Vorwürfe machen, und wenn ja, wie weit durfte sie gehen?), dann fuhr sie fort: »Und bestimmt nicht schlecht. Denn wenn eine Vorstellung durch die Schuld eines anderen sich als falsch erweist, hat man wenigstens *ein* herrliches Vergnügen gehabt.«
»Das stimmt.«
»Das hört sich aber ziemlich düster an. Jedenfalls, ich hab' es schon gesagt, seit jenem Tag habe ich keinen Piep mehr von ihr gehört. Vom Erdboden verschwunden, als ob sie nie existiert hätte. Das nenn' ich geheimnisvoll, du nicht auch?«
»Nein. Für mich sind ihre Motive sonnenklar.«
»Mumbo, ich kann einfach nicht einsehen, warum sie nicht kommen will. Oder kann. Und warum sie nicht kommen sollte.«
Clare schnaubte: »Ich konnte es zuerst auch nicht verstehen. (Hör' zu, Dicey, bitte!), im Gegenteil, ich konnte mir kaum etwas Lustigeres vorstellen. Wenn du es genau wissen willst, ich war diejenige, die es ihr zuerst vorgeschlagen hat, bei unserem noblen Café-Rendezvous. ›Du kommst auch, warum denn nicht?‹ habe ich gesagt. Sie war nicht sehr begeistert.«
»Sie wollte nichts davon wissen?«

»Wenn du schon fragst, sie sagte, sie würde sich lieber umbringen.«
»Oh!« Der Schmerz ließ Dinah einen Augenblick vergessen, wo sie war. Sie starrte Clare an und durch sie hindurch und wandte sich dann ab. »Warum hat sie mir dann überhaupt geschrieben?« fragte sie jämmerlich, »weshalb bloß?«
»Sie hat es sich anders überlegt.«
»Ich begreife das nicht – verstehe das einfach nicht.«
»Sie hat ein Stück weiter gedacht. Das dürfte wohl klar sein, oder?«
»Nein. Was will sie denn?«
»Sabotieren. Wer stellt sich hier dümmer, als er ist?«
So oder so, das war zu viel. Wut stieg in Dinah hoch. »Ihr zwei Bestien! Ihr krächzenden Krähen!«
»Sachte, sachte. Und wenn wir nun fragen, wer hier was mit uns vorhat? Ich habe da eine ganze Reihe von Fragen!« fuhr Clare mit kannibalischer Freude fort.
»Wir wollen erst mal nach Hause fahren und zu Mittag essen.«
Mit einem Satz sprang Dinah von der Mauer herunter. Pfeifend ging sie voran, zurück zu den Autos; die Vorstellung einer Prozession zurück war ihr offenbar nicht mehr so unangenehm. Clares Pläne waren durchkreuzt. Sie mußte ein paar Schritte zurücklaufen, um einen Handschuh aufzuheben, den sie verloren hatte.
Dinah wartete auf sie und hielt die Tür des Mini auf.
»Steig' ein. Ich fahre vor und wende.«
»Wollen wir also beim Mittagessen weiterreden?«
»Ja. Ohne Francis.«
»Francis?«
»Das wirst du gleich sehen.« Im Weggehen sagte sie: »Frank wird auf keinen Fall dabeisein.«
»Wer?« rief Clare durch das Fenster ihres Mini.
»Nein, heute nicht, er ist in London«, rief Dinah zurück und stieg in den Hillman. Sie wendete schneidig und fuhr neben Clare, die schon mit eingelegtem Gang wartete, beschleunigte

– und weg war sie. Clare steuerte sehr konzentriert. Sie verschwand nie ganz aus dem Rückspiegel des Hillman, trotz der vielen Kurven und Kehren der reizvollen Straße; sie schien dem Hillman weniger zu folgen als ihn zu jagen. Die Entfernung bis nach Applegate betrug ungefähr 20 Kilometer.

Als Dinah in den Torweg einbog, sah sie Francis in seinem weißesten Kittel auf der Veranda stehen. Er kam ihr entgegen mit dem Gesicht jemandes, der eine Nachricht zu überbringen hat.

»Sind die Koteletts nicht gekommen?« fragte Dinah, noch während sie ausstieg.

»Die Dame, die Sie erwarten, Madam, ist hier.«

»Ich erwarte keine Dame, ich habe eine mitgebracht.« (Man konnte Clare hupen hören; sie war weiter hinten auf der Straße von einer Kuhherde aufgehalten worden.) »Wer sie auch ist, sie kann nicht hier bleiben. Hat sie ihren Namen genannt?«

»Sie schien genau zu wissen, was sie wollte, deshalb habe ich nicht ...«

»Schon gut. Wo ist sie?«

»Ich habe sie ins Wohnzimmer zum Major geführt.«

»Du mußt Gespenster sehen, Francis, der Major ist in London. Er ist mit dem Frühzug gefahren.«

»Ich weiß nur«, sagte Francis geduldig, »daß er heute morgen hierher kam, kurz nachdem Sie gegangen waren. Er sagte, er habe es sich anders überlegt, der Tag sei zu schön, um nach London zu fahren. Als er Sie nirgends fand, fragte er, wohin Sie gefahren seien. Ich konnte ihm nur sagen, daß Sie einen Gast zum Mittagessen erwarteten. Er schien unzufrieden und ärgerlich und ging dann weg, zu einem Spaziergang durch den *potager*. Kurz bevor das Taxi der Dame ankam, erschien er wieder, klingelte nach mir und bat um einen Sherry. Ich brachte das Gewünschte auf einem Tablett und überließ dem Major die Vorstellung und Unterhaltung.«

»Ihr scheint alle verrückt geworden zu sein.«
»Der Noilly Prat ist auch gleich alle.«
Der Mini segelte durch die Einfahrt und hielt scharf hinter dem Hillman. Clare stieg aus und schimpfte dabei noch irgend etwas über Kühe. Dann strich sie sich ihr Kleid glatt und sah sich um, mit einem Blick den Rasen, das Haus und die Blutbuche umfassend.
»Hübsch!« sagte sie zufrieden.
»Manchmal. Heute ist hier die Hölle los. Mumbo, kannst du dir vorstellen, Frank ist nicht nur nicht nach London gefahren, er sitzt mit einer Frau im Wohnzimmer!«
»So, so. – Hör' mal, ich würde mir ganz gern die Hände waschen.«
»Natürlich, komm' rein!« Dinah dirigierte ihren Gast durch die gotische Veranda in die neubarocke Diele. »Und herzlich willkommen natürlich, meine liebe Mumbo! Dies ist immer noch mein Haus, obwohl ich manchmal daran zweifle. Die Treppe hoch, erste Tür rechts. Nein, Verzeihung, die zweite! Ich bin völlig durcheinander. All die Mühe, die ich mir gemacht habe, ihn nach London zu schleusen – aber nein, er schlüpft wie ein Aal durchs Netz! ... Ich hoffe, du findest alles«, rief Dinah verzagt hinter Clare die Treppe hinauf. »Ich glaube, ich muß jetzt erst einmal diesen Drachen hinausexpedieren.«
Ohne Zögern ging sie auf die Wohnzimmertür zu. Das geräumige Zimmer mit den großen Fenstern wirkte zu dieser Tageszeit noch prächtiger als die offene Landschaft. Durch die Scheiben der geschlossenen Fenster (*sie* hatte sie offengelassen) strömte die Sonne verschwenderisch auf üppige Schalen und Gefäße mit frühen Chrysanthemen, späten Dahlien und Rosen; mit sonnenhafter Bosheit zeigte sie eine feine Staubschicht auf den seidig glänzenden Möbeln. Die Sessel und Sofas sahen abgenutzt und durchgesessen aus. Die Sonne brannte auch in den Kamin, ohne jedoch dem Feuer zu schaden; die weißglühende Holzkohle gab der Luft etwas Bläuliches und zugleich Beißendes. Dazu kam der Rauch aus

Franks Pfeife. Noch in anderer Hinsicht war der Raum verändert – ein modischer, zusammenlegbarer Hut war leichthin auf einen verblichenen Hocker mit besticktem Sitz geworfen worden, und ein Magazin, protziger und beredter als die für Applegate angemessene Art von Magazinen, war von irgendwo heruntergerutscht und lag aufgeblättert auf dem Fußboden. Die Gemütlichkeit konzentrierte sich auf die Gegend um den Kaminvorleger. Frank stand dort und plauderte mit Sheila, die, in einem Strickkleid, sehr schlank wirkte. Er balancierte ein Bierglas, während sie sich an Gin und Tonic hielt. Dinah war noch nicht weit ins Zimmer eingetreten, da blieb sie stehen, zaghaft, konnte man fast denken, leicht benommen und mit einem Ausdruck des Bedauerns darüber, daß sie ihre Sonnenbrille nicht aufhatte. Langsam hob sie einen Fuß, als ob sie unsicher sei, auf welchem Teil des Teppichs sie stehen dürfe. »Wo hast du bloß gesteckt?« fragte Frank betont vorwurfsvoll. Im gleichen Augenblick setzte Sheila mit eindrucksvoller Geste ihr Glas auf dem Kaminsims ab, lachte zutraulich, drehte sich um und streckte Dinah die Hand entgegen.

»Diana!« zwitscherte sie, »das ist komisch, nicht?«

»Sheila??«

»Liebe, habe ich dich so erschreckt? Wir haben uns Jahre nicht gesehen!«

Emphatisch die Augen verdrehend, sagte Frank: »Leider hat Mrs. Artworth eine unangenehme Fahrt hierher gehabt.«

»Ganz so schlimm war es nicht«, sagte Sheila tapfer, »aber ich bin tatsächlich ziemlich mitgenommen. Und dann kommt nach den Jahren Diana einfach ins Zimmer. Großartig siehst du aus, Diana, wenn man bedenkt. Ehrlich, ich glaube nicht, daß ich dich erkannt hätte.«

»Ich bin nicht mehr ›Diana‹.«

»Ach? So ein hübscher Name; ich weiß noch, meine Mutter mochte ihn sehr gern.«

»Meine nicht, sie haßte diese borstige Göttin. Vetter Roland ist an dem Namen schuld.«

»Nicht dein Vater?«
»O nein.«
»Wir nennen sie jetzt ›Dinah‹«, sagte Frank zu Sheila.
»Ja, ich habe das gehört. Ich dachte, es sei nur ein Kosename. – Wie dem auch sei, ich muß doch sagen, ich bin ziemlich mitgenommen.«
»Du hast mich doch bestimmt früher oder später hier erwartet?« forschte Dinah logisch und sanft zugleich.
»Hast *du* mich erwartet?« fragte Sheila schnell.
»Eigentlich nicht. Ich hatte es mit großem Bedauern aufgegeben. Aber das Leben steckt voller Überraschungen«, sagte Dinah und schleuderte dabei einen wuterfüllten Blick auf Frank. »Besonders heute. Du hattest also keine Lust, nach London zu fahren, höre ich von Francis.«
»Nein, als es soweit war, verging sie mir. Sonderbare Laune; war einfach nicht in der Stimmung, den Säugling zu besichtigen.«
»Das arme Wurm will keiner sehen.«
Während dieses Wortwechsels hatte Sheila ihr Glas wieder genommen und ausgetrunken. Ein Bild des Taktes, sah sie an ihrer hübschen Nase herab, deren Spitze sich rosa zu färben begann. Da der Takt nicht bemerkt wurde, war er überflüssig. Sie verzichtete also auf ihn, ließ ein krächzendes Kichern vernehmen und fragte: »Darf man erfahren, wer ein Baby bekommen hat?«
»Bloß seine eigene Tochter«, sagte Dinah besänftigend.
»Major Wilkins' Tochter? Oh!«
»Wo du schon einmal hier bist, Frank, sorg' doch bitte dafür, daß Sheila etwas zu trinken hat. Ihr Glas ist leer. Und nach den Kilometern, die ich gefahren bin, hätte ich auch ganz gern … Nun, Sheikie, wie schön, daß du hier bist; du hast recht, wir wollen die alten Geschichten nicht wieder aufwärmen. Du hast dich ja mit einigen Geheimnissen umgeben, nicht?«
»Hatte ich wirklich Angst?« fragte sich Mrs. Artworth. »Ich wußte bis zum letzten Augenblick nicht, ob ich es schaffen

würde zu kommen. Man hat so viel um die Ohren. Irgend etwas ist immer. Ich habe mich wirklich erst heute morgen entschieden. Ich wollte anrufen oder telegrafieren, aber dann war plötzlich so ein Trubel, und ich wußte auch, daß du hier sein mußtest, wegen Mumbo. Übrigens, das wollte ich vorhin schon fragen, wo ist sie geblieben? Im Zug hierher keine Spur von ihr; ich bin den ganzen Zug ein paarmal auf und ab gegangen, der Schaffner muß mich für verrückt gehalten haben. Obendrein war ich in aller Herrgottsfrühe von zu Hause aufgebrochen. Von Southstone hierher, alles an einem Vormittag!«

»Beachtliche Leistung«, sagte Frank und brachte ihr Glas gefüllt zurück.

»Noch eins? Ich weiß nicht, ob ich das darf!« Der Zweifel verflüchtigte sich rasch. »Ein Glück«, fuhr Mrs. Artworth fort, »daß ich deine Adresse bei mir hatte. Du schriebst, Mumbo würde für alles sorgen. Als ich hier ausstieg ...«

»War keine Menschenseele zu sehen«, vollendete Frank ihren Satz, während er Dinah ein Glas reichte und der Leidgeprüften über die Schulter zunickte. »Selbstverständlich hätte ich Sie abgeholt, hätte ich gewußt ... Und wo bist *du* in der Zwischenzeit hingerast? Zum falschen Bahnhof?«

»Auf eine wüste Heide.«

»Ich bin dann schließlich in eine Taxe gestiegen«, sagte Sheila mutig. »Ich muß schon sagen, du wohnst hier ziemlich am Ende der Welt. Meine Hauptsorge war aber und ist immer noch: was kann unserer guten, alten Mumbo zugestoßen sein? Wo mag sie stecken? Ich habe nicht die geringste Ahnung! Wo steckt unser verirrtes Kind?«

»Sie wäscht sich gerade.«

Sheilas »Oh!« war ein reiner Reflex. Langsam sickerte der Satz in ihr Gehirn; sie errötete und wandte ihr Gesicht von Dinah ab.

»Doch nicht hier?«

»Doch. Hier. Warum nicht?«

»Wie ist sie hierher gekommen?«

»Mit dem Auto.«
»Wann?«
»Jetzt. Mit mir.«
»Aber du hast geschrieben, sie kommt mit dem Zug.«
»Du hast auf den Brief nicht geantwortet!«
»Bitte, Dinah, hör' damit auf! Weiß sie, daß ich hier bin?«
»Nein. Wir beide hatten dich längst abgeschrieben.«
»Oh«, sagte Sheila, und ihre Nixenaugen schimmerten erst träumerisch, dann entschlossen. Sie lächelte.
»Dann wird sie einen ordentlichen Schock kriegen.«
»Warum? Du bist durchaus keine Vogelscheuche, falls du das glaubst. Außerdem hat sie dich erst neulich gesehen.«
»Danke! *Das* habe ich nicht gemeint. Ich wollte sagen, sie wird sich wahrscheinlich ziemlich blamiert vorkommen. Ich sage es nicht gern, aber sie ist hinterhältig gewesen.«
»Mumbo?«
»Ja, ich weiß, sie ist Offizierstochter. – Doch genug davon«, sagte Sheila und strich sich mit der freien Hand über ihr welliges, blaublondes Haar. »Ich glaube kaum, daß Major Wilkins diese traurige Geschichte interessiert. Wir langweilen Sie, nicht wahr?« fragte sie ihn. »Im Gegenteil«, erwiderte Frank, wenn auch nicht mit seiner ganzen früheren Energie. Er hatte die Hoffnung aufgegeben, daß die Damen sich endlich setzen würden, so daß er ebenfalls sein Gewicht von den Füßen verlagern konnte, und bewegte sich langsam auf ein Fenster zu.
»Ganz im Gegenteil. Für mich ist es wichtig, wenn mir überhaupt etwas erzählt wird. Gewöhnlich läßt man mich ja im dunkeln über alles, was hier vorgeht – so kommt es mir jedenfalls vor. Oder bin ich zu borniert?« Während er das sagte, lud sich sein Unwille von neuem auf. »Zum Beispiel hatte ich keine Ahnung, was heute hier geschehen sollte. Ich wußte nicht einmal, daß überhaupt etwas geplant war. Wenn ich recht verstehe, bin ich hier in eine Party geplatzt oder (was sicherlich noch schlimmer ist) in eine Wiedersehensszene. Ich kann nur sagen, niemand hat mir auch nur den leisesten

Hinweis gegeben. Es hätte mir auffallen müssen, daß ich aus dem Wege geschafft werden sollte. Aber ich war blind wie ein Neugeborener. Ich hätte mich beliebter gemacht, wenn ich nicht hier gewesen wäre, nicht wahr?« Er knirschte mit den Zähnen unter seinem prächtigen Schnurrbart in Dinahs Richtung, die sich schon bei seinen ersten Worten in ihren großen Lehnstuhl gesetzt hatte. Durch ihr Beispiel angeregt, hatte auch Sheila sich nach einer angemessenen Sitzgelegenheit umgesehen und sich schließlich mit echt Londoner Grazie auf der Lehne des anderen großen Sessels niedergelassen, der eigentlich für Frank reserviert war. »London war mir vorgeschlagen worden«, fuhr er fort. »Es mußte unbedingt London sein (obwohl ich mich heute morgen durchaus nicht danach fühlte), auf jeden Fall London. Warum, wurde mir nicht gesagt – das hätte mich stutzig machen sollen. Ich hätte verprügelt werden müssen, wenn ich gefahren wäre ...« Er ließ das nun folgende Schweigen sich einen Augenblick lang ausbreiten und wandte sich dann an Sheila.

»Es tut mir leid, aber auch wieder nicht so leid, wie man glauben sollte. Wenigstens hatte ich das Vergnügen, Sie für eine Stunde zu langweilen, und das war in der Tat ein Vergnügen für mich. Falls ich Sie nicht wiedersehe, herzlichen Dank! – Ich gehe jetzt wohl besser nach Hause und sehe zu, daß ich etwas zu essen kriege.«

»Wie traurig.«

»Was da zu essen vorrätig ist, weiß ich nicht«, sann Frank nach. »Hoffentlich irgend etwas.«

»Wir wollen's hoffen«, sagte Dinah heiter. »Frag' mich nicht, was du zu essen kriegst, Sheikie, wir haben nur drei Koteletts.«

»Das paßt ja genau – oder?«

»Nein. Mumbo ißt zwei.«

»Um Himmels willen, ja!« sagte Frank beim Hinausgehen und beugte sich über Dinahs Sessel. »Auf jeden Fall zwei für Mumbo! Es lebe Mumbo! Wer oder was ist eigentlich Mumbo, wenn ich fragen darf?«

»Nein, Frank«, sagte Dinah und sah zärtlich zu ihm auf. »Nichts weiter. Jetzt nicht.«

Die Diele, die Frank beim Hinausgehen passieren mußte, wurde hauptsächlich durch ein Fenster im Treppenhaus erleuchtet, das im Sommer weniger Licht durchließ als im Winter, weil die Blutbuche in vollem Blätterschmuck wie ein Vorhang wirkte. Der Baum war noch voll schwarzroter Blätter. Aber etwas Fremdes mischte sich in das nur von den Zweigen gedämpfte Licht: auf dem Treppenabsatz stand jemand und sah aus dem Fenster. Wie alles Höhergelegene schien die Gestalt zu schweben, obwohl sie offensichtlich fest auf dem Boden stand. Die Erscheinung (denn wie eine solche wirkte sie auf ihn) ängstigte Frank weniger als sie ihn nervös machte. Wenn er jemals einen Geist sehen sollte, hatte er oft gesagt, würde er sich nicht ins Bockshorn jagen lassen. Davon war jedoch kaum die Rede, denn der undurchdringliche Nicht-Geist ärgerte ihn eher, indem er sich nicht umdrehte und in der Rückenansicht verharrte. Die aufdringliche, überwältigende Ruhe, die von der Gestalt ausging, gab ihr eine Aura der Verachtung alles Zeitlichen und der Besitzergreifung dieses Ortes. Sie wanderte vermutlich im Haus umher ... ›Mumbo-Jumbo‹, sagte er sich leise, aber heftig. Er wollte eigentlich Francis suchen und ihn um ein paar Eier bitten, aber er gab den Plan auf; statt dessen floh er durch die Veranda hinaus in die Sonne. In der frischen Luft schüttelte er sich und fuhr sich mit der Hand über die Augenbrauen.

Es war nicht allein der Baum, der Clare am Fenster festhielt, so schön auch eine Blutbuche mit gefleckten Blättern sein konnte. Was sie fesselte, während sie nach unten blickte, war die Schaukel. Sie starrte sie an, als ob sie sich bewegte, dabei saß niemand darauf. Unter der Schaukel war ein kleiner kahler Fleck, wo das Gras eingegangen war. Kein noch so geschicktes oder kraftvolles Abstoßen kann eine schief aufgehängte Schaukel ins Gleichgewicht bringen. Es ist eine Leistung, so eine schiefe Schaukel zu beherrschen, eine größere Leistung als einfaches Geradeaus-Schaukeln. Es gab drei Meister im Schaukeln: Sheikie brannte ihre Künste wie ein Feuerwerk ab, Dicey stieß sich nicht mit den Füßen vom Boden ab, sondern holte mit den Beinen Schwung, Mumbo lag mit dem Bauch auf dem Sitz, das Gesicht nach unten, und ruderte mit allen Gliedern. Aus purem Vergnügen an dem luftigen Sport hätten sie sich in den Himmel schaukeln mögen, aber sie taten es nicht.

Das alles war vor der Zeit der Liebe gewesen, jetzt aber war es danach. Nichts hatte sich geändert, nur die Zwischenzeit fehlte. Clare erinnerte sich plötzlich, das Geräusch männlicher Schritte, die aus dem Hause eilten, gehört zu haben; gerade in diesem Augenblick? Wenn nicht jetzt, wann?

»Da bist du! Hast du ein Bad genommen?« Dicey stand am Fuß der Treppe und sah zu Clare hinauf, wie vom Boden eines tiefen Brunnens. Sie winkte Mumbo näher heran, damit sie sich besser verständigen konnten. »Dreimal darfst du raten ...«

»Nr. I: Ist es Sheikie?«

»In der Tat.«

»Aha.«

»Ich glaube nicht«, gab Dicey zu, »daß ich wirklich überrascht war. Jedenfalls, komm' erst mal runter. Sie trinkt gerade.«

»Wie wirkt sich das bei ihr aus?«

»Bis jetzt ist sie noch nicht redselig. Ich glaube, sie hat sich vorgenommen, mit dir zu schmollen.«

Ein Omelett aus acht Eiern, à la Portugal, war inzwischen in der Küche entstanden, mit der Absicht, den Appetit der Damen anzuregen, bevor die (in ihrem Umfang bescheidenen) Koteletts das Feld übernahmen. Francis hatte diese Idee gehabt; er servierte gerade die Omeletts persönlich.

»Spricht dein Butler Englisch?« wollte Sheila wissen, als Francis, zögernd, gegangen war.
»O ja, er kann fast alles.«
»Hast du noch eine andere Hilfe?«
»Mehrere Witwen, zum Saubermachen. Sie lösen sich ab. Die heute gerade hier ist, kann glücklicherweise kochen, ich glaube jedenfalls«, sagte Dinah und machte sich über ihren Omelettanteil her.
»Sonst koche ich. Aber ich kann nicht gleichzeitig kochen und mich unterhalten, deshalb dachte ich, ich koche heute besser nicht.«
»In Southstone bekommt man überhaupt keine Haushaltshilfen. Zum Glück haben wir Trevors tüchtiges Kindermädchen.«
»Für welche Kinder?«
»Sie kocht und besorgt alles mögliche im Haus. Aber man muß damit rechnen, daß sie bald zu senil ist. Und was dann?«
»Dann pensionierst du sie. – Sheikie, wie viele Kinder hast du?«
»Ich selbst habe eigentlich keine.«
»Was heißt eigentlich?« bohrte Dinah weiter.
»Sie hat zwei Stiefkinder«, sagte Clare gelangweilt und düster, während sie ihren Mund schmatzend vom Teller hob. Dann fuhrwerkte sie mit der Serviette um den Mund herum.
»Besser als gar nichts. Jetzt frag' du sie noch, ob sie Kinder hat, und dann sind wir damit fertig.«
»Nein«, protestierte Dinah, »ich habe fünf Enkel.«
»Wie bist du denn dazu gekommen?«
»Ich habe zwei Söhne.«
»Kluges Kind«, sagte Mrs. Artworth.
»Können wir jetzt den Wein haben?« fragte Dinah Francis, der wieder hereingekommen war. Nach moderner Butler-Sitte hatte er alle Reste vom Tisch abgeräumt und auf einen weiter entfernten, aber noch erreichbaren, kleineren Tisch gestellt. Nur Salz, Pfeffer und eine Butterdose mit in die

Butter eingedrücktem Löwenkopfmuster waren stehengeblieben. Bei Tisch aufwarten, hatte Francis herausgefunden, war eine besondere Form der Herrschaft über Menschen; die Damen, die er bediente, waren von seinem Willen abhängig. Wagten sie aufzustehen und sich nach Eßbarem umzusehen, wenn er sie aus den Augen ließ? Nein, sie wagten es nicht. Außerdem fesselte sie das nicht eben sonderlich lebhafte Gespräch an den Tisch. Francis hatte für diesen Tag drei große bestickte Tischmatten hervorgeholt. Er hatte entdeckt, daß die äußere Pracht (die durch sein Auftreten gekrönt wurde) eine der Anwesenden umdüsterte, während sie die andere aufstachelte; die Blonde glaubte offensichtlich, daß das ganze Theater nicht nur für sie, sondern gegen sie inszeniert war: weniger, um ihren Beifall herauszufordern, als um sie zu treffen und zu erniedrigen. Hätte Mrs. Delacroix das in der Tat beabsichtigt, wäre sie in seiner Achtung beträchtlich gestiegen. Aber die Tatsache blieb bestehen, daß Mrs. Delacroix, als sie mit dem Wagen losbrauste (nachdem sie die Blumen gegossen hatte), ihm nichts weiter mitgeteilt hatte, als daß sie eine Dame zum Mittag erwartete und daher drei Koteletts brauchte. Alles andere war seiner Diskretion überlassen geblieben. Wie gut war es, daß Francis sich gründlich über die psychologischen Hintergründe dieses Mittagsmahls informiert hatte! Die äußere Erscheinung von Mrs. Artworth (die er, wie man sich erinnert, für *die* Dame gehalten hatte) hatte ihn auf den Gedanken gebracht, die gestickten Matten hervorzuholen und das Servieren vorher am Küchentisch mit der glücklicherweise gerade anwesenden Witwe vom Dienst zu üben. Diskretion und Bosheit waren bei Francis nicht mehr zu trennen. Als er mit dem Fuß die Tür aufstieß, um das Tablett hereinzubringen, hörte er, daß die Damen das Thema Babys gerade abgeschlossen hatten.

»Ich glaube, das ist erst einmal alles, was ich euch anbieten kann«, sagte Dinah, als die Koteletts auf den Tellern gelandet waren und die Gemüseschüsseln ihre klappernde Runde beendet hatten.

»Geh' jetzt und ruh' dich etwas aus!«
Empört verließ Francis das Zimmer.
Sheila, die bezweifelte, daß die Tür richtig zu war, sagte: »Diese Orientalen sollen überall lauschen.«
»Wer jetzt lauscht, das bin ich!« Clare nahm einen Anlauf zur Zerkleinerung ihres Koteletts und legte nach einigen Augenblicken geheimnisvoll Messer und Gabel nieder. Sie sah sich am Tisch um.
»Ich bin ganz Ohr für das, was Dicey uns zu sagen hat. Du doch auch, nicht wahr, Sheila?« Sheila hatte sich noch nicht wieder ganz gesammelt und erwiderte: »Natürlich!«
»Was hast du uns also zu erklären, Kleines?« wurde die Schuldige gefragt, in einem Ton, der möglichst sachlich klingen sollte.
»Du hast uns alle in schwierige Situationen gebracht; deshalb möchten wir jetzt gern wissen, was du eigentlich willst.«
»Ein paar Erklärungen bist du uns wohl schuldig, das glaube ich auch«, assistierte Sheila, vermied es aber, die Augen von der Tischmatte zu heben. »Ich meine, nach allem, was wir durchgemacht haben.«
»Nun?« drängte Clare, »los, Dicey, wir warten auf dich!«
»Mumbo, sei doch bloß nicht so feierlich«, rief die Gastgeberin. »Und abgesehen davon, was soll das alles, so plötzlich? Ich habe keine Ahnung, was ihr wollt, genauso wenig wie Frank. Was habt ihr zwei da zusammengebraut? Ich möchte nicht, daß ihr euch aufregt, während ihr meine Koteletts eßt«, fuhr sie fort, immer noch wunderbar ruhig.
»Ich hab' dein Kotelett noch nicht gegessen!«
»Laß es nicht kalt werden.« Dinah wandte sich ihrem anderen Gast zu. »Du ißt deins wenigstens, das freut mich, sie sind nämlich gut, glaube ich. – Sheikie, weißt du eigentlich, daß man von dir sagt, du habest behauptet, ich hätte dir das Leben zur Hölle gemacht?«
Sheila hörte auf zu kauen und wurde vor Ärger rot. »Nie habe ich ...« Sie schoß wütende Blicke auf Clare, die ihrerseits Dinah anfuhr:

»Darüber wollen wir uns unterhalten!«
»Dann laß Sheila reden!«
»Sheikie und die Karten auf den Tisch legen?« stichelte Clare, »hat sie das jemals gemacht?«
»Das mußt ausgerechnet du sagen«, erwiderte Sheila. »Wer hat sich denn so viel Mühe gegeben, mich hereinzulegen? Wer hat gesagt ›Laß nur, ich mach' es schon‹ und dann seinen eigenen Plan verfolgt? Nein, ich kann nicht begreifen, wie jemand so falsch sein kann. Keiner hätte etwas gegen deine Schlauheit einzuwenden, aber ...«
»Gut.«
»Ich habe also Zwietracht gesät?« fragte die Gefangene. »Seht mal, so ist es doch immer gewesen. Wenn ihr beide euch aufregt, müßt ihr euch eben streiten. Und wie endet so etwas immer?«
Für den Bruchteil einer Sekunde zögerte sie. »Oder seid ihr noch nicht zu Ende? Sonst möchte ich weiterreden.« Ihr Ton veränderte sich. Was bisher unbestimmt im Raum gestanden hatte, trat nun zusehends in Erscheinung: ihre Schönheit. Von jetzt an sprach sie zu Hörern, die sie ignorierte, die sie nicht nur nicht ansah, sondern denen sie zu verstehen gab, daß sie sie schonte, indem sie sie nicht ansah. »Ich fange an zu begreifen, weshalb ihr euch so aufregt; ich könnte es vielleicht, wenn es nicht so unvorstellbar wäre. Ihr meint also, ich hätte ungewöhnliche Mittel angewandt, um euch ausfindig zu machen? Was sollte ich aber anderes tun? Ich meine, auf welche andere Art? Es war für *uns*. Und euch beide hat es gestört? Euch beide? Wie sinnlos ist es dann, sich überhaupt zu treffen! Wie tief ihr gesunken seid!«
»Vielleicht«, gab Clare zu, zusammengebrochen, düster.
Sheila, in dieser Situation die Stärkere, sagte: »Ja. Du lebst nicht in Southstone und hast kein Geschäft, das überall bekannt ist.«
»Einen ganzen Konzern«, konterte Clare apathisch. Sie sah auf ihren schweren, sich vorwölbenden Körper herab. »In

unserer Lage, ob dir das paßt oder nicht, in unserer Lage fühlen Sheikie und ich uns belästigt.«

Verwirrt sagte Dinah: »Was für ein Ausdruck, Mumbo ...«

Clare hatte diese Bemerkung bewußt herausgefordert und zog sich nun mit einem merkwürdigen Ausdruck der Zufriedenheit auf ihre Stellung zurück. Mrs. Artworth beanspruchte auch ihr Teil.

»Ich in erster Linie«, sagte sie brüsk zu Dinah. »Irgendwelche Einwände?«

»Nein.« Dinah schob ihren Teller von der Matte, legte die Arme auf die freigewordene Stelle, stützte sich schwer auf und sah durch die beiden hindurch. »*›Ich blas' und weh' dein Haus dir fort‹* – was? Daran habe ich nicht gedacht. Niemals.«

Plötzlich drehte sie sich zu Clare um. Eine Träne lief langsam ihre weiße Wange hinunter. (Man vergißt zu leicht, daß jede Träne zum erstenmal vergossen wird.) »Was soll ich tun?«

»Versuch' mal nachzudenken. Laß das nicht zur Gewohnheit werden, aber versuch' es einmal!« sagte Clare leichthin, aber innerlich zitterte sie. Ein Glücksgefühl wie ein elektrischer Schlag hatte sie verwandelt. Als ihr Blick wieder auf das Kotelett fiel, stürzte sie sich heißhungrig darauf, liebevoll von Dinah beobachtet. Sheila hatte inzwischen vor sich hin gebrütet; ihr Mißtrauen gegenüber Zitaten war mit Clares Abneigung gegen schöne Landschaften vergleichbar. Aus einem nicht definierbaren Grund mißfiel ihr Dinahs Spruch.

»Macbeth, oder?« fragte sie, scheinbar gleichgültig. Dinah antwortete nicht. Während sie ihren Blick hin und her wandern ließ, dachte sie: ›Wer steht jetzt unter wessen Bann?‹ Sie ließ eine endlose Minute des Schweigens verstreichen, dann fragte sie wieder, diesmal mit erhobener Stimme: »Sollen wir also die Sache als abgeschlossen ansehen?«

Mit vollem Mund sagte Clare: »Sheila, wie vernünftig du bist!«

»Es ist besser, man weiß, woran man ist. Ich kam mir so unsicher vor. Wenn ich mich nicht irre, Clare, wolltest du die Angelegenheit zur Sprache bringen, und zwar gleich hier bei Dinah am Mittagstisch; nach dem, was sie gesagt hat, glaubte ich, sie erwartete das – nicht wahr, Dinah? Von mir aus hätte die ganze Geschichte gut und gern –«

»Zum Teufel mit der ganzen Geschichte! Das war schon immer meine Meinung, falls du dich an jenen Nachmittag zu erinnern beliebst. Es gibt gar keine ›Geschichte‹! Das Gericht vertagt sich jedenfalls erst einmal!«

»Und was soll ich Trevor sagen?«

»Ich erinnere mich genau an Trevor«, sagte Dinah. »Grüß ihn herzlich von mir.« Es ging ihr wieder besser, wie die beiden erleichtert hätten bemerken müssen.

»Es wird euch freuen zu hören, ihr bockigen Eselinnen«, sagte sie, »daß ihr mich fast hundert Pfund gekostet habt.«

»Nun, du hast es wohl.«

»Da hört doch alles auf! Keinen Penny mehr als diese 100 Pfund, hab' ich zu Packie gesagt. Ob sie bis dahin einen Piep gegeben haben oder nicht, die Aktion wird abgeblasen, wir haben verloren. Schließlich bin ich nicht wahnsinnig!«

»Du hattest also einen Komplizen?«

»Wundert euch das? Ja, ein alter Freund, der plötzlich wieder aufgetaucht ist. Der weiß, wie der Hase läuft. Johnny Packerton-Carthew. Er ist als fleißig und zuverlässig bekannt; die meisten nennen ihn Pack-Esel, ich nenn' ihn Packie.«

Sheila lehnte sich schlaff zurück, ordnete ihr Haar (diesmal mit beiden Händen) und sagte: »Soll das heißen, er würde alles für dich tun?«

»Nein, ich muß zugeben, daß er alles einigermaßen Zumutbare für jeden tut. Es ist also kein Kompliment.«

»Er hielt das also für zumutbar?«

»Er hat sich wie immer ordentlich in die Angelegenheit hineingekniet. Und jetzt kann er es natürlich nicht erwarten, euch beide kennenzulernen. Wir müssen unbedingt etwas arrangieren. Wir wollen aber erst mal kräftig auf Packie anstoßen. – Verflixt, Francis hat wieder den Wein konfisziert. Wohin ist er überhaupt verschwunden? Sich einfach so zu verdrücken! Der Honigkuchen hätte schon längst hier sein müssen. Hier sitzen wir nun und warten, wo alles, was wir brauchen, die Höhle ist.«

»Die Höhle?«

»Die was?«

»Die Höhle«, sagte die Gastgeberin und fing nervös an zu rauchen. Die Gäste tauschten konsternierte Blicke.

Clare sagte: »Dicey, ich glaube, du hast uns bisher nichts von einer Höhle gesagt.«

»Das ist unglaublich! Das war doch der Anfang von allem. Ich meine, *wir* waren natürlich der Anfang, aber die Höhle war sozusagen die chemische Reaktion. Am gleichen Tag war es natürlich auch die Schaukel.«

»Ist jemand verunglückt?« fragte Sheila zitternd.

»Nein, niemand. Du Dummkopf, Sheikie!«

Clare bemerkte: »Ich hab' mir die Schaukel angesehen.«

Francis kam mit dem Honigkuchen herein. Er hatte ihn schon aufgeschnitten und bot ihn nun der Reihe nach an. Die Blonde, für ihn ein hagerer Teufel, wie er im Buch stand, würdigte den Kuchen keines Blickes. Während er mit dem Teller herumging, hörte er zu, wie seine Arbeitgeberin die Platte ›Einleitende Bemerkungen zur Höhlen-Führung‹ ablaufen ließ – wie ihm schien, heute nicht ganz mit der gewohnten Verve. Die Platte kratzte etwas, wohl weil Dinah etwas außer Übung war. Außerdem benachteiligte sie das Bewußtsein, zu einem Publikum zu sprechen, das sie schon sehr lange und vermutlich zu gut kannte. Ihre gewohnte Verzückung schien diesmal zu fehlen – sollte die Höhle am Ende ihrer Faszinationskraft sein? Dann bestand einige Hoffnung, daß der Major sie für die Aufgaben im *potager* zurückgewinnen konnte. Obwohl sie den Faden nicht abreißen ließ, schien es ihr nichts auszumachen, sich zu unterbrechen und zu sagen: »Francis, bring' bitte den Kaffee hierher, sofort, wenn's geht.«

»Jawohl«, war alles, was er versprechen konnte.
»Begreift ihr jetzt?« schloß Dinah und wandte sich triumphierend von Clare zu Sheila. »Habt ihr kapiert? Ihr versteht die Höhle nicht, wenn ihr die Idee nicht begreift; ich hoffe, ihr versteht alles besser, wenn ihr die Höhle seht.« Sie machte mit der Zigarette eine abschließende Geste und bestreute dabei ihren Honigkuchen mit Asche.
»Wahrscheinlich«, sagte Clare zurückhaltend.
»Du sagst, die Höhle ist jetzt schon voll?« fragte Sheila.
»Bis oben hin. Man kommt kaum noch hinein.«
»Du hast also sehr viele Freunde?«
»Hunderte inzwischen. Ihr doch auch, oder?«
Mrs. Artworths Gesichtsausdruck war unbestimmt. Sie antwortete nicht.

Auf dem Schlängelpfad war der feuchte Duft, der Mrs. Coral eingehüllt hatte, verschwunden. Das Gras war heute trocken und federnd. Hinten am Rand des Wegstreifens blühten rote Astern in allen Schattierungen. Obwohl sie jede Nacht vom Frost getroffen werden konnten, blühten die Dahlien trotzig von Tag zu Tag weiter; die nicht so zahlreichen, unschönen Dauerrosen sahen weniger hinfällig aus. Die sinkende Sonne warf ihre Strahlen nicht nur auf die Blumen, sondern auch auf die wenigen übriggebliebenen krummen Apfelbäume des alten Obstgartens; halbverfaulte Falläpfel gaben der Nachmittagsluft den Geruch von Apfelmost. Es ging auf vier Uhr.
Von Dinah bis an die Stufen, die zur Höhle hinunterführten, geleitet, benutzten die beiden Fremdlinge auf Applegate jede Gelegenheit, den Spaziergang aufzuhalten. Sie betrachteten sich Dinahs Herbstblumen sehr gründlich – vielleicht kannten sie sie nicht. Zwischen den Blumen und durch die Bäume erhaschten sie bisweilen Fetzen des freundlichen, unpoetischen Himmels.
»Dies hier ist Somerset, nicht wahr?« wollte Sheila wissen.

»Mehr oder weniger.«
»Aber wir sind doch in Westengland? Ich dachte immer, im Westen gebe es Berge ... Alles scheint so weit zu sein.«
»Was meinst du?«
»Das hier. Findest du's nicht manchmal auch?« Sheila wandte sich Clare zu und fragte sie: »Und du?«
Sie kamen an das Ende des Weges, die Höhle war nicht mehr weit.
»Links«, befahl die Führerin, »ich gehe voran.« Sie tat es. Aber jetzt blieb Clare stehen. »Hör mal, Dicey, halte uns bitte nicht für niederträchtig, aber ich habe keine große Lust, da hinunterzugehen, ich glaube, Sheikie auch nicht.«
»Ich bin nicht besonders versessen drauf.«
»So?« sagte die Führerin, drehte sich auf einem Absatz um, die Hände in den Taschen, und betrachtete die beiden. »So! ... Aber es ist hochinteressant, vom menschlichen Standpunkt aus hochinteressant!«
»Ja, aber Sheikie und ich kennen deine interessanten Freunde nicht.«
»Die Archäologen, Jahrmillionen später, kennen sie auch nicht«, fühlte sich Dinah verpflichtet zu erklären. »Wenn die Archäologen das interessiert, warum dann euch nicht?« Ernster fügte sie hinzu: »Alles zusammengenommen ...«
Clare ging ein paar Schritte zur Seite und hob einen Apfel auf; sie spielte mit ihm und pfiff vor sich hin, dann sagte sie: »Was meinst du?«
»Ihr wißt ganz genau, was ich meine, ihr zwei!«
Es war so still, daß man ein Blütenblatt hätte fallen hören können. Clare versuchte es auf die forsche Art: »Ach, *das!* Ja, was machen wir da ...«
Sheila sah überrumpelt aus.
»Mit ›was machen wir da‹ kommen wir nicht weiter«, sagte Dinah. Sie trat ganz dicht an sie heran. »Also, wann gehen wir hin? Wann fangen wir an zu graben? Wie bald?«
»Graben?« sagte Sheila.
»Ausgraben.«

»Wir haben das für die Nachwelt dort vergraben«, sagte Dinah erbarmungslos.

»Also, welche Nacht? Wann paßt es euch? In diesen Tagen ist Neumond, aber damals schien auch kein Mond. Wir brauchen wieder Taschenlampen. Wollen wir uns nicht lieber bei St. Agatha treffen? Einverstanden?«

Sheila sagte: »Es ist nicht mehr da.«

Man verstand sie nicht sofort.

»Wußtet ihr das nicht? Wahrscheinlich nicht.«

Zu ihrem Kleid gehörte ein langer Schal; sie knotete ihn, erst locker, dann langsam immer fester unter ihrem Kinn zusammen.

»Sprich weiter!« sagten sie.

»Wie soll ich anfangen? ... Ihr wißt vielleicht – oder auch nicht, daß wir in Southstone bombardiert worden sind.« In ihr Gesicht trat ein blasierter Zug, der nicht ganz unsympathisch wirkte.

»Seit 1940 waren wir in unregelmäßigen Abständen dran. Eines schönen Tages erwischte es dann St. Agatha.«

»Sheikie!! – Alle Mädchen?«

»Nein, wo denkst du hin! Die Mädchen waren alle längst weg. Das alte Haus war schon seit Jahren keine Schule mehr; als die Bomben fielen, war es leer und verlassen.«

Clare sagte: »›In dünne Luft ...‹«

Zweiter Teil

1

Dicke, gelbe, glänzende Vorhänge waren fast ganz heruntergezogen. Sie reichten nicht aus, um die vom Meer her leuchtende Sonne abzuhalten, und flatterten träge vor den offenen Fenstern in der heißen, reglosen Juniluft, die den Garten erfüllte. St. Agathe war früher einmal ein Wohnhaus gewesen, und der Klassenraum der IVa wahrscheinlich das Frühstückszimmer. Die Fenstervorhänge waren mit Spitzen besetzt. Die lustige Blumentapete wurde wieder ausgeglichen durch eine kahle, asketische Uhr (ein oder zwei Nummern kleiner als Bahnhofsuhren) und eine mit grünem Filz bespannte Anschlagtafel, die mit Namenslisten und Warnungen aller Art bedeckt war; außerdem hingen Sepia-Reproduktionen lehrhafter Gemälde an den Wänden, darunter »Hoffnung«, in Eiche gerahmt. Aus Eiche waren auch die Pulte, mit denen Sitze mit steifen und hohen Rückenlehnen verbunden waren. Den biologischen Modellen auf dem Kaminsims entströmte Spiritusduft, und aus den Gefäßen mit botanischen Präparaten, die in der Nähe der Fenster standen, drang der Geruch schleimigen Wassers, in dem Grünzeug verfaulte – das Mädchen, das die Präparate verwaltete, fehlte gerade, wegen Heuschnupfens. Die übrigen typischen Schulgerüche waren die der Kreide in der Nähe der schwarzen Tafel und der Tinte, die in den Porzellanfässern der Pulte trocknete.
Ungefähr zwölf Mädchen, die meisten elf, ein paar zehn, einige zwölf Jahre alt, saßen in dem Klassenraum. Alle trugen sie blaue Sommeruniformen. Wenn sie nach links aus dem Fenster sahen, konnten sie ein Stück Garten zwischen den leise flatternden Spitzenvorhängen und dem Fensterbrett erkennen. Die meisten sahen jedoch höflich zur Lehrerin hin; das war eins der wenigen Dinge, die sie bereitwillig für Miss Kinmate taten. Es war die erste Stunde nach der großen Pause, in der es Milch und Kekse gegeben hatte; ein so unbedeutendes Ereignis wie diese Pause genügte, um die IVa in prächtige Stimmung zu versetzen. Zugleich war es die

Geschichtsstunde, die sie jeden Dienstag hatten und auf die Miss Kinmate jedesmal gewisse Hoffnungen setzte. Jedes Mädchen sollte sich, so war es gedacht, ein kürzeres Gedicht oder einen Teil aus einem längeren aussuchen, auswendig lernen und aufsagen. Gerade war wieder eine Kandidatin aufgestanden und hatte begonnen:

There was *a time when meadow, grove, and stream,*
*The earth and –**

»Halt!« rief Miss Kinmate. »Bevor wir richtig anfangen, bitte nicht *zu* ausdrucksvoll! Wordsworth war ja gar nicht so elegisch!«
»Ich dachte immer, er war wie ein dicker, alter Mann, der sagt: Früher, als ich jung war, konnte ich über eine drei Meter hohe Mauer springen.«
»Das wäre albern.«
»Das hier finde ich auch albern.«
»Dein alter Mann würde lügen. Weißt du, wie hoch eine Mauer von drei Metern ist?«
»Ja.«
»Das bezweifle ich. Nicht einmal ein griechischer Athlet könnte über so eine Mauer springen.«
Aus dem Hintergrund schoß ein Finger in die Höhe. »Ja, Olive?«
»Wie hoch konnte ein griechischer Athlet ungefähr springen?«
»Das hängt von verschiedenen Dingen ab.«
Das Mädchen Clare stand während dieses Zwischenspiels unbeweglich und musterte sein Publikum; die Hände auf dem Rücken, zur Tafel hin, die Beine gespreizt, mit der Zunge ein Loch in den unteren Backenzähnen erforschend. Auf ein ermunterndes Zeichen von Miss Kinmate hin fuhr sie fort:

* Die Übersetzungen der Gedichte befinden sich am Schluß des Buches.

– and every common sight,
To me did seem
Apparelled in celestial light,
The glory and the freshness of a dream.
It is not now as it hath been of yore;
Turn wheresoe'er I may,
By night or day,
The things which –

»Halt! Oje, was sollen wir bloß machen?«
»Ich dachte –«
»Du sollst nicht denken. Versuch' es noch einmal! Sonst setz' dich! Du verdirbst das ganze herrliche Gedicht.«
»Ja, Miss Kinmate.«
»Und zwinkre nicht den anderen zu. Das nächste Mal suchst du dir ein Gedicht aus, das du verstehst.«
»Ich kann noch ein anderes. Soll ich es aufsagen?«
Miss Kinmate sah auf die Uhr. Die ganze Klasse tat das gleiche, ernst, abwägend. Nur Sheila Beaker ließ sich durch so etwas nicht stören, und Muriel Bothwick auch nicht; sie hatte gerade ein Stück Schorf von ihrem Arm abgerissen und versuchte jetzt, das hervorsickernde Blut mit Löschpapier aufzufangen.
»Gut, meinetwegen«, gab Miss Kinmate nach. »Fang' an, Clare, aber denk' daran, daß auch noch andere drankommen sollen.«
Nachdem Clare ungewöhnlich tief Luft geholt hatte, ließ sie mit großer Leidenschaft ihr zweites Gedicht vom Stapel:

Last night among his fellow roughs
He jested, quaffed, and swore;
A drunken private of the Buffs,
Who never looked before.
Today, beneath the foeman's frown,
He stands in Elgin's place,
Ambassador from Britain's crown,
And type of all her race.

Poor, reckless, rude, low-born, untaught,
Bewildered, and alone,
A heart, with English instinct fraught,
He yet can call his own.
Ay! tear *his body limb from limb,*
Bring cord, *or* axe, *or* flame.
He only knows, that not through him
Shall England come to shame.

Fair Kentish hop-fields round him seemed,
Like dreams, to come and go;
Bright leagues of cherry-blossom –

»Halt! Die Zeit ist leider um. Schade, denn das ging schon besser.«
Miss Kinmate sah in die Runde. »Diana, sitz' nicht mit offenem Mund da! Wach auf! Wie heißt das Gedicht, das Clare aufgesagt hat?«
»Der betrunkene Infanterist!«
»Nein, aber so ähnlich. Nun, wer ist als nächster dran mit welchem Gedicht? Muriel bitte!«
»Es blutet so!«
»Hast du dich geschnitten?«
»Nein ...«
»Geh' gleich zur Schwester!«
Die blutende Muriel ging. Miss Kinmate mußte ihren Rundblick wiederholen. »Dann Sheila, wollen wir doch mal Sheila hören.«
Das Wunder von Southstone, die preisgekrönte Tänzerin, erhob sich, warf die goldenen Zöpfe zurück und trat bedächtig nach vorn ins Rampenlicht. Sie überreichte Miss Kinmate ein prächtig eingebundenes, aufgeschlagenes Buch, das wie ein Schulpreis aussah (was es auch war, obwohl nicht Sheila den Preis bekommen hatte), mit einer Verbeugung, die mehr dem zarten Nicken einer Blume ähnelte. Dann drehte sie sich halb um, wobei ihr Rock leicht in Bewegung geriet, und glitt

in vollem Licht drei Schritte zur Seite auf den Pranger zu, an dem Clare vor ihr gestanden hatte. Erst hier wurde das Wunderkind völlig der es umgebenden Wirklichkeit gewahr. Von ihren eigenen Bewegungen verzaubert, hatte Sheila, seit sie sich von ihrem Platz erhoben hatte, den eigentlichen, furchtbaren Inhalt ihres Auftritts für einige Minuten aus den Augen verloren. Man verlangte von ihr nicht, ausgelassen herumzutollen, sondern zu reden. Ein gequälter Haß auf alle Literatur stand in ihrem Gesicht. Sie trug ihr Gedicht denkbar eintönig vor, dennoch in der Art jemandes, der mit wunderbarer Mäßigung eine langgehegte, berechtigte Klage vorbringt:

Up the airy mountain
Down the rushing glen,
We daren't go a-hunting
For fear of little men;
Wee folk, good folk,
Trooping all together
Green jacket, red cap,
And *white owl's feather!*

Down the rocky shore
Some make their home;
They live *on crispy pancakes*
Of yellow tide-foam;
Some, *in the reeds*
Of the black mountain-lake,
With frogs for their *watch-dogs,*
All night awake.

High on the hill-top
The old King *sits.*
He is now so old and grey
He's nigh lost ...?
... his bridge of white wits?

... his mist of white wits?
... his *bridge?*
... his *wits ...?*

Sie blieb stecken, knickste ungeschickt, stöhnte und sah Miss Kinmate an, als wollte sie sagen: »Bitte sehr. Haben Sie etwas anderes erwartet?«
»Schon gut«, beeilte sich Miss Kinmate zu sagen, »bis dahin war es sehr schön. Aber ein bißchen traurig – Elfen sind doch lustige Wesen, nicht wahr?«
Sheila wußte nichts darauf zu sagen.
»Und in der zweiten Zeile war ein Wort falsch: *rushy* muß es heißen, nicht *rushing*. Wie kann ein Moor sich beeilen?«
»Ich dachte, es soll heißen, daß sie alle hin- und herlaufen«, sagte Sheila Beaker, bekümmerter denn je.
»Jedenfalls hat sich Sheila ein reizendes Gedicht ausgesucht«, teilte Miss Kinmate der Klasse mit, die genau wußte, *wer* das Gedicht ausgesucht hatte: Mrs. Beaker nämlich.
Die meisten Schülerinnen von St. Agatha blieben bis zum späten Nachmittag in der Schule. Das Gebäude lag ganz oben auf einer terrassenförmigen Hochfläche außerhalb der Stadt, nach Westen zu. Diese Lage war günstig für Kinder aus der Garnison und den umliegenden Offizierssiedlungen. Für die Kinder aus Southstone, die traditionell nach St. Agatha geschickt wurden, obwohl andere Schulen näher lagen, bedeutete es einen längeren Anmarschweg. Um das Nachhausegehen während der Mittagspause zu vermeiden – es galt als zu ermüdend –, bekamen die Southstoner ihre Mahlzeiten in der Schule, und die übrigen hatten sich diesem Brauch angeschlossen; denn wie Miss Ardingfay, die Gründerin und Leiterin der Schule gesagt hatte, lernten sich die Mädchen dabei besonders gut kennen. Obwohl der Schultag dadurch recht lang wurde, erwies er sich doch als weniger anstrengend, als man annehmen sollte; rechnete man die Turn- und Spielstunden ab, so blieb sogar Zeit zum Bummeln. Die Mädchen kamen ungefähr um sechs Uhr nach

Hause, mit nur geringfügigen Hausaufgaben. Sie aßen Abendbrot, schliefen, schlangen das Frühstück hinunter und trollten sich wieder zur Schule. Von Sonnabend mittag bis Montag morgen ließ man ihnen Freiheit.

Obwohl das Schulgebäude so dicht an der See stand, daß im unteren Garten unzählige Tamarisken wachsen konnten, lag es doch nicht auf der Höhe des Meeresspiegels. Die asphaltierte Straße, die zur Schule hinaufführte, fiel zum Meer hin steil ab; diese Seite war durch ein Geländer geschützt, auf dem zu sitzen streng verboten war. Da St. Agatha ein gutes Stück über dem Meer lag, erschien es unwahrscheinlich, so nahm man allgemein an, daß die Schule von einer Sturmflut weggespült werden konnte; bis jetzt war auch noch nichts Derartiges geschehen, so angenehm kitzelnd der bloße Gedanke auch war.

Das Schulgebäude zog sich hinter der Schule die Anhöhe hinauf. Die Lage des Gartens nach Süden war günstig für ein paar kleine, alte Gewächshäuser, von denen die meisten jetzt leer standen. Bänke und Lauben boten eine schöne Aussicht auf den Kanal. Vor längerer Zeit hatte man einen Croquet-Platz in Terrassen angelegt; er sah jetzt kahl aus. Hecken, die von außen undurchdringlicher wirkten, als sie von innen waren, wucherten wild, dazwischen schlängelten sich schmale Wege. Schließlich gab es auch steilere, schlüpfrigere, von ungeduldigen Schülerinnen getretene Pfade. Je höher man stieg, desto besser wurde die Aussicht. Ganz oben (aber noch nicht auf dem Gipfel des Hügels) war noch eine letzte Terrasse. An einem festen Gestell hing hier während der Sommermonate eine Schaukel. Miss Ardingfay hatte sie nicht aufstellen, aber auch nicht entfernen lassen. Wo sie jetzt stand, stellte die Schaukel ein kleines Ärgernis dar: jedes Frühjahr mußte der Gärtner nachprüfen, ob die Seile auch noch hielten. Da sie keine sehr guten Augen hatte und selbst nicht schaukelte, entging es Miss Ardingfay, daß die Schaukel nicht so gerade herabhing, wie sie eigentlich sollte.

Heute machte Miss Ardingfay trotz (oder besser: wegen) der

Hitze einen kleinen Nachmittagsspaziergang. Sie wollte sich vergewissern, daß die Mädchen sich auch im Garten ausruhten und nicht umherliefen. Über der See flimmerte die Luft; drückend lag die Hitze auf dem Kanal. Frankreich konnte man heute nicht sehen. Die Mädchen liefen nicht wie sonst umher. Überall sah man dunkelblaue Farbtupfen, aber keine Bewegung. Es war den Mädchen eingeschärft worden, sich vor dem Sonnenstich in acht zu nehmen; so hielten sie sich denn im Schatten, soweit man überhaupt von Schatten reden konnte. Einige lagen auf dem Rasen, andere lehnten sich gegen die Bänke, Bäume oder gegeneinander; einige hatten sich zurückgelehnt und stützten sich auf die Hände, andere hockten auf ihren Hacken. Ein paar lasen, die übrigen taten nichts. Daß sie sich unterhalten hatten, war daraus zu entnehmen, daß plötzlich Schweigen eintrat, als Miss Ardingfay erschien. Die Mädchen beobachteten sie, wie sie in ihrem großen Strohhut und dem grünen Kleid mit Florentiner Gürtel einherwandelte. Scheu wie sie war, schritt sie doch wie die kaiserliche Seherin aus dem ›Sommernachtstraum‹ dahin.

»Immer auf den Beinen«, bemerkte Sheila zu Diana, durchaus nicht unfreundlich; die beiden teilten sich das Schattenstück, das eine niedrige Eskalonienhecke warf.

»Muß sie das?«

»Sicher. Sie ist aber ganz rot vor Anstrengung.«

Und doch beneideten sie Miss Ardingfay um ihren Spaziergang; Untätigkeit war auf die Dauer unerträglich. Mit scharfen, sauberen Daumennägeln spaltete Sheila Grashalme, dann richtete sie sich auf. Diana lag auf dem Rücken, dann und wann mit den Absätzen auf den Boden trommelnd. Als Sheila sich schaudernd über ihre Schulaufgaben beugte, schimmerte das makellose Rosa ihrer Kopfhaut am Scheitel durch. Die Trennlinie vom Haaransatz über die Schädelwölbung bis zum Hinterkopf, wo jedes einzelne Haar fein säuberlich zu einem tadellosen Zopf geflochten war, war so schnurgerade gezogen, daß ihr Kopf aussah, als sei er gespal-

ten. Sollte er jemals auseinanderfallen, so würden wahrscheinlich zwei vollkommen gleiche Hälften entstehen ... Sehnsüchtig meditierten die Kinder über Bewegung und Leben – wann es wieder losgehen würde, was alles zu erwarten wäre. Sheilas starke Seite war die klare Planung. Sie schnippte das letzte Stückchen Grashalm weg und fragte: »Kommst du nach dem Tee mit zum Rollschuhplatz?« (Der Freiluft-Rollschuhplatz befand sich im belebteren Teil Southstones).
»O ja!«
»Schön und gut, das ›O ja!‹, aber hast du Geld? Du weißt, was passiert ist.«
»Nein, ich hab' kein Geld.«
»Bitte, da hast du's! Warum hast du nie Geld? Und warum hast du keine Dauerkarte?«
»Weiß ich auch nicht. Ich möchte so gern Rollschuh laufen.«
»Unmöglich. – Wenn du's so selten tust, wirst du sowieso nie anständig laufen.«
»Und du gibst auf der Rollschuhbahn bloß an.«
»Das würdest du auch tun, wenn du so laufen könntest wie ich. Versuch' mal, ob Mumbo Geld hat.«
»Nein.«
»Versuch' doch mal.«
»Es ist zu heiß«, sagte Diana, nach einer Ausrede suchend.
»Dann eben nicht«, erwiderte Sheila ungerührt (obwohl sie es keineswegs war, denn sie durfte nicht allein Rollschuh laufen) und schleuderte ihre Zöpfe zurück. »Du bist zu nichts nütze. Was machst du jetzt? Einfach nach Hause gehen?«
»Ja«, seufzte Diana, »falls du nicht doch Geld hast.«
»Ich brauche keins.«
Das stimmte, obwohl es eigentlich unfair war. Sheila besaß ein Fahrrad, mit dem sie überall herumfahren durfte. Und überall, wo sie nicht schon eine Dauerkarte hatte, durfte sie umsonst hinein, wie z. B. auf die Landungsbrücke. Einmal hatte sie zum Beweis die beiden anderen umsonst mit auf die Brücke genommen, leider nur dieses einzige Mal. Die Beakers

waren in der Tat wichtige Leute in Southstone. Sie kannten nicht nur den Parlamentsabgeordneten der Stadt, sie pflegten auch mit dem Bürgermeister freundschaftlichen Verkehr; und als Krone des Ganzen war ihre Tochter eine Berühmtheit. Abgewiesen, rollte sich Diana auf den Bauch, der ein trotziges Knurren hören ließ. Sheila imitierte das Geräusch lüstern, aber gleichzeitig abwesend; sie war mit ihren Gedanken woanders. Plötzlich verkündete sie:

»Ich werden den ›Geist des Winters‹ tanzen.«

»So. Warum tanzt du nicht den ›Geist des Sommers‹?«

»Blöde Frage – weil ich eben den ›Geist des Winters‹ tanze. Ich werde ein Winterkostüm tragen.«

»Wo?«

»In der Metropol-Tanzdiele.«

»Wann?«

»Bei der Galavorstellung der Gesellschaft zur Bekämpfung von Grausamkeit gegenüber Tieren und Kindern oder sowas ähnliches – es interessiert mich nicht.«

»Wann ist das? Bald, oder erst nach den Ferien?«

»Nach den Ferien, im Oktober.«

Diana überlegte, dann sagte sie: »Oktober ist noch nicht Winter.«

»Für mich ist es Winter. Die Bühne wird ganz mit Silber ausgeschmückt.«

»Sheikie, ist es ein besonderes Gefühl, wenn man so ist wie du?«

»Nein«, sagte Sheila kurz und ohne Bedauern. Sie wandte ihren Blick ab. »Sieh mal, wie Mumbo sich am Kopf kratzt. Geh mal hin und frag' sie, ob sie Nissen hat.«

Diana sah nun auch hin; sie erklärte: »Sie denkt nach.«

»Ich weiß, daß sie nachdenkt, und ich weiß auch genau, worüber; du müßtest es auch wissen. Geh hin und frag' sie, ob sie –«

»Was sind Nissen?«

»Ach du große Güte! Was unangenehme Leute im Kopf haben.«

»Geh du doch hin und frag'!« Diana, platt an Mutter Erde gedrückt, mit einer Backe auf dem Rasen liegend, beobachtete aus einem Augenwinkel die Szene. Die schöne, kühle Sheila sandte daraufhin einen ihrer überirdischen Blicke und befahl:

»Du gehst!«

Wie eine Verurteilte stand Diana auf, mit dem Hinterteil zuerst. Sie trollte sich von ihrem Rasenfleck, überquerte den Weg und stieg zu der Stelle hinauf, wo Clare in herausfordernder Einsamkeit saß. Clare hielt (wie weiland Alexander Selkirk) einen kleinen, unregelmäßig mit Gras bewachsenen Erdhügel besetzt. Sie saß ganz in der Sonne. Miss Ardingfay hatte das zwar bemerkt, war aber im Augenblick nicht in der Stimmung für eine Auseinandersetzung, weil sie hoffen konnte, daß Clare im tropischen Klima abgehärtet worden war. Sie saß mit dem Rücken zum Weg, so daß Diana um sie herumsteigen mußte; sie wagte sich sogar ein oder zwei Schritte den Abhang hinauf. Clare war nicht gerade besonders tief in Gedanken versunken, doch voll von ihnen, wie ein großer Frosch. Ihr kurzes, dichtes Haar stand widerspenstig vom Kopf ab. Der düstere Blick, den sie Diana zuwarf, war nicht ermutigend.

»Mumbo, hast du vielleicht –«

»Nein. Verschwinde.«

»Was hab' ich dir getan?« fragte Diana beleidigt. »Weshalb hast du mir heute mittag diese entsetzlichen Fratzen geschnitten?«

»Fratzen? Ich hab' dich überhaupt nicht gesehen.«

»Doch«, widersprach Diana, ermuntert, daß es ihr gelungen war, auf einem Bein zu balancieren, trotz des Abhanges. »Wenn du mich nicht gesehen hast, mußt du Nissen im Kopf haben, die durch dein Gehirn kriechen.« Etwas versöhnlicher fügte sie hinzu: »Sheila will nach dem Tee Rollschuh laufen. Kommst du mit?«

»Rollschuh laufen?« Clare besah sich die Idiotin von oben bis unten. »Nein.«

»Ich würde *gern* gehen. Wenn ich bloß so selten hingehe, bringe ich es nie zu etwas.«

»Du läßt dich bloß fallen, damit die Leute auf dich aufmerksam werden.«

»Nein, es tut weh. Und ich renn' wenigstens nicht andere Leute um. Du rast bloß hin und her und rennst alle über den Haufen. Sie werden dich nicht mehr auf den Platz lassen, wenn du so weitermachst.«

»Wer sagt das?« wollte Clare störrisch wissen.

Diana schweifte vom Thema schnell wieder ab. »Ist das heiß! Ist es in Indien auch so?«

»Mindestens.«

»Sheikie und ich wissen, woran du denkst. Von da hinten kann man sehen, wie du dir den Kopf kratzt.«

»Verschwinde dahin, wo du hergekommen bist. Das *täte* ich an deiner Stelle«, sagte Clare rätselhaft.

Das faszinierte Diana. Sie konnte nicht umhin, noch etwas höher zu steigen; die Balance wiederherstellend, stützte sie sich auf das andere Bein. »Warum würdest du an meiner Stelle verschwinden? Wenn du an meiner Stelle wärst, wüßtest du, woran du denkst. Deshalb?«

»Ver-schwin-de!«

»Gut, ich ver-schwin-de al-so. Da du ja doch nie auf Fragen antwortest, muß ich's wohl. Du hast mir noch nicht eine einzige Frage beantwortet.«

»Du faselst. Wie kann man auf deine Fragen antworten? Du faselst eben.«

»Jedenfalls verderbe *ich* nicht gute Gedichte«, sagte die andere. Clare klappte ihre dunklen, hervorstehenden und jetzt wutsprühenden Augen zu. »Bäählamm!« schrie sie.

Das war der Anfang. Dinah brach in einen schrillen Spottgesang aus: »Du verdirbst das gute Gedicht, du verdirbst das schöne Gedicht, du ver –«

Da schnappte Clare nach Dianas Bein und zog es mit geübtem Griff unter ihr weg. Ohne einen einzigen Schrei stürzte sie zu Boden. In der Gewißheit, jetzt tot und im Himmel zu sein, blieb sie so liegen, wie sie hingefallen war, sanft und mit weit offenen Augen. Clare ihrerseits erhob sich. Sie zielte mit dem Fuß nicht auf, sondern über Dianas leuchtend blaue, zerknitterte Hose hinweg und ging dann fort. Diana stand auf, immer noch überrascht. Aus dunkler Kühle hinter einem Fenster hatten Mademoiselle, Miss Brace und die Schulschwester zugesehen, die Kaffeetassen in der Hand. Sie hatten diese Szene schon öfter beobachtet. Das Opfer war kompakt und der Rasen, obwohl ausgetrocknet, nicht so hart wie der Asphalt, auf dem Diana gestern gelandet war. Dennoch verschwanden sie aus dem Fensterrahmen; die Schwester, deren Nachmittagsruhe am stärksten betroffen werden könnte, zuerst. Es war immer besser, nichts gesehen zu haben.

Sheila amüsierte sich auf ihrem Platz unter der Hecke über das Schauspiel und beobachtete zugleich die Zuschauer. Sie drehte sich um, rupfte ein Blatt von der Hecke und machte sich daran, es zu spalten. Aber das glatte, dicke Blatt mit Sägezacken war widerspenstiger als Gras. Ihre Daumennägel färbten sich bald grün.

2

Das Wohnzimmer von Haus Feverel war überladen mit Porzellan; sogar Mrs. Piggott gab das zu, wenn sie darum bat, daß es nur für ruhigere Gesellschafts- und Kartenspiele benutzt werde. Das Porzellan, so hieß es, war unbezahlbar, war es zumindest gewesen. Kostbar mußte es auf jeden Fall sein – weshalb hätte man es sonst restauriert? Feinste Metallfädchen hielten Teller und Untertassen und Deckel zusammen. Winzige Ansatzstücke aus Metallegierungen stützten die Henkel so mancher Tasse. Auszementierte Risse zogen sich wie feine Netze über kostbare Schüsseln; und wo bemützte, lockige Schäferinnenköpfe oder reifenbehangene Arme von Hofdamen an Hälse oder Ellenbogen geklebt waren, konnte man noch die vernarbten Wunden erkennen …

Diese Besonderheiten waren für die Kinder wichtiger als das Porzellan selbst. Unbeschädigte Stücke erschienen dagegen nicht so wertvoll, die Piggottsche Sammlung enthielt jedoch nur wenige davon.

Da kein besonderer Schrank vorhanden war, breitete sich das Porzellan über den Kaminsims, zweieinhalb Tische und ein dreifüßiges Etwas aus, und – damit nicht genug – es bedeckte das Oberteil eines niedrigen Bücherschranks, dessen Türen man nicht aufmachen durfte, weil sonst das Porzellan beschädigt werden könnte. Nur das Klavier hatte erfolgreich der Porzellanseuche widerstanden. Die Kinder hatten sich mit diesem Zustand abgefunden; das strahlende Gold und die überirdischen Farben der Schüsseln und Vasen versetzten sie in eine ganz besondere Stimmung. Einige der Gegenstände hatten mindestens für eins der Kinder eine besondere Bedeutung; auf Clare wirkten die szenischen Motive besonders stark. Die Üppigkeit en miniature ging ihr ein; sie konnte ein Bild der Ewigkeit mit einem Blick in sich aufnehmen. Sie hatte mit diesen Dingen gelebt. Daß sie jede Landschaft kannte (die für sie zu einem Planeten wurde, der unzerstörbar mit der Tasse, Schüssel oder dem Teller zusammenhing), brachte etwas Gefährliches in ihre Liebe zu diesen Dingen. Hier wurde deutlich, wie zerbrechlich Porzellan war; man konnte den Tag vorhersehen, an dem es nicht mehr reparierbar sein würde.

Das Porzellan war aber nicht alles. Die Welt der Besitztümer hatte für die Offizierstochter etwas Mystisches. Die Burkin-Jones nahmen, wenn sie von einem Ort zu einem anderen versetzt wurden, nur wenig Hausrat mit. Messingschalen, gerahmte Photographien, Trophäen, unterwegs erworbene Orientteppiche, die eine oder andere Decke, die man wieder über ein neues gemietetes Sofa, ein geliehenes Klavier legen würde. Bei einer solchen Lebensweise können sich nur abstrakte Dinge anhäufen. Mrs. Piggott und Dicey hatte jeweils ein festes Netz um sich gesponnen, durch dessen Maschen hindurch man einen Blick auf festeren, wenn auch schwer erreichbaren Grund werfen konnte.

Haus Feverel war, soweit man der Familiengeschichte entnehmen konnte, noch nicht lange im Besitz der Piggotts; und dennoch: konnte man sie sich jetzt überhaupt noch irgendwo anders vorstellen? Vor dem Erkerfenster des Wohnzimmers hingen Musselinvorhänge, die noch aus einer anderen Wohnung stammten und zu lang und zu schwer waren. Großzügig über den ganzen Fensterrahmen verteilt, nahmen die Vorhänge viel zu viel Platz ein; faltig staute sich der schwere Stoff im Erker und auf dem angrenzenden Fußboden. Trotzdem hatten noch ein entzückender Tisch und zwei kleinere Stühle mit bestickten Bezügen im Erker Platz. Weiter hinten im Zimmer standen Polstersessel mit Blattmustern; sie schienen selten benutzt zu werden. Die Tapete war perlgrau und glänzte matt. In einer Zimmerecke war ein zusätzliches kleines Fenster in die Wand gebrochen worden; die Piggotts nannten es das ›dumme Fenster‹ (der Rahmen war mit unechten Diamanten rührend ausgelegt). Obwohl man es derart verspottete, hatte das Fenster doch seinen Wert – es versorgte das Kopfende des Sofas, auf dem Romane gelesen wurden, mit Tageslicht.

Clare kam an diesem Spätnachmittag allein ins Zimmer. Sie steuerte schweigend auf den Erker zu, zog ein Schubfach in dem Tischchen auf, nahm ein Puzzle-Spiel heraus und setzte sich damit hin. Jeder wußte, daß es so gut wie unmöglich war, Mrs. Piggott zu stören, wenn sie einen Roman zu lesen angefangen hatte. Trotzdem hantierte das Mädchen für einige Minuten sehr vorsichtig mit dem Puzzle. Es war ihr liebstes von mehreren Spielen dieser Art, weil es aus chinesischem Elfenbein war. Nur eine fette Fliege, die sich von Zeit zu Zeit in zwei Fliegen zu teilen schien, bewegte sich im Zimmer. Abgesehen von der periodischen Bewegung des Umblätterns hätte Mrs. Piggott, wie sie diagonal auf dem Sofa lag, eine Wachsfigur sein können. Clare hörte für einen Augenblick mit ihrem Puzzle-Spiel auf und betrachtete sie durch die Gardinen. Der scharlachrot gebundene, druckfrische Roman verdeckte das Gesicht der völlig versunkenen

Leserin. Obgleich Mrs. Piggott eigentlich auf dem Sofa ›lag‹, war ihr Oberkörper durch Kissen im Rücken fast senkrecht aufgerichtet; ihre Haltung drückte äußerste Anspannung, Hingerissenheit sowie auch eine gewisse Pflichtergebenheit aus. Die restlichen, beweglicheren Teile ihres Körpers waren in der Horizontale. Sie hatte die Beine übereinandergelegt, so daß die Fußspitzen nach oben zeigten. Offensichtlich hatte sie nicht nur sich selbst, sondern auch alle ihre Körperteile völlig vergessen. Haus Feverel, das Sofa, die Tageszeit – alles das existierte nicht nur einfach nicht für Mrs. Piggott, es existierte überhaupt *nicht*. Clare, die sich als ein Teil dieser Dinge fühlte, kam sich wie ein Nichts vor. Sie glühte vor Neid auf alles, was solch eine Verwandlung hervorrufen konnte. Zerstörerisch wie ein Roman müßte man sein ... Sie warf das verklemmte Puzzle in die Luft, griff daneben und hörte es fallen. Daraufhin rührte es sich tief im Innern von Mrs. Piggott wie Protest. Man spürte, wie sie gegen den Widerwillen kämpfte. Sie wurde schmerzhaft gewahr, daß sie etwas tun oder sagen mußte. Keineswegs ging sie so weit, das rote Buch in ihrer Hand sinken zu lassen oder ihren Blick von dessen fesselnden Seiten abzuwenden – sie sagte nur resignierend: »Dicey?«

»Ich bin es, Clare, Mrs. Piggott!«

»Ach, Clare! Guten Abend!« sagte Dianas Mutter freundlich wie immer, ja noch eine Spur freundlicher, weil Clare offenbar nicht lange bleiben würde. Sie wandte sich wieder ihrer Lektüre zu, war aber nicht mehr ganz so glücklich wie vorher. Nach einer Minute sagte sie, während sie das Buch wie eine abgewiesene Versuchung von sich streckte: »Weißt du, wo Dicey ist?«

»Nein.«

»Dann können wir nichts machen.«

»Soll sie irgend etwas tun?« fragte Clare, sichtlich erstaunt über so eine Frage.

»Irgendwann.« Mrs. Piggott gelang es nicht, einen Seufzer zu unterdrücken, der tief aus ihrem Innern zu kommen schien. »Wie war es in der Schule?«

Clare blickte düster drein und erinnerte sich. »Heute war Dienstag.«
Mit jener Mischung aus Langweile und Vernünftigkeit, die ihren Umgang mit Kindern so leutselig machte, verzichtete Mrs. Piggott darauf hinzuweisen, daß es noch immer Dienstag war. Sie war damit beschäftigt, eine Entscheidung zu fällen. Sie mußte ihre Lektüre unterbrechen, mit einem Ruck, schonungslos und eindeutig, sie war nicht für halbe Sachen. Sie schob einen Briefumschlag in das Buch und klappte es zu. Dann drehte sie sich um und legte es auf einen kleinen Tisch, auf dem eine noch immer wasserdichte *famille-rose*-Schale mit herrlichen frühen spanischen Wicken stand. Sie wandte Clare nun die ganze Aufmerksamkeit zu, die sie vorher dem Buch gewidmet hatte. »Glaubst du, daß Dicey zu den Beakers gegangen ist?«
»Sie ist jedenfalls nicht mit Sheikies Rad gefahren; ich wüßte nicht, wie sie sonst zu den Beakers kommen könnte.«
»Für ein paar Tage kommt es ihr nicht darauf an.«
Clare untersuchte das Puzzle; war es beim Fall entzweigegangen?
Sie sagte freiwillig: »Zur Rollschuhbahn ist sie nicht gegangen.«
»Das freut mich. Sie kommt jedesmal mit blauen Flecken von da zurück. – Clare, hat deine Mutter einen Brief von Mrs. Beaker bekommen?«
»Ich weiß nicht, Mrs. Piggott, sie hat nichts gesagt.«
»Hoffentlich nicht. War die Post schon da, als du zur Schule gingst? Als Dicey ging, war der Briefträger hier noch nicht gewesen.«
»Ich weiß nicht, ich achte nicht darauf.«
»Aber ich fürchte, sie hat einen Brief bekommen, du weißt sicher, warum. – Kannst du nicht mal aus deinem Verschlag da herauskommen? Ich kann dich von hier aus gar nicht sehen.«
Zwar konnte Clare von ihrem Standort Mrs. Piggott ausgezeichnet sehen, spürte aber den Befehlston in der Stimme,

kam aus dem Erker hervor und marschierte auf die freie Teppichfläche.
»Hat es Krach gegeben?« fragte sie geradeheraus.
»War es Sprengstoff?«
»Immer passiert alles am Dienstag.«
»War es nicht letzten Sonnabend, wo du dir so viel Mühe gegeben hast, die Beakers in die Luft zu jagen?«
»Bloß den Fahrradschuppen. Ich meine, immer am Dienstag gibt es Krach.«
»Mein liebes Kind, der Himmel hat bisher verhütet, daß etwas passiert ist. Man hat die Schachtel gefunden, die du gestern nachmittag hier gelassen hast. Stell' dir vor, was in der Zwischenzeit alles hätte passieren können!«
»Gelignit explodiert nicht einfach; man braucht einen Detonator und eine Sicherung.«
»Die hattest du hoffentlich am Sonnabend nicht, oder?«
»Doch, aber der Schuppen liegt ganz hinten in ihrem Garten.«
»Versuch' bloß nicht, gleichgültig zu sein. Was kann so eine schreckliche Explosion alles anrichten! Die arme Sheila hätte plötzlich kein Haus mehr.«
»Es war ihre Idee – ich will aber nicht petzen«, fügte sie unwillig hinzu.
»Sie ist ein merkwürdiges Kind. Von dir und Dicey war es schon sonderbar genug. So etwas Herzloses, der bloße Gedanke! Und so unerzogen, und so undankbar, finde ich, wo die Beakers euch so reizend zum Tee eingeladen hatten.«
»Das stimmt, glaube ich, nicht; wir blieben, weil wir einmal da waren.«
»Mrs. Beaker sagt, wenn so etwas noch einmal vorkommt, darf Sheila nicht mehr mit dir und Dicey spielen.«
»Sheikie sagt, sie sagt das dauernd.«
»Ich weiß nicht, wie man darüber lachen kann.«
Mrs. Piggott seufzte wieder und beschäftigte sich mit einem Kissen, das irgendwo aus dem Stapel in ihrem Rücken herausrutschte. Währenddessen sah sie über die Schulter auf die

Uhr; es war eine französische, die mit ihrem winzigen, geschäftigen Pendel inmitten des trägen Porzellans fremdartig wirkte. Clare stand in der Zwischenzeit untätig herum und schnitt die eine oder andere Fratze.

»Es ist wohl nicht meine Aufgabe, dich zu verprügeln«, gab Diceys Mutter zu, »ich wüßte nicht, weshalb ich das tun sollte; ich hatte es nicht vor, und – wie du gemerkt hast – wußte ich nicht einmal, daß du hier warst. Aber Dicey kriegt eine Tracht Prügel, wenn sie nach Hause kommt, ganz egal, ob es Sheilas Idee war oder nicht. Sie wird sich anständig anziehen, mit Handschuhen, und nach ein paar Tagen zu Beakers gehen und sich in aller Form entschuldigen. Ich bin überzeugt, daß sie das tun wird, wenn sie sich alles noch einmal überlegt hat. Wie kommt es bloß, daß ihr drei so wild seid?«

»Wir haben nie geglaubt, daß es wirklich explodieren würde.«

»Das will ich auch nicht annehmen. Aber keiner von euch hätte das überhaupt ausprobieren dürfen!«

»Wir zweifeln jetzt langsam«, gab Clare mit hohler Stimme zu, »ob es überhaupt Gelignit war.«

»Mrs. Beaker sagt, es stand groß auf der Schachtel.«

»Das haben wir geschrieben.«

»Ihr könntet doch bestimmt andere Sachen erfinden und ausprobieren, man sollte es wenigstens annehmen. Du als die Vernünftigste könntest es zumindest. Wenn du es tätest, wären die anderen entzückt. Wenn ihr drei überhaupt nichts machtet und herumlungertet, wäre das schlimm, aber es kommt darauf an, was ihr tut. Keiner erwartet von euch, daß ihr mucksmäuschenstill in der Ecke hockt – eine schreckliche Vorstellung! –, aber versucht doch mal, nicht ganz so unüberlegte Sachen anzustellen!«

Clare sah ernst auf ihre schwarzen Strandschuhe nieder und gelobte: »Mrs. Piggott, ich verspreche Ihnen, daß ich es versuchen will!«

»Ihr alle müßt es versuchen! Ihr seid ja bloß so schrecklich, wenn ihr drei zusammenhockt. Was dann über euch kommt, möchte ich wirklich wissen. Es kann doch kaum sein, daß ihr einen schlechten Einfluß aufeinander ausübt?«

»Ich weiß nicht«, sagte Clare höflich, aber unbeteiligt.

»Ich will es jedenfalls nicht hoffen«, sagte Mrs. Piggott mit einem Zittern in der Stimme. »Dicey ist dumm. Manchmal ist sie ganz besonders dumm. Wenn sie mit euch zusammengewesen ist, blinzelt sie manchmal so verschmitzt. Du schadest ihr doch nicht? Ich meine, du wirst ihr doch nicht mit Absicht etwas Schlechtes antun?«

»Nein.«

»Ich möchte wirklich wissen, wo sie steckt«, rief Mrs. Piggott. Sie vollführte eine nervöse Bewegung mit den Armen, wobei die Ärmel ihres sommerlichen Gewandes zurückfielen; die Bewegung endete damit, daß sie die Hände hinter dem Kopf zusammenpreßte. Ob sie müde war?

»Ich würde sonst gehen, aber ...«, fing Clare an. Doch Mrs. Piggott deutete durch das Schließen ihrer Augen an, daß sie nichts mehr zu hören wünschte. Im Grunde war Clare froh darüber, denn sie hatte genug Stoff zum Nachdenken.

Was die Gelignit betraf, so war es jetzt klar, daß sich die Affäre nicht weiter ausbreiten würde, als Mrs. Piggott für gut hielt. Von Natur aus nicht übermäßig wendig, sah Clare jetzt doch, wie die Angelegenheit behandelt worden war, sie selbst einbegriffen. Mrs. Piggott war entschlossen, keine Schritte von sich aus zu unternehmen. Sie hatte auch nicht die Absicht, etwas über den gegenwärtigen Stand der Dinge hinaus zu erfahren. Darauf hatte sie bestanden, und so hatte sie alles, was sie wissen wollte, auf erstaunlich geschickte Weise herausbekommen. Im übrigen – wie meisterhaft hatte sie es vermieden, peinliche Fragen zu stellen, z. B. wo das Gelignit bzw. das mutmaßliche Gelignit herkam; sie würde wohl sterben, ohne das jemals erfahren zu haben. Das noch zu klärende Problem waren die Burkin-Jones. Man konnte – leider! – nur zu gut voraussagen, wie sie reagieren würden, wenn es nicht gelang, die Angelegenheit vor ihnen zu verbergen. Ihre steife Wohlanständigkeit war gut bekannt. Könnte man die Geschichte vor den Burkin-Jones (und besonders vor Mrs. Burkin-Jones) geheimhalten, so würde Diceys Mutter sicher zu diesem Zweck alle Hebel in Bewegung setzen – wenn auch nicht gerade wegen Clare, darüber mußte man sich klar sein. Es war immerhin möglich, daß Mrs. Beakers bekannte Wertschätzung des Militärs sie davon zurückhielt (oder bisher zurückgehalten hatte), Mrs. Burkin-Jones zu belästigen. Die ehrgeizigere, einsame Mrs. Piggott könnte sehr wohl zunächst als Zielscheibe ausersehen worden sein. Sobald Mrs. Piggott genügend in Fahrt war, konnte man als sicher annehmen, daß sie zu den Burkin-Jones laufen würde, den Eltern der verbrecherischen Gefährtin ihres Lämmchens. Die Burkin-Jones hätten so die Sorgen (welches Ziel es schließlich zu erreichen galt), während Mrs. Beaker ihnen gegenüber den Anschein der Voraussicht und Großmut aufrechterhielt. Sollte das etwa die Politik der Beakers sein? Man durfte es hoffen.

Verglichen mit den Burkin-Jones waren die Beakers kein Problem für Mrs. Piggott; sie verließ sich ganz auf Handschuhe und Charme. Sie sprach fast nie von den Beakers, ohne zu erwähnen, wie nett sie doch seien. Sie sprach allerdings selten von ihnen.

Man konnte sie nur bewundern.

Dennoch, trotz allem jetzt – dies!

Clare weigerte sich, es zu sehen, sie fühlte, es war unfair. Stattdessen trat sie absichtlich der Reihe nach auf die kaum erkennbaren Rosen im Teppich. Schon öfter hatte sie (jedesmal, wenn es ihr nicht gelungen war, rechtzeitig wegzukommen) die unangenehme Erfahrung gemacht, dabeizusein, wenn Erwachsene »überwältigt« wurden – von Hitze, Seekrankheit, Schwindel, Lampenfieber oder bösen Nachrichten. Sie fand die Menschen dann immer von nur geringem Format. Mit viel größerer Sympathie hatte sie zugesehen, wie bei einer Parade ein Soldat nach dem anderen ohnmächtig wurde. Sie wußte aus Büchern, daß die Menschen überwäl

tigt werden können von Freude, Zorn, Neugier, Kummer, Gier oder ähnlich machtvollen Gefühlen, einschließlich jenes sonderbaren, das gewöhnlich als ›Leidenschaft und Lust‹ bezeichnet wird, was das auch sein mochte. Was hatte Mrs. Piggott so plötzlich überwältigt? Nur so konnte man nämlich ihren Zustand bezeichnen. Überwältigt werden bedeutet: besiegt werden.
Angst war es, was Mrs. Piggott überwältigt hatte, Angst, die ihre Beute mit dem Gefühl der Machtlosigkeit quält. Obwohl sie vielerlei Talente besaß, wurde ihr in diesem Augenblick der Mangel an einem ganz bestimmten zum Verhängnis: sie war nicht hellsichtig. Hätte sie jetzt eine Kristallkugel besessen, sie wäre nutzlos gewesen, denn sie würde sie unweigerlich angestarrt und versucht haben, irgendein Bild aus der gähnenden Leere hervorzuzaubern. Man müßte ›sehen‹ können – warum konnte man es nicht? Warum konnte Mrs. Piggott es nicht, warum wußte sie nicht, wo Dicey war? Es fiel ihr sehr schwer, das zu begreifen. Sie hatte die Hände von ihrem Hinterkopf genommen; jetzt lagen sie irgendwo auf ihrem Kleid, die Innenflächen bittend nach oben gekehrt. »Weißt du, ob sie vielleicht zum Süßwarenladen gegangen ist?« mußte sie Clare fragen.
»Nein. Sie hatte doch gar kein Geld.«
»Wir können anschreiben lassen.«
»Wie gierig sie ist! Wenn sie kein Geld hat, kann sie auch nicht mit dem Bus fahren, oder?«
»Jeder in der St.-Agatha-Uniform kann im Bus anschreiben lassen.«
»Man sollte mit diesem Unsinn aufhören!« rief Mrs. Piggott in unbeherrschtem Zorn, »so etwas Snobistisches!«
»Dann müßten wir zu Fuß gehen, einige wenigstens.«
»Das tut Dicey jetzt wahrscheinlich gerade, aus irgendeinem Grund, herumbummeln tut sie … Clare, sieh' doch bitte mal auf die Uhr, ja?«
»Soll ich Ihnen sagen, wie spät es ist?«
»Ja.«

»Fünf vor sieben.«
Mrs. Piggott hörte und schwieg.
»Mrs. Piggott?«
Keine Antwort.
»Mrs. Piggott, mein Vater hat gesagt, um diese Zeit will er hierherkommen.«
Mrs. Piggott rutschte auf dem Sofa hin und her, ihr Kleid saß jetzt unordentlich.
»Ich verstehe nicht. Was ist mit deinem Vater?«
»Er kommt hierher.«
»Oh!«
»Deshalb bin ich auch hier. Ich meine, deshalb bin ich noch nicht gegangen. Er hat gesagt, wenn es Ihnen nichts ausmacht, holt er mich hier wieder ab, wie letztes Mal, als er in dem Haus Tennis gespielt hat, ganz in der Nähe, Sie wissen. Ich warte also auf ihn. Darf ich?«
»Natürlich«, sagte Mrs. Piggott heiter und neckend wie früher.
»Er hat gesagt, er kommt nur, wenn es Ihnen nichts ausmacht.«
Zum erstenmal schien Clare besorgt: eigentlich hätte sie diese Ankündigung schon längst machen sollen. Sie hatte schon einen Anlauf unternommen, war aber unterbrochen worden. Sie wagte sich noch einmal vor:
»Aber wenn Sie müde sind, kann ich auch gut unten im Garten auf ihn warten, oder vor dem Tor, dann kann er mich mitnehmen, ohne hereinzukommen.«
»Das wäre töricht. Nein, er muß hereinkommen; ich freue mich, ihn zu sehen.«
Sie war in der Tat entzückt. Man hörte, wie im Vorgarten die Gartentür – eigentlich eine Eisentür in der Mauer – aufgeklinkt und sorgfältig wieder geschlossen wurde ... Plötzlich trommelte Clare wie wild mit beiden Fäusten auf ihrem Körper herum; sie war nicht blaß, aber so etwas Ähnliches geworden (blaß werden konnte sie nicht). »Aber er spricht mit jemandem!«

Nicht ganz so betroffen erhob sich Mrs. Piggott vom Sofa, hauptsächlich um einen Brief aufzunehmen, auf dem sie bisher gesessen hatte. Sie legte den Brief in ihren kleinen Schreibtisch. Alle Vorbereitungen waren nun abgeschlossen, abgesehen vom Teekochen für die Gäste. Sie bereitete sich nie besonders auf Besucher vor. Haus Feverel und sie mußte man nehmen, wie sie waren. Nicht einmal einen Blick in den Spiegel hielt sie für nötig; sie schüttelte kein Kissen zurecht, zupfte keine Gardine gerade, sammelte kein Blütenblatt vom Teppich. Sie machte jedoch etwas, was sie immer in der Minute tat, bevor ein Besucher von draußen hereinkam: sie warf einen meditierenden, bekümmerten Blick rings auf ihre zahlreichen Besitztümer, nicht zuletzt auf das Porzellan, und überlegte, wie das alles auf den Fremden wirken würde. Clares Vater kam nicht zum ersten-, zweiten- oder drittenmal hierher. Aber ein Besucher verändert sich, da jeder Besuch ein neuer Anfang ist.

Wie die Dinge lagen, trieb es Clare mehr, ans Fenster zu laufen als zur Tür (was ganz natürlich war). Sie blieb jedoch stehen und betrachtete aufmerksam die außerordentliche Mrs. Piggott, bis sie gefragt wurde: »Willst du ihm nicht entgegengehen?« Erst dann machte sie sich langsam dorthin auf, was man ihren Beobachtungsposten nennen konnte. Nachdem sie sich in das ›Vorhangzelt‹ begeben hatte, blieb sie dort stocksteif stehen und sträubte sich eine lange Weile, in der man hätte bis zehn zählen können. Dann ließ sie einen lauten, bitteren Seufzer vernehmen:

»Mrs. Piggott, sehen Sie doch nur, kommen Sie, sehen Sie sich das an!«

Mrs. Piggott kam ein kleines Stück näher. Sie stand hinter Clare und sah durch den Musselinvorhang.

Major Burkin-Jones kam den ansteigenden Vorgarten herauf; weiß gekleidet, zu voller Größe aufgerichtet, barhäuptig. Er trug vorsichtig einen Tennisschläger und einen Panamahut. In der Abenddämmerung des Vorgartens wirkte die sonnengesättigte, vornehme Schönheit des Mannes ganz besonders. Ringsum verstärkten schwere, reglose Fliederbüsche den Eindruck der Stille. Die Abendruhe, die von den hohen, baumüberragten Mauern ausging, war eigentlich mehr eine Spätnachmittagsstimmung; die Baumwipfel sogen noch gierig das Tageslicht ein. An dieser Küste konnten die Häuser nicht gleichzeitig geschützt liegen und gute Aussicht haben; trotzdem bot sich jetzt eine ungewöhnliche Aussicht von Haus Feverel: Major Burkin-Jones. Der vernachlässigte Rasen, der schon in Saat schoß, ließ die Füße des Besuchers blaß erscheinen; überhaupt gab es keine eigentlich leuchtenden Farben in der Nähe, außer der Stelle, wo eine dünne Delphinie sich über das Farnkraut lehnte oder wo wilde Rosen purpurrot blühten. Dies war ein unverwechselbarer Garten geworden – oder war er vielleicht immer so? Dieser Augenblick konnte sich jedenfalls nicht wiederholen. Oder vielleicht doch? Wer weiß! Dieser Garten schien nach einem Geist zu rufen, er mochte ruhig tot sein. Doch wer würde hier sein, um zu sehen, wohin alles verschwunden war? ... Während er sich dem Haus näherte, lächelte Major Burkin-Jones und hob eine Hand zu vagem Gruß, vag, weil er bisher noch keinen Menschen sehen konnte. Wie die Geräusche vermuten ließen, war er nicht allein. Hinter ihm hüpfte Dicey, lustig wie ein Pudel.

3

Der Mittwoch verlief im allgemeinen angenehmer als der Dienstag: wenn er einen Fehler hatte, so war es die Eigenschaft, völlig ereignislos zu sein. Heute war die Hitze nicht ganz so unerträglich, ein Vorteil insofern, als sie an den Zwischenfällen ein gut Teil Schuld hatte. Das Wetter blieb weiter schön; die flattrige, kleine, heiße Brise vom Dienstag hatte sich nach Sonnenuntergang gelegt, so daß die Hitze nun unbeweglich auf der Landschaft lastete. Trotz allem war die Sonne gestern nicht über dem Zorn irgendwelcher Menschen untergegangen – die Burkin-Jones hatten von den Beakers nichts über das Gelignit erfahren; Mrs. Piggott (so durfte man wenigstens der wolkenlosen Heiterkeit von Major Burkin-Jones entnehmen) hatte Dicey nicht gerade besonders hart zugesetzt, und die beiden Mädchen, die im Garten von Haus Feverel darauf warteten, daß Clares Vater Dianas Mutter auf Wiedersehen sagte, hatten das Kriegsbeil begraben und waren noch vor Ende des Abends in gutem Einvernehmen wie so oft voneinander geschieden. Sheila war vom Rollschuhlaufen und etwaigen Mißhelligkeiten durch die Sissens (Freunde, die nicht auf St. Agatha waren) und den älteren Artworth-Jungen abgehalten worden, die sie zufällig getroffen hatte, als sie mit dem Rad zum Rollschuhplatz fuhr, und war statt dessen mit ihnen baden gegangen.

Wie sie jedem, der es wissen wollte, erzählte, spürte sie trotz eines dazwischenliegenden Bades immer noch die Salzkruste von gestern abend, als sie am Mittwochmorgen während der Schwimmstunde wieder ins Wasser ging. An dieser Stunde mußten alle Schülerinnen teilnehmen, außer den Kranken und, seltsamerweise, einigen Großen, die aus unerfindlichen Gründen vom Schwimmen befreit waren. Das geheimnisvolle Getue der Großen mit dieser Sonderregelung machte sie den Kleinen noch widerlicher, als sie es ohnehin schon waren. Die Mädchen sickerten durch die Lücke im Geländer und ergossen sich im Zickzack die Betonstufen hinunter auf den rötlichen Sand und das glasig wartende Meer. Daß der Strand Privatstrand war, schien auch das Meer zu einem Privatmeer zu machen. Über den Badeanzügen, in die man noch oben in der Schule geschlüpft war, flatterten Bademäntel, die beim Überqueren der Straße getragen werden mußten. Im Umkleideraum der Schule warteten dann abgenutzte Handtücher. Am Strand trugen die Mädchen leichte Schuhe, um sich vor den vielen spitzen Steinchen zu schützen. Einige trugen gekrauste Badekappen, andere nicht. Die zuerst ins Wasser gingen, kreischten, planschten und hüpften auf und ab. Aufmerksam gingen Miss Brace und Miss Kinmate am Strand hin und her; der steil abfallende Sand unter der Wasseroberfläche bildete eine der wenigen Gefahren dieser Küste – trügerische Strömungen weiter draußen gab es nicht. Eine Nichtschwimmerin, die sich einen Schritt zu weit hinauswagte, konnte im Nu ins Tiefe geraten. Beide Damen waren daher mit Trillerpfeifen ausgerüstet. Miss Brace hatte große Angst vor der Rolle der Lebensretterin, und Miss Kinmate, die heute unpäßlich war, hatte nicht die geringste Neigung, ins Wasser zu gehen.

Überraschenderweise gehörte Dicey nicht zu den Planschern. Zu den wenigen Dingen, auf die sie sich verstand, gehörte das Schwimmen; ihr Vetter Roland, eine echte Wasserratte, hatte es ihr beigebracht, als sie fünf oder sechs war. Sie konnte schneller als Sheikie und weiter als Mumbo schwimmen. Ihr Verschwinden in Richtung Frankreich hatte schon öfter zu schmeichelhaften Trillerpfeifenkonzerten geführt. Im Augenblick gefiel es ihr, sich einfach treiben zu lassen, hinaus ins offene Meer; ihre Haare fluteten wie Seegras.

»Muriel hat eine Qualle gestochen«, sang sie verträumt in Richtung Olive, die mit kräftigen Stößen heranschwamm.

»Willst du mich anschmieren? Huhps!« sagte Olive und verschluckte Meerwasser.

»Qualle!« prustete Clare aus einiger Entfernung.

»Ich weiß.«

Das Hauptgebäude von St. Agatha starrte kahl aufs Meer hinaus; die totenstillen Tamarisken, käsegelben Giebel und die verspielten Gärten schienen merkwürdig fremd. Sheikie zeichnete mit der Nase die Umrisse des Hauses mit einem langen, schnellen, glatten Strich nach und entdeckte plötzlich, in eine Balkontür eingerahmt, winzig klein zwei der Zurückgebliebenen. Sie trug eine rote Badekappe. Sie machte kehrt, tauchte und kam dicht bei Dicey wieder hoch. »Wer schneller kann!« Diese Aufforderung bedeutete, daß sie guter Stimmung war, denn sie verlor den Wettkampf immer. Dicey ließ sich noch eine Minute länger vom Wasser tragen; sie war jetzt nicht einmal mehr Spielball der gleichgültigen, unbewegten See,

sondern genauso ziellos wie das Wasser, dessen Kraft nur daran zu spüren war, daß es sie nicht untergehen ließ. Dann schwammen sie um die Wette. Da es kein Ziel gab (weder Bojen, Flöße, Schiffe noch Felsen waren in Sichtweite), wurde es ein Wettschwimmen um des Wettschwimmens willen. Stimmen drangen über das Wasser hin.
»*Je weiter weg von England, je näher hin nach Frankreich ...*«, sang eine der Planscherinnen und sah einer anderen zu, die vier Stöße schwamm, nachdem sie mit den Zehen vorgefühlt hatte, ob auch noch Boden unter ihr war. Miss Kinmate begann zu trillern, sah auf ihre Uhr, merkte, daß sie fünf Minuten zu früh getrillert hatte, und ließ die Pfeife an der Schnur schwingen.
»Ein Karneol!« schrie ein Mädchen am Strand und hielt einen Stein ans Auge. »Ich kann rotes Licht sehen, wirklich!«
Die aus dem Wasser zurückkamen, stakten auf den Strand und suchten ihre Schuhe unter knochentrockenen Seesternen, Seegrasknäueln und scharfkantigen Muscheln. Nach dem geruchlosen Meer schlug ihnen jetzt der scharfe, klare Geruch des Strandes entgegen. Es war Ebbe; daß die Schuhe jetzt höher am Strand lagen als vorher, war das einzige Zeichen von Gezeiten.
Als gut die Hälfte der Mädchen schon auf der Betontreppe war, die Bademäntel über die nassen Badeanzüge geklatscht, trillerte Miss Kinmate endgültig. Um nicht ausgestochen zu werden, blies Miss Brace ebenfalls in ihre Pfeife.
Das einzige Schulereignis an jenem Mittwoch war der Besuch einer Tante. Da St. Agatha Tagesschule war (obwohl eine ganztägige), wurde die Anstalt nicht sehr oft von Verwandten heimgesucht; die Mädchen waren gegebenenfalls zu Hause zu besichtigen. Dies jedoch schien eine Tante zu sein, die den ganzen Tag bleiben wollte und hoch und heilig geschworen hatte, nicht nach London zurückzufahren, ohne die Nichte in ihrer jetzigen Umgebung besichtigt zu haben. Sie hatte auch verlauten lassen, sie würde sich sehr gern die Schule ansehen. Miss Ardingfay war telefonisch gewarnt worden, auf keinen

Fall Elfreda entwischen zu lassen; die Wahrscheinlichkeit, daß sie doch entwischte, war groß, da es sich um den Spielnachmittag handelte. Die enttäuschte Elfreda, die gern (und gut) Rounders spielte, wurde angewiesen, sich auf dem Schulgrundstück bereit zu halten.

Als die Tante erschien, waren die sportlicheren Mädchen schon gegangen. Dreimal in der Woche benutzte St. Agatha die Spielplätze einer Nachbarschule, St. Swithin, einer Volksschule, die von entsetzlichen kleinen Jungen wimmelte; glücklicherweise waren zu dieser Zeit weit und breit keine kleinen Jungen zu sehen. Das Feld war so groß, daß man im Sommer Cricket und Rounders gleichzeitig spielen konnte, vorausgesetzt, die beiden Parteien hielten einigen Abstand voneinander. Es gab auch zwei Tennisplätze. Aber selbst das reichte nicht für alle sechsundachtzig Schülerinnen von St. Agatha aus. Miss Ardingfay bestand energisch darauf, daß jedes Mädchen wenigstens irgend etwas spielen oder es doch versuchen sollte; deshalb wurde sorgfältig darauf geachtet, daß die Mädchen sich nicht zu oft vor dem Spielnachmittag drückten. Die ohnehin Guten schwänzten am seltensten; d. h. diejenigen, die wenigstens *etwas* konnten.

Die Zurückgebliebenen ertrugen ihr Schicksal mit unterschiedlicher Resignation. Sie spielten auf dem alten Croquetplatz Schlagball oder fahndeten nach den vielen verlorengegangenen Bällen. Der Rasen hatte nämlich keinen Drahtzaun, und die Bälle waren schwer zu finden, da sie mit der Zeit grün geworden waren. Sie konnten bergab eine beachtliche Geschwindigkeit entwickeln, obwohl sie lasch aussahen, wenn sie geschlagen wurden; einige, so hieß es, waren bis ins Wasser geflogen. Ein Mädchen, das einen verlorenen Ball suchen wollte, konnte man für den Rest des Nachmittags abschreiben. Wenn alle Bälle und Mädchen weg waren, hörte das Schlagballspiel auf.

Da jeden Spielnachmittag neue grüne Bälle auftauchten, erzählte man sich, Miss Ardingfay kaufe sie tonnenweise aus dritter Hand.

Dicey, die Eingeschnappte spielend, saß auf der Rasenwalze, die von Zeit zu Zeit sinnloserweise den Croquet-Rasen walzen mußte. Sie überlegte gerade, ob sie Tennisbälle suchen gehen sollte, als Elfreda ihre Tante auf einem Stuhl ganz in ihrer Nähe ablud, etwas Unverständliches murmelte und sich eilig fortmachte. Dicey begriff sofort, warum. Die Tante sah nicht nur gespannt und gierig aus, sogar ihr Kneifer glitzerte zielbewußt. Schlimmer noch: Obwohl sie von Kopf bis Fuß modisch zeitlos gekleidet war, hatte sie ihren Aufzug mit einem umfangreichen schwarzen Strohhut gekrönt, der, dem stockigen Geruch und Aussehen nach, kürzlich mit einer als giftig bekannten Hutfarbe aufgefrischt und mit Elsterfedern verziert worden war. Der Eindruck, der dadurch entstand, war nicht der von Anmut oder Forschheit, sondern vielmehr der, daß sowohl der Hut als auch seine Trägerin chemisch gereinigt worden waren und daß dieser Vorgang auf sie derart gewirkt hatte, daß sie nun wie eine Friedhofshecke aussah. Die Flügel waren nämlich kein sportlicher Hutschmuck, sondern einfach toter Vogel, so daß das Mädchen auf der Walze ein gewaltiger Schreck durchfuhr. Sogar eine lebende Elster ist ein böses Omen.
Da sie so heftig den Hügel hochgescheucht worden war, hätte die Tante eigentlich außer Atem sein sollen. Sie war es nicht. Sie sah mager und energisch aus. Sie warf ihren Adlerblick in die Runde und stieß dann auf ihre Beute nieder.
»Und wie heißt du?« fragte sie eifrig.
»Diana. Aber ich muß jetzt leider einen Tennisball suchen.«
»Aber nicht doch, Unsinn, es gibt so viele andere.« (Bälle oder Mädchen?) »Willst du nicht hierher kommen und dich mit mir unterhalten?« Die Dame mit dem Hut streichelte den Stuhl neben sich. Dicey rückte näher wie ein Hund, dem man gepfiffen hat.
»Dieses Spiel«, fuhr die Tante fort, geringschätzig das Schlag-

ballspiel betrachtend, »scheint mir mehr für Anfänger zu sein.«
Offensichtlich hatte sie Elfredas Plan durchschaut, sie hier abzusetzen – für wie lange? –, wo es etwas zu beobachten gab. Dicey klapperte mit den Augenlidern und sagte nichts.
»Elfreda sagte mir, ihr seid alle sehr glücklich in eurer Schule, jeder auf seine Art. Ihr habt wohl viel Freiheit?«
»Wohin ist Elfreda gegangen?«
»Oh, Elfreda wird schon zu ihrer alten Tante zurückkommen. Einstweilen kannst du mir noch viel mehr erzählen. Zum Beispiel, sind die Römer hier nicht in der Nähe gelandet?«
»Ich weiß nicht, jemand hat das wohl mal gesagt.«
»Das ist doch sehr aufregend, nicht wahr?«
Obwohl Dicey noch immer vor dem Hut zurückschreckte, beäugte sie doch nachdenklich die Sprecherin darunter. Jeder, der etwas schärfer hinsah als die Tante, hätte gemerkt, daß sie mit etwas hinter dem Berg hielt. Die abgewiesene Tante änderte ihre Taktik.
»Bist du das kleine Mädchen, das tanzt?«
»Nein«, sagte Dicey bedauernd, »das ist meine Freundin.«
»Wird sie eine berühmte Tänzerin, wenn sie groß ist?«
»Ich weiß nicht, sie ist schon jetzt sehr berühmt.«
»Und was willst du werden, wenn du groß bist?«
»Weiß ich nicht.«
Niedergedrückt durch diese negativen Auskünfte, versuchte die arme Tante sich durch ein energisches Emporschleudern des Kopfes zu ermuntern. Es gelang ihr jedoch nur, die Elster erzittern zu lassen. Dicey schloß die Augen, als ob sie sehr krank wäre, und rückte weiter weg. Der Ruck hatte dem Hut neue giftige Gerüche entströmen lassen, und offenbar unter deren Wirkung erklärte die Tante jetzt: »Nun, wir werden wohl irgendwann einmal darüber nachdenken müssen, nicht wahr? So, nun wollen wir mal sehen. Wofür interessierst du dich?«
»Interessieren?«

»Ja. Wofür interessierst du dich?«
»Kaulquappen, aber die sind eingegangen. Ich habe jetzt Kätzchen.«
»Aha. Pflegst du sie?«
»Nein. Unser Koch.«
»Und was machst du?«
»Ich spiel' gern Tennis, aber die Plätze sind immer besetzt, jedenfalls die guten.« Dicey starrte traurig auf den Croquet-Rasen. »Ich suche gern Sachen oder verstecke welche und frage mich, wer sie wohl findet. Oder ich versuche, den Leuten auf die Nerven zu fallen oder baden zu gehen.«
»Ach ...?« sagte die Tante. Sie zog sich auf festeren Boden zurück. »Elfreda wird Ärztin.«
Dicey gab durch ihr Schweigen zu verstehen, daß sie daran nicht einen einzigen Augenblick lang glaubte und es außerdem nicht für einen guten Plan hielt. »Haben Sie sie danach gefragt, oder hat sie das selbst gesagt?« wollte sie wissen.
»Tantchen hat gefragt und, o Wunder, auch eine Antwort gekriegt. Ihr Vater ist mein Bruder, und der ist Arzt, wie du wohl weißt. So etwas kommt oft in Familien vor. – Was ist dein Vater?«
»Tot.«
Die Tante wußte wieder nicht weiter.
Das Kind warf einen vorsichtigen Blick aus einem Augenwinkel auf den Hut; die Elster hatte sich wieder beruhigt. Vorsichtig untersuchte sie noch einmal das Gelände unter dem Hut, diesmal deutlicher abschätzend als vorher.
»Haben die Römer irgendwas hinterlassen? Würde man das finden, wenn man danach suchte?«
»Es gibt schöne, interessante römische Funde in den Museen. Hier müßte es besonders viele geben. Es überrascht mich etwas«, sagte die Tante und warf einen abfälligen Blick auf die todtraurige Rückfront von St. Agatha, »daß man euch so etwas noch nicht gezeigt hat.«
»Oh, die haben wir schon gesehen, aber das sind ja Dinge,

die schon gefunden worden sind. Gibt es noch irgendwo andere?«

»Du kannst mit deinem Spaten überall graben.«

Dicey zuckte zusammen, als sie die Tante lachen hörte, und wandte schnell den Kopf zur Seite.

»Man kann nie wissen, weißt du …«, fuhr die alte Dame fort.

»Haben die Römer unter der Erde gelebt?«

»Nein, mein Kind – du meine Güte, was bringt man euch hier bei? Es tut mir leid, aber die Römer sind längst verschwunden, und mit der Zeit begraben sich alle Dinge von selbst.«

»Niemand beerdigt sie?«

Die Tante hatte sich eine Uhr wie ein Medaillon an die Brust geheftet; sie senkte ihren spitzen Kopf, um einen Blick auf die Uhr zu werfen. »Ich weiß nicht, was Elfreda zugestoßen ist«, mußte sie verdrießlich zugeben. »Ich glaube, ich gehe ihr ein Stück entgegen. Kommen alle diese Mädchen hier vom Sport zurück?«

Man sah, wie die Mädchen langsam wieder zurückkamen; in langgezogener Reihe, mit wippenden weißen Leinenhüten, gingen sie die Windungen der Küstenstraße entlang und bogen in das Tor von St. Agatha ein. Es war Tee-Zeit. Als die Tante sich erhob, hing Dicey an ihr wie eine Klette. »Haben Sie schon mal was gefunden?« wollte sie wissen, auf einmal interessiert. Aber die grausame Tante tat alles, was in ihrer Macht stand, um Dicey abzuschütteln. »Deine Geschichtslehrerin wird dir von den Römern erzählen.« Mit einem furchterregenden Ruck rückte sie ihren Hut zurecht. Dicey trollte sich hinter der Tante den Abhang hinab und murmelte: »Sie erzählt uns nur von den Griechen.«

»Nun, das ist doch nett.« Die Tante winkte dankbar und erlöst zu Elfreda hinunter, die zu ihnen vom Fuß des Hügels emporstarrte.

»Nein, die Griechen sind nie bis hierher gekommen.«

»Da bist du also«, sagte Elfreda feierlich. »Ich habe Tee für dich in Miss Ardingfays Zimmer bestellt; das wird gehen, weil sie nicht da ist.« Die nun überflüssige Dicey schlüpfte an Tante und Nichte vorbei und verschwand in einer Hintertür, die glücklicherweise offenstand. Noch bevor sie Luft holen konnte, befand sie sich plötzlich an der langen, aus Klapptischen gebildeten Teetafel, zwischen einer übersprudelnden und einer trägen Freundin. Sie keuchte: »Hab' gerade Elfredas Tante hinter mir.«

»Was, die Suffragette?«

»Wie?«

»So nennt Elfreda sie«, sagte Clare.

Sheikie blies leicht über den Tee in ihrer Tasse. »Ja«, sagte sie, »die hat sich schon an Gitterzäune fesseln lassen.«

4

Obgleich der Gedanke mit der Kiste in St. Agatha Gestalt angenommen hatte und das Schulgebäude dafür benutzt werden mußte, wurde er doch im Interesse größerer Geheimhaltung woanders erörtert, in einer Reihe von Zusammenkünften außerhalb der Schulstunden. Eines dieser Treffen (noch Anfangsstadium) sollte in Haus Feverel abgehalten werden.

Es war Sonnabend. Mrs. Piggott spielte im Wohnzimmer Debussy. Das übrige Haus war in Unordnung, weil mehrere Zimmer für Vetter Roland fertig gemacht wurden. Zwei der Mädchen saßen ungeduldig auf den unteren Treppenstufen und warteten, daß Dicey zu ihnen herunterkam. Als sie endlich erschien, hatte sie den Arm voll zappelnder Kätzchen. Daß die Kätzchen Waisen waren, für die man Mitleid haben mußte, machte den Umgang mit ihnen nicht einfacher; Dicey hatte sie hastig von Rolands Bett im Gastzimmer weggeholt, auf dem sie in Unkenntnis oder Verachtung der Daunendecke über schneeweißem Leinenzeug geschlafen und sich sogar erleichtert hatten. Bekümmert stieg Dicey über ihre Freundinnen hinweg und ging hinunter zum Eßzimmer, dessen Tür sie trotz der Kätzchen im Arm gerade noch aufstoßen konnte. Dann warf sie die Kleinen, eins nach dem anderen, der alten Köchin und dem merkwürdigen Hausmädchen zu, die gerade Bestecke polierten. (Warum gerade hier, gerade jetzt?)

Die Aufregung, die einem Besuch von Vetter Roland vorausging, wurde hauptsächlich durch die Köchin verursacht, die den Besuch nicht nur allgemein, sondern speziell für sich als außerordentlich bedeutsam empfand. Mrs. Piggott duldete diesen Zustand nur unter der Bedingung, daß sich alles völlig beruhigt hatte, bevor der Besucher ankam. Vetter Roland war dafür bekannt, daß er die Ruhe über alles schätzte. Abneigung gegen jede Art von Durcheinander war eine seiner hervorstechendsten Charaktereigenschaften. Er kam weniger in Haus Feverel an, als daß er dorthin zurückkehrte; jedesmal setzte er wieder sein Leben fort und lotete neue Tiefen aus.

Dicey mußte ihren Freundinnen mitteilen, daß – wie die Dinge lagen – der einzige sichere Versammlungsort das Badezimmer war. Der Garten, das konnten sie selbst sehen, wurde wie wild vom Gärtner bearbeitet, den die Köchin von der Küche aus anspornte. Diceys Zimmer führte in das ihrer Mutter; und wer Mrs. Piggott kannte, mußte damit rechnen, daß sie plötzlich das Klavier zuklappte und nach oben lief, um ihre Winterpelze zu untersuchen oder ähnliches, oder sich auf ihrem Sofa niederließ, um ein Buch weiterzulesen, das sie dort liegengelassen hatte. Das Badezimmer war sicherer. Sie schlossen sich ein und hockten steif in einer Reihe auf dem Rand der Badewanne. Gerade mit dem Kätzchenproblem fertig geworden, machte Dicey jetzt keine langen Umstände.

»Keine Hühnerknochen!« bestimmte sie.

»Wer redet hier von Hühnerknochen?«

»Du hast gesagt, wenn wir Menschenknochen nehmen, kommen wir ins Gefängnis, Mumbo.«

»Ich weiß, wo ein Wald mit einem Schafkadaver ist«, sagte die Einheimische. »Ein paar Jungen haben ihn mir gezeigt.«

»Das hast du uns nie gesagt.«

»Ich habe es mir aufgehoben. Aber der Kadaver ist noch kein Skelett, wir müssen noch warten.«

»Nein, das können wir nicht. Und die unbekannte Sprache?«

»Hat einer von euch damit angefangen?«

»Du hast davon angefangen, Mumbo, du warst die erste.«

»Das fehlte noch! Hört ihr bloß auf, eure Nase in jeden ... Neulich habt ihr beide gesagt, ihr wolltet das machen.«

»Laß sie, Dicey, ist ja doch egal!«

»Ein Kopf ist immer besser als drei«, sagte die Besitzerin des Kopfes.

»Gut, Mumbo, weiter. Aber erfinde nicht irgendwas, das wir nicht verstehen, schwörst du das? Wir müssen genau wissen, was wir gesagt haben.«

»Dann können wir auch noch auf das Schafskelett warten! – Was ist mit den Juwelen?«

»Und die Pistole: woher kriegen wir die? Hat deine Mutter nicht eine, Sheikie? Oder jemand anders?«

»Eine Pistole hat sie bestimmt nicht«, sagte die Tochter nachdenklich.

»Wir können nicht irgendwo einbrechen«, stellte der Burkin-Jones-Sprößling fest und fügte hinzu: »Du meinst einen Revolver.«

»Ich meine eine Pistole, und ich denke auch nicht an Einbrechen«, erklärte der führende Kopf. »Warum sollten wir nicht einfacher an die Sachen herankommen? Auf die Juwelen können wir meinetwegen verzichten, die sind nicht so wichtig. Aber eine Pistole kriegen wir, das weiß ich.«

»Hast du irgendwo eine gesehen? Oder war das, was du gesehen hast, vielleicht ein Revolver?« fragte die Sachverständige.

»Ja, ich – Sheikie, wohin gehst du?«

»Ich haue ab.« Die zierliche Tänzerin sprang von der Badewanne herunter, lief zur Tür und schloß sie auf. Sie warf ihre Zöpfe zurück und rief: »Ich finde das albern. Ich hab keine Lust mehr, mitzuspielen, ich bin kein Baby. Wie die Babys, erst alte Hühnerknochen und jetzt keine Juwelen. Ihr beide redet bloß; in Wirklichkeit habt ihr Angst. Ich geh nach Hause.« Sie überlegte. »Ich gehe auch nicht nach Hause, ich gehe woandershin.«

Sie hatte schon den Daumen auf dem Schlüssel, hielt dann aber einen Augenblick inne; ein Geräusch hinter der Tür fesselte ihre Aufmerksamkeit. Sie drehte sich zu den beiden auf der Badewanne Sitzenden um und sagte mit plötzlicher Entschiedenheit: »Bitte, da habt ihr es. Da hast du es, Dicey, deine Mutter kommt!«

In der Tat, es war Mrs. Piggott; sie rief: »Dicey?« von der halben Treppe herunter, als ob ihr plötzlich etwas Angenehmes eingefallen sei. Unruhige Bewegung im Badezimmer war die Antwort. Dicey sprang zur Tür, machte sie einen Spalt breit auf und rief: »Ja, Mutter?« Doch kaum hatte sie die Klinke losgelassen, da flog die Tür sperrangelweit auf. »Ihr Armen, hier drin seid ihr!« rief Mrs. Piggott bedauernd. »Gibt es denn keinen anderen Platz für euch? (Guten Tag, Clare, guten Tag, Sheila!) Hört mal zu«, fuhr sie fort, »glaubt nicht, daß ich euch nicht sehr gern hier habe, aber was meint ihr, wär' es nicht auch ganz schön, wenn ihr nach draußen gingt? Möchtet ihr das? Wie wär's mit einer Tasse Tee in Southstone, und dann ein Eis im Geisha-Café?«

Sie sahen sich an.

»Wenn ich euch fünf Schillinge gebe ...«

Als ob ihre Gebete erhört worden wären, sahen sie sich wieder an.

»Oder mögt ihr das ›Geisha‹ nicht mehr?«

»Wir gehen jetzt in den ›Blauen Vogel‹, der gefällt uns besser.«

»Großartig!« Wie so oft sprach Mrs. Piggott ganz vertraulich mit den Mädchen. »Ich glaube, Vetter Roland will nach seiner Reise seinen Tee in aller Ruhe trinken. Ich nehme an, ihr wollt gleich gehen. Einen Augenblick ...« Sie verschwand und verbrachte die nächsten fünf Minuten damit, treppauf, treppab nach den fünf Schillingen zu suchen.

Das Geldangebot veränderte die Lage; es führte Sheila wieder zur Gruppe zurück. Die Harmonie war wieder hergestellt, und die Entscheidungen fielen fast wie von selbst. Tee wurde gestrichen, eventuell aber leichte Erfrischungen möglich. Juwelenfrage aufgeschoben, zunächst Hundeleine dringlich. Daß sie nicht ihren Schulhut trugen, hatte Vor- und Nachteile. Sie mußten zwar im Bus bezahlen, blieben aber in der Stadt anonym.

Sie stiegen in Southstone aus und bahnten sich ihren Weg zur Old High Street, in deren Mitte Fagg's Goldfischladen lag; in diesem Geschäft gab es alles denkbare Haustier- und speziell Hundezubehör. Das Innere des Ladens war dunkel wie ein Keller. Ein Knistern, Klicken, Rumoren aus Käfigen, die bis an die schmutzige Decke gestapelt waren, belebte die stinkende Düsternis, in der einen wahrscheinlich Hunderte von Augenpaaren beobachteten. Als die Mädchen das Geschäft betraten, schien das einzige nicht anwesende Lebewesen Mr. Fagg zu sein; nach einer Minute korrigierte er jedoch diesen Eindruck, indem er hinter Kaninchenbuchten hervor und an seinen Ladentisch trat wie eine alte Eule. »Was darf es sein, meine Damen?«

»Eine Kette für einen großen Bluthund«, platzte Dicey heraus, wieder ganz obenauf. Mr. Fagg blickte skeptisch drein.

»Oder eine große dänische Bulldogge«, warf Mumbo dazwischen, in ihrer geringschätzigen, aber ehrlichen Art. Sheikie beschränkte sich auf die Bemerkung: »Eine gewöhnliche Kette ist witzlos.«

»Ihr habt also euren Hund noch nicht?« fragte Mr. Fagg. »An eurer Stelle würde ich einen so großen Hund nicht anfassen, nicht in eurem Alter. Ihr habt nicht die Kraft, ihn zu führen. Was ihr braucht, ist ein netter, kleiner Terrier. Ich habe da zufällig einen Wurf von sehr hübschen Terriern ...«

»Wir wollen keinen Hund, wir brauchen eine Kette.«

»Ohne Hund ist das Leben sinnlos.«

»Eine große Kette. Da oben hängen welche.«

Mr. Fagg, dem auf diese Weise gezeigt wurde, was er in

seinem Laden zur Schau stellte, kratzte sich nachdenklich an einer Warze. Es war gut, daß er nichts anderes tat, denn Mumbo ließ plötzlich einen Warnpfiff ertönen. Es war nicht irgendein Kunde, der in diesem Augenblick eintrat, sondern eine Schülerin der Oberklassen von St. Agatha, Hermione Bollet. Die fünfzehnjährige Hermione stelzte an den Ladentisch; ihr Begleiter, ein sehr viel kleinerer Bruder, bog in eine Ecke ab, wo er ohne Umschweife damit begann, Mäuse zu quälen. Hermione hatte in Anbetracht des Sonnabendnachmittags offenbar einige Experimente an sich durchgeführt; ihr Haar war zu einem großen schwarzen Knoten zurückgerafft, den ihr irgend jemand oder irgend etwas inzwischen seitlich verschoben hatte, außerdem hatte sie ihre Anatomie in der Mitte dadurch geteilt, daß sie den Gürtel ihres hübschen rosa Kleides ganz fest zugeschnallt hatte. Auf dem Kopf trug sie einen Strohhut, der mit jungfräulichen Rosensträußen garniert war; der Knoten brauchte wohl besonderen Schutz. Sie war jeder Zoll eine Dame, und da so viel Mühe darauf verwendet worden war, sie herauszuputzen, verfehlte sie nicht, einen außerordentlich damenhaften Eindruck zu machen.

Für Begegnungen außerhalb der Schule sah ein alter St.-Agatha-Brauch vor, daß nur kurze Blicke zwischen den sich begegnenden Parteien ausgetauscht werden durften. Die Kleinen traten vom Ladentisch zurück und bildeten weiter hinten eine Gruppe, die genau beobachtete und zuhörte.

»Bedienen Sie ruhig erst diese Herrschaften«, sagte Dicey großzügig zu Mr. Fagg, der das ursprünglich nicht vorhatte.

»Was kann ich für Sie tun, Miss?« fragte er Hermione, jetzt schon mit mehr Optimismus in der Stimme.

»Ich hätte gern Ameiseneier; allerdings, Mr. Fagg ...«

»Bitte sehr, wie Sie wünschen.«

»Einer meiner Goldfische ist gestorben.«

»Nun, wir sind alle sterblich.«

»Aber jetzt hat einer wieder Pusteln; sind Sie sicher, daß die Ameiseneier noch gut sind?«

»Waren Ihre Goldfische immer gesund?«
»Immer«, sagte Hermione und verfärbte sich vor lauter sozialem Gewissen, »ich hab' sie bei Harrod's gekauft.«
»Ich hab' sie Ihnen also nicht verkauft. Nun, wenn noch mehr eingehen, würde ich die ganze Zucht vernichten und von vorn anfangen.«
»Aber ich hänge so an ihnen«, beharrte die Goldfischmutter.
»Glauben Sie mir, die Fische sind alle gleich.« Er holte zwei Schachteln Ameiseneier hervor und stellte sie auf den Ladentisch.
»Bitte sehr, hier ist das Gewünschte. Ob Sie es nehmen, überlass' ich Ihnen; mehr kann ich nicht für sie tun. – Also, Hunde haben oft ganz abweichende Charaktere. Ich habe ganz zufällig einen sehr netten Wurf ...«
»Danke, nein, wir haben selber Hunde.« Hermione biß sich auf die Lippen und zog dann einen weißen Baumwollhandschuh aus, so daß sie besser in ihrem Portemonnaie herumstochern konnte. Mr. Fagg ließ die Schachteln brummend in eine Papiertüte fallen. Hermione war schon fast an der Tür, als Clare hinter ihr herrief:
»He, du hast deinen Bruder vergessen!«
Es dauerte eine Weile, bis sich der Knabe von den Mäusen losreißen konnte.
»Die macht mich ganz krank mit ihren Seufzern«, sagte Mr. Fagg, strich das Geld vom Ladentisch und warf es in die offenstehende Kasse.
»Sind wirklich alle Fische gleich?« fragte die kleine Dicey.
»Für die da vielleicht. Für mich nicht. Es gibt keine genau gleichen Fische. Wie sollte das möglich sein? – Was sagtet ihr, was ihr wollt?« fragte er wohlwollender denn je. »Eine lange Hundekette?« Er nahm die Kette von einem Haken ab.
Die Preise waren erschreckend. »Und die hier ist rostig!« sagte Sheikie schnell. In Wirklichkeit war sie es nicht; es war genau die Kette, die sie haben wollten.
»Du bist ein pfiffiges kleines Ding«, mußte Mr. Fagg zuge-

ben, und als Anerkennung ging er um drei Pennies im Preis herunter.
»Wenn ich das hier in eine Papiertüte tue, kommt ihr damit nicht weit.« Er demonstrierte diese Feststellung, indem er die Kette in eine Tüte legte und einmal kräftig schüttelte; die Tüte platzte, und die Kette fiel zu Boden. »Bitte sehr, da habt ihr's.«
»Haben Sie nicht eine starke Schnur und starkes Papier?«
»Nein.«
»Wir können unmöglich am hellichten Tage mit großen Ketten spazierengehen!« rief Dicey.
»Ohne Hund werdet ihr ziemlich komisch aussehen«, sagte Mr. Fagg und kratzte unbeteiligt an seiner Warze weiter. Eine Krise. Sie steckten in der Ecke, wo die Mäuse waren, die Köpfe zu einer Beratung zusammen. Sheikie, ungewöhnlich aufgeregt, erklärte: »Ich hab's! Einer von uns muß sie tragen.«
»Um den Hals?«
»Blödsinn! Bei hellem Tageslicht! Um den Bauch, unter dem Kleid. Ich werde es machen müssen. Dicey ist zu dick, und deine Taille würde durchbrechen.« (Clare trug nie Kleider; ihre kurzen Blusen rutschten immer aus den knappen Röken.)
»Die Kette muß aber zuerst abgestaubt werden!« verlangte sie energisch. Die Kette wurde draußen in dem vollgestopften, halbdunklen Faggschen Kellervorraum, jenseits der Kaninchen, um Sheikie geschlungen. Mr. Fagg hatte es nicht besonders gern gesehen, daß sie dorthingegangen waren. »Was ihr da seht, wird euch nicht gerade entzücken. Wenn ihr es aber nicht abwarten könnt – meinetwegen.«
Die Kette reichte mehr als einmal um die schlanke Taille der Tänzerin herum, aber nicht ganz zweimal. Sie befestigten sie mit Fäden blauer Babywolle, die von Sheikies Wochenend-Rüschenhöschen abgeräufelt wurden. Als sie ihr adrett gestärktes Kleid und den bestickten Unterrock wieder korrekt heruntergeschlagen hatte, war tatsächlich nichts zu sehen.

Vorne im Laden hatte Mr. Fagg jetzt endlich einen Interessenten für seinen Wurf gefunden. Die Mädchen legten zwei Schillinge auf den Tisch und erklärten ihm, den Rest müsse er anschreiben. »Sehr herzlichen Dank, Mr. Fagg« – und fort waren sie. Als er hinter ihnen herrief, waren sie schon außer Hörweite.

Solange sie noch Geld hatten, mußte ein Kasten besorgt werden; je schäbiger er war, desto besser. Von einem Wrack, oder aus einer Felsenhöhle? Man müßte es in dem Ramschladen am Hafen versuchen. Sie hätten schon weiter sein können, wenn Dicey nicht gemault hätte.

»Was ist los?« mußte sie gefragt werden.

»Ich bin nicht zu dick. Die Kette hätte mir auch um den Bauch gepaßt.«

Um sie aufzuheitern, wurden je zwei Unzen Brausepulver mit Zitronengeschmack gekauft; das kribbelte nicht nur herrlich auf der Zunge, man konnte mit dem Zeug auch beliebige Schaummengen im Mund herstellen. Sheikie, von Zweifeln überkommen, ob sie als Miss Beaker auf offener Straße Schaum produzieren durfte, blieb vorsichtshalber im Süßwarengeschäft zurück; die hemmungsloseren anderen beiden marschierten los, sie bliesen ihren Brauseschaum u. a. einem fremden Geistlichen ins Gesicht; er mochte glauben, sie seien vom Teufel besessen. Bevor Sheikie sie einholen konnte, liefen sie schnell zum Schaufenster eines Bildergeschäfts, das weiter unten in der Old High Street lag, auf der Seite von Mr. Faggs Laden. An diesem Schaufenster durfte man nicht vorbeigehen. Es garantierte eine unerhörte Sensation: Bilder der Landschaft, in der man lebte. Der Hintergrund des Schaufensters wurde von Meisterwerken wie ›Hoffnung‹ eingenommen (noch immer umschlang ›Hoffnung‹ die Harfe), aber vorne hingen Aquarelle und Radierungen der Old High Street, auf denen die Straße sonderbarer aussah, als sie in Wirklichkeit war. Die Oberteile der Gebäude, von übergroßen Giebeln gekrönt, traten unnatürlich hervor, schwarze Balken zerdrückten völlig die Proportionen von Türen, Fen-

stern und Einfahrten. Nur die krummen Schornsteine ragten in die Höhe. Die Vorderfronten der Spielzeuggeschäfte waren durch undeutliche Buchstaben auf den Ladenschildern verwackelt; sie sahen so aus, als ob sie jeden Augenblick vornüberfallen würden. All dies konnte man durch doppeltes Glas beobachten – das Schaufensterglas und das Glas in den vergoldeten oder elfenbeinfarbenen Rahmen. Das größere Wunder war jedoch, daß die Old High Street außerhalb des Bildes wirklich existierte. Man konnte das dadurch nachprüfen, daß man sich umdrehte: dort lag sie, in der Tat ein vergrößertes Bild. Wenn man die Straße so betrachtete, sah man sie zum erstenmal. Darüberhinaus spiegelte sich ein Teil der Old High Street (nämlich der dem Geschäft genau gegenüberliegende) nicht nur im Schaufensterglas, sondern auch noch im Glas der vielen Bilder; das Spiegelbild sah selbst wie ein großes Bild aus, die Giebel usw. waren doppelt so groß.
»Gut, ich bin also malerisch«, schien die Straße gesagt zu haben. Sehr bald muß ihr dieser Satz aber leid getan haben. Bald bevölkerten Bummler, Müßiggänger und Gaffer die Straße. Diese Leute standen jedem im Wege, und es wäre noch schlimmer gewesen, hätte nicht die Hoffnung bestanden, daß ihre Tage gezählt waren; eines Tages würden sie überfahren, taub oder bettlägerig werden. Obgleich die steile und holprige Old High Street vom Hauptverkehr verschont wurde, hatte sie ihren eigenen, willkürlichen Verkehr. Der Lärm zwischen den Giebelhäusern war beträchtlich. Obendrein polterten die bergab sausenden Fahrräder derart über das Pflaster, daß die Klingeln an den Lenkstangen von selbst zu rasseln anfingen. – Die Straße hatte auch ihre tief eingewurzelten Gerüche, die (da niemand sie ausgesprochen unhygienisch nennen konnte) von den Bewohnern keineswegs daran gehindert wurden, sich auszubreiten. Sie vermischten sich mit den Düften, die vom Fischmarkt im alten Hafen heraufquollen, Gerüchen von öligen, alten Motoren und Brackwasser. Southstones malerischstes Viertel (das einzige, wie man zugeben muß) wurde nur selten von einem Besucher

ein zweites Mal aufgesucht. ›Ein Ort, den jeder einmal gesehen haben muß‹, hieß es mit müdem Enthusiasmus. Gewöhnlich brachte man Trophäen in Gestalt von Aquarellen und Radierungen mit nach Hause. In den meisten Wohnzimmern hingen etwas bessere Gemälde, von den heimischen Künstlern verfertigt.
Clare, die den letzten Rest des Brausepulvers aus einem Loch in den unteren Backenzähnen heraussaugte, studierte diese Darstellungen ihres derzeitigen Standortes der Reihe nach wie immer in absolutem Schweigen. Dicey überlegte sich wiederum laut, was für ein Gefühl es wohl sei, ein Künstler zu sein. Von einem sechsten Sinn gewarnt, sprang sie rechtzeitig zur Seite, so daß Sheikie sie nicht in die Schulter kneifen konnte (Sheikie bevorzugte diesen freundschaftlichen Überraschungseffekt). »Ich wußte, wo du bist«, sagte sie verärgert. Sie hielt nicht viel von den Bildern, vielleicht mit Recht. Sie liefen weiter, bergab, so schnell sie konnten.
»Paßt doch auf, wohin ihr rennt!« keifte jemand und sprang ihnen aus dem Weg. »Machen wir!« In der Tat. Wie die Rennfahrer paßten sie ihre Geschwindigkeit dem Rennen an; pfeilschnelle Vögel hätten darin nicht sicherer sein können. Kurven im letzten Augenblick, bei höchster Geschwindigkeit, waren ihre Stärke; jemanden anzurempeln bedeutete beträchtlichen Prestigeverlust für den Anrempler. So konnte sich niemand beklagen; daß sie sich gelegentlich schubsten, steht auf einem anderen Blatt.
Eine Uhr ganz oben und eine andere am unteren Ende der Straße schlugen eins – zwei – drei – vier – fünf.
»Da habt ihr es; fast Abend!«
»Du hast ewig für dein Brausepulver gebraucht.«
»Ich habe Schmuck gesehen, falschen, aber er glitzert. Sixpence für Rubinringe.«
»In dem Spielzeugladen?«
»Wir haben gesagt, als nächstes einen Kasten.«
»Das geht nicht so schnell, deshalb kommt das nicht in

Frage. Warum geht nicht auch eine Schachtel? Was meint ihr überhaupt mit Kasten?«
»Erklär' es ihr, Mumbo!«
»Hab' ich schon. Und hör' auf, so zu schreien. Schließlich ist es ein Geheimnis. Los, erzählt doch der ganzen High Street alles, ihr Rindviecher!«
Sie hatte recht. Überall waren Spione. Sie blickten gespannt bergauf, hinter sich, bergab, vor sich.
»Da unten geht Hermione!«
»Guckt mal, die Watschelente. Sie sieht blöde aus, kann nicht mal gerade gehen. Was hat sie mit ihrem Bruder gemacht?«
»Als Sklaven verkauft.«
»Sie hat jetzt drei Papiertüten.«
»Übergeschnappt; sie glaubt, sie ist bei Harrod's!«
In ihrem rosa Leinenkleid verschwand Hermione in einer Einfahrt, die sich (als sie dorthin gerannt waren) als die von ›Curios‹ herausstellte. Curios handelten hauptsächlich mit Antiquitäten. Das Komischste an Curios war der Gedanke, daß jemand jemals diese Sachen gemocht haben konnte bzw. sie jemals mögen könnte. ›Aus Versteigerungen‹, entdeckte die Beaker & Artworth-Tochter auf einem Schild. Um genau zu verfolgen, was Hermione drinnen machte, schielten sie abwechselnd durchs Fenster und durch Regale hindurch, auf denen Fischbestecke, Serviettenringe zu halben Dutzenden, Salz- und Pfefferstreuer und anderes verrotteten, eingebettet in verblichenem Samt; über Tabletts hinweg, auf denen phantastische Teelöffel mit zerschlissenem Band zu Bündeln verschnürt zwischen verknoteten Korallenketten, verblaßten Medaillen und Visitenkarten-Schächtelchen aus fleckigem Lack lagen, und zwischen langgestreckten, kahlen oder gewölbten Standuhren, Karaffen mit staubigen, gesprungenen Gläsern, großen Schiffs-Öllampen und Essigfläschchen hindurch. »Sie sucht wahrscheinlich ein billiges Geburtstagsgeschenk für ihre Mutter oder Tante«, sagte Dicey. »Jetzt fängt sie an zu seufzen«, berichtete sie weiter, »wahrscheinlich ist alles zu teuer.«

Mumbo drängte sich heran, um noch einmal hineinzusehen, länger und genauer diesmal. Sie reckte sich hoch und flüsterte atemlos: »Da drinnen ist so ein Kasten.«
Drei Nasen drückten sich an der Schaufensterscheibe platt. Sheikie trat nach einer Minute zurück. »Wenn das ein Kasten sein soll – davon haben wir zwei zu Hause.«
»Das hast du nie gesagt!«
»Ihr habt nie danach gefragt. Bitte. Kein Mensch benutzt sie oder braucht sie. Soweit ich weiß, ahnt keiner, daß es sie noch gibt.« An dieser Stelle legte Sheikie eine bedeutsame Pause ein. »Keiner würde es merken, wenn einer fehlt.« Sie streifte Dicey mit den Augen und wandte sich dann kühl ab.
»Aber, Sheikie, ...«
Die Tänzerin war mit ihren Gedanken woanders. Gerade in diesem Augenblick hatte die Bronzefigur einer Nymphe in Curios' Schaufenster ihre Phantasie beflügelt. Nur die Phantasie? Es war mehr im Spiel; Inspiration kam hinzu. Mit Kennermiene studierte Sheikie die Pose der Statuette aus jedem Blickwinkel. Mit dem großen Zeh auf grünem Alabastersockel stehend, wirbelte sich die Nymphe bis zur Fingerspitze ihres über den Kopf gereckten Armes hinauf. Sheikie suchte sich eine Stelle auf dem Bürgersteig vor dem Schaufenster, imitierte die Stellung und verharrte eine Weile so.
Mumbo kaute nachdenklich an einem Daumennagel. »Ich weiß nicht«, meinte sie unsicher, »es kostet nichts, wenn wir mal da drinnen fragen; erst muß aber diese alte Henne weg sein.«
»Sie sieht sich jetzt Teelöffel an; für ihre arme Mutter«, sagte Dicey, die das Fenster sehen konnte, aus dem Mr. Curios' Hand ein Bündel geholt hatte. »Der Kasten, den die hier haben, ist genau, was wir brauchen.«
»Wenn irgend etwas nicht in Ordnung ist, wenn er vielleicht keinen Boden hat, müssen wir den Preis runterhandeln.«
»Ohne Boden würde er uns kaum nützen.«
»Ich bin dafür, daß wir zu dem Ramschladen gehen.«
»Dieser Kasten hier ist genau der, den ...«

»Ja, aber im Ramschladen versuchen sie gar nicht erst, einen zu betrügen.«
»Da könnten wir gleich auch ein paar Knochen bekommen.«
Sheikie wechselte das Standbein, um die Stellung andersherum auszuprobieren, mit dem anderen Arm in der Luft. Das klappte noch besser. Sie sprach jetzt auch; obwohl der Marmoruntergrund fehlte, gelang es ihr, ihrer Stimme etwas Entferntes zu geben.
»Macht, was ihr wollt«, sagte sie.
»Das tun wir; wir wissen bloß noch nicht, was.«
»Wenn ihr das Geld wegwerfen wollt, bitte. Ich habe euch gesagt, zu Hause haben wir zwei Kästen.«
Clare sah nicht höher auf als unbedingt nötig. »Ach ja; gehören sie zufällig dir?«
»Meiner Familie«, erwähnte die Stimme von oben. »Und Papa würde mir einen geben, das weiß ich.«
»Und fragt er dich, wozu du ihn brauchst? Nein! Oder deine Mutter würde dazukommen und fragen.«
»Macht, was ihr wollt, bitte!« sagte sie, die Gleichgültigkeit in Person.
Unerträglicher toter Punkt. Dicey schrie: »Ihr könnt mir alle den Buckel runterrutschen!«
»So ist's richtig«, sagte Clare, »trommle die Leute zusammen!«
Sheikie war auf dem besten Wege dazu, in bescheidenem Maße, und (man muß es zugeben) ohne es zu wollen. Sie ertrug das Herbeiströmen von Schaulustigen rings um sich mit der Gleichgültigkeit der echten Künstlerin – so lange, bis einige anfingen, Pennies hinzuwerfen. Die Nachricht von einer hübschen, lebenden Wachsfigur am Fuße der High Street hatte sich offenbar wie ein Lauffeuer verbreitet. Vor Curios' Laden wurde die Straße nicht mehr enger, sondern schien sich zu weiten und in den alten Hafen überzuquellen. Hier nämlich pflegten gutgelaunte Wochenendbummler, die nichts Besonderes vorhatten, herumzustehen. Die Sonne stand jetzt schon tiefer, hatte aber die Szene noch nicht ganz

verlassen; sie versteckte sich hinter den Dächern der steilen High Street und wärmte noch eine Weile den toastbraunen Schatten mit den hellen Farbflecken darin (am hellsten leuchteten die roten Pfefferminzlutschstangen der Kinder).
Nein, bis die Pennies auf das Pflaster rings um sie klirrten, hatte sie keine Miene verzogen; sie hätte eine einsame Waldnymphe sein können. »Weiter so, Miss!« rief jemand, dann trat für ein oder zwei Minuten Stille ein (nichts dauert länger als ein oder zwei Minuten), denn heraus aus Curios' Geschäft und mitten in den Kreis hinein trat Hermione. Sie hatte ihren Hut aufgesetzt; sie biß sich auf die Lippen und sah weder nach links noch rechts. Man machte ihr Platz, und bis zum nächsten Montagmorgen verschwand sie von der Bildfläche.
Sobald Sheikie ihre Pose aufgegeben hatte, machten sich die drei aus dem Staub. Eine ganze Minute brauchten sie dazu, um Dicey zurückzuhalten, die Pennies aufzusammeln. Sie jammerte: »Es waren vier. Ich habe sie gezählt. Dafür hätten wir ...«
»Es waren Sheikies, sie wollte sie nicht haben.«
»Ich hätte sie genommen.«
»Suchen wir jetzt Knochen?« fragte Sheikie versöhnlich. Die Old High Street bog nach rechts ab, bevor sie ganz endete; tief eingeschnitten breitete sich unten die Meeresbucht aus. Man konnte einen Maler an einer Radierung arbeiten sehen.
»Die haben da bloß alte, lecke Kessel –« sie brach mitten im Satz ab. »Hallo, Trevor, wo ist Aubrey?«
Trevor, der vor einer Minute noch nicht dagewesen war, tauchte plötzlich neben ihnen auf. »Beim Cricket«, antwortete er.
»Das habe ich mir gedacht«, blitzte Miss Beaker ihn an, mit einer heftigen Kopfbewegung.
Der kümmerliche Knabe unter der runden Schülermütze sah gedankenvoll zur Seite und schielte hinter seiner Brille auf die drei Mädchen. »Was macht ihr?« fragte er dann.

»Was machst du?«
»Ich war unten am Hafen, Schiffe ansehen«, fügte er hinzu, in der Meinung, er müsse das Bild vervollständigen.
Sie fragten ahnungsvoll: »Wohin gehst du jetzt?«
»Zurück zum Hafen.«
»Warum bist du nicht dageblieben?« (Trevor konnte einen in sehr kurzer Zeit zur Weißglut bringen.)
Der Junge wunderte sich über so eine Frage. »Es war Teezeit. Ich brauchte Tee.«
»Du willst doch nicht behaupten, daß du den ganzen Weg bis nach Hause gegangen bist!« schrie Sheikie mit steigender Wut.
»Das wäre zu weit gewesen«, erklärte er ihr, »da ich wieder zurückgehe. Deshalb dachte ich, ich gehe in den ›Blauen Vogel‹.«
»Soso. Du warst also im ›Blauen Vogel‹?«
Trevor war von einer grenzenlosen Geduld (diese Eigenschaft verlieh seinem Auftreten in Augenblicken wie diesem eine gewisse Stärke). Hatte er seinen Tagesablauf nicht eindeutig genug beschrieben? »Es war nett dort«, hielt er als Kommentar für ausreichend und sah zufrieden drein. –
Dicey blieb daraufhin stehen und begann zu schwanken.
»Trevor, sei nicht so grausam! Wie kannst du nur so etwas sagen, wo wir schwach, ausgehungert und fast ohnmächtig sind? Wir haben den ganzen Nachmittag nichts zu essen oder zu trinken –«
»Hör' auf!« wurde ihr geraten. Zu spät. Ihr übertriebenes Gerede hatte die Gruppe ruckartig zum Stillstand gebracht. Trevor wurde nachdenklich. Seine Brille nicht von Dicey abwendend, wich er wie vor einer züngelnden Kobra zurück, nahm aber ihre Sätze zur Kenntnis. Trevor war ein langsamer, jedoch gewissenhafter Denker. Zwei und zwei mußten jeweils zusammengefügt werden. »Ihr habt also keinen Tee getrunken?« folgerte er. »Warum nicht?«
Clare gab sich steinern, Dicey arglos wie immer. Sheila zwitscherte in dem glockenhellen Tonfall, den sie für Frotze-

leien dieser Art benutzte: »Das möchtest du wohl gerne wissen, was?«
Der Junge dachte nach. »Nein«, sagte er schließlich, »ich hab' mich bloß gewundert.« Und gleich danach warf er einen liebevollen, sehnsüchtigen Kennerblick zum Hafen hinunter. Er konnte sich an dem Treiben dort nicht sattsehen. Als die drei weitergingen, fiel er in ihren Schritt ein; sie waren offensichtlich sein Schicksal für den Rest des Sonnabendnachmittags.
»Wohin gehen wir?« fragte er offen heraus. »Habt ihr irgendein besonderes Ziel? Mir macht es nichts aus, ich muß nur um sieben zu Hause sein.«
Das war der Untergang. Sie wagten nicht, sich anzusehen. Demoralisiert, taumelnd, stolpernd torkelten sie gegeneinander und auch gegen andere. Ihr Weg endete damit, daß Trevor sie auf die Hafenbrüstung zusteuerte; sie setzten sich – auf seine besorgte Aufforderung hin – auf das Geländer und saßen dann sprachlos in einer Reihe. Das Geländer war ziemlich hoch.
»Man kann gut von hier sehen«, informierte er sie, »jedenfalls ganz gut.« Er saß mit dem Gesicht zum Hafen, seine Beine baumelten zufrieden über dem schmutzigen Wasser, in dem einige Schiffe schaukelten; seine Gefährtinnen kehrten dem Wasser verächtlich den Rücken. Trevor holte ein kleines Opernglas aus der Tasche (Perlmutt – wie kam er daran?) und richtete es auf ein weit entferntes Fischerboot. Mumbo brach das gewittrige Schweigen.
»Ich muß schon sagen, Trevor, das Gelignit von deinem Freund taugt überhaupt nichts. Es ist nicht losgegangen.«
Trevor verstellte sein Opernglas ein wenig und sagte, ohne es abzusetzen: »Ich habe das schon gehört.«
»Wer hat dir was davon erzählt?« platzte Sheikie heraus.
»Ich meine«, sagte der Junge, »ich hätte davon gehört, wenn es explodiert wäre. Wahrscheinlich habt ihr etwas falsch gemacht. Wenn deine Mutter es dir wiedergegeben hat, möchte ich es mir noch einmal ansehen.«

»Meinetwegen. Wir haben davon genug.«
Wieder sank Schweigen auf sie herab. Trevor richtete sein Fernglas von neuem auf den Horizont, an dem entlang sich (glücklicherweise) ein paar rauchende Schornsteine bewegten; ein Frachter, der über den Kanal fuhr, Richtung Westen, sehr weit draußen. Trevor war gefesselt. Seine Opfer benutzten die Gelegenheit, auf der Brüstung so weit von ihm wegzurutschen, daß sie ungefährdet miteinander tuscheln konnten. Es wurde beschlossen, zu den Beakers zu gehen, sie wohnten am nächsten. Dort konnte man etwas verstecken; Sheila drang jetzt darauf, von der Kette befreit zu werden, sie quälte sie und drohte außerdem zu rutschen. Wenn sie einmal bei den Beakers waren, konnten sie auch zwanglos die Beakerschen Kästen besichtigen. Und die gequälte Dicey gestand etwas Furchtbares: sie hatte einen Floh gefangen, vermutlich bei Mr. Fagg. Nach Flohgewohnheit hatte sich dieser nach der Ortsveränderung eine Ruhepause gegönnt; jetzt war er wieder aktiv, scheinbar an mehreren Körperteilen zugleich.
»Du wirst immer gebissen, Dicey.«
»Mutter sagt, ich muß besonders saftig sein«, sagte das arme Kind jämmerlich. Sie konnte es kaum erwarten, bei den Beakers ihre Kleider auszuziehen und gründlich nach dem Floh zu suchen.
»Mit diesem Floh geh' ich nicht nach Hause«, lamentierte sie.
»Stellt euch vor, er springt auf Vetter Roland!«
»Wir wollen deinen Floh auch nicht haben!«
»Wenn wir ihn fänden, könnten wir ihn mit Seife umbringen. Du hast mir doch erzählt, Mumbo, daß du einen Floh mit Seife umgebracht hast.«
Sheikie wurde genau ausgefragt: »Wo ist deine Mutter?«
»Nicht zu Hause.«
»Bist du sicher? Wohin ist sie gegangen?«
»Zu Irene nach Herne Bay, den ganzen Tag.« (Als Nachkömmling hatte Sheila unter anderen Vorzügen den, zwei verheiratete Schwestern zu besitzen, von denen die eine zur

Prominenz in Herne Bay gehörte.) Sheila konnte ihnen garantieren: »Sie kommt erst mit dem 9-Uhr-Zug zurück.«

Wie kam man zu den Beakers? Sheikies Fahrrad, auf dem drei Personen Platz hatten (wenn man Lenkstange und Gepäckträger zu Hilfe nahm), war unklugerweise im Haus Feverel zurückgelassen worden. Alles kostete Geld! Sie drehten sich wie auf Kommando um und betrachteten Trevors Profil. Die Rechnung war einfach: Trevor mußte angepumpt werden.

»Wir gehen jetzt nach Hause, Trevor«, kündigte Sheikie an. Der Junge war so überrascht, daß er sich nicht nur umdrehte, sondern sogar das Fernglas absetzte. Sheikie stieß sich von dem Geländer ab und landete mit graziösem Sprung auf der Erde. Die elegante Bewegung, mehr noch die federnde Landung wurde von einem deutlich vernehmbaren Geräusch begleitet. Die Mädchen registrierten es lediglich; Trevor horchte genauer hin.

»Sheila«, sagte er, »du klirrst. Warum klirrst du?«

Über diese Frage geriet sie in große Verwirrung. Mehr erschrocken als irritiert sah sie weg von ihm, die eigene Nase hinunter. Im Flüsterton, dem ein betretenes Schweigen folgte, sagte sie: »Trevor, du fragst besser nicht danach.«

Er lief rosa an.

»Oh, Trevor!« hauchte Dicey entsetzt.

Er lief scharlachrot an.

Clare bot ihm in ihrer schlichten Art eine Chance, die Fassung wiederzugewinnen. »Trevor, du hast doch Geld bei dir, nicht?«

»Etwas«, gab er zu. »Warum?«

»Wir müssen Sheila nach Hause schaffen«, sagte sie, während sie ihn ein wenig beiseite führte. Den ganzen Tag warteten hier am alten Hafen ein paar Kutschen, einige mit Sonnendach, auf Kunden. Taxis hatten sie vom Plateau vertrieben; manchmal gelang es den Pferdekutschen (in ihrer Blütezeit hatte man sie ›Victorias‹ genannt), Leute aufzusammeln, die, auf der Suche nach dem Pittoresken, sich wunde Füße geholt hatten, und sie dazu zu verführen, die Luft auf der kurvenreichen, am Meer entlang führenden Lower Road zu genießen, unter den Treppen, die von der Promenade gekrönt waren. Nur die Kutscher kannten die steilen Pfade, auf denen ihre altertümlichen Wagen das höhergelegene Southstone erklommen. Trevor steckte das Opernglas in die Tasche und machte sich steifbeinig auf den Weg, eine Kutsche zu mieten. Man sah, wie er den Kutscher ganz vorn in der Reihe anredete. Der Handel stand kurz vor dem Abschluß, als Sheikie mit schwacher Stimme dazwischenrief: »Eine mit Sonnendach!« Die dritte Kutsche wurde deshalb in Bewegung gesetzt; das Pferd schlief noch, langsam torkelte es ihnen entgegen.

Unter dem schlaffen Sonnendach verteilten sie sich auf dem breiten Sitz. Dicey hielt die Stelle an ihrem Körper umklammert, wo der Floh saß, und behandelte den Jungen ausgesprochen großzügig. »Armer Trevor, kommst du nicht mit?« Er seinerseits betrachtete sie verblüfft: hier lag die halbe Krone auf seiner schwitzenden Hand, dort war der Hafen. Die Kutsche fuhr an; er sprang auf und setzte sich mit dem Rücken zum Pferd. Der Kutscher knallte mit der Peitsche; das Pferd erwachte und begann zu traben. Gut gefedert schaukelte die Kutsche heiter über das Kopfsteinpflaster. So fuhren sie davon, bewundert von allen. Dicey ließ den Floh Floh sein und winkte.

5

Die Haustür von Ravenswood Gardens 9 wurde fast den ganzen Tag nicht abgeschlossen. Eine Drehung des Türknopfes, ein Stoß, und man war im Haus. Nur Fremde klingelten. Diese Sitte schien zunächst nicht zu den Beakers zu passen, bei näherem Hinsehen aber doch, denn sie diente dazu, die Aufmerksamkeit auf Gesetz und Ordnung zu lenken, Begriffe, die das Leben der Beakers bestimmten. In Ravenswood Gardens lungerten keine verdächtigen Gestalten herum. Einbruch war so undenkbar wie ein Hunnenüberfall. Schilder mit ›Betteln und Hausieren verboten‹ waren überflüssig; Straßenmusikanten wagten sich nicht in die Straße, die aus fünfzehn Häusern mit Blick auf eine eingezäunte Waldlichtung bestand. Da es sich nicht um einen richtigen Wald handelte, gab es keine Raben; lediglich das normale Gezwitscher kleinerer Vögel, von denen einige zu singen begannen, wenn im Frühjahr die Säfte stiegen. Ein paar matte Triller konnte man hören, als die Kutsche in der Stille des Junitages nach Ravenswood Gardens einbog.

Sheikie hielt es für klüger, die Kutsche – die seit Trevors Aussteigen in der Nähe seines elterlichen Hauses zwei Straßen zurück unmerklich leichter wirkte – vor Nr. 11 anstatt vor Nr. 9 anhalten zu lassen. Ihr Vater konnte immer zu Hause sein. Er war es in der Tat, wie Zigarrenrauch, der aus der angelehnten Eßzimmertür in die Diele quoll, verkündete. Die Beakers lebten hauptsächlich in ihrem üppigen Eßzimmer; das Wohnzimmer war für Gäste reserviert. Die Mädchen gruppierten sich auf der dicken Fußmatte und beobachteten die Treppe. Sollte man es wagen hinaufzulaufen? Nein. Ein ungeheures, grunzendes Magengeräusch entrang sich einem Wesen, das offenbar nur Mr. Beaker sein konnte: obwohl passiv, enthielt es dennoch erwartungsvolle Töne. Die Lieblingstochter wußte, was ihre Schuldigkeit war. Sie bedeutete ihren Freundinnen zu warten und riß die Eßzimmertür auf: »Hallo, Papa!«

»Hallo, mein Liebling!«

Die anderen blinzelten durch die Türspalte. Da saß Mr. Beaker und sah aus wie ein Dickhäuter. Der Lehnstuhl, aus dem er sich erhob, war aus Leder. Seine Zigarre war nicht zu sehen, er schien wie ein Weihrauchgefäß zu rauchen (obwohl es anders roch). Er war gewöhnlich während der Abwesenheit seiner Frau völlig gelähmt und geriet jetzt beim Anblick seiner kleinen Tochter vor Freude außer sich. Wie immer redete er mit Sheila in der Kindersprache.

»Hab dich reinkommen hören«, sagte er. »Warst du weg?«

»Ja. Wir gehen jetzt nach oben.«

»Geht, wohin ihr wollt, mein Liebling, geht, wohin ihr wollt, sage ich.« Von einer Erinnerung übermannt zog Mr. Beaker seinen Kopf ein; er ergriff die Lehne seines Sessels und drehte sich mit seinem Körper zum Fenster. »Mir ist, als ob ich vor einer Minute eine Kutsche gehört hätte. Da war doch eine Kutsche, oder nicht?«

»Ja, da war eine, sie ist aber weggefahren.«

»So. Weggefahren?« Er grunzte von neuem. Als ob eine Kinderhand sich beruhigend auf seine Stirn gelegt hätte, gab er sich zufrieden. Nun kam auch die Ursache seiner Beunruhigung zum Vorschein. »Ich dachte, es sei Besuch.«

»Aber, Papa!«

»Man kann nie wissen, weißt du.« Schließlich hatte er schon einiges erlebt.

»Aber, Papa, unsere Bekannten würden doch im Auto kommen!«

»Da hast du recht.« Er starrte sie lange an. Sie konnte sich bei ihm einiges herausnehmen.

»Wir gehen jetzt nach oben.«

»Wohin ihr wollt, mein Liebling. Bekomme ich einen Kuß?«

Sie küßte ihn.

Mr. Beaker hatte kaum mehr als eine Minute beansprucht.

Der eine der Beaker-Kästen war unter der Flurgarderobe verstaut, bedeckt von nicht mehr getragenen Mänteln; neben ihm hing der große, gleichmäßig verbeulte Blechgong. Der Kasten enthielt zwei verfärbte Billardkugeln und eine Pfeife. Der zweite stand auf einem anderen Flur, unter einem Tisch, der mit einem großen Tuch bedeckt und mit orientalischen Farnen geschmückt war. Dieser Kasten war leer. Beide Exemplare kamen den Anforderungen, die an sie gestellt wurden, sehr nahe. Die Mädchen stürmten die Treppe hinauf.

Sheikies Zimmer war sicher das schönste in ganz Southstone – wahrscheinlich in England, wenn nicht gar in der Welt. Unter der Zimmerdecke flatterten Schwalben mit rosa Blüten im Schnabel. Der kleine Toilettentisch mit einem Boxhandschuh (einer Trophäe) über dem kleinen Spiegel war mit liebevoll gewaschenen Volants verkleidet. Frisch lackierte Möbel schimmerten wie Elfenbein. In dem Schrank sah man plissierte Tanzkleider in Zellophanhüllen, Ballettschuhe in allen Farben und regenbogenfarbene Tanzschals. Daß diese Sachen mit der Winteruniform der Schule, groben Röcken, Turnschuhen und Hockeyschlägern (wie sie jedes Mädchen hatte) zusammen aufbewahrt wurden, machte den Raum zu einem kleinen Tempel, zu einem besonders merkwürdigen. An einer Schnur über den Pfosten des kleinen Bettes hingen Kastagnetten. Der Teddybär auf dem Kopfkissen trug eine große Schleife. Ein Tambourin hatte das unruhige Aussehen eines Gegenstandes, der ständig seinen Standort wechselt. Auf dem Kaminsims stand eine signierte Photographie (wie kam sie daran?) von Pauline Chase, wie sie als Peter Pan zum Fenster hereinfliegt, und ein unsigniertes Photo von Suzanne Lenglen, dem Tennis-Wunderkind; außerdem drei Photos von Sheila, eins mit Flügeln, eins als Bacchantin und eins in einer Mantilla.

Sie sammelte auch Warenproben; mit Luchsaugen verfolgte sie alles, was die Firmen anboten. Patentnahrungsmittel in Miniaturpackungen, winzige, aber stark duftende Seifenstücke, Cremes in kleinen Schächtelchen, Salben oder Zahnpasten und alles, was aus Miniaturtuben gequetscht werden konnte, Gewürze oder Wässerchen in Flaschen, die so klein waren, daß man sie hätte verschlucken können. Die Sammlung war auf dem Schreibtisch und der Ausziehklappe (an der sie so gut wie nie saß) zur Schau gestellt. Verstümmelt lagen die Magazine, aus denen sie die Gutscheine ausgeschnitten hatte, auf den krausen Kissen der Fensterbank gestapelt.

Hier im Zimmer betrachtete Sheikie ihre Freundinnen auf einmal kritisch. »Warum steckst du deine Bluse nicht in den Rock?« fragte sie Mumbo, die sich auf die Magazine gestürzt hatte und darin mit starren Blicken blätterte. Sie pfiff vor sich hin, und als Antwort auf Sheilas Frage steckte sie abwesend einen Teil der Bluse in den Rock, kümmerte sich aber in

Wirklichkeit um nichts. Nur Sheikies Schwalben schienen sie zu stören. »Sie fliegen heute niedriger. Sieht nach Sturm aus.«
»Besten Dank!«
Clares Blick wanderte von den Schwalben zu Sheikies Taille; sie wurde nachdenklich. »Wo legen wir die Kette hin, wenn du sie los bist?«
»Macht sie mir erst mal ab! Ich bin schon ganz wund.«
Untersuchung. Man brauchte eine Schere. »In meinem Handarbeitskorb!« schnaubte sie wütend.
»Hier ist kein Handarbeitskorb.«
»Doch!«
Tatsächlich besaß sie einen solchen Korb, er war innen grob mit roter Seide gefüttert. Schlaufen für Fingerhüte usw. – Fingerhüte steckten fest in den Schlaufen. Großer Gott ...
»Du hast nie gesagt ...«, sagte Dicey, als sie den Korb gefunden hatte. Nachdem sie sich vergewissert hatte, daß der Floh weg war (er war irgendwoanders abgestiegen), war sie wieder ganz im Bilde, ja sogar im Vordergrund der Szene. Der Floh fuhr jetzt vermutlich in der Kutsche zurück nach Southstone. Sie ertrug ihr Schicksal mit bewundernswerter Fassung, angesichts der beträchtlichen Stiche, die ihr der Floh beigebracht hatte. Geistesabwesend kratzte sie sich und kommandierte: »In diesen netten Kasten da!«
»Welchen?«
»Dem auf dem Flur. Er hat, glaub' ich, mehr Beschläge.«
Die Schere durchschnitt den widerspenstigen Knoten des Bandes. Geräuschvoll fiel die Kette auf den Teppich. Sie wurde die Treppe hinuntergebracht und in den Kasten gelegt, der dadurch zu *dem* Kasten wurde. Sogar Clare sagte nichts mehr. Das Haus mit dem reglosen Mann unten war verdächtig ruhig. Als sie wieder nach oben gingen, sagte Dicey: »Ich nehme an, dein Vater würde ihn dir auch geben, ohne daß du ihn fragst?«
»Ich hab's dir doch gesagt.«
»Ja. Du kannst ihm ja noch einen Kuß geben.«

Diese Stunde in Ravenswood Gardens sollte sich als verhängnisvoll erweisen. Alles war in der ersten Etappe nach Sheikies Willen gegangen; nun wurde eine zweite nötig. Als ihre Freundinnen auf dem Weg zur Bushaltestelle waren (es gab keine andere Möglichkeit, nach Hause zu kommen), war eine Ergänzung zu dem ursprünglichen Plan angenommen worden. Bevor der Kasten vergraben wurde, sollte jeder einen Gegenstand hineintun, von dem die andern nichts erfuhren.

»Was glaubst du, möchte sie hineintun?« fragte Dicey, als sie an der Bushaltestelle warteten. Clare hatte ihre gedankenvolle Miene aufgesetzt und weigerte sich zu antworten.

»Wenn eins meiner Kätzchen eingeht, könnte ich das hineintun? Ich hoffe, das passiert nicht.«

»Red' nicht, mir kannst du nichts erzählen.«

»Du glaubst also, dieses Extrageheimnis ist gut, Mumbo?«

»Es ist eine Idee.«

»Ich glaub', es ist eine gute Idee. Wir werden sehen.«

»Nein.« Clare drehte sich um und starrte angestrengt die Straße hinunter, ob nicht ein Bus kam. Aber keiner kam.

Dicht bei der Bushaltestelle lag hinter einer Hecke ein Garten. Der Taxus, gerade aufgeblüht, war heute geschnitten worden – vielleicht zu grausam? Er verströmte einen frischen, aber wunden Duft. In der Nähe stand auch ein dunkelroter Briefkasten. Dicey lehnte sich dagegen und fragte:

»Warum nicht?«

»Weil das die Idee ist. Wir werden es nie erfahren.«

In den nächsten Tagen geschah äußerlich wenig. Dicey widmete ihre Abende dem Vetter Roland, Mumbo arbeitete eifrig an der unbekannten Sprache und war für niemanden zu sprechen.

Sheikie ging zum Rollschuhplatz und drehte dort Runde um Runde. Jeder konnte glauben, sie hätten sich verkracht. Im Pavillon auf der Landungsbrücke begannen die sommerlichen Abendkonzerte; der Pavillon schien sich wie eine erleuchtete Spieldose im Glanz der immer dunkler werdenden violetten See zu bewundern. Weiter oberhalb tauchten die Lampenketten entlang der Promenade alles in ein geisterhaftes Licht: die Spaziergänger, die festlich gekleidet aus den großen Hotels kamen, unwirklich leuchtende Blumenkörbe mit rosa Geranien und die zierlichen Balkongitter, von denen sie herabhingen. Wichtig war, daß zu dieser Zeit St. Agatha am Fuß des Hügels völlig im Dunkeln lag. Dicey war es aufgetragen worden, sich davon zu überzeugen; sie begleitete Mutter und Vetter auf einem ihrer spätabendlichen Spaziergänge, am letzten Tag, den der Vetter bei ihnen verbrachte. Es gehörte zu dem festlichen Anlaß, daß ein Taxi die drei von Haus Feverel zur Promenade brachte; ›wie ein Schiffsdeck‹ sagte Vetter Roland und blickte auf und nieder. Sein Freund war mit der Titanic untergegangen. Sie gingen zum Geländer hinüber, um in die Dunkelheit hinabzustarren (es waren die Promenadenlampen, die die Finsternis bewirkten); nur die Landungsbrücke unten war noch zu sehen. Das heraufdringende Klopfen – war das die Musik? Dicey fühlte sich einsam und steckte eine Hand in die Tasche des Staubmantels ihrer Mutter. Sie schlossen sich den Spaziergängern an, beteiligten sich aber nicht am Gelächter, das vom Schweigen der Nacht verschluckt wurde. Als sie das Ende der Promenade erreichten, kehrten sie um und kamen zurück. Dann stiegen sie einige Marmorstufen hinauf, die zum Palmengarten des Grand Hotels führten und nahmen dort Platz. Über ihnen hing ein großer Leuchter. »Du siehst reizend aus, aber schäbig«, sagte Vetter Roland und sah Mrs. Piggott mit den Augen seines Onkels an. »Ich weiß«, antwortete sie. Die beiden tranken ein Glas Weißwein; man konnte nicht sehen, wieviel noch in der Flasche war. Für Dicey wurde eisgekühlte Limonade mit zwei Strohhalmen gebracht. Das zusammenhanglose Gespräch sprang auf Pläne für den Spätsommer über. Als Dicey ihr Glas leergesaugt hatte, verließ sie die beiden und ging die Marmorstufen hinab ins Freie. Dieses wirklich prächtige Grand Hotel stand am Ende der Promenade, an der auch St. Agatha lag. Sie kletterte auf eine Stange des waagrechten Geländers, beugte sich mit dem Bauch vornüber und suchte rings herum und in dem Abgrund, wo die Schule sein mußte, nach Lichtern. Nichts als Abgrund war zu sehen ...

Am nächsten Morgen erstattete sie Bericht.

Clare sagte bloß: »Sie waren alle auf einem Ball.«

»Miss Bruce und Miss Kinmate und Mademoiselle und die Schwester und Miss Coots-Wray und – die Köchin – und?«

»Ich meine, vielleicht war es nur ein Zufall, daß gestern abend alles dunkel war.«

»Ich habe jedenfalls nichts gesehen.«

»Miss Ardingfay«, ließ Sheikie sich vernehmen, »hat einen heimlichen Liebhaber. Sie liebt ihn.« Sie kicherte.

»Dann sieh du doch selbst das nächste Mal nach, Mumbo!«

»Ich und auf der dämlichen Promenade rumspionieren? Und wann vielleicht? Meine Mutter geht nicht ins Grand Hotel. Außerdem ist keine Nacht sicher. Wir müssen es dem Zufall überlassen.«

Bereits am Freitag enthielt ein sonst leeres Gewächshaus auf halber Höhe im Garten von St. Agatha die Truhe. In Zeitungspapier eingeschlagen und mit einem Springseil umwikkelt, war sie während der Teepause von Cuth Barnes, einem Faktotum von Aubrey Artworth & Co., dorthintransportiert worden, in der Annahme, es sei ein Frettchenkäfig, ein allerdings besonders schwerer. Das heimliche Halten von Frettchen und, mehr noch, Mädchenschulen waren Vorstellungen, die Cuth Barnes heftig und seltsam erregten; er war in der Tat ein geeigneter Mittelsmann. Allgemein nicht besonders geschätzt, war er doch Besitzer eines Motorrades. Obwohl er im Begriff war, Buchhalter zu werden, sah er von Natur so aus, wie auszusehen man ihm empfohlen hatte: wie jemand, der etwas am Hintereingang abliefert. Anonym, ohne Murren und – was am besten war – unbehelligt, schleppte er seine Bürde hinter St. Agatha bergauf und stellte sie an der vorgesehenen Stelle ab. Das Gewächshaus, eins von mehreren, trug an der Klinke Sheikies rosa gepunktetes Taschentuch, mit einem S quer über eine Ecke. Cuth Barnes nahm das Taschentuch an sich – ob aus ritterlicher Liebe, Fetischismus oder mit dem Gedanken an Erpressung, wer kann das sagen? Er sicher nicht. Ehe er wegging, gönnte er sich noch einen Blick ins Fenster des Eßsaals. In langen Reihen schmatzend oder bedrohlich mit vollem Mund aufeinander einredend, waren die Schülerinnen von St. Agatha zu dieser Stunde nicht dazu angetan, erotische Gefühle zu wecken. Er griff sich sein Motorrad und fuhr los. »Hoffentlich war das der Klempner«, sagte Miss Kinmate. Im Lehrerwaschraum war eine dringende Reparatur fällig.

Clare hatte man über diese Transaktion im dunkeln gelassen. Sie würde es später erfahren, man hielt das für besser. Auf jeden Fall war sie als mögliche Geheimnisverräterin ausgeschaltet. Sobald sie konnte, rannte sie nach sechs Uhr nach Hause und vertiefte sich unter einem exotischen Baum ganz hinten im Garten des Hauses, das die Familie Burkin-Jones im Augenblick bewohnte, in ihre Syntaxarbeit. Dieses Haus stand ziemlich tief landeinwärts in einem Tal, in das die Hügel des Truppenübungsplatzes hineinragten. Es hieß Virginia Lodge und sah alt genug für einen Dauerwohnsitz aus. Der wilde Wein, der dem Haus den Namen gab, umrankte die Veranda, auf die Balkontüren führten; sie standen an diesem Abend offen. Über den Fenstern, vom Wein gestreift, waren Giebel, jeder mit einer dunkelgrünen Eisenspitze darüber. Seitdem es die Garnison gab, hatte dies Haus nur eine Funktion erfüllt, nämlich möbliert an verheiratete Offiziere vermietet zu werden. Vorteilhaft für Kinder, günstig für Geselligkeiten, hatte es sich angenehm, wenn auch nur matt der Erinnerung vieler Regimenter eingeprägt. Für die Burkin-Jones war es ein wenig zu groß, ausgenommen, wenn ihr Sohn in den Ferien nach Hause kam und gewöhnlich ein oder zwei Freunde mitbrachte, meistens Jungen, deren Väter im Ausland stationiert waren. Er war ihr ältester und jetzt ihr einziger Sohn. Das Malheur war, daß der arme Junge sehr schlechte Augen und deshalb keine Aussicht hatte, Offizier zu werden. Der andere, begabt und vielversprechend, war in England an Meningitis gestorben, während die Eltern in Indien waren.

Der flach wie ein Teppich auf der Talsohle hingebreitete kunstlose Garten war (genau wie die Innenräume) korrekt, wenn auch etwas phantasielos angelegt worden. Zierbäume, verschiedene Sträucher und einige Pampa-Büschel standen auf dem Rasen. Als Clare sich mit ihren zwei Übungsbüchern (rot = Grammatik, gelb = Vokabeln) in einer Art Versteck niederließ, hatte nichts darauf hingedeutet, daß jemand in der Nähe war. Aber Mrs. Burkin-Jones, die das Zeug zu einer Gärtnerin in sich verspürte, hatte dieses Jahr neue Blumen in den Beeten gesät, und an diesem Abend wollte sie sich um sie kümmern. In schwarzen Sandalen, die denen ihrer Tochter ähnelten, nur daß sie entsprechend größer waren, ging sie eifrig mit einer Gießkanne durch den Garten. Obwohl der Abend warm und ruhig war, hing eine leichte Dunstschicht über dem Tal; ihr seit dem letzten Sommer nicht mehr gewaschener, aber dennoch sauberer Rock schimmerte eigenartig, wenn er sich durch Clares Gesichtskreis bewegte. Erst als Mrs. Burkin-Jones das Beet dem exotischen Baum gegenüber erreichte, merkte sie, daß Clare in der Nähe war. Ob sie vielleicht lieber allein war? Die Einsamkeit gab ihr Gelegenheit zum Nachdenken. Jedoch …

»Hausaufgaben?« rief sie fröhlich hinüber. »Daß ihr immer so viel aufkriegt!«

Clare kaute an ihrem Bleistift und beschränkte sich darauf, Unverständliches zu murmeln. »Heb' wenigstens den Kopf, wenn du mit mir sprichst!« rief die Mutter. Das Kind sah auf und machte ein böses Gesicht.

»Die Kapuzinerkresse wächst nicht besonders.« Die Gießkanne war immer leichter geworden; plötzlich erwies sie sich als gänzlich leer. Wie man sie auch drehte und wendete, es tröpfelte kaum noch. Mrs. Burkin-Jones schüttelte die letzten Tropfen auf die Sorgenkinder – das war mehr, als sie verdienten. Dann setzte sie die Kanne ab, sah zum Haus und wartete; wie mit dem Gongschlag kam der Bursche ihres Mannes heraus und brachte eine neue Kanne von genau der gleichen Größe, bis an den Rand gefüllt. Die Kannen wurden ausgetauscht. »Ob sie hier zu sehr im Schatten stehen?« grübelte sie laut. »Ich weiß nicht, sie müßten eigentlich besser wachsen.«

»Ich hasse diese Kapuzinerkresse.«

»Du kannst eine Blume nicht hassen. Niemand haßt Blumen.«

Doch bevor sie mit der Kanne weiterging, hielt Mrs. Burkin-Jones inne. Sollte Clare etwa zu viel mit dem Kopf arbeiten? Sie sah sie an. »Versuch mal, nicht so krumm zu sitzen beim Schreiben. Würde es nicht an einem Tisch besser gehen? Tun dir nicht manchmal die Augen weh?« fragte sie mit der angebrachten Kühle.

»Nein.«

»Nein, was?«

»Nein, danke, Mutter.«

»Da fällt mir ein, du mußt zum Zahnarzt.«

Weiter unten in dem Blumenbeet leuchteten Mrs. Burkin-Jones' üppige Stiefmütterchen. Freigiebig begoß sie die Blumen; es war das hübscheste Blau im Garten. Alles war früh diesen Sommer, bis auf die Kapuzinerkresse. »Möchtest du morgen die anderen Mädchen zum Tee einladen?«

»Warum?«

»Morgen ist Sonnabend.«

Gemeinplätze dieses Kalibers hatten Clares Mutter schon über manchen Szenenwechsel hinweggeholfen. Während sie sprach, entdeckte sie mitten in den Stiefmütterchen ein Büschel Kreuzkraut. Sie setzte die Kanne ab, raffte mit der linken Hand den Rock hoch, trat mit dem rechten Fuß tief ins Beet und bückte sich, um den Eindringling auszureißen.

Als das erledigt war, richtete sie sich wieder auf und fuhr fort: »Du bist doch sicher mit einer Einladung an der Reihe?«

»Es geht nicht der Reihe nach.«

Clare schien mehr als nur halb abwesend zu sein. Sie blickte verstohlen seitwärts, den Garten hinauf, an den Pampas und Sträuchern vorbei. Für einen winzigen Augenblick ruhten ihre Augen auf der Veranda, dann sah sie wieder vor sich hin.

»Ganz bestimmt nicht, Mutter«, fügte sie hinzu.

»Ich finde, du solltest sie einladen. Ich möchte, daß du sie einlädst, entweder diesen oder nächsten Sonnabend. Es geht nicht, daß ihr immerzu in Haus Feverel seid oder meinetwegen bei Mr. und Mrs. Beaker, wo immer die auch wohnen.«

»Ich kann sie hier nicht gebrauchen, ich hab' zu tun.«

Niemand schien ihr zuzuhören.

»Außerdem hab' ich sie satt.«

Mrs. Burkin-Jones war nicht besonders groß, aber dennoch eine stattliche Erscheinung. Auf eine gewisse Art war sie die ideale Verkörperung eines Charakters. Ihre graublauen Augen strahlten vor Ehrlichkeit; das rötliche, wettergegerbte Gesicht ließ sie besonders leuchtend und klar erscheinen. Ihre Stirn hatte etwas Furchtloses. Sie drehte sich um und betrachtete Clare (bevor sie sich umdrehte, hatte sie eine Pause gemacht). Dann sagte sie: »Wie kann man so über Freundinnen reden!«

Clare war erschrocken.

»Vielleicht sind sie nicht besonders begabt, obwohl Diana ein sehr gutes Benehmen hat (ich wollte, deines wäre manchmal besser), wie übrigens alle Piggotts, und Sheila sehr energisch ist. Aber darauf kommt es nicht an, darüber sprechen wir nicht. Es sind deine Freundinnen. So etwas darfst du nie wieder sagen, hast du verstanden?«

Clare war damit beschäftigt, ihren Bleistift mit der Spitze in den Erdboden zu bohren.

»Was machst du mit deinem Bleistift?«
»Nichts«, sagte Clare und hörte auf zu bohren.
»Kein Wunder, daß du nie etwas zum Schreiben hast«, bemerkte Mrs. Burkin-Jones, aber sie bemerkte es nur. Sie hatte gesagt, was zu sagen war. Es war vorüber. Da ihre Stimme niemals leidenschaftlich wurde, blieb kein Nachklang, als sie aufhörte zu sprechen. Sie wußte, warum sie das tun mußte; sie wollte ihre Tochter nicht durch Hartnäckigkeit erziehen. Sie schwang die Gießkanne von neuem, gleichmäßig, mit ausgestrecktem Arm. »Ärgerlich so etwas«, sagte sie zu Clare wie zu einer Gleichaltrigen, »die Ohrwürmer sind schon wieder in der Winde; sie laufen sogar schon über die Liegestühle. Die meisten Leute mögen sie nicht.«
»Ach«, sagte das Mädchen verdutzt.
»Ob dein Vater schon zurück ist?«
»Ich glaube. Ich hab' ihn gesehen.«
»Eben? Wo?«
»Am Wohnzimmerfenster.«
»Kam er, oder ging er?«
»Er stand.«
Diese Angewohnheit von Major Burkin-Jones irritierte seine Frau oft, seine Tochter nie. Sie rührte nicht von einer Ziellosigkeit her, sondern aus der überraschenden Tatsache, daß ihm nur gelegentlich plötzlich bewußt wurde, wo er sich befand.
Clare packte ihre Bücher zusammen und schlug die Beine auseinander. Ihre Mutter fragte: »Gehst du hinein?«
Clare ging zuerst, dann lief sie. Sie betrat Virginia Lodge nicht durch die Hauptveranda, sondern auf dem Umweg über die Küchenveranda. Der lange, gekachelte und gescheuerte Gang, erwärmt durch die Küche, hatte an seinem äußersten Ende eine Schwingtür. Clare ging durch diese Tür und lief ihrem Vater in die Arme, der wieder stand, diesmal in der Diele. Hinter ihm sah man durch eine andere Tür den für acht Personen gedeckten Tisch. »Guten Abend«, sagte er.
»Viel zu tun?«

»Ja«, erwiderte sie heftig.
»Du bist tüchtiger als ich, Gunga Din. Wie geht's den Freundinnen?«
»Danke, gut.«
Das gelbe und das rote Buch in ihren glatten Umschlägen rutschten unter ihrem Arm heraus; sie schob sie wieder zurück. Er warf einen Blick auf die Bücher: »Hausaufgaben?«
»Nein.« Sie betrachtete ihn von oben bis unten, als ob sie ihn zum erstenmal sähe, und sagte: »Eine unbekannte Sprache.«
»Kriege ich einen Brief darin?«
»Würdest du nicht verstehen.«
»Woher weißt du das?«
Clare zog sich wieder zurück, entschiedener als zuvor, um sich ganz der unbekannten Sprache zu widmen. Sie ging in einen keilförmigen Abstellraum unter einem der Giebel. Durch Luken im Dach drang Tageslicht herein; wenn es dunkel wurde, mußte sie aufhören. Sie hätte sich unten Kerzen suchen können, aber von dort hallte Stimmengewirr herauf und, was schlimmer war, Gelächter.

6

»Womit hast du es geschrieben?«
»Mit Blut.«
»In Ordnung.«
»Es hätte Blut von uns allen sein müssen, das ist üblich.«
»Ihr wart nicht da.«
Die Versammlung fand im Dunkeln inmitten einer der dickeren Hecken im Garten von St. Agatha statt. Sie hielten nach unten gerichtete Taschenlampen in den Händen; dennoch drang ab und zu ein Lichtstrahl nach außen. Alles war fertig: aus der frisch gegrabenen Grube dampfte die rauhe, kreidige Erde, die Hände, die die Taschenlampen hielten, waren voller

Blasen. Sie wußten, daß neben der Grube die offene Truhe stand, sie sahen sie kaum deutlicher als sich selbst. Die Worte klangen nächtlich hohl. Als sie die Außenwelt verlassen hatten, war sie ihnen eher ausgelöscht erschienen als schon ganz dunkel. Auf den Rand des Hügels hätte ein Aschenregen heruntergegangen sein können, so sah es aus, als sie zum letztenmal hinschauten. Die stahlblaue See hatte sich noch nicht ganz mit dem Himmel vermählt; noch drang ein Lichtschein durch die Fenster des leeren Gewächshauses, als sie die Tür zum letztenmal schlossen und sich noch einmal umsahen. Bis zum letzten ihrer schwerbeladenen Wege hierher hatten sie noch etwas sehen können. Den Geheimeingang im Gebüsch hatten sie hinter sich verschlossen, indem sie Zweige zusammenflochten. Hier drinnen herrschte schwärzeste Finsternis.

»Los!«

Man konnte hören, wie eine Papierrolle aufgerollt wurde.

»Los doch!«

»Taschenlampe!« kam das Kommando.

Zwei Taschenlampen warfen ihren Lichtstrahl auf das Geschriebene. In Southstone konzertierte ein berühmter Cellovirtuose; jedermann war jetzt dort und lauschte ihm. St. Agatha *war* verlassen, es sah nicht nur so aus. Und auch Haus Feverel, Virginia Lodge und Ravenswood Gardens Nr. 9 waren menschenleer. Beim Fortgehen hatten die Konzertbesucher nur das übliche ›Seid schön artig!‹ gesagt, nicht einmal auf eine Antwort gewartet. Keine Lüge brauchte ausgesprochen zu werden.

»Fertig?«

Das nonnenhafte Gesicht der Lesenden war über der erleuchteten Schriftrolle wie eine Maske zu erkennen. Die Lippen öffneten sich, und nacheinander formten sich langsam tönende, fremdartige Silben. Kein Echo warf sie zurück, sie hingen bleiern im Gebüsch. Jemand stieß gegen einen niedrigen Baum; ein Tennisball fiel zu Boden. Die Lesende unterbrach sich. Der Ball floh aufgeregt das abschüssige Gelände hinab. Nichts bewegte sich, nicht einmal die Taschenlampe. Der Ball landete mit dumpfem Plumpsen unten auf dem Croquetrasen.

Die Lesende fragte: »Soll ich weiterlesen?«

»Hast du das frei erfunden?«

»Ich habe es erfunden.«

»Aber kannst du dein eigenes Blut lesen?«

Die Zitternde versuchte ihr Zittern zu unterdrücken und fragte: »Und woher wissen wir, daß wir dies hier gesagt haben?«

»Soll es eine unbekannte Sprache sein oder nicht?«

»Nein.«

»Gut. Lampen aus.«

Das geschah. Unsichtbar geworden, sprach sie:

»Wir sind tot und alle unsere Väter und Mütter auch. Der du dies findest, nimm dich in acht. Dies sind unsere kostbaren Schätze, und dies ist unsere Leine. Sie haben uns nicht getötet, aber sie können dich töten. Hier sind auch Knochen. Du brauchst nicht anzunehmen, daß es unsere sind, aber sieh dich vor! Kein Wunder, daß du so verwirrt bist. Herzliche Grüße von denen, die diese Truhe vergraben haben.«

Dem Schweigen folgte eine zögernd fragende Stimme:

»Haben wir das wirklich gesagt?«

»Ja.«

»Herzliche Grüße – stimmt das?«

»Es ist ironisch.«

Der Baum zitterte von neuem, enthielt aber keinen weiteren Tennisball, denn diesmal fiel nichts zu Boden. »Sie würden sich darüber noch mehr wundern, wenn es nicht alles in der unbekannten Sprache wäre; sie würden es überhaupt nicht verstehen.«

»Wahrscheinlich, aber wir haben es so abgemacht.«

»Ja. Und vielleicht ist es dann auch egal, vielleicht haben sie überhaupt keine Sprache mehr.«

»Wann tun wir die Sachen in die Truhe?«

»Jetzt. Los!«

»Wann legen wir unser geheimes Stück rein?«
»Zuerst.«
»Jetzt? Dann muß es dunkel bleiben. Keiner darf was hören. Ihr müßt euch die Ohren zuhalten.«
Als sie zum dritten- und letztenmal aufgehört hatten, sich die Ohren zuzuhalten, konnte man deutlich ein kräftiges, erlöstes Seufzen hören. Jedem der drei entströmend, schien es eine allgemeine Stimmung auszudrücken, fast eine Klage. In der Dunkelheit unnötig fest verschlossene Augen wurden wieder geöffnet. Die Strahlen der Taschenlampe, wieder zum Leben erweckt, fielen auf den Kasten; am Rande der Grube wurde noch etwas Kies mitbeleuchtet, außerdem glitzernde Kettenglieder, eine glänzende Tiara aus einer Spielzeugkiste, ein Spaten, an dem noch Erde klebte, und ein Stück Wirbelsäule von einem größeren Säugetier. Eine der Taschenlampen leuchtete die Grube ringsherum ab; ihre Trägerin fragte: »Sollen wir den Kasten nicht lieber jetzt hineintun? Wenn wir ihn ganz voll machen, ist er zu schwer.«
»Nein, wenn er einmal drin ist, kommen wir nicht mehr ran.«
»Wir brauchen die Sachen bloß reinzuschmeißen.«
»Alle?«
»Wie?«
»Wir versiegeln ihn.«
»Versiegeln?«
»Das haben wir ausgemacht.«
»So?« fragte die kühlste Stimme, nicht sonderlich betroffen.
»Wirklich? Wir versiegeln ihn? Womit?«
»Mit Wachs. Mit rotem Wachs.«
»Und mit einem Petschaft.«
»Petschaft! Wir nehmen unsere Daumen!«
»Warum die Daumen?«
»Damit wir Abdrücke hinterlassen.«
»Das tut weh«, sagte eine Stimme aus der Grube (sie war hinuntergestiegen, zehn Zentimeter tiefer als der Kasten),

»das tut weh!«
»Wenn man den Daumen anleckt, nicht.«
»Ich nehme jedenfalls *meinen* Daumen nicht.«
»Glaubst du, das schadet dir, Dicey?«
»Ich nehme meinen Daumen *nicht!*«

7

Am Tag nachdem in St. Agatha die Sommerferien begonnen hatten, fand zu Ehren von Olives Geburtstag das von den Pococks veranstaltete Picknick statt. Der Schauplatz war Wanchurch, bekannt für seinen breiten Strand unterhalb des grasbewachsenen Deiches, der das Marschland schützte. Wegen der Wahl dieses Ortes schätzten alle eingeladenen Kinder die Pococks besonders. Jetzt, da der lange Sommer fast halb vorüber war, hatte man den steinigen Strand satt. In Wanchurch, dem Ort mit dem grausigen Namen, wuchsen Stranddisteln und sogar gelber Mohn; vor allem war man unter sich. Die beträchtliche Entfernung von Southstone (15 km) machte das Unternehmen zu einem größeren Ausflug. Die umsichtigen Pococks hatten, was für einige Gäste ein Problem gewesen wäre, dadurch gelöst, daß sie einen kleinen Ausflugsbus gemietet hatten, ein offenes Gefährt, das jedoch mit einem Verdeck geschlossen werden konnte, wenn es regnete. Das Juliwetter hatte Anlaß zu einiger, wenn auch nicht ungewöhnlicher Besorgnis gegeben. Um sicher zu gehen, bat man die Kinder, Regenmäntel mitzubringen, in der Hoffnung, daß sie sie nicht brauchen würden. Auch Decken zum Draufsitzen sollten sie mitbringen; für alles andere sorgten die Pococks selbst.

›Das Pocock-Picknick, das Pocock-Picknick‹ – das klang wie ein Stabreim, oder wie eine Litanei, die im Klassenzimmer der IVa gesungen wurde, während die Schultage träge dahingingen und das Wetter alle zum Narren hielt. Alle Mädchen der IVa waren natürlich eingeladen.

Nicht alle kamen in dem Ausflugsbus. Zwei oder drei Familien aus dem Marschland, die zur weitläufigen Bekanntschaft der Pococks gehörten, kamen mit dem Fahrrad oder in Pony-Kutschen. Die Pococks – mit Ausnahme von Olive, die wie eine Königin inmitten ihrer Schulkameradinnen anreiste – kamen mit ihrem großen Auto und brachten große und kleine mit Servietten bedeckte Körbe mit, Kuchenschachteln, bis zum Bersten gefüllte und fest verschnürte Pakete usw. Aubrey Artworth lieh sich Cuths Motorrad aus und setzte Sheikie in Wanchurch ab, um danach irgendwoandershin zu verschwinden. Mrs. Piggott, eine der wenigen eingeladenen Mütter, fuhr stolz im Ausflugsbus mit. Um das Picknick in Grenzen zu halten, war beschlossen worden, Eltern möglichst auszuschließen. Die anwesenden Mütter waren zumeist alte Familienfreunde, mit Ausnahme von Mrs. Piggott, von der Mrs. Pocock fand, sie sehe oft traurig aus.

Mrs. Pocock pflegte zu sagen: »Ich möchte sie gern näher kennenlernen.« Hier war eine Gelegenheit.

Drei oder vier beliebte Väter waren da, und ein Onkel, der von seiner Nichte als lustig bezeichnet worden war. Alle waren sie Zivilisten. Leider war es sehr unwahrscheinlich, daß Clare Burkin-Jones' Vater sich der Gesellschaft anschließen würde. »Ganz ehrlich, es besteht wenig Hoffnung, daß er kommt«, sagte seine Tochter feierlich. Was die kleinen Jungen anging, so waren sie in der Minderheit; die meisten von ihnen waren Brüder der Mädchen. St. Swithin war durch eine kleine, nicht besonders ansehnliche Abordnung vertreten. Olive hatte Trevor Artworth, den sie bei Sheila getroffen hatte, galant mit eingeladen. Sein großer Bruder hatte ihn von Cuths Motorrad weggescheucht (»glaubst du, das ist ein Bus?«), und so mußte er zusehen, daß er in dem Ausflugsbus Platz fand, in den er sich denn auch erst in letzter Minute glücklich hineinquetschte.

Alle Motorfahrzeuge wurden auf der Landseite des Deiches geparkt; sie blieben dort für den Rest des Nachmittags stehen. Als der Ausflugsbus in Wanchurch ankam, liefen die

Pococks wie vornehme, menschenähnliche Ameisen immer noch geschäftig mit großen Körben hin und her. Die Kinder sprangen aus dem Wagen, liefen schreiend den Deich hinunter, verstummten aber unten und sahen sich nachdenklich in der Weite um, die sie plötzlich umgab. Mrs. Piggott in ihrem Khaki-Staubmantel hatte ihren Hut mit einem seidenen Autoschleier befestigt und kletterte die Landseite des Deiches zwischen all den Kindern hoch, ihrer Tochter auf den Fersen folgend. Als sie oben angekommen war, erfaßte der Wind die Enden ihres violetten Schleiers und ließ ihn gegen einen Himmel flattern, der so hellgrau war, daß er selbst ein Schleier über hellem Weiß hätte sein können. Für eine Minute stand sie unbeweglich da und sah wie eine Wetterfahne auf den Strand hinunter, lächelnd bei dem Gedanken an das bevorstehende Vergnügen. Sie war wie ein erstes Anzeichen dafür, daß der Wind stärker werden würde. – Der Onkel spielte mit großem Eifer französisches Cricket und feuerte eine Reihe von Kindern zur Nachahmung an. Zwar war der Sand locker und pulverfein (er türmte sich am Fuß des Deiches zu kleinen Sandbänken auf), knirschte aber glatt und fest unter den Füßen. Die Kleineren, die die Anreise durch ihre vielen Eimer und Spaten kompliziert hatten, fingen mit scheinbar sinnloser Begeisterung an zu graben. Einige Ausreißer, zu denen Dicey gehörte, wateten barfuß ins Meer; die Mädchen stopften ihre gestärkten Röcke in die Höschen aus gleichem Stoff. Wie weit man auch watete, das Meer reichte einem nie weiter als bis zu den Knien. Es rann dünn über den flachen Sand und war so warm wie im Juni, wärmer als die Luft.

Aber ob die Kessel kochen würden? Oben auf dem Lagerplatz zwischen den Sanddünen, über die schon Decken gebreitet waren und auf denen Dutzende von Tassen wacklig standen, ertönte helles, erregtes Erwachsenengelächter. Die blauen Flammen kleiner Spirituskocher flackerten schräg, flach und fast erlöschend; die darüber thronenden Kessel schienen kaum zu bemerken, daß da überhaupt Flammen waren – vielleicht wäre ein Treibholzfeuer doch besser gewesen. Väter knieten wie Kamele nieder und bildeten sonderbare Figuren, indem sie ihre weit offengehaltenen Mäntel schützend vor den Flammen ausbreiteten. Mütter packten eifrig und sorgsam kleine Kuchenstücke und mit Büchsenfleisch belegte Brote aus oder schnitten Honigkuchen in Scheiben – so als ob es nichts Besonderes sei. Mrs. Pocock, ängstlich von Olive beobachtet, balancierte den Geburtstagskuchen auf die silberne Kuchenplatte.

»Ob auch kein Sand drauf weht?« fragte Olive, ohne daß jemand sie hörte. Sie strich ihr glänzendes, dunkles Haar zurück, das sie heute lang herabwallend trug, und beugte sich über den Kuchen, um ihren Namen darauf zu lesen.

In den Kesseln begann es zu summen. Köpfe drehten sich zu ihnen hin. Blicke wurden ausgetauscht – noch wagte niemand zu sprechen. Dann gab der erste Kessel einen dünnen, verwehenden Dampffaden von sich.

Ein sicherer Instinkt zog die Kinder jetzt zum Lagerplatz zurück. Das Spiel wurde unterbrochen; die Watenden machten kehrt und kamen zurück, die kleinen Schaufler traten vorsichtig über die Wälle, die sie rings um ihre Burgen angelegt hatten. Manierlich, ohne viel Sand aufzuwühlen, marschierten alle Kinder über die Decken in einer Richtung: sie umgaben in einem dichten Kreis den Kuchen; die zuerst da waren, machten Späterkommenden Platz, damit sie auch etwas sehen konnten. Alle sahen schweigend auf die Inschrift, die in verschnörkelter, rosa Zuckerschrift auf weiße Glasur gemalt war. Einige mußten die Schrift auf dem Kopf lesen:

Eine Art Siegerkranz umgab diese Worte; glasierte Kirschen und grüne Angelika waren wie Juwelen in den Zuckerguß gelegt. Zwölf Kerzen erhoben sich aus dem Zucker wie ein buntes Wäldchen.

»Olive«, sagte jemand, »ist das dein Kuchen?«

»Ja.«

»Wann steckst du die Kerzen an?«

»Bald«, sagte Olive besorgt.

»Zwölf«, meinte ein anderer und sah, nachdem er die Kerzen noch einmal gezählt hatte, über sie hinweg, auf Olive, noch nicht feindselig, aber schon über eine Kluft hinweg.

»Ja«, sagte Olive. »Sonderbar, nicht?« Sie leckte einen Finger an und hielt ihn in den Wind. Auf einen Ruf hin drehten sich die Kinder um und suchten sich zielbewußt die besten Plätze auf den Decken zum Teetrinken aus. Die erwachsenen Hilfskellner traten in Aktion. Man hatte irgendwo Tücher gefunden, mit deren Hilfe man die jetzt glühend heißen Henkel der metallenen Teekessel anfassen konnte, und eine randvolle Tasse, oder für die Kleineren ein Becher Milch, fand bald den Weg in jede Hand. Einer der Vorzüge dieses Picknicks war, daß man mit Marmelade anfangen durfte. Mrs. Piggott, die von Mrs. Pocock mit dem Marmeladentopf betraut worden war, verteilte Portionen auf durchgeschnittene Kuchenbrötchen, die mit Butter bestrichen waren und ihr von vielen Händen hingehalten wurden; sie tat das gerecht und sorgfältig. Der Onkel zauberte eine Mandoline hervor und begann auf ihr herumzuzupfen, ohne jedoch nennenswerte Begeisterung bei seinem Publikum hervorzurufen. Er fing an zu summen, auf eine Weise, die deutlich machte, daß er bald singen würde. Während dieser zögernden Musik bildete sich ein dichtes Zelt aus aufgehaltenen Mänteln um Olive und den Kuchen. Als man ihr feierlich eine Streichholzschachtel reichte, streckte sie königlich und ohne zu zittern die Hand aus; es gelang ihr nicht nur, alle zwölf Kerzen anzuzünden, sondern sie auch auszublasen, bevor der Wind das tun konnte. Rauch drang aus den schwarzen Dochten.

Etwas, das – so schien es – mit dem Auslöschen der Kerzen zusammenhing, brachte nicht gerade Unordnung, aber doch ein Element des Aufruhrs in die Gesellschaft. Auf einer abseitigen Decke, weit vom Schuß, fingen die St.-Swithin-Knaben an, sich vorsichtig, aber kräftig zu prügeln. Eins der Mädchen aus dem Marschland streckte plötzlich einen Fuß aus und trat Muriel, die vor ihr saß, in die Nieren. Diana Piggott wurde das Opfer eines Sandflohs, setzte hastig ihre Tasse ab und begann sich zu kratzen. Die Tasse kippte um und verbrühte Teile von Trevor, der sich auf allen Vieren davomachte, auf eine sichere Decke zu. Der Onkel erregte Clare Burkin-Jones' Zorn, weil er völlig vergeblich heitere Weisen zupfte; kein Mensch sang mit.
»Idiot!« murmelte das Kind.
»Wenn du hier jemanden Idiot nennst, kommst du in die Hölle, das kann ich dir sagen!« erklärte Sheila Beaker scharf über die Schulter hinweg.
»Woher weißt du das?«
»Aus dem Kindergottesdienst.«
»Du bist doch nie –«
»Doch. Bis ich mit Spitzentanz anfing.«
Der Geburtstagskuchen machte die Runde, als etwas immerhin Eßbares. Verwüstete rosa Schriftfetzen hingen an dem Zuckerguß der einzelnen Stücke. Es war ein Kirschkuchen, mit sehr vielen Kirschen. – »Olive«, sagte einer der Väter, »an diesen Tag werden wir noch oft zurückdenken.«
»Das ist nett von Ihnen«, erwiderte Olive mit gewohnter Artigkeit. Für einen Augenblick trat bei den Erwachsenen Schweigen ein; sie ruhten sich von ihren Pflichten aus und saßen in einer Gruppe zusammen. Sie wirkten wie auf einem Bild – sobald sie sich wieder bewegten, war dieser Eindruck zerstört. Mrs. Piggott war damit beschäftigt, den Löffel aus dem tiefen Marmeladentopf zu fischen, in den er hineingerutscht war. Der Löffel tauchte wieder auf, von oben bis unten verklebt. Mit der offenen Heimlichkeit, die auch ihre Tochter besaß, leckte sie ihre Finger ab und wischte sie dann

mit dem Taschentuch trocken. »Die meisten von uns verreisen jetzt«, bemerkte sie. Das traf für viele zu. Der August stand vor der Tür. Von den Pococks wußte man, daß sie in die Schweiz fuhren, Mrs. Piggott und Dicey brachen schon morgen nach Cumberland auf, wo Vetter Roland für die Ferien ein entzückendes altes Pfarrhaus gemietet hatte. Sheikie würde in Kürze Herne Bay mit ihrer Anwesenheit beehren, so lange, wie der Papa sie an Irene abtrat. Die West Highlands waren das Urlaubsziel einer Familie, das Lorna Doone-Moor in Devon das einer anderen. Muriel besaß eine Großmutter auf der Isle of Wight. Und so weiter. Nur die Burkin-Jones redeten nicht von Plänen.

Mr. Pocock zog seine große Taschenuhr heraus. »Jetzt das Dreibein-Rennen?« fragte er seine Frau.

»Meinst du, Mortimer? Gleich nach dem Tee?«

»Sie kabbeln sich dabei, wissen Sie«, sagte eine Mutter. »Sie prügeln sich, wenn sie nicht gewinnen. Freddie kam mal mit einem abgebissenen Ohr von sowas zurück. Natürlich war es nicht schlimm.«

»Wer hat ihn gebissen?« fragte Mrs. Piggott und starrte unter dem Dreieck hervor, das von ihrem Hutrand und dem violetten Schleier gebildet wurde.

»Eine Spielkameradin, ein kleines Mädchen. Sei doch kein Baby, hab' ich zu ihm gesagt. Jetzt wird er's wohl bleiben lassen.«

»Sogar beim Eierlaufen rennen sie sich um«, sagte eine andere Mutter.

»Ich glaube, wir haben keine Eier mit«, sagte Mrs. Pocock. »Oder doch, Mortimer?«

»Wir haben gesagt, wir nehmen keine mit.«

»Wie ist es mit Drittenabschlagen? Franzosen und Engländer? Räuber und Gendarm?«

»Die meisten sind leider zu groß dafür.«

»Wir haben aber ein prachtvolles Seil zum Tauziehen mitgebracht«, sagte der resolute Mr. Pocock. Er ging zu dem Körben, um es zu suchen.

Es war zu spät. Die Kinder sangen. Wie Wolfsgeheul mit einer winzigen Spur Melodie klang es. Manche schmetterten mit zurückgebeugtem Kopf hemmungslos und laut in den Himmel. Sobald eine sichere Stimme den Gesang zu führen versuchte, wurde sie überbrüllt. Sänger, die sich innerhalb einer Strophe in den Zeilen geirrt hatten, fielen mit um so größerer Verve in den Kehrreim ein. Das Lied schien beliebt und auch im großen und ganzen bekannt zu sein. Überwältigt von der Lawine, die er ins Rollen gebracht hatte, hinkte der Onkel mit der Begleitung hinterher; ein paar Töne zirpten noch irre durch die Luft, wenn die Strophe schon zu Ende war.

Wa-ay down upon the Swan-*eeee* river,
Fa-ar, far away,
The-ere's where my heart is turning ever,
The-ere's where the old folks stay.
All up and down the *who-ole* creation
Sa-adly I roam,
Still longing for the o-old plantation,
A-and for the old *fo-olks* at home.

A-ALL the world is SA-AD and drear-*eeeee,*
EV'RY-where I roam,
O darkies, how my HEART grows WE-E-EARY
FA-A-AR from the old folks at home!

A-all ro-ound the little farm I wander'd
Wh-en I was *young;*
Then many happy *daa-ays* I squander'd,
Ma-any the songs I sung.
When I was playing *wi-th m-y* brother,
Ha-a-appy was I.
O-o-oh, take me to my kind O-O-OLD moth-er,
The-ere let me live a-a-and die!

A-all the WO-O-ORLD is sad A-AND drear-ee,
Ev'ry-WHERE I roam,
O darkies, HOW my heart GRO-OWS wear-ee,
Fa-a-ar from the old FO-O-OLKS at home!

O-one little hut *amo-o-ong* the bushes,
O-o-one that I love,
Sti-ill sadly to my *mem'ry* rushes;
No-o-o matter where I rove.
When sha-all I see the *bees* a-humming
All *ro-o-ound* the comb?
When *sha-all* I hear *ban*-JO strumming
Do-own in my *go-o-ood* old home?

A-ALL the WO-O-ORLD is sad and DREAR-ee,
EV'RY-where I . . .!

»Was für einen Spaß ihnen das macht!« sagte Mrs. Piggott zu niemandem im besonderen. Die Erwachsenengruppe hatte sich um zwei Väter verringert, die rauchend und in ein Gespräch vertieft fortgegangen waren. Trevors Mutter griff in den Sand und beobachtete geistesabwesend, wie er ihr in dünnen Strahlen durch die Finger rann, wie Sand im Stundenglas. Zwei andere Mütter flüsterten aufgeregt aufeinander ein; als sie merkten, daß sie beobachtet wurden, rückten sie auseinander. Ein übriggebliebener Vater legte sich nieder, den Hut übers Gesicht gestülpt, sein Schnurrbart hing schlaff herab.
»Kein besonders lustiges Geburtstagslied«, lachte Mrs. Pocock.
»Es gibt doch keinen Krieg?« fragte Mrs. Piggott.
Mrs. Pocock erhob sich. Sie winkte ihrem Mann, der mit dem aufgerollten Seil zurückkam, und rief: »Wettspiele wären besser, du hast Recht. Sie brauchen Bewegung!«
Alle brachen zum Strand auf, der immer breiter geworden war. Die wenigen Lachen, die hier und da wie Zähne in einem

zerbrochenen Kamm übrig geblieben waren, nahmen landeinwärts immer mehr ab, so daß das Seegras, das hin und wieder wie toter Efeu an ihrem Rand lag, als einziges daran erinnerte, daß hier einmal Wasser gewesen war. Ein gutes Stück westlich des Lagerplatzes ragte ein großes eisernes, rostüberkrustetes Wasserrohr aus dem Deich hervor; niemand wollte begreiflicherweise in seiner unmittelbaren Nähe picknicken. Obwohl es wahrscheinlich nichts Gefährlicheres als das Grabenwasser aus dem Marschland beförderte, sah das Rohr wie eine Abwässerleitung aus. Sein Maul oder dessen Unterlippe war vom ständigen Tröpfeln breiig geworden; ein kleines Rinnsal grub sich auf dem Wege ins Meer ein Miniaturflußtal, bevor es erschöpft im Sand versickerte. Dieser Bach mußte überquert werden; der Sportplatz, durch die Väter und den Onkel markiert, lag dahinter.
Von jetzt an war alles eine Sache der Entfernung – Entfernung wovon? Das organisierte Laufen, Wackeln, Hüpfen oder Kriechen der Kinder (die Wettspiele, die jetzt mit der Präzision eines Uhrwerks ohne Verzug in Gang gebracht wurden, waren von der verschiedensten Art: Staffeln, Einbein- bzw. Dreibein-Rennen, Schiebkarren) wurde in dem grellen Licht, das in gleichmäßigen Abständen zwischen den dunklen Wolken hervorbrach, für die Beobachter fast unsichtbar. Strand und Himmel hallten nicht wider von Rufen und Gelächter; über den Kämpfenden lag eine dämonische Stille, die nur Pfiffe oder Kommandorufe unterbrachen. Kein Teil des Bildes blieb auch nur einen Augenblick lang ruhig; jedes Spiel verursachte neue Bewegung, in die auch fast alle Zuschauer verwickelt wurden. Was eigentlich wirklich vor sich ging, war schwer auszumachen.
Die Mütter hatten die Tassen zusammengeräumt und verließen den Lagerplatz als letzte. Auf dem Wege zum Sportplatz hatten sie gerade das Rinnsal überwunden, als Trevor im Zickzack an ihnen vorbeirannte, in Richtung Abflußrohr und verfolgt von Dicey, die von Muriel angefeuert wurde. Nicht nur seine Kniee, auch sein Mund war sandverklebt. Die Brille

hatte er, wie man sah, verloren; er lief fast blind. Seine Verfolger schienen direkt aus dem Struwwelpeter zu kommen: der grausame Friedrich, der Schneider mit der Schere und Paulinchen, die eine Streichholzschachtel schwang, aus der ein großer Teil des Inhalts herausfiel.

»Dicey!« rief Mrs. Piggott vorwurfsvoll.

»Ein bißchen zu hitzig«, sagte ihre Gastgeberin.

Beide sahen sich um. Trevor bückte sich und verschwand in dem Wasserrohr, Dicey wie ein Terrier hinter ihm her. Muriel steckte den Kopf in die Öffnung, überlegte es sich dann aber anders.

»Es stinkt«, sagte sie und rümpfte die Nase zu den Erwachsenen hin.

Dicey zwängte sich wieder aus dem Rohr heraus, mit dem Hinterteil zuerst. Ihre Mutter trat einen Schritt zurück, damit sie besser gehört werden konnte, und fragte: »Was machst du da?«

»Wir spielen«, erklärte Dicey und warf das Haar zurück.

»Der arme Junge muß ja Thyphus da drinnen kriegen!«

»Pah!« schrie Dicey und drosch mit beiden Armen auf Muriel ein, die daraufhin die Flucht ergriff. Dicey jagte hinterher. Mrs. Pocock benutzte die Gelegenheit, etwas Freundliches über die kleine Tochter ihrer Freundin zu äußern, und sagte überrascht und spontan: »Sie wird einmal hübsch, wenn sie erwachsen ist.«

»Hoffentlich«, hauchte Mrs. Piggott.

»Sie hat angenehme Bewegungen.«

Mrs. Piggott trat an die Öffnung des Rohrs, bückte sich und sagte freundlich: »Trevor?« Hohl und von weit her drang seine Stimme und antwortete mit einer Kälte, die leicht zu erklären war: »Ja, Mrs. Piggott?«

»Willst du nicht lieber rauskommen?«

»Danke, nein, mir gefällt es hier.«

So gingen sie weiter. Mr. Pocock, der ihnen entgegenkam, sagte: »Jetzt noch das Tauziehen, und dann ist Schluß. Wo hab' ich das Seil gelassen?«

»Bei den Decken.«

Mrs. Pocock begleitete ihren Mann zurück zum Lagerplatz, um die Limonade und neue Sandwiches für die Sportler vorzubereiten; diesmal waren es Schinkenbrote, mit ihnen sollte das Picknick beschlossen werden. Mrs. Piggott, sich selbst überlassen, fand, daß Dicey besser nicht am Tauziehen teilnähme, sie mußte sich erst einmal beruhigen. Während sie allein auf die raufenden Kinder zuging, um Dicey zu holen – die anderen Mütter waren alle weiter vorn –, schweiften ihre Gedanken ab.

Die Kinder hatten sich auf dem Wellenbrecher versammelt; einige lehnten sich gegen die eisernen Pfosten, andere kletterten darauf herum, wiederum andere saßen auf dem breiten, stumpfen Rand. Zu diesen gehörte Clare. Sie hatte sich eine Sandale ausgezogen, um die Splitter von Trevors zertretener Brille aus der dünnen schwarzen Sohle herauszupicken. Sie gab sich dieser Beschäftigung mit angespannter Aufmerksamkeit hin; ihr strähniges Haar fiel vornüber und umhüllte ihr Gesicht ganz, sie sah weder auf noch sprach sie. Dicey, ließ sich dicht neben ihr gegen die Buhne sinken. »Das wird ihm eine Lehre sein«, meditierte Dicey, während sie sich über Clares Sandale beugte, »daß er sich nächstes Mal nicht mehr so überlegen fühlt. – Sieh mal!« sagte sie und fuchtelte mit ihren vom Rost roten Händen vor Clares Nase herum. Clare nahm kaum Notiz.

»Hör' doch auf, in dem alten Schuh rumzupolken!«

»Ich will nicht, daß die Glassplitter mir den Fuß zerschneiden.«

Dicey ließ ihre Hände sinken und bestaunte sie.

»Das kommt von innen aus dem Rohr. Was glaubst du, was ich gemacht habe? Streichhölzer hab' ich angesteckt.«

»Unmöglich bei dem Wind.«

»Ja, aber er haßt schon das bloße Geräusch! Er läuft weg, wenn ... Was *ich* mit ihm gemacht habe, wird ihm also auch eine Lehre sein, sich nächstes Mal nicht mehr so überlegen zu fühlen, oder?«

Kein Glassplitter glitzerte mehr in dem schwarzen Gummi. Clare fuhr wieder in den Schuh, zog die Schnürsenkel fest und verknotete sie mit einem Ruck.
»Mir ist es egal, wer sich nächstes Mal überlegen fühlt.«
»Ich weiß nicht, was du eigentlich willst. Du hast zwei Rennen gewonnen.«
»Drei. – Und?«
Dicey gab auf, drehte sich um und legte sich bäuchlings über die Buhne, mit dem Kopf nach unten. Sie stocherte in altem Seegras herum. »Da sind ein paar Muscheln drin«, berichtete sie, »aber sie taugen nichts. – Hörst du, Mumbo?«
»Was?«
»Wer hat diesen australischen Herzog ermordet?« Kaum hatte sie es ausgesprochen, schämte sie sich schon und blieb noch eine Minute länger kopfüber hängen. Dann richtete sie sich auf und sprang von dem Wellenbrecher herunter. War der Himmel eingestürzt? Alle Kinder starrten sie an. Nein, über sie hinweg, auf Sheikie, die eine Art Two-Step tanzte, weiter hinten auf dem Wellenbrecher, wo die Pfosten immer höher wurden, je näher sie dem Deich kamen. Federleicht flatterte die Tänzerin hin und her, nach vorn und zurück auf dem knochentrockenen, aber schlüpfrigen Holzbrett oben auf dem Wellenbrecher – zurückweichend, wiederkehrend, mit lässigen Pirouetten beim Drehen. Sie tanzte nach ihrer eigenen Musik.
Zu Ehren Olives trug sie vier Schleifen im Haar; eine hinter jedem Ohr, eine am Ende jedes Zopfes; sie hatte ein amerikanisches, modisch kariertes Baumwollkleid an. Ihre Strandschuhe, auf deren Spitzen sie sich ausschließlich bewegte, waren nicht nur ohne Sandspuren, sondern auch schneeweiß. Die feine, saubere rosa Linie, die ihren Schädel in zwei Hälften teilte, war zu sehen, wenn sie den Zuschauern den Rücken kehrte; ebenso deutlich sah man die Reihe großer schwarzer amerikanischer Knöpfe an ihrem Kleid – wie eine Ausschneidepuppe sah sie aus.
Eine Windbö erfaßte sie und bog sie nach vorn. Sie schwankte

einmal – einmal war genug! Wie ein Vogel, der zum Flug ansetzt, schwang sie sich von dem Wellenbrecher hinunter und trollte sich von dannen.
Clare hatte sich schwerfällig zu der Tänzerin umgedreht. Obgleich der Tanz vorüber war, blickte sie immer noch in die Richtung.
»Wo starrst du hin?« wollte Dicey wissen, die nervös wurde. »Oder was ist los!«
Es war immer besser, Clare gewähren zu lassen, langsam wendete sie ihr Profil zurück. »Der österreichische Erzherzog«, verkündete sie, »begreif' doch endlich!«
»Schon gut, Mumbo«, sagte die willige Schülerin.
»Es ist nicht gut!«
Mrs. Piggotts kleine Tochter wand sich, als ob sie geschlagen worden wäre. »Ich kann nichts dafür ...«
»Das hat keiner behauptet«, sagte Clare.
»Da ist Mutter!«

Mrs. Piggott und Dicey gingen, sich allmählich beruhigend, allein am Wasser entlang. Das Meer wich zurück, glitt hinaus, stahl sich leise fort. Sie blieben nebeneinander stehen und sahen zu. Es war kühler geworden. Mrs. Piggott trug Diceys Strickjacke; sie streifte sie ihr über den Kopf, und als die Arme die Ärmel gefunden hatten, weiter nach unten. Dann knöpfte sie ihren eigenen Staubmantel zu, der – wie sich herausstellte – für diesen Abend schon etwas zu dünn war. Der steife Wind löste immer wieder die lose gebundene Schleife ihres Schleiers auf; sie gab auf und hielt den Schleier mit der rechten Hand unter dem Kinn zusammen. Das Haar des Kindes wehte wie Rattenschwänze.
Sie sahen aufs Meer. Das zurückströmende Wasser überspülte jedesmal weniger Strand, es sah so aus, als ob das Land die Flut wäre und näherrückte; harte, glatte, nasse Sandrippen erhoben sich, nur durch Klumpen leblosen Schaums verunziert. Von weiter draußen auf den schrumpfenden Was-

serflächen kam ein vergehender Seufzer herüber, kein Windlaut, ein Seufzer in sich selbst.
Verlassen in soviel Weite gingen Mutter und Tochter hierhin und dorthin und hoben nasse Muscheln auf, die seltener aussahen, als sie es wirklich waren. Dicey sah von Zeit zu Zeit zurück, die ganze Strecke entlang, bis zu dem Picknick-Platz weit hinten, den man zwar noch sehen konnte, dessen Geräusche aber nur bei Windstößen herüberdrangen.
»Es gibt jetzt Limonade und auch was zu essen.«
»Von der Limonade bleibt bestimmt was übrig, Dicey.«
»Ich mach' mir nichts draus. Aber ein Sandwich könnte ich jetzt essen. Ob es Schinkenbrote gibt? Ich meine, irgendwann.«
»Sie haben Hunderte von Sandwichs, ich hab' sie gesehen.«
Als das Kind das nächste Mal hinsah, hatte es einen Zwischenfall gegeben – keine Katastrophe, wie man gleich sah, keine Wespen. Nein, so wie es aussah, war offenbar etwas Überraschendes geschehen, eine komplette Überraschung, besonders köstlich für die Erwachsenen, obgleich auch keins der Kinder Unwillen verriet. Ja, jemand kam gerade an, war angekommen (denn eine zusätzliche Gestalt war zu sehen); in gewisser Weise war es immer noch eine Ankunft, da sich die Erregung noch nicht ganz gelegt hatte. Der Ankömmling ragte nicht nur dadurch heraus, daß er stand (das taten auch einige andere), sondern weil er sogar auf große Entfernung hin unverkennbar war. Blond, groß und mit der typischen Kopfhaltung konnte es niemand anders sein als Major Burkin-Jones – in Zivil, und mit gewohnter Unbekümmertheit.
Dicey sagte nichts, machte sich nur wieder eifrig daran, Muscheln zu sammeln. Mrs. Piggott riß sich aus ihren Gedanken und fragte: »Sie brechen doch nicht auf, oder?«
»Nein. Ich glaube, es ist noch jemand gekommen.«
»Arme Clare, hoffentlich ihr Vater.«

»Ich glaube, er ist es.«
Mrs. Piggott zeigte auf einen frischen nassen Sandstreifen und sagte: »Da sind noch mehr.« (Die beiden hatten vor, ein Muschelkästchen zu basteln, eine gute Beschäftigung für Regentage in Cumberland.)
Sand verschluckt Schritte, bis sie ganz nahe sind. Erst als Mrs. Piggott Dicey winken sah, erkannte sie Major Burkin-Jones; sie war ganz ruhig. Um ihm die Hand geben zu können, ließ sie ihren Schleier los. Er sagte: »Sie fahren morgen, höre ich von Clare?«
»Ja, wir –«
Das Kind beeilte sich, dem schönen Mann zu sagen: »Dies ist unser letzter Tag.«
»Ziemlich windig«, lächelte Mrs. Piggott und versuchte, so das Benehmen ihres flatternden Schleiers zu erklären, den er gespannt beobachtete. »Aber es war und ist immer noch ein großartiges Picknick.«
»Mumbo hat gesagt, Sie können nicht kommen.«
»Nichts geht über eine Überraschung. – Nein«, sagte er und verteidigte seine Tochter, »heute morgen sah es noch nicht so aus, als ob ich kommen könnte. Dann dachte ich aber, ich schaue wenigstens für ein paar Minuten herein, das schien mir besser als gar nichts. Deshalb –«
Das Kind fragte ernst: »Wollten Sie *sehr* gern zu diesem Picknick kommen?«
»Du nicht?« parierte er.
»O ja, aber ich weiß nicht, ob es mir wirklich gefällt. Es dauert zu lange.«
»Schade, daß wir nicht die Orte – ich meine, die Zeiten vertauschen können. Meine Zeit ist zu kurz.«
»Warum haben Sie sie aufs Umziehen verschwendet?«
»Ich weiß nicht. Aus Gewohnheit vielleicht.«
»Sie hätten mit allen Orden kommen können.«
»Ich glaube nicht, daß ich welche habe.«
»Ich glaube doch.«
»Ich dachte«, sagte er und verließ die Tochter, um sich der

Mutter zuzuwenden, »ich gratuliere Olive und sehe nach, wie es euch allen hier geht, ich kann dann auch gleich Clare mitnehmen. – Sie fahren also morgen nach Cumberland?«
»Wir bleiben dort bis Ende August.«
»Ende August. Es soll wunderbar sein da oben, hab' ich immer gehört.«
»Ja, ich glaube, die Landschaft ist herrlich.«
»Ich weiß, daß sie Ihnen gefallen wird«, sagte er und sah in die Augen, die diese Landschaft sehen würden. »Sie werden dort glücklich sein. Es ist gut zu wissen, daß Sie dort sind, an Sie dort zu denken. Sie –« Er hielt inne.
»Mutter, gibt es da Höhlen?«
»Ich weiß nicht, Liebling.« Sie wandte sich zu ihm, als ob sie ihn etwas fragen wolle; sie sahen sich jetzt an. »Ich weiß nicht«, wiederholte sie. »Wissen Sie es?«
»Nein, ich habe keine Ahnung, nicht die geringste Ahnung. Das wird immer so sein, solange ich lebe.«
Sie drückte den Staubmantel fest an sich.
»Sie frieren!« rief er.
Das Kind sah auf. »Nein«, sagte Mrs. Piggott, »aber ich glaube, Dicey und ich müssen jetzt weitergehen. Und Sie sollten zu den anderen zurückkehren, zum Picknick. Sie haben doch gewiß nicht mehr viel Zeit?«
»Nein.«
»Also gut.« Sie streckte ihm ihre Hand hin. »Auf Wiedersehen.«
»Auf Wiedersehen.« Ihre Hand war eiskalt.
»Auf Wiedersehen, Major Burkin-Jones!«
»Auf Wiedersehen, Dicey!«
Das Mädchen starrte ihn gedankenverloren an, was nichts zu bedeuten brauchte.
»Sei schön artig«, sagte er, um überhaupt etwas zu sagen, und diesmal lächelte er.
Mrs. Piggott sah zur Seite, nach Westen hin, die tintenklare Linie der weiten Bucht entlang, von einem der Molen-Türme

zum anderen; einige waren heil, andere zerstört. Dicey kam und hakte sich bei ihr ein, während die langen Schritte, die sie auf sich zukommen gehört hatten, sich entfernten. Als man sie nicht mehr hören konnte, drehte sich das Kind um. Sie drückte den Ellbogen ihrer Mutter. »Mutter, er ist immer noch nicht gegangen!«

Nicht weit von ihnen war er stehengeblieben. Sie sahen ihn. Er beobachtete sie, ruhig und ohne Scheu. Gab es etwas, das er wollte, konnte es noch etwas anderes geben? Obwohl Mrs. Piggott sich ebenso wenig wie er bewegte, schien sie ihn wortlos etwas gefragt zu haben. Er sagte: »Ich wollte nur auf Wiedersehen sagen.«

Seine Augen ruhten auf den einander ähnelnden Gesichtern von Mutter und Tochter. »Gott mit euch!« sagte er, drehte sich um – und diesmal ging er wirklich.

»Mutter?«

»Ja?«

»Warum hat er das gesagt? Er sagte –«

»Ich weiß, Liebling.«

»Noch nie hat er –«

»O Dicey, Dicey!«

Das Kind schwieg von neuem und rieb von Zeit zu Zeit seine Backe an dem Mantelärmel; manchmal kuschelte sie das ganze Gesicht hinein und pustete in den Ärmel mit einem leisen, liebevollen, prustenden Geräusch. Wo die Atemwärme durch den Stoff drang, blieb Feuchtigkeit zurück. Mrs. Piggott fragte: »Hast du Clare auf Wiedersehen gesagt?«

»Hast du Mumbo auf Wiedersehen gesagt?«

»Du hast es also nicht getan? Willst du es nicht noch tun? Wünsch' ihr schöne Ferien.«

»Sie verreist nicht.«

»Aber versteh doch, du wirst sie eine Zeitlang nicht sehen, eine ziemlich lange Zeit.«

»Sie ist wahrscheinlich schon weg.«

»Lauf und sieh nach! Versuch es, lauf, Liebling!«

Dicey lief los. Alleingelassen, ging ihre Mutter weiter. Ein

Muschelhaufen, der vor einiger Zeit aufgetürmt worden war, lag nicht mehr dort, wo sie ihn zuletzt gesehen hatte. Selbst seit *er* gegangen war, hatte sich der Strand verbreitert.

Clare wäre schon weg gewesen (ihr Vater nahm an, sie sei schon gegangen und warte am Auto auf sie), wenn sie nicht zurückgerufen worden wäre. Bei dem großen Aufräumen, das auf solch ein Picknick folgte, war nicht nur ihr Regenmantel übriggeblieben (mit ihrem Namen darin, wie es die St.-Agatha-Vorschrift verlangte), sondern auch – nach Ausscheiden aller anderen Möglichkeiten – eine Burkin-Jones-Decke; alle übrigen waren inzwischen geholt worden. Zum zweitenmal auf dem Weg zum Auto, schleppte sie ihre Siebensachen wie ein eingestürztes Zelt hinter sich her. Ihre Bluse war ganz aus dem Rock gerutscht und blähte sich im Wind; sie sah jetzt noch dünner aus als sonst. Ihr Haarschopf kämpfte seinen eigenen Kampf mit dem Wind. Sie trabte über und durch den lockeren Sand unter dem Deich zu der Stelle, wo sie die Mauer hinaufklettern konnte.

Dicey kam diagonal vom Meer her gelaufen; würde sie es schaffen, Clare zu erreichen? Dicey hatte spät angefangen.

Die verzweifelt stöhnende Läuferin konnte nicht rufen. Zu stark war der Wind, zu kurz ihr Atem. Sie vergeudete Sekunden damit, stehen zu bleiben, mit den Armen zu rudern – ob vielleicht jemand auf dem Lagerplatz sie sähe? Ob nicht jemand Mumbo etwas zurufen könnte? Nein, nicht Mumbo; sie sah und hörte nichts. Mit gesenktem Kopf trottete sie weiter. Jetzt war sie kurz vor der Treppe im Deich.

»Mu-u-u-umb-O!«

Jetzt hatte sie die erste Stufe erreicht. Jetzt stieg sie die Treppe hinauf und schleifte wütend Decke und Regenmantel hinter sich her. Und jetzt schleppte sie das bedauernswerte Bündel quer über das Gras oben auf dem Deich und schleuderte es (wie ins Verderben) vor sich her. Und jetzt?

Einsam, mitten auf dem verlassenen Strand, winkte Dicey.

»Mum-BO-O-O!«

Die groben Umrisse des Kindes hoben sich von dem rauhen

Gras klar gegen den unfreundlichen Himmel ab. Clare sah hinunter zum Strand und darüber hinweg, dann warf sie eine Hand in die Luft und machte eine vage Bewegung. Schließlich sprang sie auf der Landseite des Deichs hinunter und war verschwunden.

Dritter Teil

I

»Ist Miss Burkin-Jones da?« fragte Dinah, als sie den Mopsie-Pye-Laden betrat. Sie wandte sich an die jüngere von zwei Frauen, die beide auberginenfarbene Pullover trugen und Modeschmuck zur Schau stellten. Sie hielten sich bereit, jeden Wunsch etwaiger Kunden zu erfüllen. Der Laden enthielt keinen so förmlichen Gegenstand wie einen Ladentisch: der Platz war genialer ausgenutzt worden; weitläufige, treppenförmig gebaute Regale liefen an den Seitenwänden entlang. Ein paar schmale Tische standen in der Mitte. Die Länge des Raumes und die prächtige Perspektive machten das Betrachten des Ladens zu einer Überraschung, besonders, wenn man vorher die schmale Straßenfront gesehen hatte (obwohl sie gerade stilvoll wiederhergerichtet worden war). Vermutlich hatte man einen Hinterhof ausgebaut, jedenfalls war der Anbau größtenteils glasüberdacht. Durch das Glasdach schien an diesem Morgen eine neblige Oktobersonne und vermischte sich mit dem Schein von Lampen, die verführerische Schirme hatten und ein gleißendes Licht über die Waren auf Regalen und Tischen warfen. Wie jeder, der hereintrat, blinzelte auch Dinah. Einzelne Waren lagen in Gruppen, andere in maßvoller Fülle ausgebreitet. Wieder andere baumelten ungefähr in Augenhöhe und wirbelten durcheinander, als der durch die geöffnete Tür eindringende Luftzug sie erfaßte. Diese Anordnung war durchaus nicht sinnlos. Als Dinah in den Laden kam, bewegten sich etwa fünf oder sechs Kunden wie in Trance hin und her; es sah so aus, als ob dieser Zustand bald in Einkäufen kulminieren würde.

Das hintere Ende des Ladens war durch eine Wand abgetrennt, in der sich ein hinter einem Vorhang verborgener Durchgang befand.

»Oder hat sie zu tun?« fragte die stattliche Besucherin gedämpft.

»Sie macht Inventur, aber sie erwartet Sie wohl. Sind Sie Mrs. Delacroix?«

»Mrs. Delacroix. Ja.«
Clare erschien in dem Durchgang und schob den Vorhang zur Seite. Sie füllte die Tür ganz aus. Um ihre Schultern hing eine leichte Baumwolljacke, die nicht zugeknöpft war; weiter unterhalb war sie, streng wie immer, in etwas Dunkles eingezwängt. Die Fülle, an der sie gewonnen hatte, nicht nur in der Größe, mußte in Betracht gezogen werden. Hatte das Durcheinander neulich sie verwirrt? Hier, auf eigenem Grund, schien die Besitzerin des Ladens in einer falschen Proportion zu ihm zu stehen; sie brachte alles darin aus dem Gleichgewicht. »'Tag«, sagte sie, »du kommst aber früh!«
»So?«
»Macht nichts, komm' rein!«
Sie trat zur Seite, um Dinah durchzulassen.
Hier auf der anderen Seite des Durchgangs gab es noch viel mehr Regale. Das Glasdach reichte bis hierher; der Raum war teils Lager, teils Büro. Unausgepackte Kartons standen herum, und jedes Fleckchen schien ausgenutzt. Auf einem massiven Tisch stand ein riesiger Karton, dessen obere Klappen geöffnet waren, ein anderer wartete unter dem Tisch. Die bereits geleistete Arbeit konnte an der Zahl der leeren Kartons abgelesen werden, die in einer Ecke aufgestapelt waren. Clare zog unter einem niedrigen Regal eine größere Kiste hervor, die noch gut erhalten war und an den Ecken Metallbeschläge hatte. Die Regale hier waren noch dichter und noch unordentlicher vollgepackt als die im Laden auf der anderen Seite des Durchgangs. Gewaltige Mengen von aufgestapelten Vorräten (die dringend nach einem Staubtuch verlangten) ließen wie eine Insel in ihrer Mitte ein düster aussehendes Telefon frei und einen Kistendeckel, der als Tablett für Handwerkszeug diente. Papierabfälle lagen überall herum, so daß man kaum den Fußboden erkennen konnte.
»Nun, du hast also hierher gefunden.«
»Ja«, pflichtete Dinah bei. »Nett, mich wiederzusehen, nicht wahr?« begann sie hoffnungsvoll, und ohne abzuwarten

warf sie ihr Haar zurück und sagte in heftigem Ton: »Um Himmels willen!«

»Ich wundere mich gar nicht. Wann bist du losgefahren?«

»Ich weiß nicht. Es war noch ziemlich dunkel.«

»Und du bist natürlich wie eine Wilde gerast. Hast du überhaupt gefrühstückt?«

»Ja. Francis war schon auf.«

»Hast du unterwegs wenigstens eine Kaffeepause eingelegt?«

»Ich kann solche Pausen nicht leiden.«

»Magst du denn keinen Kaffee?«

»Ich sagte, ich kann die Pausen nicht leiden.«

»Das sieht man dir an; dir fallen ja die Augen aus den Höhlen!«

Dinah sagte, als ob sie etwas zitierte: »Meine Liebe, hab' ich dich erschreckt? Es ist aber doch so lange her!« (Nein, so ging es nicht, sie mußte es anders versuchen). »Oder stimmt das nicht? – Übrigens, keinen Mucks von ihr seither. Oder hast du etwas gehört?«

Clare sagte bloß: »Wir wollen jetzt lieber Kaffee trinken.«

Sie drehte sich um und rief: »Phyllida!« Die jüngere Aubergine kam eilfertig zum Vorschein. »Wenn du eine Minute Zeit hast, sei doch so gut und lauf hinüber zu La Poupée und bring uns ein Kännchen Kaffee für zwei.«

»Gern.«

»Brauchst du Geld, oder lassen wir anschreiben?«

»Wir lassen anschreiben, Miss Burkin-Jones.«

»Gut. Moment, Phyllida, und ein paar Stück Kuchen!«

»Mumbo, ich will keinen Kuchen.«

»Gut, aber ich.« Als der Kobold verschwunden war, rollte Clare ihre großen Augen in den schweren Säcken hin und her. »Worüber regst du dich so auf?« wollte sie wissen.

»Ich reg' mich nicht auf, du höchstens; ich will bloß keinen Kuchen. Das ist doch wohl nicht unnormal?«

Um das zu beweisen, zündete sich Dinah eine Zigarette an und drehte sie ungewöhnlich ruhig mehrmals hin und her. Dann wandte sie sich um; von ihrer Position aus sah sie den Laden rückwärts, er wirkte so noch verwirrender. So genau, wie das aus dieser Entfernung möglich war, prüfte sie alle Sachen (die in der Luft hingen, zweimal) in einer Mischung aus unwissender Neugier, Ergebenheit und ein wenig Verdacht, aber ohne Spott. Clare benutzte die Gelegenheit, den geöffneten Karton zu Ende auszupacken. Da der restliche Inhalt ganz unten lag, fuhr sie mit den Armen bis an die Schultern in den Karton hinein. Holzwolle raschelte, als sie einen eingewickelten Gegenstand nach dem anderen aus der Tiefe zutage förderte. Sie stellte die Sachen auf den Tisch; als sie mit dem Auspacken fertig war, räumte sie auch den Karton beiseite.
»Nun?« fragte sie und rieb sich die Hände.
»Je nun, Hexenschwester, du hast doch wahrscheinlich eine Küche hier, nicht wahr? Deine Hexenschwester kriegt doch wohl Großhandelspreise? Hast du heute irgend etwas für mich? Vielleicht den Beutel eines Wombats, oder so was Ähnliches? In Pulverform?«
Die Frivole, die die Regale dazu benutzte, sich stehend gegen sie zu lehnen, war in guter Stimmung. Sie war überzeugt, etwas sehr Witziges gesagt zu haben, jedenfalls war sie wieder aufgelebt. Zufrieden und fröhlich summte sie vor sich hin. Clares Reaktion war die grollende Bemerkung: »Das ist das erste Mal, daß ich dich anständig angezogen sehe.« Offenbar bezog sich dieser Satz auf das Kleid, das sie heute trug, auf die Frisur, die den hutlosen Kopf zierte, und auf vornehme, geschmeidige, lange, schmale Schuhe (höchstwahrscheinlich italienische). Clare konzentrierte ihren Blick so lange auf diese Schuhe, daß ihre Besitzerin schließlich ein Bein anzog, um sie selbst zu betrachten, während sie nichts dabei fand, in mildem, aber doch in dem ihr eigenen Ton eines unterdrückten Vorwurfs zu bemerken: »Dies ist erst das zweite Mal, daß du mich – wieder – siehst.« Sie fuhr mit der Stimme ihrer

Mutter fort: »Es tut mir leid, wenn ich neulich unordentlich aussah. Ich hatte es sehr eilig, auf diese dämliche Heide zu kommen. Und ich hatte keine Ahnung, daß alle so vornehm sein würden: du, Sheikie, Francis. Und Frank sogar mit Schlips, als ob er nach London fahren wollte. Du hast ihn nicht gesehen.«

»Nein, ich habe ihn nicht gesehen.«

»Er hat dich kurz gesehen.«

»Besser als gar nicht«, sagte Clare leutselig, ihre Aufmerksamkeit wanderte jedoch schon woandershin. Sie warf einen finsteren, abschätzenden Blick auf ihren letzten Feind (es könnte ein lebenslanger gewesen sein), die makellos aussehende Kiste. Ein Seitenblick galt dem Waffenlager: Stemmeisen, Hammer usw., die Finger schienen ihr zu jucken. Für den Augenblick beschränkte sie sich darauf, auf die Kiste loszugehen, sie anzufassen, ihr einen Stoß zu geben und sie versuchsweise anzuheben. Wie schwer war sie? Tonnenschwer: sie rührte sich nicht.

»Was ist mit ihm?« fragte sie.

»Frank? Er wohnt nebenan.«

»Aha. Hast du nette Nachbarn da unten?«

»O ja«, sagte Dinah unbestimmt und fragte: »Wie ist es dir ergangen?«

»Seit wann?«

»Seit letzter Woche, meine ich.«

»Unverändert. Und dir?«

»Alles andere als das, Mumbo!«

Phyllida kam mit einem Tablett von La Poupée herein. Dienstfertig lächelnd wischte sie vernünftigerweise ein paar Krümel vom Tisch.

»Sie brauchen Stühle«, stellte sie fest. Zwei Sitzgelegenheiten wurden gefunden, freigemacht, rasch mit dem Staubtuch abgewischt und einander gegenübergestellt.

»Besten Dank!«

»Nichts zu danken, Mrs. Delacroix. Die Mandelsplitter sehen heute gut aus, Miss Burkin-Jones!«

Auf der Innenseite der La Poupée-Tassen, ja auf dem ganzen Geschirr tanzten bunt bemalte Puppen Ringelreihen, und zwischen ihnen tanzten Teddybären.
»Ich dachte, so etwas gibt es nicht mehr«, sagte Dinah plötzlich und sah genauer hin. Kein Bär trug eine Schleife. Sie beschattete ihre Augen vor dem Oberlicht.
»Sie sind jetzt schon altmodisch, nicht?« Clare goß Kaffee ein. »Haben deine Enkel nicht solche?«
»Ich weiß nicht«, sagte die andere und wirkte zerstreut.
»Ist es zu hell?«
»Ja …«
Die Ladeninhaberin erhob sich, schob energisch ihren Stuhl zurück und zog an einer Schnur: ein straffes, dunkelgrünes Rollo rollte herab. Ihre Tischseite verwandelte sich in eine dunkle Laube.
Clare sagte: »Dir hat der Himmel nichts ausgemacht.«
»Wo? Wann?«
»Auf deinem Hügel da.«
»Nein. – Das war scheußlich, du bist einfach weggelaufen!«
»Von wann sprichst du?«
»Letztes Mal, neulich abends. Plötzlich warst du weg – wie vom Erdboden verschwunden. Keine Vorwarnung, kaum auf Wiedersehen gesagt; rennst weg, springst in dein Auto, knallst die Tür zu, läßt den Motor an – und raus aus Applegate!«
Die derart sich Beklagende hielt inne und trank einen Schluck Kaffee. Dann starrte sie Clare über den Tisch hinweg an.
»Konntest du es nicht eine Minute länger aushalten?«
Clare reckte ihre Nase in die Luft; sie zeigte ihr Profil. Mopsie Pye stellte fest: »Mußte weg. Es war schon sehr spät. Hab' viel um die Ohren, weißt du. Zeit ist Geld.«
»Ja, aber so blieb ich mit ihr allein übrig. Zwei fremde Frauen ohne jeden Kontakt. Und obendrein konnte sich die arme Sheikie kaum noch aufrecht halten. Sie ließ den Kopf hängen wie –«

»Unsinn. Die ist stark wie ein Pferd.«
»Jedenfalls wurde ihre Nase ganz blau. Sie hatte einen ziemlich anstrengenden Tag gehabt, wenn man sich's überlegt. Trübselig ist nicht das richtige Wort, obwohl man ihr es kaum hätte verargen können. Was haben wir eigentlich danach gemacht? Ach ja, Tee getrunken.«
»Das kann dich nicht viel gekostet haben; eine Zitrone?«
»Im Gegenteil, sie hat sich mit Riesenmengen Toast vollgestopft, wie ich erfreut feststellte. Vielleicht mag sie einfach nicht essen, wenn du dabei bist? Manche Tiere fressen auch nicht vor ihren Wärtern.«
Clare konnte sich gerade noch beherrschen: »Das mußt du gerade sagen – würde sie wohl auch sagen.«
»Keineswegs. Ich hab' nur mit dem Köder gelockt; du hast sie in die Enge getrieben. Ja, das hast du, Mumbo, völlig eingedeckt hast du sie bei eurem Teenachmittag bei Harrods.«
»Es war nicht Harrods. Das macht aber nichts. Weiter.«
»Was starrst du mich so an?« fragte Dinah und hielt inne.
»Du hast dich entwickelt.«
»Geistig? Das hättest du neulich schon merken können.«
»Es waren sehr verschiedene Eindrücke«, sagte Clare grob.
»Nun, als der Toast alle war, hatte ich einen Einfall. Ich setzte sie ins Auto, und wir fuhren zu Frank. ›Wir wollen etwas trinken bei ihm‹, sagte ich unterwegs zu ihr, sehr langsam und deutlich. ›Und obwohl er traurig sein wird, daß du wieder weg mußt, wird er dich sehr gern in seinem Wagen an die Bahn bringen.‹«
»Hat sie das aufgemuntert?«
»Sie hat ein Auge ein bißchen aufgemacht. Jedenfalls, so habe ich sie verlassen. – Was ich nie erfahren werde, ist, wie ich das Auto nach Hause gekriegt habe. Sogar dieses kurze Stück. (Nein, kein Alkohol, jeder weiß, daß ich nicht trinke.) Als ich es geschafft hatte, sah ich mir mein Bett an und dachte nur noch ›schlafen, sofort schlafen‹. Ich legte mich hin, um zu sehen, ob der Schlaf mir gut tun würde, und stand nicht mehr

auf. Ich schlief und schlief und schlief, wie von einer Axt gefällt.«
»Ich auch«, entschlüpfte es Clare.
»Du schliefst und schliefst und schliefst? Obwohl Zeit wirklich Geld ist?« konnte sich Dinah nicht verkneifen, hinzuzufügen.
»Trotzdem.«
»Ich möchte wirklich wissen, was mit uns beiden los war.«
»Noch etwas Kaffee?« fragte Clare.
Dinah nahm ihre neu gefüllte Tasse, drückte die Zigarette in der Untertasse aus und zündete sich eine neue an. »Paß auf, wohin du das Streichholz wirfst!« sagte Clare scharf. Die Raucherin sah, begreifend, auf den Fußboden, der – jetzt, da der Karton leer war – mit Holzwolle, nicht brennbarer Watte und dünnen, halb aufgerollten Papierrollen übersät war. »Ja, wir könnten leicht in Flammen aufgehen. Aber trotzdem, wofür hältst du mich eigentlich?« Sie stand auf, ging zu einem der Regale und warf das Streichholz in eine der vielen Schüsseln; noch nicht zufrieden damit, opferte sie auch ihre Zigarette und drückte sie in der Schüssel aus. Nachdem sie noch ein letztes Mal in die Schüssel gesehen hatte, fragte sie: »Wer ist Paul?«
Clare, die auf das dunkelgrüne Rollo gestarrt hatte, fragte: »Wer?«
»Es steht unten auf der Schüssel.«
»Ach so, ein Hund. Wir führen sowas auch.«
Dinah ging in dem Raum auf und ab, schnippte mit Daumen und Zeigefinger und rief: »Paul! Paul! Paul – Hört sich gut an«, gab sie zu, »aber wird der Hund nicht eingebildet mit so einem Namen?«
»In deinem Haus habe ich keinen Hund gesehen.«
»Francis sagt, er hat nichts übrig für Hunde. Und was würde aus dem Tier, wenn ich weg bin?«
»Bist du oft weg?«
»Hin und wieder. – Frank hat einen Labrador, aber der beißt, deshalb bleibt er meist im Haus ... Mumbo! Daß Sheikie

keinen Piep von sich gibt, kann man gerade noch ertragen, aber –«
»Es tut mir leid, aber ich habe viel zu tun.«
»Das hast du schon einmal gesagt.«
»Findest du mich unhöflich? Hätte ich dir einen Dankesbrief schreiben sollen?«
»Das wäre besser als nichts gewesen«, sagte Clare traurig. »Ich habe überlegt, ob du vielleicht anrufen würdest.«
»Ich habe es nicht getan.«
»Nein. Als ich gestern abend anrief, klang deine Stimme ziemlich ärgerlich.«
»Ich bin aufgeschreckt, als dein Anruf so plötzlich kam.«
»Das ist der Nachteil eines Telefons. Was hast du gerade gemacht?«
»Ich war in meiner Wohnung.«
»Natürlich, sonst hättest du nicht antworten können. Was hast du gemacht?«
»Über dich nachgedacht«, sagte Clare schroff.
»Warum auch nicht! – Was hast du für eine Wohnung?«
»Eine ganz normale.«
»Kann ich nicht mal kommen und sie mir ansehen?«
»Wenn du willst ..., d.h. wenn ich da bin.«
»Wie freundlich du bist!«
Clare sah in die Kaffeekanne: kein Tropfen mehr drin. Daß Dinah ihre volle Tasse völlig vergessen hatte, ärgerte sie besonders. Sie verlangte die Tasse zurück, setzte sie mit den anderen La Poupée-Stücken auf das lustige Tablett zurück, stand auf und schob das Tablett durch den Vorhang. »Phyllida, kannst du uns das hier abnehmen?«
»Aber Miss Burkin-Jones, niemand hat von dem Kuchen gegessen!«
»So? Bring ihn zurück, iß ihn, mach' was du willst damit.«
»Sind Sie heute morgen sehr müde, Miss Burkin-Jones?«
»Nein.«
»Soll ich den Vorhang zuziehen?«
»Wie du willst.«

Während dieser Unterhaltung blieb Dinah mit halboffenem Mund sitzen. Als Clare zurückkam, stand ein Ausdruck der Bestürzung, des Verlassenseins in ihrem schönen Gesicht. »Es tut mir leid«, sagte sie und ging zum anderen Ende des Tisches hinüber, wo sie sich daran machte, die Gegenstände aus dem Karton auszuwickeln: zierliche Schüsseln für Cornflakes aus Milchglas und grünliche, schwere Untertassen, die fast wie Alabaster aussahen, alle einander gleich, kamen nacheinander ans Tageslicht. Dinah trat näher und fragte: »Kann ich helfen? Soll ich die hier irgendwohin stellen?«

»N-nein, danke. Ich weiß, wo sie hinkommen.«

»Du könntest es mir sagen. Sind sie sehr hübsch? Wofür sind sie eigentlich gedacht?«

»Wofür wohl!«

»Du antwortest einem nie. Manchmal glaube ich, du hörst mir überhaupt nicht zu.«

»Oh, ich höre gut, wenn ich will. Ich habe dich auch jetzt gehört. Sieh mal, Dinah –«

»Nenn' mich nicht Dinah!«

»Du bist Dinah! Man wird der, der man ist. Auch dir geht es so. Dinah, versuch' doch einmal, vernünftig zu sein. Es ist zwar traurig, daß wir den Kontakt verloren haben, aber wir beide, du und ich, sind doch ganz wunderbar ohne einander ausgekommen, fast fünfzig Jahre lang –«

»Nein.«

»Ich sagte ›fast‹.«

»Das meine ich nicht. Ich meine, stimmt das?«

»Sieh dich an. Sieh mich an.«

»Sieh Sheikie an.«

Clare hob die Stimme. »›Für den größeren Teil eines Lebens‹, wie Sheikie gesagt hat.«

»Ja, bei Harrods, ich weiß. Was meint man eigentlich mit dem ›größeren Teil‹?«

»Keine Wortklaubereien, hör' lieber zu! Daß wir uns wieder getroffen haben, war sehr nett. Aber wir können uns jetzt nicht alle zwei Tage die Tür einrennen. Wir müssen unser eigenes Leben weiterleben.«

»Das hört sich auch nach Sheikie an. Wir haben uns eine Woche nicht gesehen!«

»Und?« fragte Clare und blickte sie unfreundlich an.

»Wenn du wieder gehen wolltest, warum bist du überhaupt zurückgekommen?«

»Meine Güte, das mußt du gerade fragen! Du hast uns ja fast erpreßt.«

»Ich glaubte, nur Sheikie habe es so empfunden.«

»Du hast recht, ich nehme das zurück. Ich hab' mich jedenfalls gefreut.«

Dinah fuhr geistesabwesend mit einem Finger über den Rand einer der unechten Alabasterschalen und sagte: »Mir ist es gut gegangen, du hast recht. Fast immer in meinem Leben, ich meine, wie es so kommt. Aber man kann etwas versäumen, ohne zu wissen, was man versäumt, sogar ohne zu wissen, daß man etwas versäumt.«

»Ich habe keine Ahnung, was du meinst.«

»Ich will nicht, daß du wütend wirst. Ich habe nicht gemerkt, daß ich drauf und dran war, euch auf die Nerven zu fallen. Du meinst, du hast jetzt keine Zeit für mich? Oder keinen Platz?« fügte sie hinzu und sah sich in dem engen, vollgestopften Raum um. »Phyllida glaubt«, fuhr sie mit gesenkter Stimme fort, »ich müsse doch merken, daß ich deine Zeit vergeude. Mumbo – hat sie recht?«

»Nein.«

»Was soll ich also nicht tun?«

»Du sollst mich nicht unsicher machen, nicht mit dem Boot schaukeln, in dem ich sitze.« Clare setzte Schüsseln übereinander und hielt sie plötzlich Dinah hin. »Hier, stell' die auf das Regal, wo die anderen sind; immer eine von unten, zwei von oben, ja?«

»Ja, ich hab die anderen gesehen. Sie sind aber doch gelb?«

»Gelb, ja. Und dann hol' dir die übrigen. Wenn sie alle auf dem Regal sind, zähl' sie!«

Dinah konnte das gut. Sie ging langsam an den Regalen entlang.

»Wenn ich ein paar von diesen hier abstauben könnte –«, sagte sie sehnsüchtig. »Es hat aber keinen Zweck, bevor der Fußboden nicht sauber ist. Soll ich –?«

»Nein, Die Kiste steht noch da.«

»Ich sehe da einen Besen. Hast du nicht auch einen kleinen Lappen? Es ist hier ziemlich feuergefährlich!«

»Heb dir deine Talente für zu Hause auf!«

»Du hast neulich nicht viel von meinem Haus gesehen, von Applegate. Nur das Bad und das langweilige Eßzimmer. Nicht einmal die Höhle.«

»Ich bin allein ins Haus zurückgegangen.«

»Ich weiß, wann; ich hab' nämlich Sheikie gerade den *potager* gezeigt.« Dinah drehte sich um und sah Clare lächelnd an.

»Das freut mich. Warst du auch im Wohnzimmer?«

»Wo die Uhr deiner Mutter ist? Ja.« Clare hielt inne. »Das Porzellan ist wohl nicht mehr da?«

»Nein. Es ist in meinem Zimmer.«

»Und wo ist der andere bestickte Hocker?«

»Oben, an meinem Bett; ich habe Bücher drauf liegen.«

»Ist deine Mutter tot, Dicey?«

»Ja. Du weißt doch, wir sind nie wieder nach Haus Feverel zurückgegangen.«

»Woher soll ich das wissen? Wir waren weg. Wohin seid ihr dann gegangen?«

»Wir sind da oben geblieben. Ich meine, in Cumberland, Vetter Roland wollte es so. Er konnte sich nicht entscheiden, ob er uns verlassen sollte oder nicht, als der Krieg ausgebrochen war und es nicht sehr gut stand. Er wollte nicht, daß wir näher an die Deutschen herankamen. ›Was nützt euch der Kanonenlärm?‹ sagte er. ›Nein, ihr bleibt besser in Cumberland.‹ Jedenfalls glaube ich, daß er das sagte. Jedenfalls, wir blieben da, und wir fanden auch ein Haus. Wohin seid ihr gegangen?«

»Mutter und ich? Zu meiner Großmutter.«

»Oh, Mumbo!«
»Ja. – Eure ganzen Sachen gingen also nach Cumberland?«
»Nein. Es war ein möbliertes Haus. Sie kamen in ein Möbellager.«
»Ich kann mir deine Mutter nicht ohne ihre Sachen vorstellen.«
»Du brauchst es nur ein paar Jahre lang zu versuchen.«
»Und nach Cumberland?«
»Es gab kein Nachher. Ich war übriggeblieben. Und Vetter Roland.«
»Oh«, sagte Clare betrübt.
»Sei nicht traurig«, sagte Dinah und wandte sich wieder den Regalen zu. »Was ich nicht verstehe, ist, wohin all dies neue Zeug kommen soll. So wie er ist, scheint der Laden gerade groß genug zu sein. Würde ihn dies hier nicht zu voll machen?«
»Fast die Hälfte von dem, was hier ist, kommt raus.«
»Um Himmels willen – wohin?«
»Wieso? In eine andre Filiale. Das ist das ganze Prinzip: die Sachen immer in Bewegung halten.«
»Woher weißt du das alles? Wie hast du das herausgefunden?« Ernüchtert sagte Dinah: »Clare, wie tüchtig du bist! Solche Sachen wie die hier hast du immer schon gern gehabt, aber entweder hast du sie nie angefaßt, oder du hast sie gleich fallen lassen. Und jetzt lebst du davon?«
»Jetzt lebe ich davon. Ja, du hast recht, ich habe große Fähigkeiten. Ich hätte fast alles machen können. Ich meine, wirklich –« Sie starrte Dinah gleichmütig an und sagte: »Ich meine das im Ernst.«
»Du warst intelligent. Hättest du nicht studieren sollen oder sowas?«
»Was macht das jetzt schon aus? Wer kümmert sich darum?«
»Ich.«
»Fang' bitte nicht wieder damit an.«
»Ich fange mit gar nichts an. – Eins kann ich dir jedenfalls

sagen: Wenn einer hier geheimnisvoll tut, dann ist das Sheikie. In manchem ist sie faszinierender als du.«
»So?«
»Ja. Stachliger, viel mehr als du oder ich. Findest du nicht? Jedenfalls ist sie wie mit einer dicken Schicht überzogen. Deshalb ist sie immer ›in‹, fast nie nicht in – fällt dir das nicht auf? Zum Teil ist es wohl diese schicke Umgebung in Southstone, in der sie zu leben scheint. Und die Zeit hat natürlich auch das Ihre getan, obwohl sie uns beide noch nicht mit so einer Patina überzogen hat. Man könnte sagen, sie ist in Potenz das, was sie früher war – wie du auch, und ich wahrscheinlich ebenfalls. Trotzdem frage ich mich, ob es das allein ist. Glaubst du nicht, sie hat uns ein bißchen was vorgespielt? Nun, das hat sie schon immer getan, jetzt ist es nur stärker ausgeprägt und hat vielleicht stärkere Motive. Nämlich, und darauf will ich hinaus: sie ist deshalb so faszinierend, weil sie trotzdem ZU ALLEM FÄHIG ist!«
»Das sind wir alle«, sagte Clare ziemlich vage, »nicht wahr?«
»Nein, ich glaube nicht. Nicht so wie Sheikie. Du glaubst, sie war immer so? Vielleicht hast du recht – was ich sagen will, ist nur, daß die Zeit bewirkt, daß jeder von uns zu immer neuen Dingen fähig ist. Für mich gibt es verschiedene Geheimnisse im Zusammenhang mit Sheikie. Wie war das mit dem Tanzen? Was ist aus ihrem Tanzen geworden? Und daß sie keine Kinder hat: macht es ihr etwas aus oder nicht? Und noch eins sage ich dir: Sie hat diesen Trevor erfunden – ganz bestimmt aus gutem Grund. Wir haben alle Trevor gekannt. Dieser Trevor, von dem sie dauernd redet, ist nicht Trevor.«
»Du hast neulich nicht gerade nett von Trevor gesprochen, als ihr auf der Mauer saßt«, sagte Clare. »›Wie kann man diesen Häusermakler heiraten?‹ hast du gerufen.«
»Woher soll ich ahnen, daß *das* Trevor ist? In ihrem Brief hat sie mir nur geschrieben, daß sie jetzt eine Artworth ist.«

»Warum nicht? Er war der Erbe.«
»So? Ja, um weiter zu erzählen: Sheikie hat bestimmt keine Angst. Ich wette, sie hat Southstone wie ihre eigene Brut verteidigt, in den berüchtigten vierziger Jahren, ich sehe sie geradezu, wie sie auf einem Felsen sitzt und jedes Geschoß zu diesen elenden Deutschen zurückschleudert. Kein Wunder, daß sie solche Angst vor einer Landung hatten. Ja, tapfer wie eine Löwin – aber das sind wir alle. Was Sheikie außerdem noch hat, das ist so eine ruhige Tüchtigkeit. Sie gäbe eine großartige Krankenschwester oder Mörderin ab. Findest du nicht?«
»Das ist eine sonderbare Frage.«
»Ich frage ja auch nur. – Und warum hat sie so spät geheiratet? Was ist vorher passiert? Vielleicht war sie nur eine ›kühle Schönheit‹, aber ich bezweifle das stark. Und weshalb ist sie über meine Annoncen so in Rage geraten? Wie eine Irre hat sie getobt, sagst du.«
»Das habe ich nicht gesagt.«
»Den Eindruck mußte man jedenfalls bekommen.«
Clare hatte während dieses Dialogs den Reißverschluß einer modischen Kollegtasche aufgezogen und verschiedene Papiere herausgenommen (Rechnungen, Kontrollisten und Frachtbriefe waren schon unter den größten Teil der geprüften Ware gesteckt worden); sie sah jetzt auf die Uhr – ostentativ wie jemand, der das gleiche schon einmal umsonst getan hat. Sie setzte sich eine Brille auf.
»Es tut mir leid, aber ich muß jetzt gehen.«
»Hast du eine Konferenz?«
»Du hast zufällig recht.«
»Das ist typisch. Was ist das für eine Konferenz? Hast du wenigstens noch fünf Minuten Zeit?«
»Du hast genug geredet.«
»Ich rede nur, wenn ich etwas zu sagen habe«, sagte Dinah selbstzufrieden und steckte sich eine Zigarette an.
»Ein ausgezeichnetes Prinzip. – Es tut mir leid, aber es gibt einige Dinge zu besprechen.«

»Soll das heißen, daß Phyllida wieder hereinkommt?«
»Nein, diesmal die andere. Die andere ist der Boss hier, wenn es überhaupt einen gibt. Sie ist vernünftiger.«
»So. Wie heißt sie?«
»Mrs. Stokes.«
»Warum Mrs. Stokes, wenn du die andere Phyllida nennst?«
»Sie ist Witwe.«
»Ich bin auch Witwe, aber du nimmst darauf nicht gerade sonderlich viel Rücksicht. Kannst du nicht warten, bis ich weg bin?«
»Wann gehst du?«
»In ein paar Minuten, hatte ich gedacht.«
Dinah begann in ihrer tiefen Handtasche zu wühlen, die, seit sie sie zuletzt benutzt hatte, offen an ihrem Arm hing. »Hier, ich wußte doch, daß ich es bei mir hatte: in Reliefdruck auf ihrem Briefpapier.« Ihre nächste Bewegung wirkte entschlossen, doch ohne Hast.
»Dicey, was machst du mit meinem Telefon?«
Dinah traf offensichtlich Vorbereitungen für ein längeres Telefongespräch. Sie zerrte einen Stuhl dahin, wo sie ihn haben wollte, setzte sich darauf, sorgte dafür, daß die ›Paul‹-Schüssel in Reichweite war, drehte sich um, holte das Telefon vom Regal und stellte es sich aufs Knie, daß man glauben konnte, sie spiele mit einem Schoßhund. Sie drehte sich zu Clare um, und es war klar, daß sie vorhatte, in dieser Stellung zu verbleiben: mit dem Gesicht zu Clare. Ihre Entschiedenheit war faszinierend.
»Einen Ton von Sheikie, bloß einen Ton, wäre das nicht schon ein Triumph?« sagte sie. »Wie eine Botschaft vom Mars. Los, komm' schon, willst du Sheikie denn ganz aus dieser Sache heraushalten?«
»Wir haben sie eben noch in den Himmel gelobt.«
»Ich glaube nicht, daß das ganz dasselbe ist. Wie kriegt man mit diesem Telefon ein Ferngespräch?«
Da es ihr nicht gesagt wurde, fand sie es selbst heraus. Die

Verbindung mit Southstone kam überraschend schnell zustande.
»Oh, Hallo! Wer ist da? – Macht nichts, aber glauben Sie, ich könnte Mrs. Artworth sprechen? ... Das wäre nett. Sagen Sie, es sei dringend. (Weißt du, wer das bestimmt war? Trevors altes Kindermädchen! Hat auch das Pulver nicht erfunden. Sie sagt, sie *glaubt*, Sheikie sei da«, sagte Dinah mit ehrfürchtiger Miene. »So einfach ist das, nach all den Jahren.) ... Oh, Sheikie, hallo! ... Warum? Natürlich bin ich es. (Sie hat meine Stimme erkannt.) ... Ich hab gerade zu Mumbo gesagt, daß du meine Stimme erkannt hast ... Ja, natürlich, sie ist hier, d. h. ich bin bei ihr ... in einem Mopsie Pye-Laden ... ein wahrer Paradiesgarten (Sie will wissen, wie dein Laden ist) ... Ich habe Mumbo gesagt, du willst wissen, wie ihr Laden ist ... Ihr geht es gut (Stimmt doch, nicht?) ... Mir geht's *sehr* gut. Aber viel wichtiger ist, wie es *dir* geht. Das wollten wir wissen. Geht's dir auch wirklich gut? ... Ja, aha. (Sie hat sich die Füße müde gelaufen) ... Aber sonst geht's dir gut? ... Da hast du ja allerhand zu tun (Sie hat einen Stand mit Gebrauchtwaren bei irgendeinem Bazar übernommen) ... So? Da haben wir ja Glück, daß wir dich überhaupt erwischt haben, wir wollen dich auch nicht aufhalten. (Sie wollte gerade aus dem Haus gehen, zu ihrem Stand, als das Kindermädchen sie festhielt) ... Ich habe Mumbo gerade von dem Bazar erzählt ... Bist du neulich abends gut nach Hause gekommen? ... Gut. Wir haben uns schon Gedanken gemacht ... (Sie war ziemlich erledigt) ... Es ist gut zu wissen, daß du da bist. Wie schön, wenn du jetzt hier wärst! ... Ja, das ist leicht möglich, wenn man es sich überlegt (Ob wir uns treffen, will sie wissen) ... Fast immer. Jeden Abend, an dem Mumbo frei hat. Wir versuchen es wenigstens ... Ich kann mir nicht vorstellen, daß nicht wenigstens der Schulgarten noch da ist – Ja, aber vielleicht haben sie nicht alles umgegraben ... Gut, dann nicht, Sheikie ... Ich weiß, aber wir glauben, es lohnt sich, wenigstens einen Versuch zu machen ... Ich weiß, aber es handelt sich um keine Leiche (Laß die Toten

ruhen, sagt sie. Ziemlich spät, würde ich sagen) ... Ich verstehe. Wie kannst du überhaupt, wenn du so prominent bist? ... Wenn es Ärger gibt, können wir das auch nicht verhindern ... Ja, aber wer weiß denn schon, daß du uns kennst? Wir werden natürlich nichts sagen. Erst wenn alles geklappt hat, würden wir zu dir kommen ... Das ist sehr nett von dir, Sheikie (Was zu trinken, sagt sie) ... Gut, wir sagen Bescheid ... Ach, noch etwas: Hast du schon jemals einen Menschen umgebracht? ... Was? ... Aha ... Ich wollte nur wissen ... Nein, Mumbo glaubt, daß du es noch nicht gemacht hast (Das stimmt doch, oder?) ... Haha, ja, wie sonst was? Da kannst du Gift drauf nehmen! Du hättest hier sein sollen! ... Ja, du mußt, sonst läuft dir dein Bazar weg. Also bis bald ... (Mumbo, Sheikie sagt, ich soll dir alles Gute wünschen) ... Sheikie, Mumbo sagt, ich soll dir auch alles Gute wünschen ... Bis dann!«

Dinah legte langsam den Hörer auf und sah ihn dabei liebevoll an. Sie sagte zu Clare: »Eins hat mir meine Mutter verboten, was Sheikie immer machte – ich glaube, deine Mutter war genauso – das war, ›Bis dann‹ zu sagen. Weißt du, trotz dieser alten Mrs. Beaker war Sheikie immer supermodern.« Das Telefon mußte wieder auf das Regal zurück. »Ich bin froh, daß wir angerufen haben. Ich glaube, sie hat sich gefreut. Es war gut. Ihr Leben ist nämlich ganz menschlich, weißt du.«

Clare zog es vor, muffig zu sein. »Wie kann man so etwas am Telefon fragen!«

»Warum? Ihre Leitung wird doch nicht abgehört – oder deine vielleicht? Da du zu dieser Konferenz mußt, solltest du lieber aufbrechen, und ich muß auch gehen. Gut, ich habe dich nur um fünf Minuten gebeten. Wie weit ist es von hier nach London?«

»Was hat sie gesagt?«

»Du brauchst es nicht zu wissen, wo du doch dagegen bist. Sie sagte ›nicht eigentlich‹, nachdem sie eine Minute nachgedacht hatte. Sie nahm es sehr ruhig hin, in guter Haltung. Im

Ganzen schien es ihr angenehm zu sein, daß sie gefragt wurde. Die Leute haben es gern, wenn man sich für sie interessiert. Gesellschaft hin und her, ich glaube nicht, daß Sheikie viele Freunde hat.«

»Und noch etwas, Dinah, was ist das für ein Plan?«

»Nun, was wir neulich nachmittags planten. Du weißt doch, im Obstgarten von Applegate, als Sheikie uns plötzlich diesen furchtbaren Schlag versetzte. Ja, es war ein Schlag, er war so stark, daß ich Mühe hatte, den Gedanken wieder loszuwerden. Wenn man sich es überlegt, war es aber nicht unbedingt ein Schlag für unseren Plan. Wie Sheikie gerade eben gesagt hat – und ich glaube, wir hätten das gemerkt, selbst wenn sie es nicht gesagt hätte –, die ganze Gegend dort ist mit neuen Häusern bebaut worden. Neue Häuser, besonders an Stellen mit hübscher Aussicht, haben oft hübsche kleine Gärten, nicht wahr? Und um hübsche, kleine Gärten anzulegen, benutzt man oft Reste von Gärten, die schon vorher da waren. Ich habe wenigstens gehört, daß es so etwas gibt. Du nicht auch?«

»Ich werd' verrückt, wenn wir wirklich dahin fahren!«

»Und ich werde nicht verrückt, sondern mich sehr wundern, wenn wir es nicht tun.« Dinah sah auf ihre Uhr. Sie fragte noch einmal: »Wie weit ist es von hier nach London?«

»Welcher Stadtteil?«

»Wo man zu Mittag ißt. Ach, und stell' dir vor, mit wem ich zu Mittag esse: mit Packie! Wie müssen uns unbedingt treffen, er hat wirklich ein Recht darauf«, sagte Dinah entschlossen. »Danach werde ich zu William fahren und mich ausschlafen, ich bin ziemlich früh aufgestanden. Wenn ich zu William gehe, bleibe ich wahrscheinlich die Nacht über da.«

»William ist –«

»Mein Sohn.« Wieder wurde die Handtasche durchsucht – nach dem Autoschlüssel?

»Ich dachte, du hast zwei?«

»Natürlich. Roland wohnt in der Nähe von Canterbury und

William und Annie in Rutland Gate. Mumbo, nein, bitte bring' mich nicht hinaus, du hast zu tun. Oh, sei doch nicht plötzlich so furchtbar höflich! Außerdem muß ich ein ganzes Stück zu Fuß gehen, ich konnte den Wagen nirgends, aber auch nirgends parken. Wo ist der Mini? Wo hast du ihn gelassen? Ich hab' ihn überall vergeblich gesucht. Dies scheint eine sehr lebhafte Stadt zu sein. Sind alle Städte, in denen du deine Läden hast, genauso? Wie weißt du, wo du jeweils bist? Ich meine, in welcher Stadt? Fährst du heute noch woandershin?«

»Ja, heute nachmittag.«

»Auf den ersten Blick glaubte ich, ich sei hier schon einmal gewesen, aber ich glaube, das kann nicht sein. Tatsache ist jedenfalls, daß ich nie wieder hierherkommen werde. Nächstes Mal treffen wir uns irgendwo anders, nicht? Ich –«

Im Durchgang stand Mrs. Stokes, unschlüssig. Die ältere Aubergine hielt einen Notizblock und einen goldenen Füllfederhalter (ein Geschenk ihres verstorbenen Mannes?) in der Hand. »Verzeihung«, sagte sie.

»Kommen Sie ruhig herein!«

»Ich kann später noch mal wiederkommen, Miss Burkin-Jones.«

»Nein, Mrs. Delacroix geht jetzt.«

2

Rutland Gate, abends

Liebe Mumbo!

Als ich heute morgen in Deinem Laden war, habe ich etwas gesehen, das ich sehr gern haben möchte: ein Buttermesser für den Frühstückstisch. Klinge ziemlich kurz, 6–7 cm würde ich sagen, aber großer Griff (unproportional groß), knorrig und dunkel, mit einem Höcker in der Mitte. Je mehr ich daran denke, desto mehr möchte ich es haben.

Leider war dies Buttermesser im falschen Teil des Ladens

(Deines Ladens, meine ich), sonst wäre es ganz einfach. Sheikie hat mir erzählt, daß es sehr schwierig war, Dir eine solche Brosche abzukaufen, wie Du sie bei Eurem geheimen Tee-Treffen getragen hast. Wenn Du das Messer nicht verkaufen willst, schenkst Du es mir dann? Ich weiß, daß man angeblich die Freundschaft zerschneidet, wenn man jemandem ein Messer schenkt, aber das gilt nicht mehr, wenn man dem Geber Sixpence oder auch bloß einen Penny gibt. Du brauchst keine Angst zu haben, daß Du mir etwas Gefährliches gibst; dieses Messer (ich habe es schon ausprobiert) wird nur Butter schneiden, und die sehr gut. Und Du brauchst auch nicht zu glauben, daß es ein Symbol ist (alles kann ein Symbol sein, wie wir wissen). Du hast in Deiner Hexenküche bestimmt alles, und Deine Kunden wissen das.
Könntest Du (oder wäre das eine Zumutung?) Mrs. Stokes oder Phyllida anrufen – wahrscheinlich Mrs. Stokes? Ich hoffe, Du sagst jetzt nicht, daß das Messer zum Teil Eigentum des Aufsichtsrats ist. Ich weiß, wie kompliziert so ein Geschäft sein kann. Aber ich möchte das Messer haben. Erst wenn ich es jeden Morgen als allererstes sehe, kann ich Dir sagen, warum. Und mit einem so großen Griff kann es auch nie verlorengehen.
Das Grand Hotel in Southstone wäre der beste Ort für unser Treffen, da die Stelle, wo wir hinwollen, sich so verändert hat, daß wir uns leicht verfehlen können. Es wäre gut, wenn wir noch bei Tageslicht da wären, um unsere Sachen zu holen, und dann im Auto warten, bis es dunkel ist. Sei also um 5 im Grand, oder wenigstens so früh wie Du kannst. Ich bringe alles Notwendige in meinem Auto mit. Ende nächster Woche wäre am besten, da ich vorher viel zu tun habe, wie Du wahrscheinlich auch. Also – falls Du nicht noch schreibst, daß Dir Freitag besser paßt, warte ich am Donnerstag im Grand auf Dich. Ich bin auf jeden Fall im Grand, komme, was will. Ich habe diesen Nachmittag überhaupt nicht geschlafen, da ich die Kinder in einem Boot spazieren fahren mußte, während Annie beim Heilpraktiker war; daher freue ich mich

aufs Schlafen heute abend, in Wirklichkeit schon jetzt. Wie Du wohl mit der großen Kiste zurechtgekommen bist? Ich hätte sie Dir im Handumdrehen aufmachen können.

Sehr herzlich
Deine D.

3

»Immer noch sehr großartig«, sagte der ehemalige Stammgast des Grand. Dinah bahnte sich mit ihrer Freundin einen Weg durch die teppichbelegten Katakomben, vorbei an zwei oder drei Bars bzw. Cocktailbars; alles war dunkel, leer und ohne Echo.

»Nicht gerade die günstigste Zeit«, glaubte Clare bemerken zu müssen. Aber die andere klapperte laut mit ihren Absätzen auf jeder weißen Stufe der flachen Treppe, die sie hinuntergingen, und rief: »Marmor!« Sie fügte hinzu: »Im Auto habe ich eine Flasche!«

Nur wenige Leute waren auf der Promenade. Der Spätnachmittag am Meer war klar und ohne Sonne, die See wirkte herbstlich. »Manche Orte können richtig verdunsten, nicht?« sagte Dinah und sah mit leerem Blick um sich. »Die Armen!«

»Das hier hat mir nie sehr viel bedeutet«, sagte Clare und sah, etwas neugieriger geworden, auf die Promenade. Sie gingen um das Grand Hotel herum bis zum Parkplatz, der nicht sehr voll war.

Dinah fragte: »Was machen wir mit deinem Mini? Kommen wir wieder hierher zurück und holen ihn auf dem Weg zu Sheikie ab?«

Sie stiegen in den Hillman und ließen den Wagen langsam den Hügel hinabrollen. Die Beifahrerin blickte streng drein und zog erst einen, dann den anderen ihrer feinen schweinsledernen Handschuhe an. »Wir wollen uns nichts vormachen, weshalb ich hier bin«, begann sie.

»Nein, wir wollen damit jetzt nicht anfangen.«

»Es war meine letzte Hoffnung, dich vor dem Kittchen zu bewahren.«

Der Wagen bog um eine scharfe Kurve am Fuß des Hügels. Aus dem Gepäckraum war ein klirrendes Geräusch zu hören. »Das sind die Spaten«, sagte die Fahrerin. »Sie haben die ganze Zeit von Applegate bis hierher geklappert. Francis muß sie nicht besonders fest verstaut haben. – Schnell, die wievielte Straße links ist es? Sieh mal nach, wie viele es gibt!«

Veränderungen haben nur selten etwas Endgültiges. Was da ist, ist da; nur um das, was nicht da ist, bildet sich etwas Fiktives. Auf den ersten Blick schien es unmöglich, auszumachen, wo St. Agatha (sowohl das Grundstück als auch die Gebäude) gelegen hatte. Die Küstenstraße verlief jetzt anders; hatte sich auch die Form der Küste verändert? Die Straße führte nicht mehr so steil zum Strand hinunter, obwohl noch immer eine Balustrade ihn schützte. Ein weißer Pavillon aus Beton und Glas, der den Winter über leer und verlassen dalag, unterbrach an einer Stelle das Geländer. Gegenüber war der Fuß des Hügels eine ganze Strecke lang mit Feldsteinen befestigt worden. Es gab keinen Weg nach oben, bis die Befestigung aufhörte, dann führte ein Weg steil bergan. Die Straße war zwar gut gepflegt, sah aber nicht mehr sehr neu aus. Der Eindruck von Diskretion und Zurückgezogenheit, den sie vermittelte, wurde durch ein Schild ganz unten verstärkt, das besagte: Keine Durchfahrt!

Um zum Hügel hinaufsehen zu können, mußte man aus dem Auto aussteigen. Dinah und Clare traten ein paar Schritte zurück und blieben mit dem Rücken zur Balustrade stehen. Über ihnen breiteten sich etwa zehn bis zwölf hübsche Häuser über die Vorderseite des Hügels aus; sie sahen harmlos auf den Kanal herab. Garagen, deren Türen pastellfarben gestrichen waren, standen auf Abhängen, die von Gärten umgeben waren. Es war offenbar mehr Land gewonnen worden, als ursprünglich zu St. Agatha gehört hatte. (Wo war eigentlich St. Swithin geblieben?) Die Gärten waren wie mit einem dünnen, gelblich bronzenen, herbstlichen Staubschleier verhangen; links von der Straße konnte man noch dunklere, fast düstere Streifen erkennen. Dichte Reste früherer Bepflanzung waren in die neuen Anlagen einbezogen worden. Hatte man sie einmal entdeckt, dann waren die beiden ehemaligen Gebüsche unverkennbar. Eins über dem anderen ragten sie jetzt aus dem Gehölz heraus wie zwei finstere Verschwörerschnurrbärte.

»Das untere«, sagte Dinah sofort.

»Ja, ich glaube, du hast recht.«

»Ich weiß. Darunter war nur der Croquet-Platz, noch weiter unten die Wälle mit den Bänken – Jetzt müssen wir machen, daß wir hinkommen, solange es noch hell ist, und wir müssen sehen, zu welchem Garten sie gehören.«

»Ist das alles?«

»Einen Augenblick.« Dinah sah auf ihren Hillman. »Daß nur keiner an unsere Flasche geht! Wenn wir wieder zurück sind, können wir etwas trinken, während wir warten, bis es dunkel wird. Ich hab' auch Butterbrote mitgebracht.«

Gestutzte Eskalonia-Hecken krönten die Grenzmauern auf beiden Seiten des Privatweges. Tore, die sich zu Auffahrten von verschiedenen Längen öffneten, verkündeten jeweils den Namen des betreffenden Grundstückes. In unmittelbarer Nähe stand meist eine Laterne, die allerdings noch nicht brannte. Bäume, die im Frühjahr offenbar blühten, überragten hier und da die Hecken, und an einer Stelle reckten sie dem Beschauer auch ein Schild mit »Beaker & Artworth. Zu verkaufen« entgegen.

»Trevor wird darauf nicht lange sitzen bleiben. Ein attraktives Grundstück, würde ich sagen.« Die Hecke war zu hoch, um darüber hinweg- und zu dicht, um durch sie hindurchzusehen; daher mußten die beiden in mehrere Einfahrten hineinschauen.

»Da ist es – siehst du? – da unten!« rief Dinah schließlich.

Als sie aus dem Tor herausgingen, versuchten sie, es sich zu merken. »Blaue Grotte heißt es, Blaue Grotte.«

»Ob hier jemand seine Hochzeitsreise verbracht hat?«
»Wohl kaum. Das war Tiberius.«
»Ich weiß nicht, ob du gemerkt hast, daß der größte Teil der Blauen Grotte aus Glas besteht«, bemerkte Clare, als sie fast unten auf der Straße angekommen waren.
»Dann dürfen sie nicht mit Steinen werfen. Für was halten die sich überhaupt?«
»Für was halten wir uns?«
»Red' keinen Blödsinn!« Dinah öffnete die Wagentür und sagte: »Ich weiß nicht, ob wir diese Stelle nicht doch verhext haben, ich bin nicht sicher.«
»Ich hab' wie ein Schwein geblutet, als ich es schrieb.«
»Ja – aber mir ist das wirklich wichtig: der Fluch könnte nämlich uns selbst treffen!«
»Das sollte dich nicht stören.«
»Es stört mich aber.«
»Dann gib's doch auf, das kannst du doch. Du hast einen schönen Ausblick gehabt – belaß es dabei! Hör' endlich mit deinen Quertreibereien auf, jeder sagt dir das! Sheikie ist doppelt so vernünftig wie du!«
»O ja.« Sie ließen sich im Hillman nieder, um eine feste Basis während der bevorstehenden Wartezeit zu haben. »Und viermal so vernünftig wie du!«
Die Dunkelheit ließ lange auf sich warten. Dinah wuchtete die Vorräte vom Rücksitz nach vorne. »Du sprachst von einer Flasche; das hier würde ich eher eine ganze Bar nennen«, sagte Clare.
»Ich nenne es eine Auswahl«, sagte die Gastgeberin. »Ich weiß immer noch nicht, was ihr wirklich gern mögt.«
Sie tranken, mit hochgeschlagenen Mantelkragen; ein Fenster, zur See hin, war offen. Die farblose, glasige Dämmerung wirkte wie eine gläserne Glocke über einer stehengebliebenen Uhr. Die See war ganz ruhig. Unbeleuchtete Wagen glitten auf der Küstenstraße vorbei, mit gespenstischen Insassen, die jedoch neugierig die Köpfe umwandten. »Sie fragen sich, was wir hier wollen.«

»Was wir hier wollen?« wunderte sich Clare und füllte ihr Plastikglas von neuem. Eine zuknallende Tür (hinter dem Hillman) schien dem leeren Pavillon Echos zu entlocken; kam ein Hausmeister heraus?
»Sagtest du, du hättest Sandwiches?«
»Ja ... hier! Gibt es Neuigkeiten vom Buttermesser?«
»Ich stehe noch in Verhandlungen.«
»Mumbo, was ist aus der unbekannten Sprache geworden?«
»Verschwunden.«
»Zurück in deinen Kopf?«
»In eine Rumpelkammer, wenn überhaupt. Und der Schlüssel ist verlorengegangen.«
»Sie klang entsetzlich«, sagte Dinah immer noch ehrfürchtig. »Hat sie niemand später noch einmal gehört?«
»Nein. Ich habe einen Brief darin geschrieben.«
»Ich verstehe nicht – hat denn jemand den verstanden? Hast du eine Antwort gekriegt?«
»Der Brief ist zu spät angekommen. – Ißt du überhaupt nichts?«
»Gleich.« Dinah sah aus beiden Autofenstern hinaus, in der Hoffnung, wenigstens in einer Richtung Erfreulicheres zu sehen; aber nein – nicht ein Hauch von Dunkelheit. »Ich sehe nicht ein, warum ein Kessel, den man beobachtet, *nie* kochen soll«, klagte sie. »Was ist bloß los? Wir sind doch nicht aus Versehen zum Sonnenaufgang hierhergekommen?«
»Hier drinnen wird es schon dunkler«, sagte Clare. »Ich kann dich kaum sehen.«
»Ich kann dich auch kaum sehen, aber was nützt das? Draußen ist es hell, viel zu hell. Das Warten ist ein Fluch. Unten auf der Straße kann man nicht nach oben sehen, und auf der anderen entsetzlichen Straße kann man überhaupt nichts sehen. Wie ein Traum vom Jüngsten Gericht!«
»Dann fahr' doch weiter!«
»Wohin?«
»Oder laß uns spazierengehen.«
»Hier?«

»Dann mach' nicht so ein Theater!«
»Du kommandierst mich herum wie in alten Zeiten!«
»Wundert dich das?«
»Nein, aber du hast mich früher wirklich herumkommandiert.«
»Was wir brauchen«, sagte Clare, »ist ein Kartenspiel. Oder Musik. – Wonach wühlst du da?«
»Ich suche bloß meinen Transistor ... da ist er. Was gibt's jetzt im Light Programme?«
Schließlich fand sie ein Konzert. Sie hörten zu, mit verschränkten Armen und geschlossenen Augen. Nach dem Konzert kam ein Varieté-Programm. Als sie die Augen wieder aufschlugen, war die Dunkelheit endgültig hereingebrochen. Dinah fuhr aus ihrem Dämmerzustand hoch und schaltete das Parklicht ein. Dann drehte sie sich zu Clare um. »Jetzt hat die Stunde geschlagen. Nachwelt, heraus!«
Sie nahm zwei Taschenlampen aus dem Handschuhfach, stieg aus, ging an den Kofferraum und holte die restlichen Utensilien heraus. »Ich habe diese Hacke mitgebracht, diesmal werden wir hoffentlich keine Blasen kriegen. Nimmst du sie bitte?«
Clare griff automatisch nach der schweren Hacke. Schweigend machten sie sich auf den Weg. Bergauf wechselten elektrisches Laternenlicht und finstere Strecken einander ab, besonders dort, wo die schwarze Straßenoberfläche in die Dunkelheit schattiger Mauern überging. Die dichten Eskalonia-Hecken, die man nur manchmal sah, strömten einen feuchten, lackähnlichen Geruch aus. Zwischen den Laternen bildeten die Bäume Schluchten, und aus einer davon trat eine Gestalt hervor, die wie ein schwarzes Spinnengewebe mit den Schatten verwoben zu sein schien, aus denen sie kam. Sie wartete, wartete darauf, daß jemand sich ihr näherte. Dann sagte sie: »Na, ihr beiden?«
»Sheikie!«
»Schrei nicht so laut, daß ... Habt ihr euch verfahren? Tag, Mumbo!«

»Aha!«
»Wie bist du hergekommen, Sheikie? Hast du das Auto gesehen?«
»Ich bin von oben gekommen.«
»Da ist ein Schild ›Kein Durchgang‹.«
»Das gilt nicht für mich«, sagte die Einheimische. Als Mrs. Artworth hatte sie sich zugleich auffällig und (wenigstens war die Absicht erkennbar) unauffällig gekleidet. Sie trug einen schwarzen Regenmantel, hatte Kopf und Hals dicht in ein schwarzes Chiffontuch gehüllt (hätte aber eine Maske tragen sollen, denn ihr Make-up war phosphoreszierend) und trug schwarze Handschuhe. »Eine sportliche Leistung, Frau Dracula!« sagte Clare.
»Ich will dabeisein, wenn dieser Kasten wirklich noch da ist. Soll ich euch beide vielleicht alleine in den Wurzeln stochern lassen?«
»Die Geheimnisse des Grabes ...«
»Ein Grab sollte es sein, Clare.«
»Es war ein Irrtum von uns«, sagte Clare und wandte sich zu Dinah.
»Das haben wir nicht gesagt«, warf Sheikie ein.
»Ihr glaubt doch nicht im Ernst, daß der Kasten noch da ist!«
»Woher weißt du, daß er nicht da ist?«
»Wie kann er denn noch da sein?«

Er war noch da.
Er war leer.
Er war gefunden worden.
Der Augenblick, als die Hacke durch die gelockerte Erde auf den widerhallenden Deckel des Kastens traf, wurde zur Apokalypse: im gleichen Augenblick erstrahlte die Halle der Blauen Grotte in hellem Licht. Eine lange Reihe von Balkontüren überflutete die Terrasse mit Licht. Fremdartige Ahornbäume erflammten von oben bis unten, sprödes japanisches

Blattwerk war wie durch ein Stereoskop und in Technicolor bis zur feinsten Farbschattierung und bis zum letzten Blattäderchen zu erkennen. In dem sanft abfallenden Garten tauchten nacheinander eine Pan-Statuette (es konnte auch irgendein Faun sein), eine weiße, zusammengeklappte Gartenbank und eine muschelförmige Vogelbadewanne aus der plötzlich illuminierten Dunkelheit auf. Auch das Gebüsch geriet in den Lichtschein, obwohl die Helligkeit abnahm, je tiefer sie in das Dickicht drang. Dennoch konnte man bis auf den Boden des leeren Kastens sehen.
Clare kniete sich hin und fingerte an der Kante des offenstehenden Deckels herum, bis sie ein Stück aufgeweichten roten Siegellack berührte. Dinah legte die Hacke hin und stieß dabei gegen einen Baum, der knarrend einen müden Seufzer von sich gab. Sheikie starrte die Böschung hinauf wie ein Tier, das von näherkommenden Autoscheinwerfern hypnotisiert ist.
»Jetzt geht es erst richtig los, das kann ich euch sagen!«
In einem der Fensterrahmen stand ein Mann und starrte, das Gesicht an die Scheibe gepreßt, hinaus. Wahrscheinlich sah er nur das Spiegelbild der Halle und sein eigenes. »Er sieht wie ein Jugoslawe aus«, sagte Dinah. Offenbar unzufrieden mit den Spiegelbildern trat der Mann vom Fenster zurück und hinaus ins Freie. Er überquerte die Terrasse, kam die Stufen herunter (auf denen er eine auffällige, sehr dramatische Pause einlegte und sich nach allen Seiten umsah) und ging dann langsam seinen Garten hinab.
Clare richtete sich schnaufend aus ihrer knieenden Stellung auf und sagte: »Nun ...« Mrs. Artworth, fast im Tonfall befriedigten Erschreckens, sagte: »Mein Gott im Himmel!«
»Verschleire dich, du dummes Ding!« Sheikie, die wie immer wunderbar reagierte, zog das Chiffontuch fast über die Augen und befestigte es mit einem einzigen Griff.
Ihre Augen sahen zum erstenmal dunkel aus und nahmen über dem Tuch einen Ausdruck orientalischer Passivität an. Dinah trat aus dem Gebüsch heraus und ging dem Mann entgegen.
»Guten Abend«, sagte sie.

»Davon weiß ich nichts.«
Sein Vormarsch war aufgehalten worden.
»Ich fürchte, Sie halten uns für ziemlich ungewöhnliche Gäste. Wir haben etwas gesucht, das wir hier als Kinder versteckt haben. Wir wußten nicht, daß dies Ihr Garten ist.«
»Das ist er allerdings«, sagte der Mann, drehte sich um, sah seinen Garten entlang und beglückwünschte sich innerlich.
»Woher wußten Sie, daß wir hier sind?«
»Hm«, sagte er.
»Haben Sie unsere Taschenlampen gesehen?«
»Man kann nie wissen.«
»Sie wußten nicht, wie viele wir sind – wir sind bloß drei.«
Damit lenkte sie seine Aufmerksamkeit auf das Gebüsch, in dem ihre Freundinnen ziemlich verkrampft wie ein nicht zusammenpassendes Karyatidenpaar standen. »Das«, sagte sie und zeigte auf Sheila, »ist eine Freundin von mir aus Somerset – ich wohne in Somerset. Leider hat sie heute abend Zahnschmerzen. Und das ist Miss Jones, sie arbeitet in London. Wir waren zusammen auf der Schule, da unten –«, sie deutete aufs Meer. »Ich glaube nicht, daß wir etwas zerstört haben.«
»Aha«, sagte er.
»Haben Sie das Haus gebaut?«
»Ja und nein«, sagte er betont vorsichtig.
»Man könnte von hier aus gut Signale geben.«
»Ich weiß nicht«, sagte er.
»Wir haben uns überlegt, wer wohl den Namen ausgesucht hat.«
»Das war meine Frau, das heißt meine ehemalige Frau.«
»Glauben Sie, Ihre Frau hat unseren Kasten gefunden?«
»Nicht daß ich wüßte«, sagte er denkbar uninteressiert.
»Finden Sie nicht, daß Ihren exotischen Pflanzen die Stürme hier schlecht bekommen?«
»Davon habe ich nichts bemerkt.«

»Wir müssen jetzt leider gehen«, sagte sie. Sie ging ins Gebüsch zurück, nahm die Hacke auf und gab sie Clare. Er beobachtete sie.
»Der Boden ist hier ziemlich hart, finden Sie nicht?«
»Nein«, sagte er.
Sie sammelte Spaten, Harke und Schaufel zusammen, sah noch einmal in die Grube und sagte zu Sheila: »Wir können den Kasten lassen, wo er ist, findest du nicht?« Sheila kaute ein paarmal an dem Chiffontuch, hielt es dann aber für besser, sich auf ein Neigen des Kopfes zu beschränken. Dinah sagte zu dem Mann: »Dies ist so ein Kasten, wie ihn manche Leute gern in ihre Diele stellen. Würden Sie das gern tun?«
»Nicht daß ich wüßte«, sagte er.
»Los!« sagte sie zu den beiden anderen. Im Gänsemarsch, wie sie gekommen waren, gingen sie wieder zurück; der Mann folgte ihnen und ließ sie bis zum Tor nicht aus den Augen. Sie verließen das Grundstück. Sheikie, deren Auto ganz oben stand, sagte, sie wolle erst zu ihrem Wagen gehen und das Eis herausholen. »Nr. 11, denkt dran, nicht Nr. 9!« waren ihre Abschiedsworte. Der Mann hatte sich unter der Laterne an seinem Tor aufgebaut und sah dümmlich hinter der Freundin aus Somerset her.
»Vorsicht!« sagte Dinah und sprang Clare aus dem Weg, die die Hacke heftig hin- und herschwang, während sie bergab gingen.
»Da unten steht das Auto noch«, sagte sie überrascht. Als sie eingestiegen waren, meinte sie: »Kein Wunder, daß ihn seine Frau verlassen hat.«
»Ich dachte, du glaubtest, er habe sie umgebracht.«
»Nein, er war wahrscheinlich zu sehr mit Spionieren beschäftigt.«
Nachdem sie einige Minuten gefahren waren, sagte Clare: »Du fährst nicht besonders gut, wenn ich das mal sagen darf.«
»Ich lach' mich tot.«
»Ich höre nichts.«

»Dann stimmt es wohl nicht. – Hier ist das Grand, wir müssen uns jetzt entschließen. Finden wir den Weg nach Ravenswood Gardens oder nicht? Du sagst mir bitte, wie ich fahren soll, wenn es dir nichts ausmacht, und ich komm' dann hinterher«, sagte Dinah, als sie am Parkplatz hielt und Clare ausstieg.

Der Mini bog in Ravenswood Gardens ein; der Hillman lag ein ganzes Stück zurück. Vor ihnen, gegenüber von Nr. 11, war ein crèmefarbenes Triumph-Coupé am Rinnstein geparkt. Clare fuhr dicht heran, sah über die Schulter zurück und stellte den Motor ab; nach einer Minute, ein Stück weiter hinter ihr, verstummte auch der Motor des Hillman. Schweigen; nicht einmal die Vögel zwitscherten, sie schliefen schon. Sheila erschien in der Tür von Nr. 11 und sagte, nicht ganz so herablassend wie sonst: »Kommt rein!«
Willig stieg Clare aus dem Mini.
»Wo ist Dinah?«
»Irgendwo dahinten ... Wach' auf!« rief Clare zum Hillman hinüber. »Wir sind da! Was machst du?«
»Was macht sie?« jammerte Sheila von der obersten Treppenstufe herab. Clare zuckte die Schultern; sie ging auf Sheila zu und erklärte: »Sie kommt, wenn es ihr paßt.«
»Ich will die Tür zumachen.«
»Kannst du sie nicht angelehnt lassen?«
»Heutzutage nicht mehr.«
»Riskier' es doch mal.«
»Ich bin allein im Haus.«
»Und Trevor?«
»Der ist in Herne Bay.«
»So so. Wie geht es ...?«
»Irene? Sie ist tot. Deshalb ist er in Herne Bay, er ist ihr Testamentsvollstrecker.«
»Das ist ja schrecklich, Sheikie. Mein herzliches Beileid!«
»Uns geht es allen früher oder später so. Es ist nicht so, daß ich sie nicht vermisse, das könnte ich nicht behaupten.«

In der dunkelgrünen Diele entledigte sich die Besucherin ihres Mantels, der auf einen Bügel und in einen Wandschrank gehängt wurde. Der andere Beaker-Kasten war poliert worden und stach sofort ins Auge.
»Nach oben«, dirigierte die Gastgeberin, mit einem Nicken zur Treppe hin. Kaum war Clare in der geräumigen Halle angelangt, da warf sie sich auch schon vehement auf die gestreifte Liege, die schräg gegenüber vom elektrischen Heizofen stand. Sie keuchte und schnaufte wie jemand, der sich sehr angestrengt hat. Nach einiger Zeit ließ sie ihre Augen zu einem nahen Tisch schweifen, auf dem Zeitschriften in mehreren Schichten aufgestapelt lagen. Sie nahm sich eine von den obenaufliegenden und begann, flüchtig darin zu blättern.
»Glaubst du, sie ist eingeschnappt?« wollte Sheila wissen.
Die Lesende grunzte zunächst nur. Dann fragte sie schließlich, ohne aufzusehen: »Warum?«
»Warum wohl! Weil das Ganze ein Riesen-Reinfall war!«
»Hmm ...«
»Was ist los?«
»Hast du was zu trinken? Das wäre jetzt das richtige für mich.«
Von unten hörte man, wie die angelehnte Tür ins Schloß schnappte. Schritte begannen vorsichtig die mit einem Läufer belegte Treppe heraufzutappen. Clare nahm sich ein paar andere Zeitschriften und sagte: »Ach, da ist sie.« Sheila drehte sich um und kommandierte: »Hier herauf!«
Der Raum wirkte mit seinen beigefarbenen Tönen und Farbflecken sehr hell, obwohl er nur indirekt beleuchtet war. Kaum war die Verspätete eingetreten, steuerte sie schon traumwandlerisch auf die Mitte des Zimmers zu, blieb dort stehen und starrte um sich. Der Anblick vor allem eines Gegenstandes schien sie aufzuwecken.
»Sheikie«, rief sie, »was für ein wunderbares scharlachrotes Telefon! Ist es das, durch das du dich so angeregt mit mir unterhalten hast?«

Sheila sah sie unverwandt an und sagte: »Du bist weiß wie ein Laken.«
»Das Spiel ist verloren.«
»An deiner Stelle würde ich mich irgendwo hinlegen. Alles in allem haben wir es nicht *so* schlecht gemacht. Du hast ja gelogen wie gedruckt, das muß ich schon sagen.«
»Ich will nicht –«
»Was willst du denn?«
Dinah blinzelte. Sie sah sich noch einmal in der Halle um, ungefähr eine Minute lang. »Was für ein schönes großes Aquarell von der Old High Street das ist!«
»Welches? Das? Es ist ein Hochzeitsgeschenk.«
»Vom Bürgermeister?«
»Nein, der hat was Besseres geschenkt. Dennoch, das Bild da wird eines Tages von historischem Interesse sein, sagt Trevor.«
»Warum?«
»Was glaubst du? Wo gehobelt wird, fallen Späne.«
»Wahrscheinlich hast du recht«, sagte Dinah und legte eine Hand ans Gesicht.
»Die Reste der alten Straße waren zu unsicher. Die neue Straße ist aber auch ziemlich malerisch. Ausgezeichnet für Geschenkartikelläden geeignet! Was macht das Geschäft, Mumbo?«
»Comme ci, comme ça«, sagte Clare vom Sofa her. Dessen Besitzerin sagte trocken: »Ich hoffe, du sitzt da bequem.«
»Ich könnte nicht bequemer sitzen, danke! Ich fühle mich äußerst behaglich.«
Die dritte im Bunde drehte sich um und rief: »Du bist da, Mumbo?«
»Soweit ich weiß, ja. Warum?«
»Soweit ich weiß ...«
»Es wird uns allen gleich besser gehen«, versprach die Gastgeberin und ging zu einem offenstehenden Schrank, in dem mehrere Flaschen standen. »Scotch Whisky für alle? – Oder will jemand keinen?«

Kaum hatte Dinah ihr gefülltes Glas in die Hand genommen, da sagte sie: »Wenn ich dies ausgetrunken habe, muß ich leider gehen.«
Ehe sie ihre Gäste weiter bediente, legte Sheila eine Pause ein, in der sie sich ihr Kreppkleid über der Hüfte glattstrich. Es stand ihr; sie brauchte sich nicht unsicher zu fühlen – und sie fühlte sich wohl auch nicht unsicher. (War dieses Kleid wirklich die ganze Zeit während der Ausgrabung unter ihrem Regenmantel dabeigewesen?) Der Rock rauschte, als sie sich halb umdrehte und leichthin zu Dinah sagte: »Wovon redest du?« Clare fügte unter dem vernehmlichen Knarren straffer Sofasprungfedern hinzu: »Dir mag es nicht so vorkommen, aber du bist gerade erst gekommen.«
»Ja, aber ich muß wieder zurück.«
»Dein Haus läuft dir nicht weg«, sagte Sheila.
Dinah musterte die Sprecherin, bevor sie sagte: »Das hat es schon getan, Sheikie.« Sie schüttelte ihren Whisky, nahm einen Schluck und ergänzte: »Alles ist weggelaufen. Jetzt. Nichts ist mehr wirklich.«
Clare langte über die Rückenlehne der Liege, um ihr Glas in Empfang zu nehmen. Sie trank erregt und in großen Schlukken und sagte schließlich: »Nichts?«
»Nichts ist übrig, von fast fünfzig Jahren.«
»Unsinn!«
»*Das* war der Grund«, sagte Dinah. »Seht ihr nicht, was geschehen ist? Hier sind wir drei. Dieses Zurückgehen meine ich. Es fing als ein Spiel an, ein reines Spiel. Jetzt – versteht ihr? – kann ich nicht mehr davon los!«
»Spiel ist Spiel«, versicherte Sheila und sah an ihrer Nase herunter.
»Und jetzt«, fuhr Dinah fort (sie hatte nicht zugehört), »ist das Spiel gescheitert. Wir haben gesehen, daß nichts mehr da ist. Wo bin ich jetzt?«
»Bei Sheikie, sollte man annehmen.«
»Aber *du* bist wirklich, Mumbo!«
»Das freut mich.«

»Du warst schon vorher da.«
»Ich sehe immer weniger ein«, sagte Sheila, »warum du es so eilig hast, nach Hause zu kommen.«
»Nein, ich muß zurück. Ich muß nach Hause, es warten Leute auf mich. Ich, ich habe sehr viele Eisen im Feuer. O ja, und ich passe auf Franks Hund auf. Sheikie, hoffentlich hat er dich nicht gebissen!«
»Er hat es versucht. – Bleibt Frank lange weg?«
»Ich weiß nicht. Und Francis ist keine Hilfe; er geht nicht nahe an den Hund ran. Mumbo, bitte, erinnere dich: du *bist* Wirklichkeit. Ich glaube, ich gehe jetzt.«
»Warte noch eine Sekunde!« befahl Clare und hob ihre Nase aus dem Glas. »Du willst doch nicht behaupten, du Ausreißerin, daß du noch heute abend gen Westen zurückbrausen willst?«
Sheila machte eine Büchse mit Cocktail-Keksen auf und stellte fest: »Ich finde, sie sollte das nicht tun.«
»Ich will nach Hause.«
»Ja, ja, du sollst auch nach Hause«, versprach Clare. »Aber in Etappen. Warum fährst du nicht zuerst nach Canterbury, oder – wie du sagst – ›bei Canterbury‹ (du bist hier ziemlich dicht bei Canterbury), zu Roland?«
»Meine Güte, Dinah«, rief Sheila, »gibt es denn deinen alten Vetter immer noch?«
»Nein, den gibt es nicht mehr. Ich meine meinen Sohn, Roland ist mein Sohn. Aber abgesehen von allem anderen, Mumbo, er ist in Leeds, und Teresa auch.«
»Warum fährst du dann nicht nach London zu William und Annie?«
»Zu dieser späten Stunde? Außerdem sind sie in Port au Prince. Nein, ich möchte in meinem eigenen Bett schlafen.«
»Wenn du nicht aufpaßt, wirst du in deinem eigenen Grab schlafen!«
»Warum willst du dich nicht erst mal beruhigen?« wollte Sheila wissen. Dinah setzte sich hin. Sie schwieg und sah von Zeit zu Zeit an den drei Fenstern entlang, vor denen schwere,

hellbeige Vorhänge hingen. Clare fragte Sheila: »Wer wohnt eigentlich in Nr. 9?«

»Es ist ein Altersheim.«

»Also ruhige Nachbarn?«

»Sehr ruhige. Die meisten sind ziemlich hinfällig; bei vielen geht es sehr rasch.«

»Und wer siecht in deinem Zimmer dahin?«

»Keine Ahnung. Sie haben einen Lift eingebaut.«

»Nr. 10 – haben sie noch diese Spitze?«

»Diese kläffenden Pinscher? Nein. Der Mann soll Psychologe sein, oder Psycho-sonstwas.«

»Ein angenehmer Nachbar?«

»Er analysiert nicht, er forscht bloß. Hat sein Obergeschoß an Freunde aus London vermietet. Trevor hat deswegen mit ihm verhandelt, eine ziemlich heikle Geschichte. Der eine soll ein Hindu sein, hab' ich gehört.«

»Na, na ...«

»Ich weiß nicht. Manchmal glaube ich, man könnte noch größeres Pech haben. Allein in einem leeren Haus leben zermürbt einen. Natürlich müßte man sich vieles genau überlegen, zum Beispiel, daß man auf unserem Treppenläufer jeden Fußtritt sieht – obendrein haben wir noch eine andere Schwierigkeit. Meine Mutter ist zu Irene gezogen.«

»Aha. Wie geht es deiner Mutter?«

»Sie ist immer noch erstaunlich vital.«

»Und?«

»Sie kann natürlich jeden Tag zusammenklappen.«

»Ihr könntet einen Fahrstuhl einbauen lassen.«

»Vielleicht wird das wirklich nötig. – Ja, Dinah, was möchtest du?«

»Darf ich aus einem deiner Fenster sehen?«

»Aber bitte!« Wie eine Barbarin kämpfte sich Dinah durch die Vorhänge. Mit einer Geduld, die sie von ihrem Mann gelernt hatte, sagte Sheila: »Da ist eine Schnur, du brauchst sie nur zu ziehen.«

Adrett glitten die Vorhänge auseinander. Dinah schob hastig das Schiebefenster so weit wie möglich auf. Die reglose und milde Dunkelheit draußen wurde plötzlich von überhellem Licht übergossen. Anders als der Mann in der Blauen Grotte wußte Dinah genau, was sie tat; sie wußte, daß sie noch böser war als er. Es war ein Jammer, in diesem Augenblick hier ein Vogel zu sein. Die Vögel in dem Gehölz konnten einem leid tun. Die Nacht verlangte ihr Recht: hier war sie, unerschöpflich, unverändert und uneinholbar – fast schien sie von ihrer Unentbehrlichkeit zu wissen. Das kleine, niedrige Geländer entlang der Lichtung war weiß gestrichen; es war wahrscheinlich nicht dasselbe Geländer wie früher. Ravenswood Gardens war, was es immer gewesen war: ein Ort der Rückkehr.

»Dinah, noch einen?«

»Was?«

»Whisky. Wo hast du bloß dein Glas gelassen? Verzeihung, aber bist du bald fertig da am Fenster? Mir wird nämlich kalt. – Nein, laß nur, ich mach' es zu, ich möchte nicht, daß es so knallt.«

Sheila suchte das Glas, fand es und brachte es zu der Schrank-Bar, um es wieder zu füllen.

»Nein, bitte nicht, Sheikie, ich muß fahren.«

»Die berühmten letzten Worte!«

Clare rief vom anderen Ende des Raumes herüber (sie war von der Liege aufgestanden und stand mit dem Rücken nicht genau vor dem elektrischen Holzfeuer – es glühte zu heiß –, sondern etwas links davon): »Ich bin nicht so sicher, Sheikie, ob sie nicht wirklich genug hat!«

Dinah wurde ärgerlich und ließ sich das anmerken.

»Sei doch nicht so entsetzlich langweilig, reiß dich zusammen!« sagte Clare.

»Du hast so etwas Militärisches.«

»Das hier ist jedenfalls keine Art, sich zu benehmen.«

»*Ich* hab nicht nur dagesessen, Magazine und Kekse verschlungen und mich nicht um meine Umgebung gekümmert.

Alles bloß, weil ich aus einem Fenster gesehen habe. Mumbo, du kannst es eben einfach nicht ertragen, wenn du nicht im Mittelpunkt stehst.«

»Sprich lieber von dir selbst. Du hast einen Schock gekriegt, nicht wahr? Wir alle haben aber den gleichen Schock gehabt.«

»Ja, und wer hat mich vor dem Kittchen bewahrt? Hahaha!«

Sheila zupfte das Oberteil ihres Kleides zurecht und sagte: »Wie die kleinen Mädchen ...«

»Gut, daß Trevor in Herne Bay ist«, sagte Dinah. »Welches ist sein Stuhl? Wo sitzt er meistens? – Sheikie, was macht ihr beide abends hier? Er nimmt uns doch nichts mehr übel – oder?«

»Du siehst immer noch sehr weiß aus«, sagte Sheila.

»Er ist doch nicht unseretwegen nach Herne Bay gefahren?«

»Ehrlich gesagt, er hat keine Ahnung, daß ihr hier seid.«

»Oh!«

»Ihr habt gut ›Oh!‹ sagen! Ihr wißt ganz genau, was Trevor sich alles zusammenreimt. Denkt ihr vielleicht, er glaubt, daß du auf einen Sprung von Somerset herüberkommst und Mumbo ihren Mopsie-Pye-Laden vor die Hunde gehen läßt, bloß um hier mal hereinzuschauen und was zu trinken – weiter nichts? Also bitte. Wolltet ihr, daß er hinter uns her wedelt und kläfft, während wir nach diesen alten Knochen wühlen? Oder daß wir hätten so lange davon reden, bis er alles weiß. Also?«

»Ich sehe ein, du hattest recht.«

»Na bitte.«

»Ich glaube, ich trinke noch einen.«

Das Glas in der Hand, wandte sich Dinah dem Bild zu. »Dies soll also die Old High Street sein. Was für eine Lüge!«

»So schlecht ist es nun auch wieder nicht, oder?« sagte die Besitzerin.

»Wenn dir das ein Trost ist, Sheikie: die Lüge würde noch größer, wenn es auch bloß ein bißchen besser wäre.«
»Ich finde«, sagte Clare und trat mit dem Glas in der Hand vor das Bild, »daß jedes Detail stimmt.«
»Genau. Sieh mal, du kannst sogar die richtigen Namen über den richten Geschäften lesen. Aber dagegen habe ich überhaupt nichts. Bloß dagegen, daß dem Maler verschiedenes entgangen ist, und dafür hat er dann seine eigenen Erfindungen eingesetzt.«
Sheila besah sich das Kunstwerk zum erstenmal genauer und sagte: »Für mich sieht es wie ein richtiges Bild aus, und ich glaube, das soll es auch sein. Was die Leute haben wollen, sind Bilder – wer will schon eine Straße? Straßen kriegst du sechs Stück für einen Penny. So altmodisch die Straße auch war, wir sind da immer einkaufen gegangen. Und vielleicht erinnert ihr euch auch«, fügte sie mit neuer Feindseligkeit hinzu, »ihr beide pflegtet stundenlang in dieses Schaufenster zu starren, auf Bilder, die nicht besser (und nicht halb so groß) wie dieses waren und die gleiche Straße darstellten.«
»Ja, Sheikie, aber damals standen wir *in* der Straße.«
»Oh!« sagte Mrs. Artworth.
Clare rollte ihre Augen in Säcken, die heute schwerer als jemals zu sein schienen, zu Dinah hin und fragte in einer Mischung aus Streitlust und Neugier: »Du sagst, es wäre eine schlimmere Lüge, wenn das Bild besser wäre?«
»Aber ja! Weil dieser arme Kerl wenigstens versucht hat, nur das zu malen, was er zu sehen glaubte; und – wie wir sehen – außer den korrekten Details hat er nicht viel gesehen; und was er gesehen hat, hat er nicht richtig gesehen. Wäre er ein etwas besserer Maler gewesen, dann hätte er sich mehr in sein Werk hineingekniet und zu malen versucht, was er zu fühlen glaubte. Wir wissen, daß das, was wir zu fühlen glauben, ganz und gar künstlich ist – nicht, daß es keine Wirkung hätte, innerhalb oder außerhalb von Bildern!«
»Was für eine Wirkung?«

»Ich meine mehr, worauf es eine Wirkung hat.«
»Worauf denn?«
»Mumbo, auf die Menschen! Die Menschen freuen sich, wenn sie etwas fühlen, das schon für sie zum Fühlen vorbereitet ist, hast du das noch nicht beobachtet? Solche Gefühle sind für sie von Leuten vorbereitet worden, die sie zunächst für sich selbst künstlich hergestellt haben. Es gibt einen beachtlichen Absatzmarkt für vorfabrizierte Gefühle, die Kunden reißen sich die Ware aus den Händen. Sie glauben, sie besitzen damit eine Art Gefühlsgarantie. Nichts ist für die meisten Leute so verdächtig wie eine neue Art zu fühlen, von der sie noch nie gehört haben.«
»Was sagst du dazu, Sheikie?«
»Ich habe leider keine Ahnung, wovon sie spricht!«
»Ich glaube nicht, daß Sheikie vorfabrizierte Gefühle hat. Sie bewegt sich nur in vorfabrizierten Bahnen – und warum auch nicht, wenn sie es so will?«
»Ich danke dir.«
»Was ist dir für eine Laus über die Leber gelaufen, Mumbo?«
Clare gab durch lastendes Schweigen zu verstehen, daß Laus oder nicht Laus ihre eigene Angelegenheit sei. Sie schob sich an Dinah vorbei näher an das Bild heran und las die Namen über den Geschäften in der High Street. Durchaus noch nicht entmutigt, fuhr Dinah fort: »Und eins kann ich euch über diese vorfabrizierten Gefühle verraten: sie haben mit den Gefühlen zwischen zwei Menschen zu tun, mit Liebe, sogar im geschlechtlichen Sinn. Abgesehen davon, daß man weiß, daß die ganze Sache keine bloße Konstruktion ist, könnte man manchmal fast versucht sein, anzunehmen, daß sie es wirklich ist. Sieh dir all die Komplikationen an: die Menschen verstehen die Absichten der Natur nicht mehr. Tatsache ist, daß die meisten Leute es vorziehen, kompliziert zu sein; sogar wenn es ihnen keinen Spaß macht (und meistens macht es ihnen keinen Spaß, das kann ich dir sagen!), glauben sie, sie müssen kompliziert sein. Nichts überzeugt sie mehr als

ein gewaltiges Tamtam. Wenn jemand nur sagt: ›Geht das nicht einfacher?‹ werden sie schon wütend. Dabei ist so vieles so einfach!«

»Für dich bestimmt!« sagte Clare, die immer noch die Läden auf dem Bild betrachtete.

»Heute wirkt es besonders lächerlich«, sagte Dinah, »wo es so viel anderes zu tun gibt. Man sollte glauben, daß sich die Horizonte ständig erweitern. Es gibt so viele Dinge, die man erforschen müßte, zum Beispiel den Weltraum.«

»Laß bloß den Weltraum in Frieden, gönn' ihm eine Pause!«

»Ich habe nicht die Absicht, mich da einzumischen, ich gebe dir nur ein Beispiel. Nein, Mumbo, was ich sagen will, ist dies: Die meisten phantastischen Möglichkeiten, die die Menschen haben, um sich in Bewegung zu halten (bei endloser Zeit- und Geldverschwendung!), scheinen mir nicht nur unnötig, sondern auch veraltet zu sein. Stimmt das nicht?«

»Du kannst aber nicht herumlaufen und den Leuten so etwas erzählen.«

»Ich sehe nicht ein, warum nicht.«

Clare überlegte. »Vor allem macht es die Leute unzufrieden.«

»Das ist wieder typisch militärisch gedacht.«

»Gut, dann werde ich als Geschäftsfrau reden. Es ist schlecht fürs Geschäft. Du würdest mehr als die Hälfte aller Menschen arbeitslos machen, Romanschriftsteller eingeschlossen. Und ganz zu schweigen von Trevor, denn ein Hauskauf ist weitgehend eine Sache der Laune. Und dann – was würde aus dir werden, Sheikie?«

»Bitte entschuldigt mich einen Augenblick«, sagte Sheila, die schon einige Zeit den leeren Eisbehälter vor der Brust gehalten hatte, »ich möchte noch mehr Eis von unten holen, dies ist bald alle.«

»Sheikie, ich höre ja schon auf!«

»Das glaube ich erst, wenn du wirklich aufgehört hast«, sagte die Hausherrin aufrichtig.

»Sie redet nur, wenn sie etwas zu sagen hat«, erklärte Clare, drehte dem Bild den Rücken und betrachtete Dinah gönnerhaft.
»Ich will nur noch dies sagen: Wir *wußten*, daß diese Sachen in dem Kasten waren. War deshalb dieser Abend so ein Schock?«
Im Begriff, aufzubrechen, sah Dinah noch einmal, das letzte Mal, auf das Aquarell der Old High Street. »Ich muß mich auch bei diesem Bild entschuldigen. Es ist keine solche Lüge, wirklich, keine richtige Lüge. Ich war zu vorschnell mit der Behauptung, es sei eine Lüge, weil der bloße Versuch, ein Bild zu sein, schon eine Anmaßung ist. Und auch, weil es hier ist, während die Straße weg ist, wie du sagst. Vielleicht ist es besser, keine Bilder von Orten zu haben, die es nicht mehr gibt. Wir sollten sie völlig verschwinden lassen.«

4

Die Schlußlichter des Hillman beruhigten sich allmählich (nach heftigem Auf-und Abschwanken) und verschwanden am Ende von Ravenswood Gardens aus der Sicht von Sheila und Clare, die auf der Treppe von Nr. 11 standen. »Da fährt sie«, sagte Sheila und fügte hinzu: »Ich würde mir keine Sorgen machen, Mumbo, wenn ich du wäre. Für mich gehört sie zu den Hunden, die bellen, aber nicht beißen. Wenn sie keinen hat, mit dem sie sich streiten kann, ist ihr nach einer Stunde das Fahren über, und sie kehrt in ein Gasthaus ein.«
»Vielleicht hast du recht«, sagte die andere, die gern bereit war, das zu glauben.
»Und jetzt«, sagte Sheila und wandte sich dem übriggebliebenen Gast mit kühler Nonchalance zu, »wirst du wohl auch aufbrechen wollen. Du kannst gehen, wann du willst, ich möchte dich nicht aufhalten.«
»Du schmeißt mich doch nicht raus?«

»Nein«, gab sie mit gekünstelter Leichtigkeit zu, »tu', was du willst.«
»Kommt Trevor heute abend nicht zurück?«
»Nein. Er hat eine geschäftliche Verabredung in Herne Bay morgen in aller Frühe.«
»Dann hab' ich es nicht besonders eilig, Sheikie.«
»So? Nun, mach', was du willst. Aber du brauchst nicht zu bleiben, denk' das ja nicht!«
»Ich verstehe.«
»Kommst du dann mit auf einen kleinen Spaziergang? Wenn Trevor nicht da ist, muß ich mit dem Hund ausgehen.«
»Du hast doch nicht etwa einen Hund?«
»Nein, eigentlich nicht. Er gehörte oder gehört immer noch einem Patienten in Nr. 9. Aus Gründen, die er allein kennt, hat Trevor sich sehr mit dem Hund angefreundet, und jetzt lebt er hier. Wir haben nichts dagegen, sagten die vom Altersheim.«
»Und der Besitzer?«
»Oh, der verfällt zusehends. – Laß uns unsere Mäntel holen, und ich scheuche den Köter hoch. Ich warne dich, er ist nicht gerade der schönste.« Im Hintergrund der Diele gab die Schwingtür, die Sheila aufstieß, den Blick in eine pastellfarbene Küche frei, in der eine Art Neonlicht über dem Kühlschrank brannte. »Komm«, sagte Sheila uninteressiert, »raus mit dir!« Der Hund kam hervor. Es war ein Airedale-Terrier, wie er im Buche stand – nur daß irgend etwas mit ihm nicht stimmte. Er hatte die Farbe schmutziger Schafe angenommen und sich offensichtlich mit seiner eigenen Temperamentlosigkeit abgefunden. Sheila, die in einen Mohairmantel geschlüpft war (der schwarze Regenmantel wurde für diese Expedition nicht gebraucht), suchte sich im Wandschrank einen Spazierstock. Clare fragte: »Willst du das Viech etwa damit antreiben?«
»Nein, ich errege damit bloß seine Aufmerksamkeit – das braucht er nämlich. Trevor kriegt es fertig, daß wir am Ende mit so einem Hund wie diesem dasitzen.«

»Gibt es denn keine Hunde, die du lieber magst als diesen?«
»Sie werden zu leicht überfahren.«
Seit Dinahs Aufbruch war Grabesstille auf Nr. 11 gesunken. Clare schien plötzlich einen Einfall zu haben und fragte: »Wo ist die alte Frau?«
»Wer? Trevors Kindermädchen? Weg, kegeln.«
»Wa-a-as?«
»Ja, sie sieht ihrer Großnichte zu. Das Mädchen ist auf dem besten Wege, eine Kegelmeisterin zu werden. Ich möchte sie gern mal sehen«, sagte Sheila.
Sie machten sich auf den Weg. Clare sah beim Vorbeigehen in das crèmefarbene Coupé hinein. »Deines?«
»Ja. Trevor fährt einen Firmenwagen.« Sie verließen Ravenswood Gardens und betraten eine ganz andere Gegend. Die Atmosphäre veränderte sich völlig. Die Straßen waren breit, leer, von düsteren Bäumen gesäumt und ähnelten einander sehr. Massive Häuser, ziemlich weit auseinander gebaut, ragten aus dem Immergrün in die Nacht hinein; wo man sie erkennen konnte, waren die Umrisse von jener Färbung, die dunkelrote Ziegel in der Dämmerung annehmen. In einem trübe beleuchteten Torbogen konnte man mehrere elektrische Klingeln erkennen. Die Steinsockel, die die Grundstücke begrenzten, trugen Narben, wo während der Metallknappheit nach 1940 zierliches Eisenwerk herausgerissen worden sein mußte. Die Torpfosten waren entweder torlos oder hatten schlaffe, zurückgeschlagene Torflügel, die unbenutzt aussahen. Blätter bedeckten das Pflaster; hier und da stieß man mit dem Fuß an eine verspätet herabgefallene Kastanie. Der Hund trottete durch einen leichten Bodennebel vorweg. Clare fragte: »Sind wir hier schon mal gewesen?«
»Ich weiß nicht, waren wir schon mal hier? Hier hat sich seit der Sintflut nichts verändert.«
»Du kennst die Gegend wohl wie deine Westentasche?«
Sheila schlug hart mit ihrem Stock auf ein Steingeländer, um den Hund zurückzurufen und ihn an den Zweck des Spazier-

gangs zu erinnern. Sie sagte: »Im Frühling ist es hier besonders hübsch.«
»Die Kastanien blühen, der Weißdorn, Goldregen, Flieder ...«
»Ja – jeden Frühling. Alles regt sich. Ich weiß.«
Der Hund kam ins Blickfeld zurück, suchte sich einen Laternenpfahl aus, verrichtete langsam sein Geschäft und sah zurück, um sich zu vergewissern, daß man ihn auch gesehen hatte. »Das ist wenigstens erledigt«, sagte Sheila.
Der Hund übernahm wieder die Führung, mit der Aura erhöhten Prestiges, und führte die Damen aus der Straße, in der sie waren, in eine andere, genau gleiche. »Ich verstehe nur nicht, warum du immer hier geblieben bist.«
»Du meinst doch wohl, was aus meinem Tanzen geworden ist?«
»Richtig. Was ist daraus geworden?«
»Die kürzestes Geschichte der Welt: nichts.«
»Aber du warst begabt.«
»Du hast mich nie gesehen, oder?«
»Nur auf dem Wellenbrecher.«
»Was für einem Wellenbrecher? Man hat dir bloß gesagt, daß ich begabt war. Ich war noch besser, als man gesagt hat, ich hätte zwanzigmal besser sein können.«
»Ich wußte, daß du begabt warst.«
»Ich hätte besser sein können, als du dir vorstellen kannst. Ich hatte es in mir; das heißt, ich *hatte* es in mir.«
»Und? Was ist passiert?«
Sheila ging nur wenig langsamer, während sie leichtfüßig neben der schwer auftretenden Clare dahintrippelte. Sie begann mit dem Stock vor sich her zu tasten, als ob sie herzlos einen Blinden parodieren wollte. »Papa und Mama hätten natürlich nichts davon wissen wollen, daß ich für Geld tanze, professionell sozusagen. Sie hätten einen Schlag gekriegt, in jenen Tagen. Aber es hätte mir nichts ausgemacht, Clare, ihnen das oder noch Schlimmeres anzutun – wenn es darauf angekommen wäre, aber es kam nicht dazu. So lange wie ich

meine Chance nicht deutlich sah, sagte ich kein Wort, ich tanzte weiter auf einer Wohltätigkeitsveranstaltung nach der anderen. Oh, diese vielen Blumensträuße! Aber die ganze Zeit hielt ich Ausschau und sah mich um; und schließlich wußte ich, wohin ich zu gehen hatte – nach London, auf die Schule, die damals die allerbeste war, es gab keine bessere für jemanden, der wirklich Tänzer werden wollte. *Die* Schule. Ich war damals achtzehn. Ich fuhr also nach London. ›Tanzen Sie‹, sagten sie zu mir. Und ich tanzte. Sie beobachteten mich. ›Halt‹, sagten sie nach kurzer Zeit, und es klang nicht freundlich. Eine Weile sagten sie nichts, und dann: ›Nein. Schade!‹ ›Was ist schade?‹ fragte ich. Sie sagten: ›Sie müssen ganz neue Bahnen einschlagen.‹ Sie meinten, ich sei vulgär, Clare, das heißt, mein Tanzen sei vulgär. Sie sagten: ›Sie müssen zu viel neu lernen.‹ ›Warum zu viel?‹ fragte ich. Sie sagten: ›Mehr als Sie jetzt können.‹ – Ich kann nicht sagen, daß sie mich weggeschickt haben, ich bin weggegangen.«
»So eine Gemeinheit!«
»Sie hatten recht, Clare.«
»Wahrscheinlich. Trotzdem eine Gemeinheit!«
»So kam ich zurück«, sagte Sheila fast triumphierend.
»Mit fliegenden Fahnen, ja. Aber du bist hiergeblieben?«
Zornig, primitiv und ausdruckslos zugleich drehte Sheila ihr Gesicht zu Clare und fragte: »Warum glaubst du das?«
Clare zögerte. »Ein Mann. Hier?«
»Wo sonst?«
»Nun, es gibt immer überall etwas, Gott sei Dank«, sagte Clare.
»Ich bin nicht so sicher. Ich war achtzehn. Und du fragst mich, was mit all diesen Jahren geschehen ist?«
»Also nicht Aubrey oder einer von denen?«
»Aubrey war gefallen. Und ich sagte ›ein Mann‹, nicht? Ich habe nicht gesagt ›ein Junge‹.«
»Du hast ihn nicht geheiratet?«
»Heiraten!« Sheila lachte unhörbar; es war ein Lachen, das besser ungehört blieb. Dann überlegte sie. »Schließlich – was

war mir anderes übriggeblieben, da es mit dem Tanzen aus war?«

»Was hattest du außer ihm?«

»Wirst du taub, Mumbo? Ich habe gesagt, was blieb mir anderes übrig.«

»Wieso ist es unter diesen Umständen zu Ende gegangen?« fragte Clare und sah zur Seite. Sheila pfiff zweimal; einmal leise für sich selbst, das andere Mal laut für den Hund.

»Er starb.«

»Aha. Hättest du da nicht noch einmal von hier weggehen können?«

»Wohin hätte ich gehen sollen? Und dann war Trevor gekommen. Schließlich will man irgendwann heiraten.«

»Hm ...«, sagte Clare zweifelnd.

»Bitte«, rief Sheila ungeduldig, aber nicht unfreundlich, »du hast es ja selber ausprobiert.« Sie sah rings um sich (ob feindlich oder spöttisch, war nicht genau zu erkennen) auf die Bäume und Häuser, die zu dieser Stunde wie Phantasiegebilde aussahen. »Hier bin ich also, von zärtlichen Erinnerungen umgeben. Es gibt zwei Dinge, die ich merkwürdigerweise nicht ausstehen kann: das eine ist der Frühling, das andere diese Tages- bzw. Nachtzeit.«

»Ich freue mich jedenfalls, daß ich hier bin.«

Äußerst verächtlich sagte Sheila: »Komm' im Frühling wieder! Was hältst du davon, wenn wir jetzt zurückgehen? Der Hund ist mit seinem Geschäft fertig.«

»Sheikie, ich muß mich jetzt auf die Heimfahrt machen.«

»Aber dann wollen wir erst noch etwas zum Abschied trinken«, sagte Mrs. Artworth. Sie vermutete zu Recht, daß man ihr nicht zuhörte; deshalb ergriff sie Clares Ellbogen und drehte sie herum. »Nach Hause!« sagte sie laut zu ihrer großen, trägen, langsamen Freundin, als ob sie mit dem Hund spräche. Keine Antwort. Der Hund (sein feineres Gespür demonstrierend) hatte sich unbemerkt umgedreht und führte nun den Rückmarsch an. Sheikie kniff Clare in den Ellbogen. »Du kannst sagen, was du willst – du machst dir Sorgen!«

»Ich möchte gern wissen, wie weit der junge Ausreißer gekommen ist«, bekannte Clare. »Genau so hab' ich sie oft gesehen, so hat sie ihre Mutter oft bis zur Weißglut gebracht«, brach es plötzlich laut und zornig aus ihr heraus.
»Du bist nicht ihre Mutter, alles andere eher, sollte man annehmen.«
Clare gab keine Antwort.
Sheila sagte: »Sie hat doch alles, nicht wahr?«
»Ich weiß nicht, was du mit ›alles‹ meinst«, sagte Clare, wie zu Dinahs Verteidigung.
»Ich weiß es. Hast du noch nie gemerkt, daß sie alles kriegt, was sie haben will? Man ist in ihren Händen wie Wachs, das habe ich dir schon immer gesagt. Aber lassen wir das, das ist wohl ihre besondere Gabe. Was mich so wütend macht, ist die Art, wie ihr Dinge in den Schoß fallen, die sie weder schätzen noch verstehen kann. Ja, buchstäblich in den Schoß fallen. Dieser Frank jetzt, um ein Beispiel zu nennen – ich würde ihn nicht haben wollen, weil ich jetzt niemanden will; trotzdem ist er ein Mann, mit dem sie sich sehen lassen kann. Hast du ihn nicht gesehen? Er ist ein Egoist und spielt sich ziemlich auf, aber auf seine Art ist er völlig verrückt nach ihr. Und so ein Zustand verändert einen egoistischen Mann sehr. Und sie? Oh, ihr gefällt es, ihn um sich zu haben. Zeitweilig. Wenn er nicht da ist – kümmert sie sich darum, was er mit sich anfängt? Ich kann dir sagen, was er tut: Er lungert allein in diesem muffigen Landhaus herum mit diesem übellaunigen Köter – mein Gott, daß er dieses Biest nicht abschafft! Nein, sie war nie etwas anderes als ein egoistisches Kind.«
»Gib ihr eine Chance.«
»Du gibst ihr zu viele. Frank ist allerdings die geringste. Wenn es nur das wäre ...«
»Was noch?« fragte Clare müde.
Sheila legte eine Pause ein, um ihre Stimme zu einer nicht zu ungerechten Nachahmung von Dinahs Stimme einzustellen.

»Oh, zwei Söhne!« verkündete sie mit einem förmlich hörbaren, gezierten Lächeln und fiel dann in ihren wütenden Ton. »Braucht sie sie? Sie hat keine Zeit für sie. O nein. Sie kamen hereingeschneit wie alles andere auch. Da waren sie, und das war nett so. Sehr nett und lustig, wie alles andere auch. Wofür brauchte sie diese beiden Jungen – um Familie mit ihnen zu spielen?«

Clare antwortete nicht.

»Na?« fragte Sheila.

»Sieh mal, Sheikie, keiner von uns ist vollkommen.«

»Einige von uns sind aber wenigstens menschlich! – Abgesehen davon liegt sie einem mit ihren Söhnen dauernd in den Ohren. Mein Sohn hier, mein Sohn da. Du hast es ja gemerkt, keine Gelegenheit dazu läßt sie aus.«

»Aber Sheikie, das ist wirklich unfair. Manchmal erwähnt sie die beiden Söhne stundenlang überhaupt nicht.«

»*Ich* soll fair sein?« Sheila war wie vom Donner gerührt von so viel Stumpfsinn. Sie brauchte eine Weile, um sich zu fassen, bevor sie sagte: »Ich hätte diese Söhne gebrauchen können.«

Clare rollte ihre Augen aufgeregt hin und her. »Das wußte ich nicht.«

»Was erwarten die Leute, wenn sie verheiratet sind? Ich war nicht alt, ich war zweiunddreißig. Und Trevor konnte erwiesenermaßen Kinder zeugen. Was glaubst du, hab' ich erwartet, als ich heiratete?«

»Ich habe ja nicht geahnt …«, sagte Clare besorgt und schlicht.

»Das höre ich in gewisser Weise gern«, sagte Sheila brüsk. »Du solltest es eigentlich nicht wissen, niemand sollte es wissen.«

»Zweiunddreißig«, überlegte Clare, »dann bist du also schon lange mit Trevor verheiratet?«

»Warum nicht?«

»Hast du dich nie anderweitig umgesehen?«

»Nein, danke – niemals«, sagte Sheila müde. Abmildernd

fügte sie hinzu: »Man muß sich sehr vorsehen in einem Ort wie Southstone.«

»Hast du dich vorher auch vorgesehen?«

»Nicht so gut, wie ich geglaubt hatte, wie sich später herausstellte.«

»Immerhin«, sagte Clare, »mit der Zeit kommt man über gewisse Dinge hinweg.«

»Mit Zeit und Geduld, ja. Wenn man sich ganz darauf konzentriert. Und daß Trevor für mich die Lage zum Guten wendete, als er auftauchte, kann ich nicht bestreiten. Clare, ich glaube, ich kann sagen, ich bin wieder so geworden, wie Papa mich gern gesehen hätte.«

»Ich gratuliere, Sheikie.«

»Danke; das ist das einzige, was ich wirklich geschafft habe.«

»Kommst du mit Trevors Kindern gut aus?«

»Phyllis Kindern? Ja, es sind liebe Geschöpfe, sie waren in Ordnung.«

»Wo sind sie jetzt?«

»Verheiratet. – Trotzdem gibt es Zeiten«, sagte Sheila und kehrte wieder zum Thema Dinah zurück, nüchterner diesmal, »da man lachen muß. Zum Beispiel heute abend. Sie war kaum im Haus, da rannte sie schon wie ein eingesperrtes wildes Tier herum. Hast du gesehen, wie sie auf meine Vorhänge losging? Man hätte glauben sollen, sie kennt sich damit aus: sie muß doch wissen, wie ihre Vorhänge in Applegate funktionieren, die haben doch bestimmt auch Schnüre!«

»Es gab aber eine Zeit, da man Vorhänge mit der Hand aufzog, Sheikie. Sie war heute abend vielleicht durcheinander.«

»Wenn ihr entfallen war, in welchem Jahrhundert sie lebt, hätte sie fragen können. Das hätte sie doch wohl, anstatt alles zu demolieren, was ihr im Wege war. Ja, und dann blieb sie dabei und redete wie aufgezogen. Und woher hatte sie das alles? Als Kind pflegte sie, wie du oft und richtig gesagt hast, geistig so etwas wie ein Bäh-Lamm zu sein. Wenn man sie jetzt reden hört, muß man glauben, sie habe die Welt erfunden.«

»Ob das daher kommt, daß sie so viel nachdenkt?«

»Ich hatte nicht gedacht, das Nachdenken sei ihre starke Seite. Sie kann manchmal ziemlich spitz sein. Hast du gehört, was sie mich am Telefon gefragt hat?«

»Ja.«

»Sie ist reichlich spitz«, wiederholte Sheila nur. Während sie sprach, bog sie in einen der torlosen Wege ein und schlug mit ihrem Stock in dem Immergrün herum. »Raus mit dir, du Dussel! Er geht jedesmal da rein. Was wohl in den Hund gefahren ist? Ob er weiß, daß ich das Haus nicht ausstehen kann?«

»Glaubst du nicht, es ist eine Hündin?«

»Er hat kein Geschlecht – glaube ich jedenfalls«, sagte Sheila, als der Hund wieder herauskam. Kurz danach überquerten sie die Grenzlinie – eine breite Allee – zwischen dem Poor White-Moor und Ravenswood Gardens. Die Straße hatte selten reinlicher ausgesehen; in dem üppigen Laternenlicht glänzten die Messingtürklopfer und -klinken, die Treppen schimmerten hellweiß, und die lackierten Haustüren leuchteten wie dunkle Kristalle. Ein Fleck schien dieses Bild jedoch zu trüben. Sheila Artworth blieb plötzlich stehen, schloß die Augen und sagte: »Sieh mal!«

»Was?«

»Sieh doch! Das ist Trevors Wagen. Trevor ist da.«

»Aha.«

»Ich weiß nicht, was ich dazu sagen soll, Clare. Mir ist richtig schlecht. Nach menschlichem Ermessen –«

»Soll ich lieber fahren?«

»Mir ist ganz komisch.«

»Es ist höchste Zeit, daß ich fahre. – Psssst. Du gehst mit dem Hund rein.«

Mrs. Artworth fuhr sich mit der Hand über die Augenbrauen. »Was wir heute alles durchgemacht haben ...«

Clare stieg in den Mini und schob das Fenster zurück. Der Hund ging die Treppe hinauf, Sheila hinter ihm her.
Clare steckte den Kopf aus dem Fenster und flüsterte heiser: »Gute Nacht, Sheikie!«
Die Gestalt auf der Treppe drehte sich um. »Gute Nacht, Mumbo. Gute Fahrt, und – oh, vielen Dank!«
Der Mini verließ Ravenswood Gardens, in Richtung London.

5

»Was ist das hier?« fragte Frank und nahm das Buttermesser in die Hand.
»Ich kann es Ihnen nicht sagen«, erwiderte Francis.
»Was soll es hier?«
»Es sieht wie einbalsamiert aus, finden Sie nicht?«
»Wie ist es ins Haus gekommen?«
»Mrs. Delacroix sagt, es ist ein Buttermesser.«
»Aber wie ist es hierher gekommen?« Frank gefiel das Messer immer weniger, je länger er es sich ansah. »Sieht aus, als ob es mit in die Höhle soll.«
»Weit gefehlt. Es steht in höchster Gunst, es soll auf Mrs. Delacroix' Frühstückstablett.«
»Woher hat sie es?« fragte Frank, seine Taktik ändernd. Die beiden standen in der Anrichte neben der Küche, Francis' Hauptquartier. Bevor Frank auf das Messer gestoßen war, hatte es auf einem geradezu lächerlich hellgrünen Stückchen Flanellstoff gelegen, das Francis irgendwo aufgestöbert hatte und das Frank (kein Wunder) sofort in die Augen gestochen war.
Francis setzte sodann zu längeren Ausführungen über seine getrübten Beziehungen zum Briefträger an. »Ich habe ihm abgewöhnt zu trommeln und zu klingeln, wenn er ein Paket bringt. ›Wozu ist eine Veranda da?‹ habe ich ihn gefragt. ›Was auch immer Sie bringen, lassen Sie es dort. Glauben Sie etwa, der Wind weht es weg? Sie sollten mehr Vernunft haben

in so früher Morgenstunde!‹ Sie werden gemerkt haben, Major Wilkins, das passierte zu Beginn des Sommers, als Mrs. Delacroix' Freunde so spontan auf ihren Appell reagierten, Sachen für die Höhle zu stiften. Es gab Tage, an denen ich glaubte, der Briefträger werde das Haus einreißen; sogar Mrs. Delacroix, obwohl sie auf der anderen Seite des Hauses schläft, zeigte Zeichen der Beunruhigung. Ich habe schließlich mit dem Briefträger gesprochen. Ich kann nicht behaupten, daß er es freundlich aufgenommen hat. Wenn Sie mich fragen – ich bin überzeugt, das Klopfen und Stoßen und Sturmklingeln war seine Rache dafür, daß er diese Pakete schleppen mußte. Einige, das muß ich zugeben, waren so groß, daß sie besser mit der Bahn befördert worden wären. Wenn aber irgendwelche Postämter sie einmal als Pakete angenommen hatten, so war es seine Pflicht und Schuldigkeit, sie auszutragen. Seit dieser Unterredung schien er nachgegeben zu haben; wie sich herausstellte, wartete er aber nur auf eine günstige Gelegenheit zur Rache. Ein eingeschriebenes Paket, das nicht nur persönlich abgeliefert, sondern auch quittiert werden mußte, gab ihm die Chance, auf die er gewartet hatte. Das war ein Ausbruch heute morgen! Schlimmer als jeder Poltergeist, kann ich ihnen sagen. Und jetzt dieses Woodoo!«

»Was für ein Woodoo?« fragte Frank und warf das Buttermesser achtlos auf das Stück Flanell zurück.

»Diese Suche nach einem Sixpence. Ich kann nur hoffen, Major Wilkins, daß Sie einen Sixpence in der Tasche haben. Mrs. Delacroix hat entdeckt, daß sie wieder einmal kein passendes Geld im Hause hat, und ich selbst habe nichts kleineres da als eine halbe Krone. – Sie sind aber heute früh gekommen!« bemerkte Francis und warf einen Blick auf die elektrische Uhr in der Anrichte.

»Was wir für den Sellerie brauchen, ist ein leichter Frost.«

»Die Luft beißt förmlich, nicht wahr? Ziemlich scharfer Frost, würde ich sagen, dafür, daß er so plötzlich gekommen ist. Dabei fällt mir ein«, fuhr Francis fort und richtete seinen

Blick eindringlich und vorsichtig zugleich auf Frank, »wo der Winter mit so großer Geschwindigkeit über uns hereinbricht, was soll da mit der Höhle geschehen?«

Frank zuckte die Achseln und zog zwei Streichholzschachteln (und dann noch eine dritte, aus Aberglauben) aus einer Schublade; die Suche nach Streichhölzern hatte ihn in erster Linie hierherkommen lassen. Er knurrte: »Da fragst du besser Mrs. Delacroix.«

Francis blickte Frank noch fester an und wandte nach einer Weile den Blick diplomatisch ab. Angespornt von der Morgenkühle, war er gerade dabei gewesen, seinen Rundgang durch Applegate anzutreten, innen und außen; er wollte alle Schlösser ölen und war damit beschäftigt, seinen Werkzeugkasten zusammenzustellen. Inzwischen konnte man vom Ende des Ganges zur Küche hören, wie eine Glastür erst geöffnet, dann geschlossen wurde. Das hätte lediglich die Ankunft der Witwe vom Dienst aus dem Dorf anzuzeigen brauchen, der Witwe, die sich an ihre Arbeit begab – aber nein. Es war Mrs. Delacroix, die wieder aus dem Garten zurückkam.

Francis brachte das Buttermesser außer Sichtweite, mit dem Flanell verschwand es in der Schublade. Irgendwelches weitere Trara wegen dieses Neuankömmlings zu fördern, war er für eine gewisse Zeit durchaus nicht gewillt.

Die Schloßherrin stand wie eingerahmt in der Tür der Anrichte. Sie trug zwei Pullover: dick, hochgeschlossen, einer über den anderen gezogen. Gartenhandschuhe, klobig in eine Tasche gerammt, beutelten eine Hüfte ihrer engen Hose aus. Ihr vom Überstreifen der Pullover noch zerzaustes Haar hing rings um ein besonders leuchtendes Morgengesicht, verklärt eher als umwölkt von einem Ausdruck des Kummers. »Jetzt ist es soweit«, sagte sie zu Frank, »der Frost hat die Dahlien erwischt.«

»Das tut mit aber leid.«

»Jetzt muß ich den Vormittag damit zubringen, sie abzuschneiden.«

»Aber hör' mal, ich dachte –«, wandte er ein.
»Es wäre grausam, sie so zu lassen, wie sie heute morgen aussehen. Du mußt sie dir ansehen – nein, lieber nicht, niemand sollte sie sehen. Ich glaube, es wäre am besten, wenn wir sie sofort verbrennen.«
»Herbst ist Herbst.« Er fuhr sich mit einer Hand über seinen hübschen Hinterkopf und betrachtete Dinah nachdenklich.
»Das ist noch nicht das Ende der Welt.«
»Madam war nicht hier, als letztes Jahr das gleiche passierte«, bemerkte Francis.
»Im übrigen«, rief Dinah, wiederbelebt oder entschlossen, so zu wirken, »ist es ein himmlischer Morgen!«
Sie sah von einem zum anderen. »Was ist denn mit euch los?«
»Francis möchte wissen, was mit der Höhle geschehen soll«, sagte Frank nicht sehr loyal.
»Francis, kümmere dich um deine eigenen Angelegenheiten!«
»Das täte ich mit Vergnügen«, erwiderte Francis, »aber diese Frage hat sich förmlich meine Aufmerksamkeit erzwungen – wie sie sich früher oder später, so könnte ich mir denken, die Aufmerksamkeit anderer Leute erzwingen wird. Als ich gestern abend zufällig in der Nähe der Höhle spazierenging, schlug mir ein übler, muffiger Geruch entgegen, der hinter diesen Segeltuchvorhängen hervorquoll.«
»Zufällig spazierenging?« äffte seine Arbeitgeberin ihn nach, »herumgeschnüffelt hast du!«
»Ob es dir angenehm ist oder nicht, Dinah«, moralisierte Frank, »du kannst das ganze Zeug, das du da drinnen aufgehäuft hast, nicht einfach verfaulen lassen. Es ist dir für einen bestimmten Zweck geschickt worden. Und – wenigstens nach meinen Erfahrungen – hat das Sammeln einige Mühe gemacht.«
»Jedem hat es Spaß gemacht, in seiner Persönlichkeit herumzukramen«, erklärte die Organisatorin der Höhle aufsässig,

»dir auch. Wenn du dir um den Fächer deiner Großmutter Sorgen machst, geh' und hol' ihn dir raus.«

»Wenn die Sammlung abgeschlossen ist«, unterbrach Francis und untersuchte den Federkiel, den er in die Schlösser stecken wollte, »warum kann man es dann nicht dabei belassen? Sollte nicht irgend jemand die Höhle verschließen?«

»Besorg' einen Maurer«, sagte Frank rasch und verschaffte sich damit eine neue, günstigere Position. »Da ist dieser Mann aus dem Dorf, den kann ich besorgen; und je eher, desto besser, Maurer sind vielbeschäftigt.«

»Maurer?« rief Dinah.

»Ja, es hat wenig Sinn, sich auf eine Bombe zu verlassen, das habe ich schon immer gesagt.«

»Meine Höhle zumauern? Wo bleibt dann meine Höhle? Weg wäre sie.«

»Schade, daß du nicht gleich zu Anfang daran gedacht hast.«

»Wahrscheinlich habe ich überhaupt nicht erwartet, daß ich die Höhle überlebe«, gab sie kläglich zu.

Francis hatte sein Werkzeug jetzt vollständig beisammen und machte Anstalten, zu seiner Runde durch das Haus aufzubrechen. Er zögerte jedoch noch, um weitere Ratschläge anzubieten.

»Könnte man nicht überhaupt eine kleine Feier veranstalten? Die Spender einladen? Und es würde sich auch gut machen, eine Abordnung aus dem Dorf dabei zu haben. Und ohne die Sache zu formell zu machen, sollten doch vielleicht ein paar Worte gesprochen werden. Alle weiteren Vorkehrungen würde ich gern selbst treffen. Madam, wenn man bedenkt, ist es eine geraume Weile her, seit wir eine Party hatten. Es ist nicht gut, wenn man zu sehr die Lebensgewohnheiten von Einsiedlern annimmt.«

»Weißt du, das hört sich gar nicht so übel an, oder meinst du nicht?« fragte Frank vorsichtig. Er war gern unter Menschen.

»Niemand scheint bis jetzt an eine Musikkapelle gedacht zu haben. Woher kriegen wir eine Kapelle?« fragte Dinah.
»Na, hör' mal«, unterbrach Frank sie ungewöhnlich scharf.
»Was du nämlich bloß spielen willst, ist Barmann!« schrie Dinah und wandte sich Francis zu. »Also gut, ich kenne drei oder mindestens zwei Leute, die einen Barmann suchen. Es tut mir zwar leid, mich von dir zu trennen –«
Francis verzichtete es, darauf zu antworten, und verließ die Anrichte. »Und verkleckere nicht das Öl auf alle Teppiche!« rief sie hinter ihm her. »Der kann einen wirklich aufregen«, sagte sie vor sich hin, und dann zu Frank:
»Ich muß jetzt wieder raus. Kommst du mit? Ich weiß nicht mehr, weshalb ich eigentlich reingekommen bin.«
»Ich glaube«, sagte er, »ich sehe mir mal den Sellerie an.« Seine Stimme klang wenn nicht düster, so doch unbestimmt.
»Was ist los, Frank?« fragte sie sofort.
»Du bist sehr nervös, weißt du. Es ist doch nichts passiert?«
»Bloß die Dahlien. Hab' ich zu viel Theater gemacht? Es tut mir leid.«
»Du kommst mir nervös vor, seit ich zurück bin. Hat dich irgend jemand erschreckt, während ich weg war?«
»Vielleicht habe ich dich vermißt.«
»Das wäre eine angenehme Vorstellung.«
»Ich freue mich, daß du wieder da bist. – Komm' mit in den Garten. Weshalb stehen wir hier drinnen herum?«
»Einen Augenblick«, sagte er und fuhr mit der Hand in seine Jackettasche. »Brauchst du einen Sixpence?«
»Ja, richtig! Oh, gut! Vielen Dank, Frank. Weißt du, ich muß ihn sofort abschicken. Mumbo hat mir ein Buttermesser aus ihrem Geschenkartikelladen geschickt. Wo ist es jetzt? Wohin hat Francis es versteckt? Ich muß es dir zeigen.«
»Ich hab' es mir schon angesehen«, gestand er. Sie gingen zusammen den Flur zu der Glastür am Ende hinunter, hinaus

in den Hof und über den Hof durch die Gartentür in den Garten, in die lauernde, glitzernde Schönheit des ersten Frostmorgens hinein.

6

Applegate

»Ein Lotsendaumen, verstaucht, als er nach Hause kam.« Das ist es. Heute morgen ist mir klar geworden, warum ich das brauche. Die unbeachtetste Zeile in dem ganzen Stück. Vergiß die Sixpence nicht! Sie sind in diesem Umschlag, könnten aber in eine Ecke rutschen und weggeworfen werden. Vielen Dank, ich kann es kaum abwarten bis morgen früh, so freue ich mich auf mein Tablett. Mehr schreibe ich jetzt nicht, da wir ein riesiges Kartoffelfeuer im Garten haben. Eine Frau aus der Nachbarschaft hier macht sonderbare Masken, in großen Mengen. Wäre das nicht was für Mopsie Pye? Sie würden reißend weggehen. Es wäre eine große Hilfe für diese arme Frau, die nicht nur ihre Mutter, sondern auch einen schwachsinnigen Bruder unterhalten muß. An irgendeinem Sonntag könnten wir uns die Masken ansehen.

An welchem?

Sehr herzlich
Deine D.

Sonntägliche Kirchenglocken läuteten in den glutroten Abend hinein, während man sich von der Maskenmacherin an der Gartentür verabschiedete. Die Frau gab durch eine zugleich resignierende und fanatische Geste zu verstehen, daß alles andere vorerst aufgeschoben werden müsse. Sie warf einen Blick zum Himmel, der ihr in diesem Augenblick wohl anstand.

Ihr Dorf (nicht weit von Dinahs) war in diesem Teil von

Somerset und sogar darüber hinaus berühmt für seine Glokkenläuter. Krähen, offensichtlich an die Glocken gewöhnt, strömten unbeirrbar durch einen Himmel, der ganz von der lärmenden Versammlung erfüllt war, und die Dörfler, die gesichtslos in ihren dunklen Haustüren oder in kleinen Gruppen vor Geschäften mit heruntergelassenen Läden standen, schienen ebenso daran gewöhnt. Für Nicht-Einheimische war der Lärm beträchtlich. Aus dem Dorf war schwer herauszukommen, der Hillman ruckte vor- und rückwärts wie ein gefangenes Tier.

Den Abend auf diese Weise anzukündigen, schien nicht sehr fair zu sein; schlimmer noch war es, damit fortzufahren, was die Glockenläuter in wütender Virtuosität für die nächste halbe Stunde taten. Heilig-unheilige Klänge, die sich überlagerten und einander durchdrangen, folgten dem flüchtenden Wagen bis hinaus aufs offene Land; sie verstärkten sich über Feldern und Baumgruppen, die in der herbstlichen Dämmerung hohl widerhallten. Noch schlummerte die Natur nicht: von Pfaden, Feldwegen, Quellen und Steinbrüchen atmete und stieg alles Vergessene auf, bis die Jahrhunderte offenen Wunden glichen. Die verzauberten Felder waren ringsum von Land eingeschlossen, keine Hilfe kam von der See in dieser Stunde, die geräuschlos mit der Sonne hätte untergehen sollen. Die Sonne war schon untergegangen; trotzdem zogen noch leuchtende Steinmauern am Autofenster vorüber, und Torpfosten standen wie Denkmäler des Lichtes des heute gewesenen Tages.

Die Glocken ließen sich Zeit, ihre Opfer entkommen zu lassen.

»Puh!« sagte Dinah und schüttelte den letzten Klang mit einer heftigen Kopfbewegung ab.

»Nun?«

»Ich muß dich auch immer in irgend etwas hineinmanövrieren!«

»Das war wohl Zufall.«

»Nett von dir, daß du das sagst, Mumbo.«

»Ich hab es nicht so gesagt.«
»Immerhin, dir haben die Masken gefallen?«
»Ja, aber jetzt ist endgültig Schluß, das weißt du, Dicey.«
»Schluß womit?«
»Mit diesem Herumjagen.«
»Ist das dein Ernst? ›Der letzte Ritt zusammen?‹ Nein, das darfst du nicht sagen. Ich – mir – mir geht es nicht gut.«
»Du siehst völlig gesund aus.«
»Frank sagt, ich hab' einen Schock gehabt.«
»Das mußt du selbst am besten wissen.«
»Ja, aber er sieht mich jeden Tag, und er sollte es deshalb wissen, nicht?«
»Ich weiß nicht. Mich sieht keiner jeden Tag.«
»Dann verstehe ich nicht, Mumbo, wie du überhaupt wissen kannst, wie du bist.«
»Deine Mutter wußte, wie ich bin.«
»Wieso – ich meine, woher weißt du das?«
»Deine Mutter hat mir gesagt, ich soll dich nicht ungünstig beeinflussen.«
»So? Ob sie dabei nicht mehr an uns drei gedacht hat? Wenn Sheikie nicht auch dabei war, kam doch nie etwas richtig in Gang. Zum Beispiel neulich abend.«
»Das stimmt«, sagte Clare. »Und sie wußte das. Aber ich bezog immer die Prügel. Dicey, wie ist es ihr in Cumberland ergangen?«
»Sie war nicht mondsüchtig und ist nicht auf den Klippen gewandelt.«
»Sie nicht!«
»Manche hielten sie für versponnen. Nein, sie hat diese Seuche gegen Ende des Krieges nie richtig überstanden. Diese spanische Grippe, es war wie ein zweiter Krieg. Warum mußten die Menschen das erst durchmachen und dann sterben? Jedenfalls, sie mußten es. Es war das allgemeine Schicksal, genauso wie der Krieg. Und das allgemeine Schicksal ist für jeden gut genug, gut genug auch für sie. Sie waren da oben damals sehr schlecht dran, in diesem abgeschiedenen Flek-

ken. Überall so ein Elend! Da saß sie und hatte niemanden außer mir und tat, was sie konnte. Oft war es umsonst. Eine Krankheit kann man durch Pflege heilen, aber was kann man gegen das Entsetzen tun? Sie hat nie auch nur mit der Wimper gezuckt – er wäre stolz auf sie gewesen.«

»Wer?«

»Dein Vater.«

Clare sagte zunächst nichts, dann nur: »Du hast diese spanische Grippe nicht gekriegt?«

»Ein paar Kinder blieben verschont – hast du sie gehabt? Mumbo, es war alles ziemlich verworren und verwirrend gestern abend, nicht? Ich meine, in Southstone.«

»Ich würde an deiner Stelle nicht mehr daran denken.«

»Gut. – Wie haben dir die Masken gefallen?«

Das Auto roch nach den Masken. Clare hatte drei Muster auf den Knien; weil sie so zerbrechlich waren, hatte die Frau sie nur leicht in dünnes Papier eingewickelt. Eine andere Maske, die Dinah sofort gekauft hatte, grinste auf dem Rücksitz vor sich hin. Clare wickelte ihre drei aus und prüfte sie, mehr mit den Fingern als mit den Augen. »Sie sind gut«, sagte sie. »Du hattest recht.«

»Das freut mich. Ich bin froh, daß ich dich nicht umsonst hierher geschleppt habe. Ich freue mich auch für die Frau – nimmst du die Masken wirklich?«

»Sie wird viel zu tun bekommen. Es hat keinen Zweck, eine Nachfrage zu schaffen, wenn man sie nicht befriedigen kann. Das ist schlecht fürs Geschäft.«

»Ich fand, sie war etwas verwirrt, aber trotzdem angenehm berührt.«

Clare hielt geistesabwesend eine der Masken vor ihr Gesicht. Dinah wartete, bis sie den Hillman an einer Radfahrergruppe vorbeigelotst hatte; die Straße schien enger zu werden. Die Rückstrahler der Fahrräder dehnten sich in den Seitenlichtern des Hillman zu einer Reihe scharlachroter Warnschilder. Dann drehte sie sich um und rief: »Tu' das nicht!«

»Wozu sind die Masken da?«

»Um sie an die Wand zu hängen.«
»Dicey ... ich höre doch nicht noch mehr Glocken?«
»Nur die von meiner Kirche, sie tun keiner Fliege etwas. Wir sind fast wieder zu Hause. Ich dachte, wir sehen mal kurz bei Frank hinein.«
Clare wickelte die drei Masken wieder in das Seidenpapier. »So? Wie du willst.«
»Wahrscheinlich ist er in Applegate.«
»Was hat es dann für einen Sinn?« (Clare mußte Frank, der diesen Sonntag ausnahmsweise zum Mittagessen woandershin gefahren war, noch vorgestellt werden. Ungeachtet des Sabbaths hatte sie auf dem Weg von London hierher ein paar geschäftliche Angelegenheiten erledigt und war daher erst gegen zwei Uhr in Applegate angekommen, nicht zu spät für den ausgezeichneten Fasan, den zu servieren Francis tatkräftig mitgeholfen hatte.)
»Siehst du das Haus?« fragte sie freundlicher.
»Ich will dort diese Maske aufhängen.«
»Aha. Eine Überraschung?«
Sie hielten vor Franks gepflegtem Gartentor. Clare warf einen Blick auf den kurzen Weg zum Haus. In diesem späten Licht wirkte die Front des Hauses, als ob sie in den Hintergrund der Bäume dunkel eingraviert wäre, und nur durch den Schleier des Abends betrachtet hatte sie etwas von der finsteren Sentimentalität jener Bilderbuchillustrationen, an denen sich die Kinder früherer Generationen nicht satt sehen konnten. Zwei Dachfenster quetschten sich unter die breite Regenrinne; die Fenster darunter sahen auf Buchsbaumsträucher hinaus. Offensichtlich war viel Zeit und Sorgfalt auf die Pflege des Gartens verwandt worden, zwischen den Steinen des Pfades sproß kein einziges Unkraut. Die Veranda, die Haustür und die Wassertonne an der Seite waren vor kurzem mistkäferblau angestrichen worden, eine Farbe, die sogar in der tiefen Dämmerung noch glänzte. Das Haus hatte eine gewisse skurrile Würde. Eine Fernsehantenne über dem schrägen Dach zeigte, daß der Hausbesitzer wenigstens ein

technisches Hilfsmittel besaß; die Antenne schien als einziges von normaler Größe zu sein.

»Das Haus paßt wahrscheinlich wie angegossen zu diesem Mann«, sagte Clare.

»Ein begehrtes Grundstück, das kann ich dir sagen!«

»Kommt hier jemals die Sonne hin?«

»Morgens hat er fast zu viel Sonne, die meisten Fenster gehen nach Osten.«

»Wo läßt man hier sein Auto?«

»Ja, das ärgert ihn auch. In der Scheune von irgend jemand.«

»Wahrscheinlich ist niemand da«, sagte Clare hoffnungsvoll.

»O nein.« Dinah ging auf die Türklinke zu (ein Meisterwerk der dörflichen Schmiedekunst) und drückte sie mit erfahrenem Griff nieder. Als die Tür aufging, erhob sich drinnen ein entsetzliches Knurren und Jaulen. Die Tür führte unmittelbar ins Wohnzimmer, und der Labrador kam, an einer eichenen Sitzbank vorbei, mit gefletschten Zähnen auf sie zu. Dinah schob sich an dem Hund vorbei.

»Laß deine Tante Mumbo zufrieden!«

»Ja, bitte!«

Als der riesige schwarze Hund aufgehört hatte zu knurren, trollte er sich von dannen und kuschelte sich unter einen kleinen Tisch, fuhr jedoch fort, die Besucher mißbilligend zu beobachten. »Man darf nicht über ihn sprechen«, sagte Dinah, »er hört zu. Aber ich glaube manchmal, daß der Hund durch seinen schrecklichen Charakter gewissermaßen alles Schlechte aus Frank herauszieht. Er ist nämlich sehr liebenswürdig, wie du sehen wirst.« Sie hielt vorsichtig ihre Hand dicht an die pulverige weiße Asche im Kamin. »Eiskalt. Mindestens seit gestern abend. Er hat wahrscheinlich nur kurz hereingeschaut, bloß für eine Minute, um den Hund hierzulassen, und hat sich um nichts weiter gekümmert.« Sie sah sich um, ob sie irgendwo die Maske aufhängen könnte.

»Es war also draußen, das arme Vieh?«
»O ja, er hat ihn nach Shepton Mallet mitgenommen. Wir machen uns wohl lieber das Oberlicht an?«
Clare faßte nach dem Schalter. Mit geübten Bewegungen holte Dinah sich einen Hammer und eine Tabakbüchse mit einem Sortiment Nägel. Jetzt, da er von oben erleuchtet war, ließ sich der Raum leicht überblicken. Es gab wenig zu erklären und nichts zu verbergen; nur was das für Zeitschriften und Bücher waren, die in eine tiefe, schattige Nische gestopft waren, blieb ein Geheimnis. Durch den Kalk an den Wänden konnte man noch das alte Mauerwerk erkennen; die niedrige Decke wurde von zwei schweren Querbalken gestützt. Die Sitzbank, die in der Nähe des Kamins rechtwinklig in den Raum ragte, war das einzige kantige Möbelstück – ein konkaves, großes Sofa (mit jakobinischem Leinenüberwurf) sah ebenso bequem aus wie die Hocker, die mit Leder oder etwas Ähnlichem bezogen zu sein schienen. Abgesehen von dem Birnbaumtisch, unter dem gerade der Labrador lag, gab es noch andere, kleinere, auf denen unzählige Aschenbecher standen, die so aussahen, als hätten sie alle eine besondere Geschichte. Außerdem gab es zwei Tischlampen mit Schirmen, obwohl anzunehmen war, daß Frank, wenn er sich selbst überlassen war, es mit dem Deckenlicht, wie es jetzt brannte, bewenden ließ. Unordnung herrschte nur auf dem Fußboden: aufgeschlagene Sonntagszeitungen lagen, wo sie gerade fallengelassen worden waren, und mehrere Brücken waren an den Ecken umgeknickt und verrutscht. Sicherlich war der Hund der Übeltäter.
Obwohl Dinah schon einen Nagel mit der Spitze an die Wand hielt, drehte sie sich noch einmal um, als sie spürte, daß Clare das Zimmer untersuchte. Ihre Augen folgten Clare ernsthaft und langsam bei der Inspektion, blieben aber bald zurück.
»Hübsch?« wollte sie wissen.
»Hast du das ausgesucht?« fragte Clare und zeigte auf das jakobinische Leinen.
»Nein. Warum? Aber ich mag es.«

Eine andere Nische war gefüllt mit verbeulten, schwarzlakkierten Blechkästen. »Ich glaube nicht, daß er jemals richtig ausgepackt hat«, sagte Dinah, als sie sah, daß Clare die Kästen musterte. »Ich habe mich schon oft gewundert, wie er zu diesen Kästen kommt.«
»Hast du nie gefragt?«
»Ich glaube nicht.«
»Was mag darin sein?«
»Keine Ahnung.«
Clare unterdrückte ein Gähnen. Sie setzte sich auf die kissenlose Bank. Dinah schien enttäuscht. »Ich habe mir noch nie viel aus dieser Bank gemacht. Aber seine Frau mochte sie, glaube ich. Sie nahm offenbar an, die Bank stamme aus einem Bauernhaus in Wales. Sie verhindert übrigens, daß es zieht, das stimmt, muß ich sagen. Wie du siehst, hat dieser Raum leider diese andere Tür am anderen Ende, sie führt auf den Hof. Es waren früher zwei Räume. Man kann aber gut Kissen gegen die Tür lehnen.«
»Wo ist Mrs. Wilkins?«
»Ach, sie ist schon seit Jahren im Himmel – wenigstens glaube ich das, ich hoffe es. Frank ist Witwer.«
»Wie gefällt ihm das?«
»Wie kann das jemandem gefallen? Es ist ein hartes Los. Aber wir haben noch etwas anderes gemeinsam. Du hast doch nicht geniest? Zieht es dir?«
»Ein bißchen Durchzug ist gesund, wie meine Mutter gesagt hätte.«
»Soll ich dir sagen, worüber ich mich oft gewundert habe?«
»Na?«
»Weshalb er sie geheiratet hat.«
Clare drückte ihren Rücken steif gegen die Bank. Sie starrte Dinah an und entschloß sich dann nachzudenken, was damit endete, daß sie sagte: »Ich hab' sie das eines Tages mal gefragt. Sie hat ehrlich überlegt, dann gewaltig losgelacht und gesagt: ›Weißt du, ich glaube nicht, daß er es mir jemals

gesagt hat!‹ Die Ehe war sonst in Ordnung. Sie war die geborene Offiziersfrau. Man heiratet dynastisch.«

»Du hast das nicht gemacht.«

»Nein, bei mir war alles durcheinander.«

»Hast du sie jemals gehaßt?«

»Meine Mutter? Nein, nie«, sagte Clare und beließ es dabei.

»Ich mochte sie«, sagte Dinah. »Sie war nett zu mir und freundlich zu meiner Mutter.«

»Ich war aus der Art geschlagen«, sagte Clare vage.

»Findest du manchmal auch, daß die nicht begangenen Sünden unserer Väter und Mütter uns später heimsuchen?«

»Ich dachte, du willst diese Maske aufhängen«, sagte Clare.

»Das will ich auch.«

Es war leichter gesagt als getan. In den nächsten Minuten spielte sich eine altbekannte Komödienszene ab: wildes Hämmern, jedesmal auf einer neuen Stelle, endete jedesmal damit, daß der widerspenstige Nagel zu Boden fiel. »Verdammt, diese verfluchten alten Mauern! Wie du siehst, konnte der arme Frank seine Bilder nur da aufhängen, wo sie jetzt sind.«

Jetzt, da sie es sagte, konnte man das gut begreifen. Aber da es sämtlich Vogelbilder waren (Peter Scott), und da Vögel sich oft in verschiedenen Höhenlagen aufhalten, machte es weiter nichts aus.

»Halt' die Luft an, ich glaube, dieser bleibt drin!« Dinah hing hastig die Maske darauf und trat zurück. Die Maske machte sich gut.

»So, jetzt glaube ich –«

Die Maske fiel herunter.

»Vielleicht soll sie nicht hier hängen«, sagte Dinah und hob sie auf. Sie stellte einen Tonkrug mit ein paar Zweigen auf den Tisch, unter dem der Labrador lag, und lehnte die Maske an den Krug. »Hier kann er sie kaum übersehen, nicht?«

»Nein, wohl kaum.«

Als sie aufbrachen, sah Dinah sich noch einmal um. »Wir hätten lieber Feuer machen sollen, wenn auch nur für die kurze Zeit. Und ich wünschte, ich hätte diese Maske nicht hierher gebracht – aber jetzt ist sie da. Weißt du, ich liebe dieses Haus. Ich wünschte, es gehörte mir. Sobald ich hier bin, fühle ich mich wieder sicher – es ist sehr lange her, daß ich irgendwo das gleiche Gefühl hatte. Haus Feverel wurde zwar Landhaus genannt, aber ich glaube, es war kein richtiges. Dennoch gab es viele Augenblicke, in denen ich mich dort wie in einem Landhaus fühlte. Dieses Haus hier hat ein paar Fliederbüsche im Hintergarten, und der Geruch ist der gleiche. Es hat auch ein Glasfenster im Dach, auf das man den Regen trommeln hören kann. Ich bin überzeugt, daß die Leute, die vor Frank hier gewohnt haben, Kätzchen hatten, denn es riecht manchmal noch nach ihnen. Ich ... ich glaube, du verstehst nicht, was ich meine, Mumbo.«

Clare tat ihr Bestes; sie schloß die Augen. Aber die Klubsessel und Aschenbecher hatten sich ihr eingeprägt.

»Nicht wahr?« fragte Dinah.

»Dicey, dies ist nicht wie Haus Feverel!«

»Nein, nein. Natürlich nicht. – Also komm'.«

»Wohin fahren wir jetzt?«

»Zurück.«

Der Weg war kurz. Das Auto bog, zwei Minuten, nachdem die beiden Franks Haus verlassen hatten, in die heimatliche Straße ein; nach weiteren vier Minuten würden sie vor dem weißen Tor ankommen. Die Straße wurde in der Dunkelheit selten benutzt und war fast leer. Sie hatte nie weiter als bis zur nächsten Farm geführt. Der Frost der letzten Woche hatte die Freiluftsaison beendet, obwohl es heute abend eigentlich wieder nur kühl war. Soweit das Auge reichte, flankierten Bäume die Straße.

Eine Katze kam aus dem Straßengraben; geheimnisvoll leuchteten ihre Augen den Autoscheinwerfen entgegen. Im

letzten Augenblick fuhr sie zurück, ehe es zu spät war. Dinah sagte schnell: »Darf ich noch etwas fragen?«
»Kommt drauf an.«
»Jetzt, da alles vorüber ist ...«
»Was ist alles vorüber?« (Clare hielt die Masken fest, die auf ihren Knien zu wackeln begonnen hatten.)
»Was hast du unten in den Kasten gelegt?«
Clare schien rasch zu überlegen. »Aus Sheikie wirst du nicht viel rauskriegen«, sagte sie.
»Nein – aber was hast du hineingelegt?«
»Also gut. Shelley.«
»Du meinst doch nicht *Shelley*?«
»Weshalb fragst du, wenn du's doch nicht glaubst? Ich war fertig mit ihm.«
»Du mußt wahnsinnig gewesen sein.«
»Ich glaubte, er habe unrecht.«
»Du mußt wahnsinnig gewesen sein. Ich habe ein Gewehr hineingelegt.«
»Unsinn.«
»Weshalb fragst du, wenn du mir nicht glaubst?«
»Ich hab' nicht gefragt. – Was um Himmels willen sollte das bedeuten?«
»Es war, was man jetzt eine Waffe nennt. Eine Pistole; vielleicht auch ein Revolver. Jemand erschießt wahrscheinlich jetzt irgendwen damit. Ich hab' euch beiden gesagt, ich wußte, daß ein Revolver in dem Kasten lag, aber ihr habt keine Notiz davon genommen.«
»Hast du erwartet, daß wir dir glauben?«
»Das ist ein Fehler, den du zu oft machst, Mumbo. Aber das ist alles längst vorbei. Hier ist mein hübsches weißes Tor.«
Da war es; freundlich, wenn auch gespenstisch, ewig offen, groß wie das Leben. »Nein«, rief Clare und zerknüllte fast die Masken. »Das kannst du mit mir nicht machen, du Biest! Halte bitte einen Augenblick!«
»Nein«, sagte die Fahrerin und fuhr hinein. »Frank hat das Auto bestimmt schon gehört.«

Er hatte es nicht gehört; er hörte eine Schallplatte. Laut drang ihnen die Musik entgegen. Dinah warf in der Diele ihren Mantel auf einen Bischofsstuhl und wartete, bis sie mit Clares Mantel das gleiche tun konnte. Sie lauschten.

The runaway train came down the track,
And she blew – she blew.
The runaway train came down the track,
And she blew – she blew.
The runaway train came down the track,
Her wistle wide and her throttle back,
And she blew, blew, blew, blew –

Dinah ging voran durch die angelehnte Wohnzimmertür und sagte in friedlichem Ton: »Nein, Frank!«
»Mal was anderes«, sagte er und hielt den Plattenspieler an – nicht ohne Bedauern; er stand in der Nähe des Apparates. »Da bist du also. Ich dachte schon, du wärest in die Kirche gegangen.« Dann sah er höflich, wenn auch nicht gerade sehr erwartungsvoll zu Clare hin. Dinah stellte sie vor, sie gingen aufeinander zu und schüttelten sich die Hände. »Ich habe Sie neulich um ein paar Minuten verfehlt«, sagte er zu ihr. Sie erwiderte, ja, sie habe davon gehört. »Wenn wir nicht in die Kirche gegangen sind – an einladendem Geläut hat es bestimmt nicht gefehlt, nicht, Mumbo?« erinnerte sich Dinah schaudernd. »Großer Gott! – Frank, was hast du zu Mittag gegessen?«
»Hauptsächlich Fasan.«
»Dann hast du nicht viel verpaßt. Wer war da? Nun, das kann warten.« Sie hatte es sich anders überlegt. »Du kannst dir wohl denken, was Mumbo und ich als erstes brauchen – Ach«, fügte sie sich umblickend hinzu: »Wo ist *dein* Glas?«
»Ich habe auf dich gewartet«, sagte er ungewöhnlich förmlich. »Was darf ich Ihnen geben?« fragte er Clare.
Sie sagte es ihm. Nach einem Blick auf Mrs. Piggotts Uhr meinte sie: »Ich sehe, es ist schon ziemlich spät.«

»Um so netter, jetzt zu Hause zu sein«, zwitscherte Dinah und machte es sich in ihrem Stuhl bequem. »Setz' dich irgendwohin, Mumbo, oder stehst du lieber? Du weißt, daß du dich hier zu Hause fühlen kannst. Das ist wenigstens ein Feuer!« fuhr sie fort und starrte liebevoll und ehrfürchtig in die Flammen.
»Nicht übel, was?« sagte Frank und drehte sich zu ihnen um; er stand vor dem Tablett am anderen Ende des Raumes. »Hast du Francis gesagt, er soll in irgend so einen französischen Film gehen?«
»Ja, aber ich habe nicht geglaubt, daß er es tut – ist er wirklich gegangen? Alleine, oder mit wem?«
»Mit dem Finnen von Mrs. Coral.«
»Gut.«
»Ist das so recht?« fragte Frank Clare und reichte ihr ein randvolles Glas.
»Sieht genau richtig aus, besten Dank!« Sie probierte, es stimmte.
»Ich habe Ihren Hund gesehen«, sagte sie.
Er sagte: »Ich verstehe nicht – wo?«
»Ja, Frank«, rief Dinah fröhlich, »wir sind zu deinem Haus gefahren, wir waren sogar drinnen, aber bloß für eine Minute.«
»Ich fürchte, Sie haben es nicht in bestem Zustand angetroffen«, sagte er zu Clare aus einiger Entfernung, er stand wieder vor dem Tablett. Finster betrachtete er eine Karaffe und sagte (ebenso zu sich selbst wie zu Dinah): »Hätte ich das gewußt, dann wäre ich zu Hause geblieben.«
»Natürlich, das Haus hätte netter ausgesehen, wenn du dagewesen wärst«, sagte sie, ein wenig irritiert darüber, daß sie so etwas Simples sagen mußte. Sie verrenkte sich den Kopf, damit sie Frank zwischen oder über den verschiedenen Gegenständen sehen konnte, die sich zwischen ihnen befanden: Kissen auf der Sofalehne, Lampen, eine hohe Holzschale und anderes.
Diese Feststellung bezog sich nicht ausdrücklich auf sein

Haus, fast jeder Ort hätte durch Franks Anwesenheit gewonnen. Genauso erging es diesem Raum in dieser Minute. Er trug immer noch (er stand ihm verblüffend gut) den Anzug, in dem er nach Shepton Mallet bzw. in dessen Umgebung gefahren war; er sah sonntäglich aus, wie an einem Sonntag von der erfreulicheren, nicht unbedingt säkularen Art. Seine Erscheinung vertrug das leicht Phantastische gut. Dieser glückliche Mann liebte nicht nur seine Kleidung, sondern wurde auch von ihr wiedergeliebt, was nicht immer selbstverständlich ist. Ob Frank in seinem Leben die Anerkennung gefunden hatte, die er verdiente, oder nicht (Dinah behauptete: nein), er sah jedenfalls glücklich aus, und wieviel angenehmer ist das, als auszusehen wie jemand, der sein Glück verdient.

»Wahrscheinlich«, sagte er, »das heißt, ich hoffe. Aber darauf kommt es nicht an. Ich hab' das Haus in Unordnung zurückgelassen, und außerdem muß da eine Grabeskälte geherrscht haben.«

Als alle drei mit Getränken versorgt waren und Clare sich für einen Platz auf dem Sofa entschieden hatte, ließ er sich endlich auf seinem gewohnten Stuhl nieder, von dem aus er seine Aufmerksamkeit wieder ganz der Besucherin zuwandte. »Ich hoffe«, sagte er, »der Nachmittag ist wunschgemäß verlaufen. Ich höre, Sie hatten vor, der örtlichen Hexe ihre Aufwartung zu machen. Fanden Sie sie verwendbar?«

»Es war hauptsächlich eine Geschäftsreise«, sagte Clare. Sie saß in der Nähe des Feuers und knöpfte sich ihre Jacke auf. Ihr Kostüm war diesmal dunkler und weniger aggressiv im Muster als das letzte Mal; aber mit unverändert ironischer Diskretion trug sie eine hochgeschlossene, dunkelseidene Bluse. Daß sie diesmal keinen Turban aufhatte, fiel nicht weiter auf, da ihr Haar durch eine Reihe von Turbanen schon in eine bestimmte Form gedrückt worden war. Ungewöhnlich schien nur, daß sie Ohrringe trug; viereckige, große, hübsche Perlknöpfe. Sie sah gut aus; auch

ihre Erscheinung hatte etwas leicht Phantastisches. Sie fügte hinzu:
»Nichts geht über geschäftliche Unterredungen.«
»Das finde ich auch. Sie haben also die Maskenparade abgenommen? Ich glaube, sie kriegt die meisten Ideen von dem Glockenturm, unter dem sie wohnt. Ich würde deshalb nicht besonders gern mit einem von diesen Dingern zusammenleben. Wenn ich mir vorstelle, daß ich abends spät nach Hause komme und daß mich dann so eine Maske angrinst, wenn ich die Tür aufmache ... Nein, besten Dank!«
»Oh, Frank, jetzt bist du aber ins Fettnäpfchen getreten!«
»Ich habe keine Ahnung, was du meinst, Dinah.«
»Warte nur ab! Oh, Frank!«
»Wenn man nichts Geschäftliches mehr zu bereden hat«, fuhr er, zu Clare gewandt fort, »vorausgesetzt, man hat überhaupt einen Partner dafür, dann geht nichts über eine Unterhaltung über die alten Zeiten, meinen Sie nicht auch? Bei dem Thema findet man nie Ende oder Anfang. Haben Sie Mrs. Artworth kürzlich gesehen?«
»Du hast sie leider *nicht* gesehen, nicht wahr, Mumbo?« unterbrach Dinah hastig.
»Zu schade, daß sie so weit weg wohnt.« Er holte seine Pfeife heraus, betrachtete sie und steckte sie wieder weg.
Clare veränderte ihre Stellung auf dem Sofa und stieß dabei mit dem Ellbogen ein Kissen über die Lehne. Dinah erklärte in einem plötzlichen Ausbruch liebevoller Angeberei: »Mumbo macht das immer! Frank, da du uns nun alle drei kennst, würdest du nicht auch sagen, daß man St. Agatha dazu beglückwünschen sollte, wie wir uns entwickelt haben? Vielleicht ist nicht allzu viel aus uns geworden, aber es hätte schlimmer kommen können. Wenn ich so zurückdenke, ich glaube, Miß Ardingfay hatte in uns die idealen Schülerinnen.«
Frank wartete, ob noch mehr kam (und wenn ja, was) und sagte dann: »Gut.« Clare angelte nach dem Kissen und legte es auf seinen Platz zurück. Dinah, offenbar von den beiden

enttäuscht, wandte sich ab und sah lange ins Feuer. Frank richtete seine Augen auf sie. »Müde?«, fragte er vorwurfsvoll. Aus irgendeinem Grund hörte sie ihn nicht.
»Weshalb, glauben Sie wohl, ist sie müde?« fragte Clare, zum erstenmal mit einer Art spöttischer Rücksicht.
»Sie übertreibt eben«, sagte er, zum erstenmal kühl.
»Sie übertreibt alles.«
»Ich dachte gerade«, sagte Dinah, wieder aufgewacht, »ob es nicht besser ist, wenn wir alle nachher ein Omelett essen. Da ist noch dieser andere Fasan, kalt, aber das wäre nicht sehr originell. Eine Suppe aus den Fasanenknochen könnte jedoch nicht schaden. Wenn wir die machen wollen, müßten wir jetzt die Knochen aufsetzen.«
»Jetzt? Nichts leichter als das!« rief Frank munter, stand auf, nahm sein Glas und verließ sie.
»Kann er kochen?« fragte Clare, ihm nachblickend.
»Heutzutage kann das jeder, oder?«
»Ich weiß nicht, ich esse meistens auswärts. – Also, was war mit der Waffe?«
»Sie lag ganz unten in Mutters Handschuhfach.«
»In Haus Feverel? Das glaube ich nicht.«
»Dann eben nicht. Ja, ich suchte nach einer Stelle, wo ich Zuckermäuse verstecken konnte. Wo ich sie auch in meinem Zimmer hintat, entdeckte sie unser altes Mädchen, und es hatte keinen Zweck, meiner Mutter lange Geschichten zu erzählen, weil sie behauptete, ich bekäme Pickel von dem Zuckerzeug. Aber ich wußte zufällig, daß die Schublade voll von ich weiß nicht wie vielen Paaren von sehr langen Handschuhen war; sie waren alle zusammengefaltet und sorgfältig weggelegt. Da meine Mutter sie in Haus Feverel nicht mehr trug – warum sollte sie an diese Schublade gehen? Ich hob also die Handschuhe auf, um meine Zuckermäuse unter ihnen zu verstecken, und da lag die Pistole oder der Revolver. Wie gesagt, so kam es, daß ich von dieser Pistole wußte.«
»Sie rauszuholen war aber ganz was anderes.«

»Ich weiß nicht, wieso, wo sie den Revolver doch nie benutzt hat.«
»Immerhin hast du ihn gestohlen.«
»Alles, was ihr gehört, gehört auch mir, hat sie immer gesagt.«
»Und alles, was dir gehörte?«
»Ich gehörte ihr.«
Clare blickte düster vor sich hin und trommelte nachdenklich mit der Faust auf ihr Knie.
»Was das wohl für ein Revolver war? Weshalb lag er da?«
»Vielleicht hielt Vetter Roland ihn für unentbehrlich im Hause einer Witwe. Nein, so töricht kann er nicht gewesen sein. Sie war nicht nur nicht nervös, sondern es gab damals, wenn du dich erinnerst, auch nichts, worüber man hätte nervös sein können. Wahrscheinlich gehörte die Pistole zu den Dingen, die sie geerbt hatte, ohne genau zu wissen, was sie damit tun sollte; nicht, daß sie alt aussah, ganz im Gegenteil.«
»War sie geladen?«
»Ich hielt es für sicherer, nicht nachzusehen.«
»Um Himmels willen, und da hast du sie so bis in das Gebüsch geschleppt!«
»Nun, sie ist nicht losgegangen ... Sie kann natürlich auch Vater gehört haben, aber wenn ja, kann er nicht besonders scharf auf sie gewesen sein. Ich meine, dann hätte er die Pistole benutzt, anstatt sich vor diesen Zug zu werfen.«
Clares »Was?« gefror ihr auf den Lippen.
»Entschuldige bitte, Verzeihung, Mumbo!«, rief Dinah bewegt. »Ich dachte, du wußtest das. Ich dachte, jeder wüßte es.«
»Wie alt warst du?«
»Kurz vor der Geburt.«
»Wie grausam, ihr so etwas anzutun, *ihr* so etwas anzutun.«
»Es gab einen Grund, etwas, was er nicht ertragen konnte. Der Boden unter ihm gab plötzlich nach, ganz plötzlich. Und

er hatte vermutlich irgendwelche Sorgen, vielleicht Geldnöte. Mit ihr hatte es nichts zu tun. Sie waren so glücklich gewesen.«

»Vielleicht zu glücklich!«

»Gibt es das? – Jedenfalls, so kam es, daß Vetter Roland sich unserer annahm.«

»Wer war dieser Mann?«

»Vetter Roland? Ein Vetter meiner Großmutter. Er dachte an alles. Ich glaube, er bezahlte mein Schulgeld. Darüber hinaus, und das war noch nobler, versorgte er Mutter mit Blumen und neuen Romanen. Ich glaube, daraus haben manche kühn geschlossen, daß er Mutter aushielt; wenn das gestimmt hätte, könnte sie kaum teurer gewesen sein, denn das waren die beiden einzigen Dinge, die sie brauchte. Davon konnte sie jede Menge verwenden – und tat es auch. Sonst war sie sehr unabhängig.«

»War das alles, was sie brauchte?«

»Gedichtbücher hatte sie schon, die waren oben in ihrem Zimmer.«

»Hätte sie nicht wieder heiraten sollen?«

»Wieder? Nicht einmal ich hab' das je gewollt. O nein. Nein. Es gibt Schocks, die man nicht zweimal riskiert.«

»Aber du hast diese Art von Schock nicht gehabt?«

»Nein, aber es war ein Schock. Bill starb, als die Jungen noch klein waren. Witwen haben meistens Familien«, sagte Dinah. Sie erhob sich von ihrem Stuhl, ging zur Tür und rief: »Bist du's Frank?«

»Ich komme«, tönte seine Stimme aus der Diele. »Essen wir in der Küche?«

»Wir essen meistens in der Küche, Mumbo – wenn es dir nichts ausmacht? – wenn Francis nicht da ist, und das passiert so selten.«

Die Küche in Applegate hatte einen eigenen Charakter, den ihr der Architekt im Jahre 1912 gegeben hatte und der durch ein paar Veränderungen seither nicht abgeschwächt worden war, wie etwa die Ersetzung des weißen Aga-Kochers durch einen wahrscheinlich größeren Eisenherd, sowie die Chromhähne über dem Spülbecken anstelle der Messinghähne. Rings an den Wänden zogen sich Gestelle und Regale hin; es gab geräumige Schränke, und in der Mitte des roten Steinfußbodens stand einladend ein schwerer, blankgescheuerter Holztisch, auf dem ein Korb mit Eiern, eine Rührschüssel, Pfeffer- und Salzfässer und auf einem Teller mit Weidenmuster ein großes Stück Butter, in das ein Löwenkopf eingedrückt war, zu sehen waren. Andere Zutaten standen auf dem Büfett. Fasanenduft wehte von den leise kochenden Knochen herüber.

»Alles sehr gemütlich«, sagte Clare und blieb etwa in der Mitte der Küche stehen, soweit der Tisch das erlaubte. Frank holte geräuschvoll zwei Omelett-Pfannen aus einem Versteck und hielt sie vergleichend nebeneinander, während Dinah, die sich ihre dunkelroten Ärmel aufgekrempelt hatte, sich daran machte, eine Salatsoße zu bereiten. Clare fragte: »Kann ich nicht auch etwas tun?«

»Nein. Aber warum ziehst du nicht ganz hierher, Mumbo?«

»Vielen Dank.«

»Es wäre zu nett«, sagte Dinah, geschäftig mit einem Holzlöffel hantierend. Frank ging aus der Küche in die Anrichte, von wo man ihn, nicht allzu weit weg, hören konnte, wie er Bestecke, Gläser und alles Nötige auf ein Tablett stellte. Dinah fuhr fort: »Und wenn du dich nun aus dem Geschäft zurückzögest?«

»Könnte ich mir nicht leisten, besten Dank.«

Dinah tat eine Messerspitze von irgend etwas an die Salatsoße. »Es wäre wirklich sehr schön«, wiederholte sie.

»Warum?«

»Wir hätten dann mehr Zeit. Sehr viel Zeit.«

»Soll ich vielleicht euer Haushund werden?«

Der Löffel blieb stehen, Dinah wurde weiß: »Wie kannst du

so etwas sagen! Zu deiner Information: Frank hat das Haus gekauft, bevor wir uns kennenlernten, bevor er auch nur eine Ahnung hatte, daß ich überhaupt existierte. Warum versuchst du immer, alles zu zerstören? Warum?«

»Bloß für mich selbst.«

»Wo du hinkommst, gibt es Ärger.«

»Verzeihung.«

»Und du hattest die Stirn, Shelley zu kritisieren!«

Rechtzeitige Rückkehr von Frank, der das Tablett hereintrug ... Als das Essen endlich fertig war (man hatte dazu einige Zeit gebraucht), verlief die Mahlzeit überraschend gut. Dinah hatte der Knochenbrühe eine Büchse fertige Fasanensuppe und später noch etwas Sherry hinzugefügt. Das Omelett stellte sich als eins ihrer besten heraus, wie häufig unter besonders ungünstigen Umständen. Man ließ sich roten Bordeaux dazu schmecken. »Sie wollen doch nicht wirklich heute abend noch zurückfahren?«, fragte Frank mit sanfter, echter, wenn nicht sogar tiefer Anteilnahme gegen Ende des Essens.

»Doch, sie will, sagt sie. Sie rast gern herum.«

»Muß leider zurück«, sagte Clare und sah gelassen auf ihre Uhr.

»Ich bin sehr dagegen«, sagte Frank.

»Wogegen bist du so sehr, Frank?«

»Gegen das Herumrasen.« Er warf Dinah einen Blick zu, mehr als einen Blick, unter den Augenbrauen hervor. »Das Leben ist zu kurz. – Haben Sie eigentlich diese Sixpence bekommen?« fragte er Clare.

»Ja. Waren es Ihre?«

»Es war mir ein Vergnügen. – Es ist wohl besser, wenn ich da drinnen wieder Feuer mache, bevor ich gehe«, sagte er zu Dinah. Er verließ sie. Sie zündete die Flamme unter dem Kaffee an.

»Wahrscheinlich geht jetzt jeder weg«, sagte sie, wie zu sich selbst.

Schwach drang Musik aus dem Wohnzimmer.

The runaway train went over the hill,
And she blew – she blew.
The runaway train went over the hill,
And she blew – she blew.
The runaway train went over the hill,
And the last we heard she was going still,
And she blew, blew, blew, blew –

Sie lauschten. Dinah, die auf den Kaffee wartete, stellte ein paar Teller zusammen und dann ins Spülbecken und sagte: »Er vergeudet keine Minute, nicht?«

»Das ist ein prächtiges Feuer, mit dem er uns hier allein gelassen hat«, sagte sie, als sie ins Zimmer zurückkam, nachdem sie Frank verabschiedet hatte. »Oder mit dem wir allein bleiben werden.« Clare stand unschlüssig im Zimmer und betrachtete einige vergilbte Familienfotos, die sie in einer Schale gefunden hatte. Auf mehreren waren immer die gleichen fünf Kinder zu sehen, ein paar kleine darunter; auf anderen waren immer die gleichen zwei Mädchen (oder junge Damen).
»Welche ist Annie?« fragte sie, »und welche ist Teresa?«
»Die wie ein Dackel lächelt, ist Teresa; sie ist wahrscheinlich die interessantere. Aber Annie ist sympathischer. Sie war immer plump, plump wie ein Elefant. Und ihr Rückgrat ist jetzt in Ordnung.«
»Geht sie nicht mehr zum Heilpraktiker?«
»Nein, er hat sie kuriert. – Du würdest sie mögen, alle beide«, sagte Dinah schüchtern. »Jeder würde sie gern haben. Ich wünschte, wir ... ich wünschte, du ...«
Als ob sie nicht zugehört hatte, betrachtete Clare die Bilder der Kinder noch einmal, eins nach dem anderen. »Keine von ihnen ähnelt dir, weder *jetzt* noch – noch damals.« Sie ließ die Fotos wieder in die Schale fallen. »Nun, du hast nie Mangel an Gesellschaft.«

»Nein. Mir fehlt es nie an Gesellschaft.«

Ein weißglühendes Holzscheit gab plötzlich unter dem Gewicht der anderen Scheite nach und ließ das Feuer hoch aufflackern.

»Was für eine gute Seele er ist«, meditierte Dinah, »nicht wahr?« Dann schlug sie sich plötzlich gegen die Wange und rief: »Oh, und ich habe ihn nicht vor dieser Maske gewarnt! Wie konnte ich das vergessen! Was mache ich jetzt, soll ich ihn anrufen?«

»Zu spät, würde ich meinen.«

»Ich könnte ihn um Entschuldigung bitten.«

»Warum hast du überhaupt die Maske bei ihm gelassen, wenn sie ihm so zuwider sind?«

»Mumbo, er hat das nie gesagt, heute abend zum erstenmal. Woher sollte ich das wissen? Schlimmstenfalls langweilen sie ihn, dachte ich. Trotzdem, wie dumm von mir! Ich wollte nur einen Grund haben, um in sein Haus zu gehen.«

»Brauchst du denn einen Grund?«

»Ich dachte, du würdest über mich lachen. Wie grausam von mir, wo er sowieso schon besorgt war! Er ist nicht sehr glücklich, und ich mache ihn immer weniger glücklich. Alles, was ich tue, ist töricht und falsch; ich hätte ihm zum Beispiel niemals die ›Midwich Cuckoos‹ borgen sollen. – Hast du die ›Midwich Cuckoos‹ gelesen?«

»Nein.«

»Das war das letzte Malheur. Wie soll ich es dir erklären? Frank hat schreckliche Angst vor Kindern. Er ist sonst der tapferste, furchtloseste Mann, den man sich denken kann, aber er leidet wohl unter einer Art Verfolgungswahn. Er hat entsetzliche Angst, daß irgendeine furchtbare, feindliche Rasse, die uns alle einmal ausrottet, gerade geboren wird. Er war äußerst mißtrauisch bei seinem eigenen Enkelkind, ja, er war überzeugt, daß das kleine Ding gelbe Augen haben würde – deshalb war er nicht zu bewegen, es sich auch nur von ferne, geschweige denn aus der Nähe anzusehen (letzte Woche hat er es schließlich gottseidank doch getan). Als ich

ihm das Buch borgte, war das Unglück geschehen. Und doch – ob es bloß die ›Midwich Cuckoos‹ waren?«
»Ihr seid hier in Somerset noch ziemlich abergläubisch, nicht wahr?«
»Nein, aber trotzdem sind die ›Midwich Cuckoos‹ kein Buch für einen angehenden Großvater, das muß ich zugeben. Als ich versuchte, ihn von dem Thema abzubringen, wurde es noch schlimmer. ›Wenn jemand ein ‚Feindlicher' ist‹, sagte ich zu ihm, ›dann ist er das in jedem Alter.‹ Er sah mich lange und durchdringend an und sagte: ›Gut, vielleicht hast du recht.‹ Was soll ich machen, wo er so lieb und gut zu mir ist, wie du ja siehst? Und abgesehen davon, ich langweile ihn auch oft – er ist nicht der erste, den ich langweile, das muß ich sagen. Aber schließlich ist Langeweile ein Teil der Liebe.«
»Das finde ich nicht.«
»Dann eben der Zuneigung.«
»Das bezweifle ich sehr.«
»Dann weißt du nicht, was Zuneigung ist. – Mumbo, bist du lesbisch?«
»Willst du sonst noch etwas wissen?«
»Ich dachte bloß so.«
»Du dachtest auch bloß so, ob Sheikie jemanden umgebracht hat.«
»Sie sagte: ›nicht richtig‹.«
»Wollen wir es dabei belassen?«
»Bist du verärgert?«
»Warum?« fragte Clare stoisch. »Wie du bei der gleichen Gelegenheit bemerkt hast: die Leute haben es gern, wenn man sich für sie interessiert. Das gilt für uns alle.« Sie machte eine Pause. »Trotzdem, man kann die Gefühle eines anderen verletzen. Es stimmt nicht, wenn du sagst, daß ich nicht weiß, was Zuneigung ist.«
»Es ist mir ganz gleich, was du bist.«
»Das ist das Schlimmste, was du bisher gesagt hast.«
»Aber ich hänge an dir!« rief Dinah. »Und du an mir, das habe ich jedenfalls immer geglaubt. Ich brauchte dich. Ich

wollte, daß du da bist, hier, meine ich. Was du auch immer von dir denkst, du bist stark; und ich dachte auch, du würdest mich verstehen. Mit wem sonst soll ich reden, ohne allen gleich Angst einzujagen? Kannst du nicht für eine Weile bei mir bleiben?«

»Hör mal, Dicey, wovor hast du Angst?«

»Ich hoffte –«, sagte Dinah, brach aber mitten im Satz ab.

»Ich glaube, du hast dein ganzes Leben lang Schutz gesucht. ›Da ist Mutter! Hier ist mein nettes, weißes Tor!‹ Manche Menschen haben keinen Schutz, nichts, wo sie sich verbergen können. Manche glauben nicht nur, daß sie fühlen.«

»Das ist nicht nett von dir«, sagte Dinah verwirrt.

»Wieso erwartest du eigentlich von mir, daß ich nett zu dir bin? War ich jemals besonders nett zu dir?«

»Dein Vater war es.«

»Was auch immer aus dir geworden ist«, sagte Clare ärgerlich, »und was du geworden bist, ist in mancher Beziehung erstaunlich, wie du genau weißt. Aber in anderer Beziehung bist du das geblieben, was du immer warst, nämlich eine Betrügerin. Eine Spielerin. Nicht ein einziges Mal in deinem Leben hast du fair gespielt. Du spielst dein Spiel jetzt besser als früher, du spielst es inzwischen so gut, daß du wahrscheinlich kaum merkst, daß du spielst, wenn du spielst. Es scheint, du hast nach all diesen Jahren auch noch nicht gelernt, daß es ein Spiel ist, das man zu oft spielen kann. Nun, ich sage dir, man kann es. Dies hier ist das eine Mal zu oft! Bekommst du jetzt Angst? Ich glaube dir nicht, du Tochter einer Zauberin!«

Dinah stand in der äußersten Ecke des Zimmers. Wie eine Zielscheibe unter Beschuß stand sie da, platt gegen die Wand gedrückt, hinter ihrem Kopf hing eins der Bilder, über die Sheikie so gekichert hatte. Sie wußte nichts andres zu sagen als: »Aber du hast sie gern gehabt?«

»Ja. Aber einmal ist genug.«

»Ich bin auch –«

»Was?«

»Ich bin auch meines Vaters Kind.«
Clare entwortete nicht.
»Möchtest du etwas trinken?«
»Danke, ich hab' genug.«
»Ist das dein letztes Wort?«
»Ich *kann* einfach nicht hierbleiben«, sagte Clare und schlug mit der Hand auf ihre Jackentasche. »Es ist spät, und ich muß gehen.«
»Es ist fast zu spät, jetzt noch loszufahren. Wenn du hier schläfst, könntest du morgen in aller Herrgottsfrühe aufbrechen, beim ersten Hahnenschrei meinetwegen.«
»Ich hab' überhaupt nichts bei mir«, sagte Clare und knöpfte ihre Jacke zu.
»Wenn ich dir nun eine Zahnbürste gebe, eine ganz neue Zahnbürste?«
»Nein, du Circe!«
»Gut«, sagte Dinah sehr sanft und wandte sich ab.

7

Das Zimmer lag über dem Wohnzimmer und war genauso groß, es erschien jedoch länger. Da an dem einen Ende des Raumes kein Fenster war, wurde diese Wand ganz von einem Baldachin eingenommen, hinter dessen Vorhängen sich das Bett verlor und den Raum förmlich mit sich zog. Vom Fuß des Bettes bis zur Tür am anderen Ende erstreckte sich ein Teppich mit Rosenmuster; dennoch schlug einem beim Eintreten die Strenge der Perspektive entgegen. Warum? Das Bett war so breit wie lang, daher wirkte es üppig. Es war das Ehebett einer jungen Witwe, das (ob es seither benutzt worden war oder nicht) das Aussehen permanenter Halbleere hatte. In den letzten Tagen hatte eine wachsende Entfernung von allen anderen Gegenständen es wie ein Totenbett aussehen lassen, oder vielleicht eher wie einen Katafalk. Die Frau darauf lag reglos und ganz gerade. Unter der Decke, die von dem Körper darunter kaum gehoben wurde, konnte man ihre schmalen Umrisse erkennen. Die Gestalt lag am Rand des Bettes, in dessen Nähe ein Hocker gerückt worden war; auf der anderen Seite breitete sich Leere aus. Ihre Augen, soweit das in dem schattigen Zelt zu erkennen war, waren geschlossen. Das einzig erkennbare Zeichen von Krankheit war diese Indifferenz, die jedoch so stark war, daß sie selber eine Krankheit sein konnte.

Die Fenster in diesem Raum sahen, wie die unter ihnen, über den Rasen hinaus in den Obstgarten. Das eine, ein großes Erkerfenster, war ganz von einem Toilettentisch ausgefüllt; das andere, näher am Bett, stand halb offen. Der Novembertag, schon seit dem frühen Morgen resignierend und ohne Sonne, neigte sich seinem Ende zu; was noch an Licht übrig war, drang durch die großen Fensterscheiben herein. Der Raum wurde durch ein Feuer in einem Kamin unweit der Tür erwärmt. Die Tür stand halb offen, wie ein dunkler werdendes Rechteck.

In einem Chintzsessel am Kamin saß Sheila Artworth und strickte. Nach einem zweiten vorsichtigen Blick auf die Patientin wagte sie es, die Tischlampe anzuknipsen, die an ihrem Ellbogen stand – vielleicht zur Gesellschaft. Sie bog den Schirm so, daß der Schatten auf das Bett fiel. Auf diese Weise blieb sie im Lichtkreis. Dann und wann blitzten ihre blanken Nadeln oder ihre violette, dreifache Halskette auf. Es war warm, und sie hatte ihre Jacke ausgezogen; sie trug eine ärmellose blaurote plissierte Bluse. Ihr bläulichblonder Haarschopf hob sich deutlich ab; über ihm und im Schatten der Lampe wirkte der Kaminsims mit seinen Porzellanfiguren fast gespenstisch.

»Du strickst doch nicht etwa?« kam eine schwache Stimme aus dem Hintergrund.

»Oh, hallo, Dinah!«

»Hallo.«

»Stört dich die Lampe?«

»Wie lange bist du schon hier?«

»Seit heute morgen.«
»Wie lange bin ich schon hier?«
»Kümmere dich nicht darum. Wie wär' es mit einer Tasse Tee, jetzt, da du wach bist?«
»Bin ich wach?«
Im Haus herrschte völliges Schweigen, und auch durch das offene Fenster drang kein Laut außer dem stumpfsinnigen oder ernüchterten Gezwitscher des einen oder anderen Vogels. Aber jetzt, irgendwo ganz hinten im Obstgarten, begannen Kinderstimmen, sich fragend etwas zuzurufen. Sheila Artworth spitzte die Ohren.
Sie sagte: »Da sind sie.«
»Was, Sheikie?«
»Ich sagte: Da sind sie.«
»Ja.« Eine Hand kam unter der Decke zum Vorschein und tastete über die leere Oberfläche des Hockers. »Wo sind meine Bücher? Sie sind verschwunden.«
»Du brauchst sie doch nicht, oder?«
»Ich will sie in der Nähe haben.«
»Sic sind da drüben«, sagte die fürsorgliche Pflegerin, nickte zu einer Kommode hinüber und erhob sich langsam (sogar dieses winzige Zeichen von Eigenwillen bei der Patientin war ermutigend).
»Ich dachte, sie nehmen bloß Platz weg. So haben wir wenigstens eine Sitzgelegenheit, wenn dich jemand besucht.«
»Besucht mich jemand?«

Unten im Wohnzimmer saßen die Söhne, Roland in dem einen, William in dem anderen der beiden Sessel, die sich vor dem Kamin gegenüberstanden. Von weit hergekommen, um zu sehen, was zu tun war, hatten sie bisher noch nichts Nennenswertes unternommen. Das Tablett mit Tee, das Francis ihnen dringend empfohlen (sie waren ungefähr vor einer Stunde angekommen) und kurz danach zwischen sie gestellt hatte, füllte in mehr als einer Hinsicht eine Lücke. Abgesehen von einer gewissen Helligkeit der Hautfarbe hatte keiner von beiden das Aussehen der Mutter geerbt, das, wie sie oft betonte, ausgezeichnet sein mußte, da sie ihre Söhne waren. Die ausgesprochene und angenehme Ähnlichkeit der Söhne untereinander deutete darauf hin, daß sie ihrem Vater ähnelten. Gemeinsam war ihnen ein Ausdruck der Festigkeit (was durchaus nicht Schwere zu bedeuten hatte) und nüchterner Urteilsfähigkeit. Es mag etwas Wahres an Dinahs Geschichte gewesen sein, daß jeder der beiden Knaben, der eine zwei Jahre nach dem anderen, mit deutlichem Optimismus und offensichtlich freundlich in die Welt geblinzelt habe, als er nach der Geburt feierlich in ihre Arme gelegt worden war. War es nicht so, daß die Söhne die Mutter durch die Sorgen einer vaterlosen Kindheit und Jugend geleitet hatten, und nicht umgekehrt? Wenn Dinah eine gute Mutter gewesen war (und das war sie, zur Überraschung vieler), so war das zu allererst den Jungen zu verdanken – so behauptete sie jedenfalls. Die Liebe, die sie ihnen entgegenbrachte, vermischte sich mit Dankbarkeit. Ihre jeweiligen Ehen hatten sie nicht nur hoch erfreut, sondern schienen auch einige Sorgen beschwichtigt zu haben – hatte sie vielleicht befürchtet, ihnen zur Last zu fallen?

William, der zum Fenster hin saß, sah in den Obstgarten hinaus; Roland konnte dessen getrübtes Spiegelbild (wenn er es überhaupt sehen wollte) in dem Spiegel etwas weiter zurück über den Kopf seines Bruders erkennen. Irgendwo da draußen, zwischen den krummen Apfelbäumen schon lange außer Sicht geraten, spielten zwei Mädchen – die Töchter der Söhne. Sofort nachdem sie angekommen waren, hatten sich die Kinder in den Wald zurückgezogen, wenn man den Obstgarten so nennen konnte.

War es wirklich eine gute Idee gewesen, die Kinder mitzubringen? Es war Mrs. Corals Vorschlag gewesen. ›Regt Euch nicht auf‹, hatte sie geschrieben, ›über das, was Ihr vielleicht zu hören kriegt. Wenn Ihr daran denkt zu kommen (es wäre gut), könnten die Mädchen sie aufheitern; was sonst meist Ärger mit sich bringt, könnte hier von großem Nutzen sein.

Die Mädchen könnten bei mir schlafen, da in Eurem Haus wahrscheinlich zu große Unordnung herrscht. Coralie, das kleine Mädchen meiner zweiten Tochter, würde sich sehr freuen; sie ist aus Nuneaton hierher gekommen, weil ihr gerade die Polypen herausgenommen worden sind, sie ist eine ziemlich einsame kleine Elfe.‹

Alles war unklar geblieben. Die ersten Berichte aus Applegate waren unbestimmt, verworren und alarmierend gewesen, wie Mrs. Coral vorausgesagt hatte. Danach schien eine strenge Zensur eingesetzt zu haben. Was hatte der Arzt gesagt? Es gab keinen Arzt, sie wollte keinen sehen. Leute aus dem Dorf kümmerten sich um sie. Es war klar, daß hier jemand einziehen und für sie sorgen mußte. Annie vielleicht oder Teresa? Beide Mädchen hatten bisher eine gewisse Ängstlichkeit an den Tag gelegt; sie telefonierten ständig miteinander und gaben sich hektisch gegenseitig Ratschläge. Teresa hatte (ganz entgegen ihren sonstigen Gewohnheiten) den komischen Sonderling Frank Wilkins aufgestöbert; sie hatte nichts gegen ihn. Seine Auskünfte waren nicht sonderlich zufriedenstellend gewesen, mußte sie der aufgeregten Annie zugeben.

»Glaubst du«, fragte Annie, »daß sie sich gestritten haben?« »In ihrem Alter? Worüber sollten die sich streiten?« »Trotzdem, was hat er gesagt?« »Er wirkte ganz verlassen.« »Was sagst du? Ich kann nicht verstehen.« »Verlassen.«

Was die Krankenpflege betraf: an diesem Morgen war eine Mrs. Artworth eingetroffen, die offensichtlich, so meinte Francis, fest entschlossen war, für alles weitere zu sorgen. Wie das letzte Mal war sie in einer Taxe vorgefahren, diesmal mit einer sogenannten Reisetasche bewaffnet, die Francis von ominösem Umfang zu sein schien. »Artworth?« wiederholten die Söhne, als sie die Nachricht empfingen. »Komischer Name, nicht?« sagte Francis und ließ seine Augen von einem zum anderen schweifen.

»Jedenfalls ist das ungewöhnlich liebenswürdig von Mrs. Artworth«, sagte Roland und ignorierte das Auge. (Daß die Söhne gegebenenfalls eine repressive Politik gegenüber Francis anwandten, war nicht ein Zeichen der Machtfülle, sondern eher des Optimismus, von dem ihre Mutter gesprochen hatte.) »Sie wird doch hoffentlich nach allem fragen, was sie braucht?«

»Das hat sie bereits getan.«

»Sie kennt also das Haus. War sie schon öfter hier?«

»Einmal.«

»Gut. Danke, Francis, das genügt.«

Francis warf dem Sprecher einen ungläubigen Blick zu, und das mit Recht. Die Söhne würden noch viel, viel mehr mit ihm zu tun bekommen, bevor sie wieder abreisten!

»Auf jeden Fall für jetzt«, sagten sie zu ihm.

Er nickte wortlos, wie es sein Beruf verlangte, und verließ sie.

Als die Söhne mit dem Tee fertig waren, zündeten sie sich Zigaretten an und sahen sich im Wohnzimmer um. Kein Wort fiel, nur ein leichtes Geklapper war zu hören, wenn eine vertrocknete Beere aus der Schale mit den Ebereschenzweigen auf den Zitronenholztisch hinter dem Sofa fiel. Roland erhob sich von seinem Sessel, um die kleine Schallplatte zu mustern, die auf dem Plattenspieler liegengelassen war und dort langsam verstaubte. Es war eine Kinder-Platte. Der Vater in ihm erwachte, und er fragte: »Haben die Kinder schon Tee getrunken?« »Nein, sie sind ja gleich losgerannt. Mrs. Coral wird sie schon füttern, es schadet nichts, wenn sie ein bißchen warten müssen ... Und Mrs. Artworth?«

»Sollen wir mit ihr reden?«

»Das kann nicht schaden.«

Der Augenblick war psychologisch bedeutsam. Als die beiden von unten die Treppe hinaufsahen, begann eine Dame von oben herunterzukommen. Sie schwebte um die Windung des Treppengeländers herum sanft zu ihnen herab, als ob sie einen Wasserfall hinabstieg; nonchalant balancierte sie ein Tablett. Da die Blutbuche jetzt fast ganz von Blättern entblößt war, drang das Abendlicht ungehindert, wenn auch

nur schwach durch das Treppenfenster herein; es ließ ihre Gestalt wie eine Silhouette erscheinen, umriß silbrig ihr Haar, die kräftige und dennoch leichte Figur und die bloßen Arme.
Sie hatte die günstigere Stellung. Das spärliche Licht fiel von hinten auf die emporgewandten, jugendlichen, hugenottisch aussehenden Gesichter der beiden Söhne. Einen kurzen Augenblick schien es, als ob sich ihre Blicke gegenseitig durchdrängen.
Sie blieb ein oder zwei Stufen über ihnen stehen und sagte:
»Sie sind vermutlich die Söhne.«
»Mrs. Artworth?«
»Ja. Wissen Sie, wenn es Ihnen nichts ausmacht, an Ihrer Stelle würde ich jetzt nicht nach oben gehen.«
»Wir überlegen gerade, ob wir einen Augenblick mit Ihnen sprechen könnten.«
»Oh! Ich wollte sagen, sie ist etwas durcheinander, gerade jetzt.«
Roland sagte: »Aber sie weiß doch, daß wir hier sind?«
»Sie vergißt es, wissen Sie.«
Er sah sie mit einer Bestürzung an, die an Entsetzen grenzte.
»Und sie weiß auch, daß die Kinder hier sind?«, frage Roland.
»Als ich eben bei ihr saß, habe ich sie gehört.«
»Mrs. Artworth, haben Sie eine Ahnung –«
»Es tut mir leid«, sagte sie mit ihrem Meerjungfrauenblick (einer Mischung aus herausforderndem Bedauern und unpersönlicher Festigkeit), »aber ich kann mich jetzt nicht aufhalten, ich bin in ziemlicher Eile. Ginge es nicht später? Haben Sie schon mit Francis gesprochen?«
»Aber Sie sind diejenige, die jetzt –«
»Ja, aber er ist derjenige, der sie gefunden hat.«

»Wenn Sie mich fragen«, sagte Francis, »die andere hat diese Mrs. Artworth hergeschickt.«

Er war nicht gefragt worden. Das änderte aber nichts an der Tatsache, daß er deutlich fühlte, die Zeit für eine Erklärung der Lage sei gekommen. Er war dazu genausogut befähigt (als Solist) wie zur Inszenierung einer Szene (seine Arbeitgeberin wußte das sehr wohl), wenn er eine Szene für angebracht und fällig hielt. Er hatte die beiden Söhne wieder im Wohnzimmer festgenagelt; er hatte das Teetablett weggetragen und ein Tablett mit Getränken hereingebracht. (»Unordnung?« Ganz im Gegenteil, der Haushalt funktionierte wie ein Uhrwerk. Jede Spur von Unordnung, die der Haushaltsvorstand hinterlassen hatte, war beseitigt worden. Es stimmte: dort lagen tote Beeren auf dem Tisch; Francis blickte nur mit gerunzelten Brauen darauf.) Er trug einen außerordentlich beruhigenden weißen Kittel und hatte nicht weit von der Tür Posten bezogen; er konnte jeden Augenblick abtreten, das war mehr, als sie konnten. Moralisch war seine Stellung ebenso günstig, zwang er doch den Söhnen eine Pflicht auf. Wenn sie davor zurückschreckten zu erfahren, was passiert war, warum waren sie dann gekommen? Er näherte sich dem Thema von der Peripherie her und begann mit den zwei Unglücksvögeln, ›jenen beiden Damen‹. Seine einleitende Bemerkung war durch Rolands Anweisung verursacht worden, ein Glas Sherry für Mrs. Artworth nach oben zu bringen. Es stand zu befürchten, daß sie nicht zu ihnen ins Wohnzimmer herunterkommen würde, da sie ihre Patientin ungern so lange allein lassen wollte.

»Die Absicht dieser Mrs. Artworth ist es«, fuhr Francis fort, »jeden anderen von ihr fernzuhalten. Sie werden das bald merken. Falls Sie es interessiert: sie trinkt gern Gin und Tonic, das heißt vorläufig. Ich halte es nicht für ausgeschlossen, daß sie zu Whisky übergeht, wenn ihr die Nacht zu lange dauert ... Wenn Sie mich fragen, die andere ist die Unangenehmste. Sie trommelt und klingelt, sie ist noch schlimmer als der Briefträger, nur daß sie das Telefon als Waffe benutzt. Wie sie wahrscheinlich wissen, war sie bei uns an dem Sonntag, als es passierte. Als sie ging, war sie keineswegs weg

– durchaus nicht. O nein! Sie meldete sich am Montag morgens in aller Herrgottsfrühe am Telefon, während der Major und ich gerade Mrs. Delacroix zu Bett brachten. (Sobald ich das Ausmaß der Katastrophe übersehen hatte, rief ich den Major an, er kam sofort angerast.) Kling-Kling-Kling – fing das Telefon an, unmittelbar am Bett stand es. Dem Klingeln bereitete ich rasch ein Ende, indem ich die Leitung abschaltete. Oben hörte das Klingeln auf, aber hier unten ging es nach einer kurzen Pause weiter. ›Geh' hin‹, sagte der Major, ›und sag' ihr, sie soll sich zum Teufel scheren!‹ Ich tat etwas Besseres: ich sagte zu ihr: ›Falsch verbunden.‹ Leider kannte sie meine Stimme genauso gut wie ich ihre. Von acht Uhr an gab es neue Ausbrüche – sie habe eine schlaflose Nacht verbracht, ließ sie uns wissen. Von da an verfuhr ich nach einem bestimmten Plan. ›Mrs. Delacroix ist nicht in der Lage, mit Ihnen zu sprechen‹, teilte ich ihr jedesmal mit, bevor ich den Hörer auflegte. Einmal gelang es ihr, schnell dazwischenzufragen: ›Nicht in der Lage?‹ Sie hatte gefragt, und das war meine Antwort: ›Mrs. Delacroix hat Ihnen im Augenblick nichts mitzuteilen‹, sagte ich. Ich sage es ungern, aber es war der Major, der die Festung schließlich aufgab, gestern. Er schlenderte wie üblich beschäftigungslos im Haus herum, ging zum Apparat und nahm den Hörer ab – den da, dort. Ich erschien eine Minute zu spät am Schauplatz. Ich hörte noch, wie er zu ihr sagte: ›Sie ist völlig fertig. Das ist alles, was ich Ihnen sagen kann. Völlig fertig. Nein‹, sagte er, ›niemand. Wer sollte hier sein? ... Ja, Sonntagabend.‹ Woraufhin sie, wenn Sie mich fragen, zu dieser anderen gerast ist, wie ein geölter Blitz. ›Du mußt hin‹, hat sie bestimmt gesagt, ›ich kann mich da nicht sehen lassen. Du hast noch einen Fuß in der Tür, fahr hin ..., erkunde erst mal das Terrain.‹ War eine großartige Idee, einen ihrer Agenten hier zu deponieren, nicht wahr?«

William fragte angeekelt: »Sind Sie noch klar im Kopf?«

»Ein Dutzend Annoncen hat sie aufgesetzt. Meine Güte!«

sagte Francis mit frommem Augenaufschlag. »Sie kann nicht gewußt haben, was sie tat, als sie diese Meute aufwirbelte.«

»An Ihrer Stelle würde ich den Mund halten, Francis.«

»Reklame hat sie für diese Figuren gemacht!«

»Das reicht«, sagte Roland scharf und mit Autorität. »Sie haben kein Recht, auf diese Art und Weise zu reden. Was fällt Ihnen eigentlich ein? Die Damen sind die Gäste meiner Mutter. Entweder Sie halten sich in Ihren Ausdrücken zurück, oder Sie gehen.«

Im Zweifel über die verschiedenen Auslegungsmöglichkeiten des Wortes »gehen« sah Francis gedankenvoll den älteren Delacroix an.

»Außerdem sind die Damen noch lange nicht »sie« für Sie. Beide Damen haben einen Namen, nicht wahr? Wie heißt die andere Dame?«

»Burkin-Jones, Miss Burkin-Jones. Sagt Ihnen der Name etwas? Nein, ich dachte es mir.«

»Und nicht nur das, Sie tun in Zukunft, was man Ihnen sagt, verstanden?« sagte Roland energisch. Er trat hastig an das Tablett, goß sich Gin in ein Glas und drehte die Kappe von einer Flasche Mineralwasser ab. Francis beobachtete ihn und sagte: »Viel mehr Eis, man hat gern viel Eis. Und zwei Scheiben Zitrone. Ich werde ein Extratablett dafür brauchen; man ist sehr eigen."

»Dann gehen Sie und holen Sie eins!«

»Ich nehme an, Sie werden zunächst etwas über die Ereignisse an jenem Sonntag hören wollen. Ich gehe selten aus, aber an jenem Abend traf es sich, daß ich mir mit einem finnischen Freund einen französischen Film ansah. Nicht in diesem Dorf, das brauche ich kaum zu sagen, nein, es war im Landwirtschaftsinstitut. Sonntag abend sind dort immer kulturelle Veranstaltungen. Es war ein psychologischer französischer Film der Avantgarde … Als ich hierher zurückkam, brannte überall Licht, was mich überraschte, da das Haus völlig verlassen wirkte. Ich folgerte, daß Mrs. Delacroix

vergessen haben mußte, das Licht auszumachen und zu Bett gegangen war – sie konnte nicht ausgegangen sein, da ihr Auto vor der Tür stand. Ich beschloß, selber das Licht auszuschalten. Erst als ich hier hereinkam, fand ich sie.
Sie saß nicht in ihrem Sessel, sondern mitten auf dem Sofa – hier. Ganz zurückgelehnt. Die Hand hatte sie gegen die Stirn gepreßt, wo jetzt die große Beule zu sehen ist, wie ich höre. Sie sah mich nicht.«

»Woher wissen Sie das?«

»Sie sah mich eben nicht. Ich fragte: ›Ist etwas passiert, Madame?‹ Sie hörte mich nicht.«

»Woher wissen Sie das?«

»Sie hörte mich eben nicht.«

»Haben Sie nicht geglaubt, sie schlafe?«

»Ihre Augen waren auf, unter der Hand konnte ich das sehen.«

»Was dachten Sie? Glaubten Sie, sie sei tot?«

»Mir war, als ob ich noch immer den Film sähe.«

»Ist Ihnen sonst irgend etwas aufgefallen?«

»Wie kalt der Raum war. Nach der Asche zu urteilen, hatten sie ein großes Feuer hier drinnen gehabt, aber es war ausgebrannt. Sie war allein.«

»Das haben Sie bereits mehrmals gesagt.«

Francis' Gesicht nahm zum erstenmal einen stupiden Ausdruck an. Er sagte: »Alle waren gegangen.«

»Weshalb haben Major Wilkins und Sie keinen Arzt geholt?«

»Wir taten, was wir konnten; wir brachten sie ins Bett. Dann sagte sie: ›Wenn ihr irgend jemanden hier herbringt, springe ich aus dem Fenster. Mir macht Glas nichts aus‹, sagte sie, ›ich gehe auch durch Glas.‹«

»So spricht sie sonst nicht.«

»Sie war nicht bei sich. Deshalb sagte der Major: ›Laß sie.‹ Er blieb oben bei ihr, die ganze Nacht hindurch, in dem Sessel, in dem Mrs. Artworth jetzt sitzt. Major Wilkins war froh, daß es kein Schlaganfall war, er hat offenbar schon

viele gesehen. Und Mrs. Artworth war auch beruhigt, daß es kein Schlaganfall war. Sie hat Erfahrung in Krankenpflege.«
»Es hätte eine schwere Gehirnerschütterung sein können.«
»Mrs. Artworth ist froh, daß es keine Gehirnerschütterung ist.«
»Mrs. Artworth traf erst später am Schauplatz ein. Major Wilkins und Sie trugen die ganze Verantwortung.«
»Davor«, sagte Francis und fixierte erst den einen, dann den anderen mit einem stolzen Blick, »bin ich noch nie zurückgeschreckt. Und ich denke, der Major auch nicht.«
»So. Danke«, sagte Roland. Er wandte sich an seinen Bruder.
»Wir müssen sie sehen.«
»Wenn das möglich ist«, sagte Francis. Er nahm das Glas mit Gin und die Tonicflasche, um sie mit hereinzunehmen und auf ein Tablett zu stellen.
»Ich danke Ihnen, Mr. Delacroix«, sagte er und meinte mit dieser Anrede alle beide.

Während Tabletts hin und her, hinauf- und hinuntergetragen wurden (Mrs. Artworth hatte ihr Tablett mit hinunter in die Küche gebracht, wo sie mit der Witwe die Zubereitung der Bouillon besprach; dort lief ihr Francis in die Arme, der ihr das Tablett mit Gin und Tonicwasser überreichen wollte, das sie mit hinaufnehmen mußte), war eines der Delacroix-Kinder durch die Haustür hereingekommen und die Treppe bis zum Zimmer der Großmutter hinaufgegangen.
Das Mädchen blieb zunächst auf der Schwelle stehen und lugte vorsichtig ins Zimmer hinein. Dann trat es ein paar Schritte vor, um sich zu vergewissern, daß niemand in dem Sessel am Kamin saß. Nein, niemand war dort, nichts war übrig geblieben als ein von Stricknadeln aufgespießtes Wollknäuel. Das Gelände war frei; leise summend wagte sie sich

weiter vor. Vom Fuß des Bettes aus spähte sie neugierig zu der ausgestreckten Gestalt ihrer Großmutter hin. »Hallo?« fragte sie (das konnte nicht weiter gefährlich sein).
»Hallo, Emma.« (So war das Kind getauft. Acht Jahre war es alt.)
»Wann stehst du auf?«
»Wenn ich bade.«
»Darfst du baden, wenn du erkältet bist?«
»Wo warst du?«
»Wir können nicht in die Höhle, sie ist mit Stricken zugebunden. Und die Schaukel ist weg.«
»Nein, die Schaukel ist da.«
»Nein, die Schaukel ist weg, du brauchst bloß aus dem Treppenfenster zu sehen.«
Die Großmutter bewegte sich im Bett (ein Ereignis – aber das Kind kannte die Zusammenhänge nicht). Sie richtete sich so weit es ging auf den flachen Kissen auf und hielt über die weite Fläche ihres Bettes hinweg Ausschau nach ihrem gelben Morgenrock; es war ihr erlaubt, ihn in der Nähe zu haben. Sie sah ihn, aber er war außer Reichweite. »Geh' und laß Wasser einlaufen, ich will jetzt baden«, sagte sie.
»Hast du die Ente noch, die ich dir geschenkt habe?«
»Ja.«
»Schwimmt sie immer noch, wenn du badest?«
»Ja. Bitte gib mir dieses gelbe Ding da, Emma.«
»Soll ich die Ente hineintun, wenn ich das Wasser einlaufen lasse? Oder will die Dame nicht, daß du badest? Es ist doch nicht die große Dame, die im Garten war? Sie konnte die Knoten vor der Höhle nicht aufkriegen, die Schnur ist ganz gequollen. Sie sagte, wenn wir in die Höhle wollen, brauchen wir ein Messer. Sie sagt, du hast ein Messer, das wie ein Daumen aussieht. Stimmt das?«
»Ich kann meine Hausschuhe nicht sehen.«
Emma sah unters Bett. »Hier sind sie«, sagte sie. »Warum sind hier so viele Leute? Warum muß Coralie hier sein? Sie hat sich versteckt, als wir kamen. Jetzt rennt sie dauernd

hinter uns her und erzählt uns Geschichten. Wir können sie nicht leiden – noch nicht.«
»Sie gehört zu Mrs. Coral.«
»Warum schlafen wir bei Mrs. Coral?«
»Schlaft ihr denn bei Mrs. Coral?«
Emma nieste. »Ich glaube, ich kriege einen Schnupfen«, sagte sie keck. »Da unten, wo die Höhle ist, war es kalt. Coralie sagt, kein Fuchs geht diese Stufen hinunter.«
Die Großmutter warf ihre Decken zurück, schob den Hocker aus dem Weg, setzte sich auf den Bettrand und zog sich die Hausschuhe an. Als Emma ihr das gelbe Ding gegeben hatte, stand sie auf und hüllte sich darin ein. Jetzt, da sie aus dem dunklen Zelt heraustrat (in dem sie wie ein dunkler Fleck ausgesehen hatte), leuchtete die Beule in voller Majestät auf, ein schimmernder Buckel in der Stirnmitte. Emma beeilte sich, den Schirm der Lampe besser einzustellen, um die Farbe der Beule richtig bewundern zu können. Hingerissen starrte sie auf das Mal und fragte:
»Darf ich mal anfassen?« (Sehen war nicht genug.)
»Vorsichtig, Emma.«
»Wie ist das gekommen?«
Die Großmutter blinzelte.
»Bist du gegen was gestoßen, oder hat dich was gestochen?»
Dinah fuhr mit dem Finger forschend über die Beule, deren Ursprung offensichtlich ein Rätsel oder ein Geheimnis war, denn alles, was sie sagte, war: »Jetzt mein Bad ...«
Emma begab sich an die Arbeit. Sie drehte beide Hähne weit auf und setzte die Ente auf die brodelnde Wasseroberfläche.

Sheila Artworth strich das leere Bett glatt und kehrte dann zu ihrem Strickzeug zurück; sie war nicht besonders erbaut darüber, daß der Vogel ausgeflogen war. (Sie hatte durch die Badezimmertür hindurch eine Erklärung verlangt. »Schon gut, Sheikie, ich schneide mir nicht die Pulsadern auf!« »Das will ich hoffen, aber fühlst du dich auch gut da drinnen?« »Ich kann schwimmen, weißt du.«) Sie schob den Lampenschirm in seine ursprüngliche Stellung; wer hatte damit herumgespielt? Von Zeit zu Zeit nippte sie an ihrem Gin und Tonic und dachte über die Söhne nach. Manchmal blickte sie von ihrer blauroten Bluse auf die geblümte Lehne des Sessels und stellte fest, wie gut die beiden Farbtöne zueinander paßten.

Die Patientin kam von ihrem Bad zurück und ging an Sheila vorbei, als ob diese ein Teil des Sessels wäre. Sie stieg wieder ins Bett und lag flach wie zuvor da; als ob sie laut überlegte, sagte sie vor sich hin: »*Du bläst mir mein Haus entzwei* ...«

»Macbeth?«

»Was?«

»Macbeth, nicht?«

»›*War mein Vater ein Verräter, Mutter*‹ – das ist Macbeth!«

»Hat das nicht was mit Hexen zu tun?«

»Überhaupt nichts ... ›*Alles ist Furcht, und nichts ist Liebe*‹ ... das ist Macbeth. Und ›*Was sind das für Gesichter?*‹ Ich glaube nicht, daß Tragödien traurig sind, sie sind bloß tragisch; aber Macbeth ist wirklich traurig. Es steckt voll trauriger Teile, die einem nur selten auffallen, voll getäuschter Erwartungen, harmloser Dinge, die dann ein schreckliches Ende nehmen, zum Beispiel König Duncan, der bei den Macbeths in so guter Stimmung ankommt – ›*dies Schloß hat eine gute Lage*‹. Ich kenne das Gefühl, wenn man abends an dem Haus eines Freundes vorfährt, genießerisch die Luft einatmet, während man aussteigt, sich auf alles freut – aber man selbst wird nicht ermordet. Und Banquo reitet mit seinem Sohn aus, kommt in der Dunkelheit vergnügt wie ein Fiedelbogen zurück und freut sich aufs Abendessen. Und Banquo redet über die nistenden Schwalben. ›*Die Sommerschwalbe, die in allen Tempeln nistet* ...‹«

»Dieses Bad hat dich aufgemöbelt, das muß ich schon sagen.«

»Sag' mal: ›Die Sommerschwalbe, die in allen Tempeln nistet ...‹«

»Du hast es doch gerade gesagt.«

»Ich will es von dir hören.«

»›Die Sommerschwalbe, die in allen Tempeln nistet ...‹«, sagte Sheila mit begreiflicher Kühle.

Die Patientin lauschte. »Diesmal kommen mir nicht die Tränen, aber das macht nichts. Und doch tut mir Macbeth am meisten leid.«

»Weshalb sollte er dir leid tun?«

»Er hat etwas Unwiderrufliches getan.«

»An deiner Stelle würde ich mir darüber keine Gedanken machen.«

»Er wußte wenigstens, was er tat. Kann man überhaupt fürchten, etwas Unwiderrufliches getan zu haben, ohne genau zu wissen, was es war?«

»Ehrlich gesagt, das verstehe ich nicht ganz. Da fragst du besser Mumbo.«

»Sie ist nicht mehr da.«

»Dinah, du mußt noch einen Augenblick aufrecht sitzen bleiben, gleich kommt deine Bouillon.«

»O Sheila, ich –«

»Wenn du hier herumlaufen kannst, kannst du dich auch aufrichten.«

»Ja, aber ich würde lieber Eier mit Curry essen.«

Sheila war wütend. Als sie ein Geräusch von draußen hörte, lief sie zur Tür. Nicht ohne Genugtuung sagte sie: »Hier kommt deine Bouillon!«

Es war aber Mrs. Coral. »Ich dachte, ich sehe mal rasch herein – ich komme hauptsächlich wegen der Kinder.« Sie betrachtete nachdenklich das Bett. »Geht es Ihnen heute abend besser? Bestimmt!«

Sie hielt einen kleinen Topf mit Gelee in die Höhe. »Ich hab Ihnen hier eine Kleinigkeit mitgebracht, zur Abwechslung und Aufmunterung.« Die Patientin hob den Kopf, um das Geheimmittel besser beäugen zu können. Das Gelee leuchtete

wie ein Karneol. »Wie schön, daß Sie jetzt Ihre Freundin hier haben!« Mrs. Coral wandte ihr offenes, grobflächiges Gesicht dem Sessel zu. »Sie sind Mrs. Arkword, nicht wahr?«
»Artworth«, sagte Sheila kurz.
»Sheikie«, sagte Dinah, »dies ist Mrs. Coral.«
»Es geht Ihnen wirklich besser!« freute sich die Besucherin. (»Es geht ihr wirklich besser, nicht?«) »Und war das mit Ihren Söhnen nicht eine Überraschung? Haben Sie sie schon gesehen?«
»Haben sie mich schon gesehen, Sheikie?«
»Sie werden nachher für einen Augenblick heraufkommen«, sagte Mrs. Artworth. »Natürlich werden sie Sie nicht überanstrengen wollen«, stimmte Mrs. Coral hastig und ein wenig verdutzt zu. Sie seufzte: »Ich fürchte, sie werden wissen wollen –«, instinktiv wandte sie sich wieder an Sheila, die im Sessel saß, »warum noch kein Arzt hier war.«
»Mit Recht«, sagte Mrs. Artworth und sah an ihrer Nase entlang auf ihr Strickzeug herab; flink huschten die glitzernden Nadeln hin und her. »Wie Sie vielleicht wissen, bin ich erst heute morgen hier angekommen – ich möchte es auch gern wissen, und die beiden werden es auf jeden Fall wissen wollen!«
»Nein, sie werden es nicht wissen wollen«, sagte die Kranke.
Mrs. Coral, die immer noch den Geleetopf hielt, wußte anscheinend nicht, wo sie ihn absetzen sollte – eine für sie untypische Entschlußlosigkeit. Ob der Topf sich zwischen Schalen und Flaschen wohlfühlen würde? Kurz entschlossen stellte sie ihn zwischen die Kosmetika. »Wie dunkel es schon ist!« sagte sie, als sie vor dem Toilettentisch stand und durch das Erkerfenster hinaussah.
»Sollen wir nicht lieber die Vorhänge zuziehen?« fragte Sheila aus dem Sessel.
»Nein«, sagte die Patientin.
»Alle Ihre Bücher sind weg, wie ich sehe«, bemerkte die Besucherin und warf einen Blick auf den kahlen Hocker.

»Sie kann sie wiederhaben«, sagte die Pflegerin. »Sie braucht nur zu fragen.«

»Nein, mach' dir keine Umstände, Sheikie.«

»Immerhin, so ist wenigstens Platz für jemanden, der sich setzen will, nicht wahr?«

»Wollen Sie sich nicht hinsetzen, Mrs. Coral?«

»Nein, Sie müssen mich entschuldigen, ich muß gehen. Mrs. Delacroix, Sie werden Ihren Jungen doch keinen Kummer machen?«

»Vielleicht wollen sie sogar, daß mich ein Krankenwagen abholt.«

»Das ist keine Art zu reden, das ist töricht von Ihnen, das ist wirklich ganz abwegig!«

»Hör' auf damit, Dicey!« befahl Sheikie.

»Vielleicht könntest du mir ein Zimmer in Nr. 9 besorgen«, fuhr Dinah ungerührt fort. »Da du sagst, ich sei noch nicht verrückt, bin ich vielleicht bloß siech.«

»Das ist kein Witz«, sagte Sheila ungewöhnlich scharf.

»Und Major Wilkins macht sich Sorgen um Sie«, sagte Mrs. Coral.

Die Kranke lag nicht nur flach da, sie schien geradezu an ihrem Leben zu kleben. Kein Ton war für einige Zeit von ihr zu hören.

»Sie sind wohl Krankenpflege gewöhnt?« fragte Mrs. Coral, zu Mrs. Artworth gewandt.

»Ich hätte Krankenschwester werden können«, stimmte Sheila zu und holte aus einem Kunststoff-Strickbeutel mit Leopardenmuster ein neues Wollknäuel, »ich glaube es bestimmt. Aber aus irgendeinem Grunde habe ich mich nie richtig ausbilden lassen.«

»Auf die Dauer zählt doch nur Erfahrung«, meditierte Mrs. Coral, »das heißt wirkliche Erfahrung, würde ich sagen.«

»Ich habe einen Freund bis zu seinem Tod gepflegt.«

»Ja«, sagte Mrs. Coral, »ja«, wiederholte sie, »wie gesagt, ich wollte bloß für eine Minute hereinschauen. Sie haben jetzt schon genug Aufregung gehabt«, sagte sie zum Bett hin.

»Wer weiß, vielleicht fühlen Sie sich morgen schon so, daß Sie die Kinder sehen können. Jetzt muß ich aber gehen und sie suchen.«

»Mrs. Coral?«

»Ja?«

»Können die Kinder nicht doch lieber hierbleiben?«

»Aber ich habe schon alles für sie vorbereitet.«

»Aber die Zimmer, in denen sie immer schlafen, sind hier. Die Kinderzimmer sind hier ...«

»Das hübsche Dachzimmer bei mir ist frei, bis ich Ersatz für meinen Inder gefunden habe.«

»Wie wollen Sie sie herüberbringen?« fragte Mrs. Artworth, die inzwischen die mutmaßliche Finanzkraft von Mrs. Coral (wie sich herausstellte, richtig) überschlagen hatte. »Oder haben Sie ein Auto?«

»Nein, und ich habe auch kein Fahrrad, was Sie vielleicht überraschen mag. Ich verlasse mich ganz auf meine Füße«, sagte sie und nickte liebevoll zu ihnen herunter. »Sie haben recht, jetzt wird sich gleich das Problem erheben, wie wir die Siebensachen der Kinder hinüber in mein Haus kriegen. Es ist phantastisch, wieviel Gepäck und was für Dinge Kinder im letzten Augenblick mit auf eine Reise nehmen wollen. Sie hätten sehen sollen, was Coralie alles mitgebracht hat, es ist wirklich zum Lachen. Und die beiden anderen haben auch einen ganz ordentlichen Haufen, wie ich gerade gesehen habe. Er liegt unten aufgestapelt, hinter der Haustür, fertig zum Abtransport. Ich habe gerade überlegt, ob nicht einer der Väter so liebenswürdig sein könnte, mich und das Gepäck nach Rosebank zu fahren – so heißt mein Haus. Es würde nicht lange dauern. Ich bin sicher, Major Wilkins würde es tun, aber ich kann ihn nirgends finden.«

»Ich sehe nicht ein, warum man das nicht arrangieren sollte«, sagte Mrs. Artworth. »Ich gehe gleich und kümmere mich darum.«

Sie stand auf. »Jetzt wird aber gleich deine Bouillon kommen, Dinah!«

»So? Ich habe ganz die Übersicht verloren.«
Die beiden Frauen, im Begriff zu gehen, blickten auf das Kanapee. Dinah hatte sich aufgerichtet und auf einen Ellbogen gestützt. Unter der schändlichen Beule stahl sich eine verwunderte Träne das weiße Gesicht hinab.
»Kopf hoch, Mrs. Delacroix«, sagte Mrs. Coral. »Morgen sehen Sie Ihre Söhne.«
»Ja.«

Der Aufbruch der Kinder, die alles andere als begierig waren, Applegate zu verlassen, verzögerte sich. Obwohl die Väter bereit waren, den Abtransport zu übernehmen, weigerten sie sich entschlossen, sofort damit zu beginnen. »Es tut uns leid, Mrs. Coral, aber wir wollten gerade nach oben gehen und sehen, wie es Mutter geht.«
»Wie reizend! Aber gerade jetzt?«
»Wir werden auch später wieder nach oben gehen, würde ich sagen.«
»Das kommt drauf an«, unterbrach Mrs. Artworth.
»Ich fürchte, Sie finden sie in diesem Augenblick in einer etwas wehleidigen Stimmung vor«, sagte Mrs. Coral. »Noch vor fünf Minuten schien sie ganz heiter zu sein, ihre Stimmung wechselt so rasch.«
»Wie bei den meisten Leuten«, sagte Roland.
»Es tut uns leid, wenn wir ihre Pläne durchkreuzen, Mrs. Coral«, sagte William mit mindestens der gleichen Bestimmtheit wie sein Bruder.
»Das macht nichts«, rief die gute Mrs. Coral, »es geht ja sowieso alles drunter und drüber. Ich glaube, ich verschwinde jetzt und stelle den Herd an, alles ist für sechs Uhr vorbereitet. Ich habe ein kleines Abendbrot für die Kinder, für den ersten Abend, Käse- und Eierauflauf und gebackenen Schokoladenpudding; ich muß aufpassen, daß mir nichts anbrennt.«
»Ja.«

»Ich könnte Coralie gleich mitnehmen«, fiel Mrs. Coral plötzlich ein. Sie blickte sich um, aber das Elfchen war nirgends zu sehen.
Schulter an Schulter machten sich die beiden Söhne in Richtung Treppe auf den Weg. Mrs. Artworth stand bereits auf der ersten Stufe und sagte: »Ich glaube, ich gehe vor und sage, daß Sie kommen.«
»Wirklich, Sie brauchen sich keine Mühe zu machen. Sie ist an unseren Anblick gewöhnt.«
Sheila blickte nachdenklich von einem zum anderen und kratzte sich ihren hübschen Kopf. »Nun ja, das stimmt. Sie möchten wohl lieber allein mit ihr sein?«
Die beiden waren verblüfft über diese Frage. »Ja«, sagte der eine, »glauben Sie nicht auch, es wäre besser?« »Wirklich, ich weiß es nicht. Wie sollte ich auch? Nun, dann gehe ich eben ein bißchen spazieren. Ich kann etwas frische Luft gebrauchen.« Unwillkürlich atmete sie tief ein. »Ich muß mich mal ein bißchen bewegen«, sagte sie und reckte die Arme.
»Wissen Sie auch, daß es schon dunkel ist?«
»Oh, ich gehe nicht weit«, sagte sie, leicht amüsiert. »Ich bleibe in der Nähe des Hauses, auf die Straße gehe ich nicht. Ehrlich gesagt, in der offenen Landschaft habe ich immer ein bißchen Angst. Wie hält Frank Wilkins das übrigens aus? Haben Sie ihn schon getroffen?«
Nach kurzem Zögern sagte der eine der Söhne: »Ja, wir haben ihn flüchtig gesehen.«
»Oh! Er könnte Sie bestimmt informieren.«
»Wir haben ihn nur für eine Minute gesehen, und das aus einiger Entfernung«, sagte der andere Sohn. »Er schien irgendwohin zu wollen.«
»So«, sagte sie, und ihre Stimme klang neugierig, »er kann Sie also nicht gesehen haben?«
»Fragen Sie bitte Francis, wenn Sie noch irgend etwas brauchen«, sagte Roland.
»Wenn alles da ist – kann ich es mir dann nicht selber nehmen? Was ich zuallererst brauche, ist frische Luft.«

»Wir sehen Sie dann also beim Essen?«
»Wahrscheinlich«, sagte sie tolerant, »ja.«
Sheila gab den beiden die Treppe frei und suchte ihren Mohairmantel. Sie zog ihn unter den Mänteln auf dem Bischofsstuhl hervor. Nachdem sie sich einen Spazierstock ausgesucht hatte (sollte er sie an den Hund erinnern?), trat sie aus der Windfangtür in die Dunkelheit hinaus.

Ja, es war etwas zwielichtig und merkwürdig gewesen, daß sie Frank »nur so halb« gesehen hatten, und wenn Mrs. Artworth nicht diese Frage gestellt hätte, hätten es die beiden Söhne ganz für sich behalten. Es war geschehen, eineinhalb Stunden bevor Mrs. Artworth sie zwang, zuzugeben, daß es geschehen war. Im Wohnzimmer hatte noch kein Licht gebrannt, und draußen neigte der Tag sich der Stunde zu, in der das Land von Geistern heimgesucht zu werden scheint.
Nachdem Francis gegangen war, hatten die beiden sich unterhalten; William saß immer noch im Sessel seiner Mutter, mit dem Gesicht zu dem großen Fenster. Roland ging im Zimmer hin und her und sah von Zeit zu Zeit flüchtig aus einem der drei Fenster. Ihre Unterhaltung war alles andere als flüchtig; es galt einen Durchbruch vorzubereiten, der sorgfältig geplant werden mußte. Bisher erschien die Situation in Applegate mit jeder Minute eher sinnloser als sinnvoller zu werden – dank der verwirrenden Mrs. Artworth und dem Spinnennetz von Francis' Doppeldeutigkeiten. Der Gedanke (der später ausgeführt wurde), anzukündigen, daß sie zu ihrer Mutter hinaufgehen würden, und dann wirklich die Treppe hinaufzugehen, erwies sich immer deutlicher als der beste. Sie einigten sich schließlich auf diesen Weg und tranken auf ihren Entschluß.
Durch das Fenster am Ende des Zimmers (das Fenster, zu dem es in dem Raum oben kein Gegenstück gab, da die entsprechende Wand von dem Baldachin eingenommen wurde) war plötzlich eine Gestalt zu sehen. Aus der Art, wie

sie sich bewegte, hätte man schließen können, es sei ein Landstreicher, einer von den Leuten, die apathisch erwarten, jeden Augenblick gefragt zu werden, was sie tun oder wollen. In dem sehr schwachen Licht hätte sich der Mann kaum von Gras und Bäumen abgehoben, aber er bewegte sich, und an seinen typischen Bewegungen konnte man ihn erkennen.
»Da geht der arme alte Frank«, bemerkte Roland.
William, der seinen Hals verrenkt hatte, um zwischen den verschiedenen Gegenständen, die sich zwischen ihm und dem Fenster befanden, hindurchsehen zu können, kam zu dem gleichen Resultat.
»Ja«, sagte er.
»Was will er?«
»Sieht nicht so aus, als ob er es selbst weiß. Glaubst du, man sollte irgend etwas unternehmen?«
»Ihn reinholen?«
»Er würde schon reinkommen, wenn er wollte, nicht wahr? ... Er ist wahrscheinlich derjenige, mit dem man wirklich reden sollte, er war schließlich dabei, als es passierte. Und einer, der sie so oft sieht wie er, sollte zum Beispiel aufklären können, ob dies wirklich erst letzten Sonntag angefangen oder ob es schon vorher Schwierigkeiten gegeben hat.«
»Ja.«
Frank war inzwischen verschwunden. Die Söhne spürten eine vorübergehende Erleichterung. Sie wandten sich jedoch um, um ihn durch die anderen Fenster zu beobachten, die auf den Rasen hinausgingen, und zu warten, bis er dort wieder zum Vorschein kam. »Ob man ihn irgendwie aufheitern kann?« fragte William, während sie warteten.
»Das habe ich auch überlegt. Sollen wir mit ihm in ein Wirtshaus gehen?«
William zuckte die Schultern und sah vielsagend auf die Flaschen und Gläser auf dem Tablett. »Wirtshaus?«
»Ich weiß«, sagte Roland, auf das Tablett blickend. »Ich hatte an einen Tapetenwechsel gedacht.«
Frank kam wiederum in Sicht; er ging jetzt quer über den

Rasen auf den Obstgarten zu. Nachdem William noch einmal hingesehen hatte, sagte er: »Ich weiß nicht, ob er uns dafür dankbar wäre.«

»Was wohl mit ihm los ist?« fragte Roland, nervöser denn je.

»Ob er etwas weiß, das wir nicht wissen?«

»Er hat immer Theater gespielt, alles, was recht ist.«

»Ja, aber –«

»Und außerdem«, sagte William, »er könnte leicht der Typ sein, der Krankheiten nicht vertragen kann, so einer, der kranke Menschen nicht ausstehen kann und bei dem Gedanken an sie wild wird oder in Panik ausbricht. Das muß nicht immer Selbstsucht sein, es ist eine Art Phobie, die mit zunehmendem Alter immer schlimmer wird – das könnte genau auf ihn zutreffen. Aber natürlich – wie kann man wissen, wann es soweit ist, daß man selbst nicht mehr weiß, wann man aus den Fugen geht?«

»Ich weiß nicht«, sagte Roland, »ich weiß nicht.«

Während sie noch weiter diskutierten, wurde es zu spät. Frank warf einen schnellen, fast nachlässigen Blick hinauf zu den Fenstern über denen, durch die er beobachtet wurde, und verschwand dann in der Dunkelheit zwischen den Zweigen.

»Weißt du«, sagte Roland, »er mag auch herübergekommen sein, um zu sehen, ob er irgend etwas tun kann, und hat es sich dann anders überlegt. In dem Fall hätte ich ein schlechtes Gewissen.«

»Oder er ist bloß gekommen, um guten Tag zu sagen.«

»Warum hat er das dann nicht getan? Wir dürfen auf keinen Fall versäumen, mit ihm zu reden.«

»Richtig, es wäre ein großer Fehler, nicht mit ihm zu reden.«

»Ja.«

»Warum hat er bloß keinen Arzt geholt?«

Als sie erfuhren, daß sie nicht gleich aufbrechen mußten, versuchten die Delacroix-Kinder sofort, Francis dazu zu bewegen, wie im vorigen Jahr mit ihnen am Küchentisch

Rommé zu spielen. (Coralie würde es erst lernen müssen.) Aber Francis war nicht in der richtigen Stimmung.
»Wenn das so weitergeht, wird eure Großmutter nicht die einzige mit einem Zusammenbruch bleiben«, prophezeite er. Zusammen mit Mrs. Throes, der Witwe, bereitete er das Abendessen vor.
»Aber, Francis, bloß ein bißchen!«
»Ich muß mich rasieren.«
Sie beobachteten ihn dabei, wie er seltsame Gefäße aus dem Glasschrank holte. »Wofür sind die?«
»Wofür? Es sind Fingerschalen.«
»Die sind aber sehr staubig, Francis!«
»Allerdings. Und jetzt verschwindet! Wollt ihr mir noch länger auf die Nerven fallen?«
So überlegten sie, was sie stattdessen tun konnten. Sie nahmen von dem leeren Wohnzimmer Besitz, holten aus dem Bindfaden-Schubfach im Schreibtisch ihrer Großmutter die großen Scheren heraus, die sie schon im vorigen Jahr benutzt hatten (d. h. die Kinder des Hauses taten das, Coralie sah ihnen zu), wuchteten einen Stapel Zeitschriften aus dem Innern einer Anrichte, ließen sich in einer Reihe auf dem Sofa nieder und begaben sich an die Arbeit; d. h. die Kinder des Hauses – Coralie wartete noch ab, obwohl ihr auch eine Schere ausgehändigt worden war. »Wozu ist das?« wollte sie wissen. »Dafür«, erklärte Pamela, und ihre Schere flitzte schon um die Umrisse eines Dinosauriers. (Pamela, die nicht nach dem Roman so hieß, war fünfeinhalb Monate älter als ihre Cousine.) Emma summte vor sich hin, sie war mit einem Aztekenaltar beschäftigt.
»Was du mir hier gegeben hast, ist eine Biologie-Zeitschrift, nicht?« fragte Coralie. Ihr Mißtrauen wuchs.
»Es sind bunte Vögel drin – jedenfalls waren welche drin.« (Um die Wahrheit zu sagen, gerade dieses Heft war im letzten August besonders stark verstümmelt worden.) »Magst du keine Vögel? Hier ist ein Auto-Magazin, Autos lassen sich leichter ausschneiden.«

Emma summte, und Coralie blätterte uninteressiert in den Fotos von einer Autoausstellung, die längst vorbei war. Sie schien etwas zu vermissen. Vielleicht ihre Polypen? Sie rammte ihre Schere in einen Jaguar und sagte traurig: »Ist das nicht schrecklich mit eurer Großmutter?«
»Was?«
»Ich sagte, ist das nicht schrecklich mit eurer Großmutter? Entstellt fürs Leben und nicht mehr bei Verstand.«
»Coralie!«
»Das ganze Dorf weiß es.«
»Du kannst dir die Pocken holen im Dorf!«
»Du lügst!« rief Coralie und warf ihre blonden Locken zurück, die das einzige waren, warum man sie eine Elfe nennen konnte.
»Kannst du schon bis drei zählen?«
Das war zuviel. Unter heftigen Attacken gegen ihren Jaguar verkündete Coralie: »Eure Familie tut jedem leid.«
»Welche Familie?« fragte Pamela abwesend und spitzte kunstfertig den Schwanz ihres Dinosauriers zu.
»Ihr alle.«
»Uns tut deine Familie leid, Coralie.«
»Sie hat gebadet«, sagte Emma. »Ich hab' das Wasser einlaufen lassen.«
Die Unterhaltung stockte. Nachdem Pamela den Dinosaurier vollständig von seiner Umgebung getrennt hatte, legte sie ihn neben sich auf das Sofa, um ihn sich noch einmal zu besehen. Emma, vielleicht durch ihr Summen aufgehalten, erreichte erst jetzt das Fundament des Aztekenaltars. Coralie gab den Jaguar auf und wandte ihre Aufmerksamkeit einem harmlosen Austin zu. Sofa und Kaminvorleger füllten sich mit Papierrollen und -schnipseln.
Coralie schnaufte vielsagend.
»*Sie* hat die Schaukel nicht abgemacht«, berichtete Emma. »Es war jemand anderes.«
»Kaum daß sie den Rücken gekehrt hatte.«
»Die Dame war auch enttäuscht.«

»Sie hätte doch nicht mehr schaukeln können, sie ist zu dick.«
»Wenn ihr diese Person meint«, sagte Coralie hilfreich, »was glaubt ihr wohl, hat sie gemacht? Eure Straße ist sie langgegangen. Das Auto hat sie im Dorf gelassen. Die ist komisch, nicht? Was macht sie eigentlich hier? Kommt zu uns und will unbedingt mit uns reden. ›Wenn jemand mit euch reden will, dreht ihr euch einfach um‹, hat Mama gesagt. Ihr seid hineingegangen und habt ihr sogar noch Mut gemacht. ›Kennt ihr die Höhle?‹ hat sie gefragt. ›Ich bin noch nie dringewesen. Wollen wir's mal versuchen?‹ Ging sie das etwas an? Komisch sah sie aus.«
»Wie ein Frosch«, sagte Emma, die Frösche gern hatte.
Pamela hatte eine alte Nummer von VOGUE aufgenommen. Sie vertiefte sich in die Korsett-Reklame, riß eine Seite heraus und setzte die Schere an eine herzförmige Dame.
»Sie wollte wissen, wie es Großmutter geht, glaube ich«, sagte sie.
»Warum ist sie dann nicht zur Haustür gegangen, hat geklingelt und gefragt? Das macht meine Großmutter, wenn jemand krank ist – geht zur Tür, klingelt und fragt.«
»Sie hat mich gefragt«, sagte Emma befriedigt. »Ich hab' ihr gesagt: ›Sie liegt im Bett.‹«
»Was glaubt ihr, wo diese Person jetzt ist?« fragte Coralie unruhig.
»Großmutters Freundin?« fragte Pamela. »Sicher irgendwo.« Clare war den Kindern dankbar gewesen. Es hatte ihr leid getan, daß sie für jene Nacht aus Applegate verbannt werden mußten – es war ihre Schuld gewesen. Aber ohne sie, wenn sie nicht gewesen wäre, wären sie jetzt nicht hier, mitten in der Schulzeit. Während Pamela und sie sich die Fingernägel an einem Knoten im Seil vor der Höhle zerbrachen, war es ihr plötzlich eingefallen, Pamela zu fragen: »Wo ist deine Großmutter später zur Schule gegangen?« Sie hatte Glück. Das gutinformierte Kind strahlte: »Nach St. Agatha? Sie hat mit ein paar Kindern in Cumberland Privatstunden

gehabt. Als der Krieg vorüber war, hat Vetter Roland gesagt, daß sie nach Frankreich gehen muß.»
»Hast du jemals Vetter Roland gesehen?« fragte Clare. »Nein, wahrscheinlich nicht.«
»Er war tot«, sagte Pamela verdrießlich, als ob sie eine reichlich sonderbare Tatsache über ihren Verwandten erwähnte. »Deshalb ist mein Vater nach ihm genannt worden. Warum – haben Sie ihn gesehen?«
»Ein- oder zweimal, von weitem. Das war ihm lieber«, fügte Clare hinzu.
»Sein Bruder war Vetter Claud. Er war Bischof.«
»Mein Gott, ja, richtig, da war irgendwo ein Bischof.«
»Der Stuhl in der Diele hat aber nichts mit ihm zu tun. Sie hat ihn auf einer Auktion gekauft.«
»Du weißt eine ganze Menge«, gab Clare zu und saugte verdrossen an einem aufgespaltenen Fingernagel; sie schnitt dem Knoten, der daran Schuld hatte, wütende Fratzen. »Es hat keinen Zweck. Nächstes Mal nehmen wir ein Messer.«
»Männer haben immer Messer. Major Wilkins müßte jetzt hier sein.«
An dieser Stelle der Unterhaltung hatte Clare sich gebrüstet, ein Messer zu kennen, das wie ein Daumen aussah. »Es kann allerdings keine Knoten zerschneiden, nur Butter.«
»Wirklich?«
»Ja. Es stammt aus meinem Geschäft.«
Sie ging weg, die in den Fels gehauenen Stufen hinauf.

Irgendwo im Obstgarten mußte Frank sein. Clare wußte es, obwohl auf dem unempfindlichen Gras kaum Fußtritte zu hören waren; es war von der Novemberluft und den faulen Äpfeln aufgeweicht. Zwischen den Bäumen konnte man in eine noch schwärzere Dunkelheit hineinsehen. Clare blieb stehen und versuchte, Franks Weg zu rekonstruieren; er schien aufs Geratewohl und mitten durch die herabhängenden Zweige gegangen zu sein. Von der Stelle, wo sie stand, gingen keine Spuren aus. Blindlings ging sie in irgendeine Richtung, die er vielleicht eingeschlagen haben konnte. Plötzlich stand sie ihm gegenüber. Er war in dem *potager* stehengeblieben.

»Was – Sie?« sagte er. »Ich hatte keine Ahnung –«

»Ja. Ich.« Steinern starrte sie ihn an. Gunst oder Mißgunst waren wie weggewischt. »Was ist passiert?« fragte sie.

»Dinah ist krank. Ich hab' Ihnen das schon am Telefon gesagt.«

»Ich weiß, aber was ist los mit ihr?«

»Sie haben nicht allein schuld«, sagte Frank.

»Danke. Weshalb nicht?«

Er überlegte angestrengt. »Diese ganze Sache ist über ihre Kräfte gegangen, das wird mir allmählich immer deutlicher. Nicht, daß Sie nicht der Grund wären – das waren Sie wohl auch. Man kann aber wohl sagen, daß Sie es nicht wissen konnten – wer konnte es überhaupt wissen? Am Sonntag hat es Krach gegeben, nicht wahr? Und ich glaube, danach hat sie furchtbar getobt und sich dabei den Kopf gestoßen. Aber so wie sie jetzt ist, oder geworden ist – da muß noch mehr dahinter stecken.« Er sah von ihr weg, auf einige der Glasglocken im *potager*, die von den Herbstnebeln beschlagen waren. »Viel mehr«, fügte er hinzu. »Das war das Problem. Das *ist* das Problem.«

Clare vergrub ihre Hände in den Taschen. Sie fragte ihn geradeheraus: »Was meinen Sie damit? Ich will es wissen – oder wissen Sie etwa nichts?«

»Ja, ich glaube, ich weiß es«, sagte er nüchtern. »Oder wenigstens kann ich gut raten. Zunächst, sehen Sie sich die Art an, wie sie auf alles reagiert. Es macht ihr überhaupt nichts, es geht sie nicht im geringsten an, kein bißchen.«

»Was geht sie nichts an?«

»Wir, ihre Umgebung, ihr Leben hier, ihr Haus. Sie ist entwurzelt.«

»Das ist keine Krankheit.«

Er sah sie wieder an. »Wie soll man es nennen? Und dann: wenn eine Frau, die sich um alles gekümmert hat, sich plötzlich um nichts mehr kümmert, dann ist das eine Krankheit, oder nicht? Aber es ist auch nicht so, daß sie aufgehört hat, sich zu kümmern, sie hat sozusagen nur umgeschaltet. Von dem Augenblick an hat sie einfach aufgehört, sich um irgend etwas zu kümmern.«

»Von welchem Augenblick an?«

»Sie sollten das eigentlich wissen«, sagte er. »Seit der Zeit, da Sie drei zusammen waren – Gott weiß, wie lange das her ist. Da hat sie zu Ihnen beiden zurückgeschaltet. Ich glaube nicht einmal, daß sie das wollte, sie wußte es vielleicht gar nicht. Zu Ihnen beiden, mehr zu Ihnen, ja, zu Ihnen. Sie bedeuten ihr mehr, als Sie wissen. Wußten Sie das wirklich nicht?« Er betonte seine Frage, indem er die Augenbrauen hochzog; er war ganz ruhig. »Deshalb gebe ich Ihnen nicht allein die Schuld.«

»Nein, ich glaube, ich wußte das nicht. Oder ich habe es nicht gesehen, ich dachte an etwas anderes.«

»Wahrscheinlich.«

»Sie hatten recht.«

Es machte ihm so oder so nichts aus. »Wichtig«, sagte er, »ist, was jetzt geschehen ist. Irgend etwas hat das Faß zum Überlaufen gebracht. Am Sonntagabend, nachdem Francis mich angerufen hatte, wußte sie nicht mehr, was sie redete. Wir brachten sie ins Bett; sie war in schrecklicher Aufregung und schrie: ›Alles ist weg. War es jemals da? Nein, niemals. Nichts. Nein, nein, nein ...‹ und so weiter. Es war schrecklich. Irgend etwas hatte das Faß überlaufen lassen. Wo ist sie jetzt? Das heißt, was hat sie jetzt?«

»Ich wünschte, ich könnte es Ihnen sagen«, antwortete Clare.

»*Ich* wünschte, Sie könnten es mir sagen ... Bitte, da haben Sie es. Das ist jedenfalls meine Vermutung.« Frank wandte sich ab und ging weiter. Sie beobachtete ihn, wie er über die eingesunkenen Furchen des *potager* hinwegstieg. Dann drehte sie sich um und ging den Weg zurück, den sie gekommen war, durch den Obstgarten, als ob sie in ihm Schutz suchte. Ein paar Minuten später beobachtete sie, wie Emma rund um das Haus zur Vordertür ging. ›Was du kannst, kann ich auch‹ überlegte sie, kühner geworden. Noch einmal saugte sie an dem gespaltenen Nagel, faßte Mut und machte einen Umweg an der kahlen und schaukellosen Buche vorbei – falls jemand zufällig aus dem Treppenfenster sah. Vor der Haustür stand immer noch Dinahs Auto. Seit jenem Sonntag waren schon drei Tage vergangen. Niemand hatte sich bis jetzt in all der Verwirrung um das Auto gekümmert. Ob sie den Wagen nicht wegbringen konnte? Von plötzlicher Müdigkeit überfallen, versuchte sie, die Tür auf der anderen Seite des Fahrersitzes aufzumachen – sie war offen. Sie setzte sich in den Hillman und schlief (neben einem imaginären Fahrer) sofort ein. Die Tage waren lang gewesen, Nächte hatte es für sie kaum gegeben.

Sie wachte erst auf, als Sheikie an die Scheibe klopfte; draußen war es inzwischen ganz dunkel geworden. Sheikie riß die Tür auf und zischte: »Ich muß schon sagen –«

»Oh, hallo! Wo ist *dein* Hund?«

»Bist du betrunken?«

»N-nn. Wie steht es?«

»Dinah geht es gut. Die Söhne sind oben bei ihr. Warum kommst du jetzt nicht schnell ins Haus? Nur die Kinder sind im Wohnzimmer.«

»Sie waren im Garten.«

»Ich kann nichts dafür, aber sie sind jetzt im Wohnzimmer. Wenn die Väter herunterkommen, werden sie sofort zu Mrs. Coral gefahren.«

»Väter?« fragte Clare, verwirrt durch den biblischen Klang des Wortes.

»Die Söhne.«

»Oh, gut.« Clare stieg aus dem Auto. »Sheikie, du sagst ihr doch nicht, daß ich hier bin?«

»Soll ich es nicht lieber doch tun?«

»Erst, wenn sie fragt.«

Bevor Sheikie zu ihrer Pflicht zurückkehrte, sagte sie: »Man weiß bei ihr nie, woran man ist. Eben hat sie Eier mit Curry haben wollen.«

Die Pflegerin hatte die Patientin wieder für sich allein. Sie stellte die leere Bouillontasse weg, stocherte im Feuer herum und arrangierte in einer Kristallvase einige senfgelbe Chrysanthemen, die jemand aus dem Dorf geschickt hatte.

»Du spielst jetzt deine Trümpfe aus, nicht, Sheikie?« fragte Dinah schwach; sie hatte Sheikie eine Weile zugesehen.

»Was?«

»Du spielst jetzt deine Trümpfe aus, nicht?«

Sheila, die noch die Bluse trug, die sie zum Abendessen angezogen hatte, betrachtete sich prüfend im Spiegel des Toilettentisches. »›Ob im Osten oder Westen – alte Freunde sind die besten‹, heißt es.«

»Ja, das stimmt. Aber was ist mit Trevor?«

»Was soll mit Trevor sein?«

»Ist er ganz allein?«

»Er gehörte zu denen, die gesagt haben, ich soll kommen.»

»Er wird nie erfahren, Sheikie, wieviel es für mich bedeutet hat, als ich erfuhr, daß er noch lebt und mit dir verheiratet ist.«

»Oh«, sagte Mrs. Artworth und schien nicht gerade geschmeichelt. Sie fragte: »Warum sollte er nicht mit mir verheiratet sein?«

»Jahrelang habe ich gefürchtet, daß sein gebleichtes Skelett immer noch in diesem Abflußrohr stecke. Kennst du diese phantastische Geschichte nicht?«

»Nein.«

»Auf der Rückfahrt von dem Ausflug fehlte Trevor. Niemand wagte darüber zu sprechen. Meine Mutter hing ihren eigenen Gedanken nach. Und dann früh am nächsten Morgen fuhren wir nach Cumberland, du erinnerst dich vielleicht, wir gingen für immer weg. Und dann kam der Krieg – und zeigte, daß nichts zu schlecht war, um wahr zu sein. Es gab Hunderte von Gründen, weshalb ich nach dir annoncierte, Sheikie, aber ein ganz bestimmter war darunter: du würdest der erste Mensch sein, den ich fragen konnte: Ist Trevor eigentlich jemals nach Hause gekommen? Wie viele Jahre ich darauf gewartet habe, brauche ich dir nicht zu sagen, ich habe eigentlich immer an Trevors eingezwängte Knochen denken müssen. Mit den Jahren glaube ich, ich hätte mir den Gedanken aus dem Kopf geschlagen – aber nein. Denn als 1940 Churchill diese glänzende Rede über einen möglichen Kampf an der Küste hielt, weißt du, was meine erste Reaktion war? Jetzt werden sie dieses Abflußrohr sprengen und Trevor finden.«

»Du hast komische Gedanken.«

»Haßt er immer noch Streichhölzer?«

»Hat er sie gehaßt?« fragte Sheila.

»Ist er mir noch böse? Nein, Trevor ist nicht nachtragend; aber vielleicht –?«

»Er läßt dich herzlich grüßen.«

»Ich wünschte, er wäre hier«, sagte die Patientin mit einem seligen Seufzer und blickte verklärt von ihren Kissen auf.

»Ich könnte dir sagen, wer wirklich hier ist.«

»Nein, bitte nicht, du brauchst es mir nicht zu sagen. Ich weiß.»

»So?«

»Sie muß weggehen. Bitte veranlasse das, Sheikie, sie muß gehen.«

»Sie ist ziemlich aufgeregt«, sagte Sheila zögernd.

»Und ich? Liege auf der Nase!«

»Aber sie hat mich hierhergeschickt, Dinah!«

»Ich weiß nicht – bist du wirklich eine gute Pflegerin?«

»Weißt du, du tust so, als ob sie dich verprügelt hat.«

»Hat sie auch.«

»Das ist doch nicht dein Ernst? Das kannst du doch nicht im Ernst meinen?« rief Sheila Artworth und faßte sich ratlos an die Stirn.

»Nein, nein, nein«, sagte die Kranke und wischte diese

Lappalie ungeduldig weg, »ich bin gegen irgend etwas gestoßen.«

»Ach so. Nun, inzwischen geht es ihr schlecht, sehr schlecht!«

»Und mir etwa nicht? Sag' ihr, ich hätte lieber den Satan leibhaftig zu Besuch in diesem Haus als sie. Nein, sie muß weg. Es ist zu spät.«

»Es ist nie zu spät, etwas wiedergutzumachen.«

»Ich habe sie angefleht zu bleiben. Ich brauchte sie. Sie hat gesagt: ›Nein, du Circe!‹«

»Sie hat schon immer wie ein Dragoner geflucht.«

»Sie ist immer weggegangen. Jetzt kann sie auch wegbleiben.»

»Du bist nicht fair, Dinah.«

»Das bin ich nie gewesen.«

Die Pflegerin Artworth nahm ihre offizielle Rolle wieder an. »Bevor ich zum Essen runtergehe, müssen wir noch Fieber messen.«

»Ja.«

Sheila steckte Dinah das Thermometer in den Mund. Sie riß es sich wieder heraus und fragte plötzlich: »Bloß einen Augenblick, Sheikie – wer war das, den du beinahe umgebracht hast?«

»Das ist eine lange Geschichte«, sagte Sheila nachdenklich.

»Erzählst du sie mir morgen? – Das ist eine sehr hübsche Bluse, Sheikie.«

(In der Tat: die Bluse war von einer Farbe, die man außerhalb des Orients als ein schockierendes Rosa empfinden würde, aus Sari-Stoff und golddurchwirkt.) »Sie wird die Jungen aufheitern. Ich weiß, du hast sie schon jetzt elektrisiert, sie haben mich genau nach dir ausgefragt.«

Mrs. Artworth war überrascht.

Die pflichteifrige Patientin brachte sich selbst zum Schweigen, indem sie sich das Thermometer wieder in den Mund steckte.

Das lange Zimmer war bis auf die Kranke leer. Das Feuer brannte feierlich auf dem wohlgeformten Rost; Dinah hatte die Dunkelheit, die durch die Fensterscheiben hereindrang, gern. Überall waren Rosen zu sehen, besonders deutlich im Licht unter dem gewölbten Lampenschirm; man konnte glauben, sie erstreckten sich von der hinteren Tür bis an das Bett. Zurückgesunken in die Erwartungslosigkeit, die sie seit Sonntag gefangenhielt, lag die Patientin da; sie brauchte in dieser Minute sich nicht für irgend jemanden aufzumuntern, sie lag da wie jemand, der, ohne es zu wissen, ins Meer hinausgetragen wird, oder mehr noch, als ob sie selbst die zurückweichende Flut sei.

Aber jemand anderes, der ganz unten schon einen Fuß auf die Treppe gesetzt hatte, zögerte nun nicht länger und kam langsam die Stufen herauf. Als sich die Schritte der offenen Tür näherten, zögerten sie weniger, als daß sie sich Zeit ließen. Sie schienen auf sich selbst zu horchen und nur auf eins zu warten: erkannt zu werden. Es war wunderbar, wie diese Hoffnung immer noch weiterlebte, trotz der vielen Male, da die Schritte hatten umkehren und sich wieder entfernen müssen. Würde diesmal irgendein Zeichen kommen? Heute war Mittwoch.

Frank blieb stehen, wo er schon früher stehengeblieben war, auf dem Teppich hinter der Schwelle. Er sagte vorsichtig: »Nun, da bin ich.« Während er auf eine Antwort wartete, stellte er fest, daß die Bücher seit gestern verschwunden waren. Nein, da waren sie: oben auf der Kommode. Warum wohl? Er trat ein oder zwei Schritte näher, ließ den gesenkten Kopf hin und her pendeln und schaute forschend unter den Augenbrauen hervor. Woher kamen die Blumen auf dem Toilettentisch? Ein Geräusch drang aus den Kissen.

»Wie?« fragte er und zog die Stirn in Falten.

»Ich sagte, da bist du also.«

»Ich dachte, ich sehe bloß mal herein«, erklärte er. »Wie geht es dir?«

»Wie geht es *dir*«, wollte sie wissen.

»Was soll dieser Marmeladentopf da, Dinah?«

»Gelee. Mrs. Coral. Wo bist du gewesen?«

(›Wo warst du – wo bist du jetzt?‹ rief er in seinem Innern und trat an den Toilettentisch, um das Coralsche Gelee zu betrachten, bevor er antwortete:) »Oh, ich war überall, weißt du. Fast überall.«

»Hast dich um alles gekümmert?«

»Wenn du so willst, ja.«

»Frank, komm' doch ein bißchen näher! Das Rufen strengt uns so an.«

»Wie du willst«, sagte er. Er kam noch weiter ins Zimmer und stellte sich ans Fußende des Bettes. Er fragte: »Kannst du deinen Kopf nicht mal für eine Minute hochheben? Ich kann dich kaum sehen.«

Sie richtete sich auf und stützte sich auf einen Ellbogen. Ehrfürchtig legte Frank seine Stirn in noch tiefere Falten.

»Das sind ja alle Regenbogenfarben!«

»Ja. Hast du schon mal so eine schöne Beule gesehen?«

»Sonst siehst du aber nicht übel aus, Dinah. Ruhe und Schlaf haben dir wohl gut getan?«

»Frank, hoffentlich habe ich dir neulich abend keine Angst eingejagt!«

»Du konntest nichts dafür«, sagte er, wurde bleich und sah weg.

»Doch, es war töricht von mir. – Ich hatte keine Ahnung, daß du dich vor diesen Masken fürchten würdest.«

»Masken –?« echote er, völlig verwirrt. (Wer konnte ihm das verübeln?) Er rieb sich den Hinterkopf. »Wie? Ach so, ja. Es kommt mir vor, als sei es schon eine Ewigkeit her. Als ich die Maske zuerst sah, dachte ich, du seist wütend auf mich.«

»Wie könnte ich – warum sollte ich?«

»Ich weiß nicht. Das ist es eben, was ich nicht weiß, was ich nicht gewußt habe. Aber du hattest etwas gegen mich.«

»Mein lieber Frank«, sagte sie mit zärtlicher Stimme und streckte eine Hand nach ihm aus (das Bett war so lang wie breit), »sei kein Esel!«

»Weiß Gott, ich wünschte, ich wäre einer!«
»Aber, aber!«
Ohne Warnung verließ er plötzlich seinen Platz und ging rasch zu der leeren Seite des Bettes hinüber. Er warf sich auf das Bett und vergrub das Gesicht in dem Kissen, auf dem ihr Kopf nicht lag; sie waren beide einander sehr fern. Sie streckte wieder eine Hand aus, diesmal seitwärts. Aber das Bett war so breit wie lang.
»Frank, Kopf hoch!«
Keine Bewegung, kein Laut.
»Frank, nur eins –«
Kein Laut, keine Bewegung.
»Nur eins – könntest du die Schaukel wieder anbringen?«
Er machte eine abweisende Bewegung ins Kissen hinein.
»Ja, ich weiß«, sagte sie. »Ich meine, ich frage nicht, aber kannst du sie nicht doch wieder anbringen? Gerade, wenn du es lieber hättest; dann wärst du sehr klug. Wenn du sie bloß wieder anbrächtest? Sie sind so enttäuscht.«

»Ausschneiden?« fragte Clare die Kinder verständnislos. Sie taten ihr die Ehre, nicht anzunehmen, daß sie darauf eine Antwort erwarte; nichtsdestoweniger sahen sie alle von ihrer Beschäftigung auf. Drei – drei ganz andere Kinder. Unten, in der dunklen Grube vor der Höhle hatte sie sie nicht gezählt, sie waren hin- und hergehuscht und unzählbar gewesen. Sie hatten aus allen Ecken geantwortet, mehr flüchtige Blicke geworfen, als ihre Gesichter gezeigt. Ihre Hände hatten sich mit ihren eigenen im Kampf gegen die Knoten vereinigt – aber das war jetzt vorbei. Jetzt war alles verändert. Hier saßen die drei, auf dem Sofa aufgereiht – und sahen beinahe ebenso abweisend aus wie die Höhle. Clare, die große, alte, verbrauchte, faltige Außenseiterin spürte, wie sehr sie sich gewandelt hatte.
Von der großen Lampe auf dem Tisch hinter dem Sofa fiel helles Licht auf die Köpfe der Kinder; sie sahen wie photogra-

phiert aus, wenig Familienähnlichkeit war zu erkennen. In der Mitte Emma, das plumpe Nesthäkchen; sogar ihr Haar wirkte ungeschlacht, wie es sich gegen den Reifen sträubte. Rechts von ihr saß Pamela mit hellen Delacroix-Brauen und hochgekämmten Locken; zu ihrer Linken Coralie, die artig aus ihrer Ponyfrisur herausschaute. Es war ein Fehler, sie wiedergesehen zu haben – ein Fehler, sie überhaupt zu sehen.

Trotzdem, da lagen die Zeitschriften. Clare blieb auf dem Kaminvorleger unmittelbar vor dem Feuer stehen. Sie bückte sich schwerfällig, um eine Zeitschrift aufzuheben. »Ich fürchte«, sagte Pamela und hörte auf zu schnipseln, »in dem Heft werden Sie nicht mehr viel finden.«

Sie hatte recht. Viele Seiten waren herausgerissen, in anderen klafften große Lücken. Aber es war interessant, zu blättern und zu sehen, was noch da war, weil es den Kindern nicht gefallen hatte, und zu rekonstruieren, wie das Fehlende wohl ausgesehen haben mußte.

Obwohl Emma die Arbeit an ihrem Altar beendet hatte, betrachtete sie ihn immer noch prüfend auf dem nackten Knie. Schließlich griff sie nach dem Natur-Magazin, um das Coralie so zaghaft gekämpft hatte, um zu sehen, ob man nicht noch einen bunten Vogel in Angriff nehmen konnte. »Hat keinen Zweck, was Neues anzufangen«, warnte Pamela sie, »wir müssen doch gleich gehen. Wir räumen lieber auf.« Da sie mit der herzförmigen Dame fertig war, begann sie, den Worten die Tat folgen zu lassen.

»Ich will nicht gehen«, jammerte Coralie und gab damit deutlich zu verstehen, daß sie für die Machenschaften ihrer Großmutter nicht verantwortlich gemacht werden konnte. Außerdem war sie verwöhnt, was Räume anging. Das Wohnzimmer, in dem sie jetzt saß – ob ihr von der verrückten Dame Gefahr drohte oder nicht –, erschien ihr in diesem Augenblick himmlisch.

»Du schläfst, wo vorher dieser Inder wohnte«, informierte sie Emma.

Clare entlastete den Kaminvorleger, indem sie ein paar Schritte weiterging. Aber nach kurzer Zeit kam Pamela hinter ihr her und hielt ihr zwischen Zeigefinger und Daumen den Dinosaurier unter die Nase. »Möchten Sie ihn mal sehen? Er ist prähistorisch.«

»Mein Gott, ja«, sagte Clare und betrachtete den Dinosaurier mit Sympathie. Die anderen Kinder sahen keinen triftigen Grund, warum nicht Francis zu Ende aufräumen sollte (geschieht ihm recht!), liefen im Zimmer hin und her, nahmen irgendwelche Sachen auf und ließen sie wieder fallen. »Das sind Bilder von uns«, sagte Emma und sah in die Schale mit den Fotos.

»Ich werd' euch sagen, was vielleicht hier ist«, rief Clare plötzlich und erregte damit die Aufmerksamkeit der Kinder, die ihr zum Erkertischchen folgten. Sie zog ein Schubfach heraus und fuhr mit der Hand forschend bis ganz nach hinten. »Ja«, verkündete sie; zum Vorschein kam das chinesische Elfenbein-Puzzle. Sie betrachtete es düster und schien ganz in den Anblick verloren; sie atmete kaum. Komplizierte, ineinander verhakte Elfenbeinteilchen gaben ein leise klikkendes Geräusch von sich. Unbeholfen fingerte sie an dem Spielzeug herum. Dann aber kam der Wendepunkt: der Atem, den sie entweder angehalten oder vergessen hatte einzuziehen, fuhr plötzlich laut aus ihr heraus und wieder in sie hinein. »Bis hierher habe ich es immer gekriegt, aber nie weiter, nie! – Versucht ihr es mal!«

Sie drehte sich um und hielt ihnen das Puzzle hin.

Aber auch das letzte der höflichen Kinder war inzwischen gegangen. Sie waren in der Diele und betrachteten sich ihre Habseligkeiten. Man konnte oben die Väter hören, sie kamen aus dem Zimmer ihrer Mutter herunter. Clare überlegte, was sie zu den Söhnen sagen sollte, wenn sie hereinkämen – glücklicherweise kamen sie jedoch nicht. Clare hatte jetzt das Wohnzimmer für sich allein. Sie brachte das Puzzle dorthin zurück, wo es so lange gelegen hatte, und blieb dann stehen, Mrs. Piggotts Uhr betrachtend (nicht, um die Zeit abzulesen).

Sie wußte daher nicht, wieviel Zeit vergangen war, als Sheila, mit ihrer rosa Bluse angetan, ins Zimmer kam. »Hallo«, rief sie, »lebst du noch?«
»Es ist wohl besser, ich gehe jetzt.«
»Nach Hause?«
»Ich hab' ein Zimmer im ›Weißen Hirsch‹.«
»Und was machst du da, im ›Weißen Hirsch‹? Was jeder macht, der nichts Besseres zu tun hat, als in den ›Weißen Hirsch‹ zu gehen?«
»Noch bin ich keine Trinkerin.«
»Ich könnte es dir nicht verübeln, wenn du eine wärst«, sagte Sheila und ging auf das Tablett zu. »Mein Gott, was für ein Tollhaus! Frank war gerade oben und hat ihr eine Szene gemacht.«
»Nein!«
»Doch, ich hab' ihn schnell rausbugsiert. Ich hatte mir gerade die Nägel poliert«, fügte Sheila hinzu und betrachtete das Resultat.
»Sheikie, so ist nun mal das Leben.«
»Hm?«
»*Enter these enchanted woods, you who dare –*«
»Kriegst du im ›Weißen Hirsch‹ was zu essen?«
Clare ließ sich nicht aus dem Konzept bringen:

»*Each has business of his own;*
But should you distrust at tone,
Then beware.
Shudder all the haunted roods,
All the eyeballs under hoods
Shroud you in their glare.
Enter these enchanted woods,
You who dare –«

»Es ist besser, ich gehe jetzt«, schloß sie und blickte sich um.
»Wie es hier aussieht!« sagte Mrs. Artworth und warf einen

Blick auf das schreckliche Durcheinander. »Kinder und alles – übrigens, ist dir klar, daß diese Beeren giftig sein können?« Sie fegte von dem Zitronenholztisch soviel Beeren in ihre Hand, wie sie fassen konnte und warf sie ins Feuer. »Daß sie überhaupt leben, ist mir ein Rätsel.«

»Die Kinder oder die Beeren?«

»Die Kinder natürlich.«

»Beeren sollen alles mögliche bedeuten können.«

»Ach?«

»Ich sollte jetzt aber wirklich gehen«, wiederholte Clare.

»Ich könnte nicht behaupten, daß deine Anwesenheit hier noch irgendeinen Zweck hätte, Mumbo«, sagte Sheila mit schöner Offenheit.

»Gut. Dann geh' ich also.«

»Wo hast du deinen Mini gelassen?«

»Unten im Dorf.«

»Eigentlich müßte ich dir jetzt anbieten, dich im Hillman hinzufahren, der hier immer noch herumsteht. Aber es ist komisch, ich kriege es nicht fertig, ein fremdes Auto anzufassen – es macht mich nervös.«

»Dich?«

»Ich fasse kein fremdes Auto an. Reicht das?«

»Das reicht«, sagte Clare und knöpfte sich den Mantel zu. »Ich freue mich außerdem schon auf den Spaziergang die Allee entlang. Vielleicht treffe ich sogar die Katze.«

»Ich habe einmal ein fremdes Auto kaputt gefahren, das Auto eines anderen. ›Gib Gas, Gas!‹ hat er mir dauernd in die Ohren gebrüllt. Und ich hab' Gas gegeben. Ich tat, was er mir gesagt hatte. Ich war noch nie mit so einem riesigen Ungeheuer wie diesem Wagen gefahren, er war ganz neu. Es war noch nicht mal sein eigener, das hätte ich wissen sollen. Er war Autohändler, nebenbei manchmal Rennfahrer. Alles wegen des Nervenkitzels. Er war immer ein wenig verrückt, selbst in seinen besten Augenblicken. Er war im Krieg gewesen, hatte nur noch eine Lunge und hustete sich die andere allmählich heraus. So war das.«

»Bei dem Zusammenstoß hast du ihn aber nicht umgebracht?«

»Nein, aber das Auto war schrottreif, und ich hatte meine Nerven ruiniert. Reicht das nicht? Nein, so habe ich ihn nicht umgebracht.«

»Deshalb haßt du jetzt das Autofahren?«

»Ich habe es schon jahrelang gehaßt.«

»Schade um deinen kleinen Sportwagen.«

»Ja, aber ich hatte eigentlich immer ein Auto. Trevor sagt, ich muß eins haben.«

»An deiner Stelle würde ich nicht mehr fahren.«

Sheila starrte vor sich hin. »Das wäre aber sehr sonderbar, findest du nicht?«

»Willst du mir nicht erzählen, was danach geschah?«

»Warum eigentlich nicht? Nun, er machte sich Sorgen. Zum Teil Nachwirkungen von diesem Unfall, zum Teil auch nicht. Wenn ich sage, er war ein kranker, sterbender Mann, dann meine ich, er konnte jetzt nicht mehr mit seinem Wagen auf den Straßen protzen wie vorher, er konnte sich nicht mehr konzentrieren. Ich meine, seine Krankheit gewann jetzt die Oberhand. Wer ihn kannte, konnte sehen, daß er Angst hatte. Kein Arzt brauchte ihm zu sagen, wie schlecht es um ihn stand. Da lag er in seinem Zimmer, ganz oben in dem Haus, wo ich gestern abend den Hund nicht rauskriegte und sagte ›Bleib' bei mir. Bleib' bei mir! Du hast mich nie geliebt, aber bleib' bei mir, geh' nicht! Bleib' bei mir, nach all diesen Jahren, das ist alles, worum ich dich bitte. Ist das zu viel? Du hast mich nie geliebt.‹ Bis der Tag kam, Clare, als ich zu ihm gesagt habe ›Das ist alles, was du sagen kannst‹ und aus dem Zimmer gegangen bin. Ich bin aus dem Zimmer gegangen und hab' ihn alleingelassen. Ich konnte es nicht wissen, aber es war der Tag, an dem er gestorben ist. Er ist deshalb gestorben.«

»Ich verstehe«, sagte Clare.

»Das bezweifle ich. Ich habe ihn geliebt, ich habe nie aufgehört, ihn zu lieben. Ich habe ihn geliebt.«

»Hätte er das nicht wissen müssen?«
»Frag' mich nicht«, sagte Sheila Artworth. »Was hat er wohl all die Jahre gedacht, wenn er es nicht gewußt hat? Alles umsonst – er hat es nie gewußt.«
»Du läßt dir nie viel anmerken, Sheila.«
»Liebe ist, was man fühlt«, sagte Sheila, »das hatte ich wenigstens geglaubt. Was kann man noch mehr tun? Wenn jemand das nicht versteht – was kann man da noch tun? Es zeigen? Das ist etwas ganz anderes. Als ich noch tanzte, hatte ich etwas zu zeigen.«
»Ich verstehe dich immer noch nicht –«
»Bitte, da hast du es«, sagte Sheila. »Ich habe diese Geschichte bisher noch keinem erzählt, und jetzt, da ich es tue, verstehst du sie nicht.«
»Das kannst du auch nicht erwarten. – Ich wünschte, ich könnte Dinah jetzt sehen«, sagte Clare.
»Was für ein Durcheinander!«
»Ja. Fehler haben ihre Vorgeschichte, aber keinen Anfang – wie vermutlich die Geschichte selbst.«
»Wie lange hältst du es eigentlich ohne was zu essen aus?«
»Wieso?«
»Wenn du noch ein bißchen länger wartest, irgendwo –«
»Du meinst, ich solle mich noch länger verstecken? Gib dir keine Mühe, Sheikie, und mach' dir keine Sorgen um mich. Ich habe gelernt, wie man sich versteckt. Also, was ist?«
»Du könntest vielleicht hochgehen, während wir essen. Es sollte mich nicht wundern, wenn sie dann eingeschlafen ist; sie neigt dazu, einzunicken, wenn niemand sie daran hindert, die meiste Zeit will sie offensichtlich in Ruhe gelassen werden. Die Tür steht offen, du könntest also einen Blick hineinwerfen. Sollte sie aber wach sein, Clare, dann würde ich nicht hineingehen ...«
»Ich verstehe völlig.«
Sheila brachte ihr Glas zum Tablett zurück. (»Willst du noch was?« fragte sie, Clare ansehend. »Nein, danke.«) Sie goß sich ihr Glas wieder voll, zögerte dann aber und schien zu

überlegen. Francis hatte irgendwann während des Hin und Her nach dem Tee die Wohnzimmervorhänge zugezogen. Mrs. Artworth trat an ein Fenster, schob die Vorhänge mit einer Hand auseinander (sie verlor keine Zeit damit, nach der Schnur zu suchen), öffnete das Fenster und schüttete den Inhalt ihres Glases auf den Rasen.

»Das nenn' ich Vergeudung«, sagte Clare.

»Ich will keinen Schwips kriegen.«

»Nein?«

»Nein.« Sheilas (beinahe tänzerische) Geste ließ ihren Blusenärmel hin- und herflattern. »Nein«, sagte sie mit ihrem eigenartigen Lächeln, »heute abend nicht.«

Francis stellte eine Schüssel zum Fingerabspülen vor Mrs. Artworth hin. Sie nahm keine Notiz davon. Er hatte nicht nur sorgfältig allen Staub aus dem Craquelée-Glas entfernt, er hatte die Schüssel auch auf ein rundes, gesticktes Deckchen gesetzt, die – obwohl vom vielen Waschen verblichen – ihrerseits den zierlichen und wahrscheinlich hübschen Teller verdeckte, auf dem sie lag.

Da der Nachtisch ausschließlich aus Bananen bestand (für das Schälen und Verzehren hatte er ein kunstvolles Besteck bereitgelegt), würde die Schüssel zum Fingerabspülen nur eine untergeordnete Rolle spielen; hätte es Weintrauben gegeben, wäre sie vorteilhafter in Erscheinung getreten. Francis mußte zusehen, wie die Schüssel sogar verfehlte, Mißbilligung hervorzurufen – Mrs. Artworth ging regelmäßig zu Festbanketts aller Art. Sie entfernte die Schüssel samt Unterlage kühl und geistesabwesend von ihrem Teller und hörte nicht einen Augenblick lang auf, Mr. William Delacroix gespannt zuzuhören (auf eine Art, die im Verlauf der Mahlzeit immer deutlicher ins Mütterlich-Ironische umschlug).

»Stellen Sie sich vor, daß sie Ihnen so etwas sagt!« sagte sie dann.

Der ältere Delacroix, das muß zu seiner Verteidigung gesagt werden, reagierte darauf prompt. »Gewiß«, sagte er und ließ

seine Augen von einer glitzernden Schüssel zur anderen wandern, »in diesen Schüsseln müßten eigentlich Lotosblüten schwimmen.«
»Jeder würde glauben, Roland sei in Simla gewesen ...«, sagte William zu Mrs. Artworth.
»Nein, aber was für eine Zeremonie muß das gewesen sein! Und am aufregendsten natürlich der Augenblick, in dem jeder sein geheimes Stück hineinlegte.«
Mrs. Artworth schien fast überrascht. »So, das hat sie Ihnen also erzählt?«
»Sollte es ewig das Geheimnis des Grabes bleiben?«
»So war es ursprünglich gedacht.«
»Keine Silbe, bis zu diesem Abend haben wir keine Silbe davon gewußt«, sagte William.
»Sie haben sie doch nicht zu sehr ermüdet?« fragte Mrs. Artworth, und die Krankenpflegerin in ihr meldete sich wieder zu Wort.
»Ich glaube nicht. Fanden Sie später, daß sie müde war?«
»Ehrlich gesagt, nein.«
»Im Gegenteil, sie schien in prächtiger Laune zu sein«, sagte Roland und warf Mrs. Artworth einen Blick zu, der trotz einer gewissen Förmlichkeit liebenswürdig wirkte (Rolands sicheres Auftreten erhöhte den Effekt seiner Liebenswürdigkeit).
»Das hätte man noch bis vor kurzem nicht gerade von ihr behaupten können. Sie haben wirklich Wunder vollbracht.«
»Ich weiß nicht«, sagte sie leichthin und bescheiden, »ich habe nur alles mögliche unternommen, um sie aufzuheitern. – Sie haben wahrscheinlich ziemlich wilde Gerüchte gehört.«
Francis, der routiniert um sie herumschwebte, konnte nicht verhindern, daß man ihm deutlich ansah, wie sehr er seine Ohren spitzte. »Ich glaube, das ist alles, Francis«, sagte Roland.
»Und der Portwein?«

»O ja, natürlich, der Portwein!«
Francis ging hinaus, fest entschlossen, nicht lange fortzubleiben. Die mißtrauische Mrs. Artworth wartete, bis die Tür zu war oder wenigstens zu schien, und sagte dann: »Die meisten Leute übertreiben wahrscheinlich, wenn sie einen Schreck bekommen.«
»In diesem Fall kann man also nur noch hoffen«, sagte William, für einen kurzen Augenblick gespannt und nach innen gekehrt. Sein Bruder ergänzte: »Man wußte schon nicht mehr, woran man war bei dieser Geschichte. Es klang alles so unwahrscheinlich und paßte so gar nicht zu ihr. Sie, die sonst so sanft war ...«
Die ehemalige Schulkameradin der Betroffenen verbarg die Überraschung darüber, daß ihr dieser Aspekt bisher völlig entgangen war, hinter einem plötzlichen Interesse für ihre Fingerschüssel, das fast einer Faszination gleichkam. Sie tauchte die hübschen und makellosen Fingerspitzen ihrer rechten Hand kurz in die Schale. Dann suchte sie die Serviette auf ihren Knien; da sie zu Boden geglitten war, schüttelte sie sich ungeniert die Fingerspitzen trocken und sagte: »Deshalb sind Sie also nicht eher gekommen?«
Die Brüder bildeten eine Front. Sie machten ohne Umschweife und in aller Form deutlich, daß sie mit ihr über diese Frage nicht zu sprechen wünschten, und glaubten gleichzeitig, ohne Mrs. Artworth das Gefühl gegeben zu haben, sie sei zu weit gegangen (was sie getan hatte), angedeutet zu haben, daß sie zu einem Themenwechsel jederzeit bereit seien; Francis, der den Portwein hereinbrachte, kam ihnen zu Hilfe. »Hierzu werde ich nicht nein sagen«, sagte Roland, als Francis die Karaffe vor ihn hinstellte. Sheila warf einen müden Blick auf den Portwein (Portwein langweilte sie unsäglich, fast noch mehr das Getue damit) und sagte: »Haben Sie den für sie ausgesucht?« Eine Spur kühler fügte sie hinzu:
»Was für ein Glück sie hat!«
»Sie trinkt keinen Portwein«, bemerkte William.

»Aber andere Leute«, sagte sein Bruder. »Sie mußte ihn deshalb vorrätig haben.«
Mrs. Artworth' rosa Ärmel flatterten beständig hin und her, während sie die Banane schälte, die sie vor ein paar Minuten von dem Bündel abgebrochen hatte, das Francis auf einer silbernen Schüssel vor sie hingestellt hatte. Diese Ärmel – von der Schulter bis hinunter zum Handgelenk aufgeschlitzt – wirkten noch weicher als nackte Arme. Francis hatte keine Kerzen mehr finden können; Mrs. Delacroix und der Major hatten die letzten aufgebraucht. Dennoch war das Wohnzimmer, dessen Mittelpunkt heute abend zweifellos Mrs. Artworth bildete, durch Lampen, die auf Regale und kleine Tische verteilt standen, durchaus nicht unvorteilhaft erleuchtet. Sheila blickte von ihrer Banane auf und betrachtete verwundert und beinahe ehrfürchtig die beiden weisen Ratgeber, die Dicey, das dümmliche Bäh-Lamm, da produziert hatte. »Es ist ein ungewöhnlicher Gedanke ...«, sagte sie.
»Was?«
»Ich weiß nicht«, antwortete sie ausweichend.
»Wer hat diesen Einfall gehabt?« fragte William. »Ich meine, mit dem Kasten.«
»Bestimmt Ihre Mutter, sie hatte so viele Einfälle.«
»Und wer ist auf diese Idee mit den geheimen Sachen gekommen?«
»Das war ich, glaube ich«, sagte sie nach einer kleinen Pause.
»Keiner von uns wird natürlich jetzt jemals Ruhe finden, bevor er nicht weiß, was diese geheimen Gegenstände waren«, sagte Roland und vergewisserte sich mit einem raschen Seitenblick, daß er auch im Sinne seines Bruders sprach.
»So?« fragte Mrs. Artworth. »Das ist ja schlimm! Was die beiden anderen hineingetan haben, weiß ich natürlich nicht.«
»Bis heute nicht?«

»Bis heute nicht – Ihre Mutter wird Ihnen sicher erzählen, was sie hineingetan hat.«

»Wir haben sie natürlich gefragt«, gab William zu. »Aber es war zwecklos. Sie hat nichts verraten, ist stumm wie ein Fisch geblieben.«

»Stahlhart ist sie gewesen«, ergänzte Roland.

»Und Miss Burkin-Jones ist auch bei der Stange geblieben?«

»Ich glaube ja. Clare war schon immer so willensstark.«

»Müssen Sie denn genauso willensstark sein?« fragte William.

Mrs. Artworth blickte erst den einen, dann den anderen wie eine Meerjungfrau an, die über den Horizont hinweg ins Weite sieht.

»Ich hätte ein schlechtes Gewissen, wenn ich es Ihnen erzählte, wo die beiden anderen es nicht getan haben. Und in einer anderen Beziehung wäre es noch schlimmer; wenn ich es Ihnen sagte, wo ich es den anderen nie gesagt habe. Sie lachen mich sicher aus, aber sagen Sie erst mal den beiden anderen, daß ich es nie erzählen werde. Es mag komisch klingen nach so vielen Jahren, doch ich würde eher sterben, als daß Sie das Geheimnis erfahren.«

»Aha.«

»Wirklich?«

»Alles schön und gut – Sie würden lachen, wenn Sie wüßten, was es war!«

»Das sind ja Tantalusqualen, die wir ausstehen«, sagte William.

»Wir wollen natürlich nicht, daß Sie ein schlechtes Gewissen haben müssen«, sagte Roland, »aber –?«

»Also gut. Es war mein sechster Zeh.«

»Mrs. Artworth!«

»Mein sechster Zeh«, verkündete sie noch deutlicher. »Ich bin mit sechs Zehen an einem Fuß geboren worden.«

»Nur an einem?«

»Dann wäre es der zwölfte Zeh gewesen, nicht wahr?«

Sie beugten sich ihrer mathematischen Überlegenheit.
»Er wurde natürlich sofort entfernt. Aber aus irgendwelchen sentimentalen Gründen hat meine Mutter den Zeh aufbewahrt in einer Spiritusflasche. Als es Mode wurde, Maskottchen zu haben, habe ich sie gefragt, ob ich den Zeh wiederhaben könne. ›Was für eine komische Idee‹, sagte sie, aber sie gab mir den Zeh. So hatte ich also mein Maskottchen.«
»Aber, Mrs. Artworth, weshalb haben Sie es dann vergraben? Ein Maskottchen ist doch etwas, das man immer bei sich hat!«
»Ja, aber es besteht immer das Risiko, daß man es verliert.«
»Während es im Grabgewölbe sicher ruht ...«
Sie beglückwünschte die beiden mit einem Nicken zu ihrer raschen Auffassungsgabe. »Da wird es bleiben, dachte ich mir, da wird es ganz bestimmt bleiben – ich hätte das Maskottchen ja sowieso immer verstecken müssen.«
»Aber ein Maskottchen ist doch etwas, das man überall herumzeigt!«
»So eins auch?«
Die Söhne begriffen einen Augenblick nicht, was sie meinte. Sie sahen erst einander, dann sie an. Sheila äffte sie nach und rief:
»Soll ich vielleicht mit dieser Mißbildung hausieren gehen?«
Pause.
»Sie sind ein sonderbarer Mensch, Mrs. Artworth«, sagte Roland mit einer durch Förmlichkeit noch gesteigerten Ehrerbietung. »Darf man fragen, ob Ihnen das Maskottchen Glück gebracht hat?« Sie streifte einen Blusenärmel zurück, fuhr sich mit der Hand leicht durch ihr hübsches Haar und warf dann von der Seite einen Blick auf die beiden. »Glück wobei?« fragte sie herausfordernd.
»Sie waren Tänzerin«, sagte der eine ernst.
»Ja, wir wissen, daß Sie Tänzerin waren«, sagte der andere Bruder.
»Das hat sie Ihnen also auch erzählt? Schließlich, warum

auch nicht? Ja, ich war eine ganz ordentliche Tänzerin, als Kind.«

Das Bett verlor sich fast in der dämmerigen Zimmerecke; es schien gleichsam alles in die Länge zu ziehen. Der Raum wirkte wie eine Allee, an deren weit entferntem Ende sich etwas vollzog: Schlaf. Tief im schattigen Schutz der Vorhänge blieb der Kopf der Schlafenden unsichtbar. Schlaf gab diesem Raum eine so spürbare Atmosphäre, daß man beim Eintreten sogleich von ihr gefangen wurde. Sollte man hoffen oder fürchten, daß sie aufwachte? Was wäre, wenn sie nicht mehr aufwachte?

An dem Ende, wo Clare stand, flackerte noch das Feuer. Es war in sich zusammengesunken und zuckte wie eine verlöschende Seele. Ganz in der Nähe brannte eine Lampe, deren dichter seidener Schirm den größten Teil des Raumes in geheimnisvollem Dunkel ließ. Die Besucherin wagte es einen Augenblick, sich andere Menschen hier vorzustellen, andere, die mehr Recht hatten, hier zu sein, deren Namen geisterhaft klangen. Es mußten nicht unbedingt Tote sein; man brauchte nur die Lampe ein wenig herumzudrehen – warum sollten nicht plötzlich Trevors Brillengläser im Türrahmen funkeln? Seine gebeugte, aber würdige Gestalt trat näher, setzte sich auf den Hocker am Bettrand, streckte die Hand aus und sagte: »Tag, Dicey, nett, dich wiederzusehen!« (›Ich wünschte, ich könnte selber zu ihr‹, hatte er am Telefon gesagt. Man ist, wo man gern sein möchte. Dürfen wir uns deshalb nicht körperlos besuchen, und nicht nur in Träumen?)

Damals, als es noch darauf ankam, waren wir einander verbunden, dachte Clare. Zufällig, nicht durch Wahl; Zeit und Ort waren zufällig. Der Zufall ist besser als Wahl, er ist in seiner Unbekümmertheit göttlich. Der Zufall ist göttlich, die Wahl ist menschlich. Es war nicht deine Wahl, dachte sie, auf das Bett blickend, es war ein Zufall, daß du uns wiedersehen wolltest. Clare wandte sich um und wagte es noch einmal, mit dem Gesicht zum Kamin sich der Porzellanwelt hinzugeben. Schäfer und Schäferinnen streckten einander ihre geleimten Arme entgegen, anmutige Schalen schlummerten unter einem Netz von unzähligen feinen Sprüngen, Nähte hielten mühsam zusammen, was auseinandergebrochen war, und Henkel klammerten sich mit Hilfe winziger Metallspangen an Tassen fest. Sie waren für Clare zerbrechliche Vertreter einer ehrenhaften, einer unfehlbaren Welt.

Die Offizierstochter betrachtete auch die friedvollen, grauen oder farbigen Landschaftsszenen auf den Tassen und Schalen. In keiner dieser Miniaturwelten geschah etwas Lautes, Unvorhergesehenes. Aber meine Natur ist schrecklich, dachte die Ausgestoßene. Sehnsüchtig schaute sie auf die ewig gleichen Küsten, Gipfel, Buchten und Seen, ja sogar Schlösser auf den hauchdünnen Wölbungen der Tassen und Schalen. Niemals hatte sie je etwas Ähnliches gesehen. Sie hatte sie geliebt, weil sie nicht für sie bestimmt gewesen waren.

Aber du, dachte sie, und sah wieder auf das Bett. Ich. Und natürlich Sheikie. Einander verbunden, bevor wir es wußten. Mißtrauisch gegeneinander – mit Recht. Du hattest am wenigsten Mißtrauen – welch ein Fehler! Bis zu einem gewissen Punkt hattest du Recht: da wir auf unsere Art gut waren, kannten wir einander gut. Wir hatten unseren Stolz. Aber nie hätten wir einander Rechenschaft geben sollen; das war die Katastrophe. Kinder können erbarmungslos sein. Wo sollen wir aufhören, und wie?

Und jetzt – nichts. Deshalb hattest du die ganze Zeit Angst? Ja. Ja, es war schrecklich, in den leeren Kasten zu starren. Und ich habe dich nicht getröstet, ich habe dich nie getröstet. Vergib mir.

Clare überlegte, daß sie jetzt wohl besser daran täte, in den ›Weißen Hirsch‹ zurückzukehren. Als sie sich zum Gehen wandte, mußte sie daran denken, wie sie damals von jenem Deich hinuntergeschaut hatte, über den weiten Strand hinweg und auf die winzige laufende Gestalt.

»Auf Wiedersehen, Dicey«, sagte sie, jetzt wie damals.
Die Schlafende bewegte sich und seufzte. Sie stützte sich auf einen Ellbogen und fragte: »Wer ist da?«
»Mumbo.«
»Nicht Mumbo. Clare. Clare, wo bist du gewesen?«

Übersetzungen der Gedichte

Zu Seite 88 f.
There was a time, when meadow, grove, and stream
Es gab eine Zeit, zu der mir Wiese, Hain und Fluß / die Erde und jedes alltägliche Bild / in Himmelsfarben neu zu strahlen schienen / wie Glanz und Frische eines schönen Traums. / Verändert hat sich alles ringsumher / wohin ich mich auch wende. / Tag und Nacht / die Dinge, die –

William Wordsworth

Zu Seite 89 f.
Last night among his fellow roughs
Gestern Abend lärmte und fluchte er mit seinen Saufkumpanen, / der betrunkene Infanterist aus Kent / der niemals nach vorn sah. / Heute steht er – und der Feind erzittert / als ein echter Gesandter Englands an Elgins Stätte.
Arm, rauh, niedrig, ungebildet / verstört und einsam ist er, aber dennoch nennt er ein englisches Herz sein eigen. / Zerreißt seinen Leib in Stücke / bindet, vierteilt oder verbrennt ihn / er weiß, daß er England keine Schande machen wird.
Die blühenden Apfelfelder in Kent leuchten rings um ihn / wie Träume, die kommen und gehen / strahlende Kirschblüten –

Francis Hastings Doyle

Zu Seite 91 f.
Up the airy mountain
Die Berge hinauf / und in die Schilfmoore / wagen wir nicht mehr jagen zu gehen / aus Furcht vor den kleinen Zwergen / Die winzigen, guten Zwerge / scharen sich zusammen / mit grünen Mänteln, roten Mützen / und weißen Eulenfedern.
Selbst unten an der Felsenküste / leben einige / von knusprigen Pfannkuchen / aus gelbem Wellenschaum. Manche / im Schilf des schwarzen Bergsees / haben Frösche als Wachhunde / und bleiben die ganze Nacht auf. / Ganz oben auf dem Berg / sitzt der alte König / er ist schon so alt und grau / er hat beinah seine Zauberbrücke verloren / seine Zaubernebel / seine Brücke / seine Zauber –

William Allingham

Zu Seite 163 f.

Way down upon the Swanee river

Den Swanee-Fluß hinab / weit, weit weg / dorthin wendet sich immer mein Herz / da wohnt meine Familie. / Durch die ganze Welt treibe ich mich herum / ich habe immer noch Sehnsucht nach der alten Plantage / und meinem Zuhause.

Die ganze Welt ist öd und traurig / wohin ich mich auch wende. / O ihr Neger, / mein Herz ist schwer / so fern der Heimat.

Rings um unsere kleine Farm bin ich gewandert / als ich jung war. / Viele glückliche Tage habe ich damals erlebt / viele Lieder gesungen. / Wenn ich mit meinem Bruder spielte, / war ich glücklich. / Ich will zurück zu meiner lieben, alten Mutter / dort will ich leben und sterben.

Die ganze Welt ...

Eine kleine Hütte im Wald / eine Hütte, die ich liebe / bleibt immer in meinem Gedächtnis / wohin ich mich auch wende. / Wann werde ich wieder die Bienen hören / wie sie um die Waben summen / wann höre ich wieder die Banjoklänge / in meiner alten Heimat?

Die ganze Welt ist öd und traurig / wohin ich –

Zu den Seiten 248 und 257

The runaway train

Der ausgerissene Zug kam das Gleis heran / und er pfiff,
er pfiff.
Der ausgerissene Zug kam das Gleis heran / und er pfiff,
er pfiff.
Der ausgerissene Zug kam das Gleis heran / und er pfiff
sich fast die Lunge aus dem Hals,
er pfiff.
Der ausgerissene Zug fuhr über den Berg / und er pfiff,
er pfiff.
Der ausgerissene Zug fuhr über den Berg / und er pfiff,
er pfiff.
Der ausgerissene Zug fuhr über den Berg / und noch lange
hörten wir ihn pfeifen und
er pfiff –

Englisches Kinderlied

Zu Seite 300
Each has business of his own
Jeder hat seine eigene Last / aber wenn du mißtrauisch wirst / hüte dich / gequälte Kreuze erbeben / Augen hüllen dich in ihre Starre ein /
Betritt den Zauberwald / wenn du es wagst –

George Meredith,
The Woods of Westermain